U0141821

【卷二】霓裳曲

看名將狄青橫空出世，
造就一段歷史上的鐵血傳奇⋯⋯

墨武 ──

著

品嚐這份屬於中國中世紀的風流

歷史部落格作家

袁曉煒

我們談到漢唐，總是眉飛色舞，感覺這是中國人揚眉吐氣、肌肉特別發達的輝煌年代：漢武帝有盪平匈奴、開通絲路的衛青、霍去病；唐太宗、唐高宗父子，則靠著擊滅東西突厥的李靖、蘇定方，將中國皇帝推上了「天可汗」的寶座。秦漢隋唐（剛好讀起來就是「秦漢」加「隋棠」），似乎這四個「第一帝國」與「第二帝國」的開創朝代也像那二個俊男美女的明星一樣，值得讓人低迴仰慕，品味再三。

可是一到宋朝……嗯，好像就不那麼引人入勝了。城市很繁華，瓷器很精美，科學還不錯——像是《夢溪筆談》之類的科學著作，還能帶給我們一絲榮耀感，但這批承先啟後的傢伙真是積弱不振，扶不起的阿斗——怎麼會每年幾十幾百萬兩白花花的「歲幣」銀子（還有茶葉、絲綢）送給「番邦」當保護費呢？二宋三百三十年的歲月，似乎除了清明上河圖的末代繁華，與直把杭州作汴州的逸趣之外，就沒甚麼好說的了。

可事實不是這樣的。從北宋建國初期力戰殉國，義烈千秋的楊家將「楊老令公」楊業開始，到一手締造「撼山易，撼岳家軍難」的精忠岳飛，宋朝的軍事成就、技術與革新依然令人驚艷：曾公亮的《武

經總要》彙整了十世紀左右的軍事技術；指南針普遍應用在海船之上；第一艘實戰的人力輪輪船（車輪舸）出現在太湖的水面；而火藥的實戰應用也發生在此時——「震天雷」、「飛火槍」、「霹靂砲」等的爆聲響徹了汴京城與采石磯的長空。這些以後將遠傳歐洲，改變世界的軍事創新都在此時百花齊放。

除了事物之外，當然還有人物。這本書的主角——起自行伍，智勇雙全的狄青，像是西元一千年左右，畫過東亞大地的一顆流星——從祁連山到崑崙關，這個臉上刺字，上陣時頭戴銅面具、威風凜凜的小兵，竟一路做到了當時武職最高的樞密使（國防部長）。

光是這樣還不夠好看。「女皇帝」一直是中國歷史上的敏感話題。北宋真宗──仁宗時代的宮闈祕聞，透過那樁傳統戲曲裡的好戲「狸貓換太子」，廣為國人所知。劉太后果真想師法呂雉武媚，女主臨朝？還是只是由於一個不能生育的母親的不安全感，一直延遲養子宋仁宗親政的時間？

還要再加上一點國際間的爾虞我詐。北宋時的中國大地，同時間並立著五、六個國家──除了漢人的宋朝以外，契丹、西夏、吐蕃、大理，再加上後起的女真與蒙古，擾擾春秋，列國爭雄，這種諜來諜往，你爭我奪的時代背景，是不是更有了點湯姆‧克蘭西的間諜小說的感覺？

歷史如戲，小說亦如戲。金聖嘆評本的《水滸傳》，在楔子之前有一段按語說得極好：「興亡如脆柳，身世類虛舟。」閒雲潭影，物換星移，人物流轉登臺，但見成名無數、圖名無數、逃名無數。一千年後的我們大可泡一杯清茗，背靠躺椅，好好品嘗一下這本半武俠、半歷史的小說，這份屬於中國中世紀的風流。

目錄

第一章　拚命　　　008

第二章　天王　　　023

第三章　苦戰　　　041

第四章　兄弟　　　056

第五章　驚豔　　　073

第六章　五龍　　　089

第七章　妙歌　　　108

第八章　官司　　　129

第九章　太后　　　150

第十章　寧鳴　　　168

第十一章　暗流　　185

第十二章　搏殺　　203

第十三章　圈套　　223

第十四章　羽裳　　241

第十五章　巧遇　　258

第十六章　天子　　276

第十七章　相憐　　293

第十八章　柔情　　313

第十九章　運數　　333

第二十章　刺殺　　354

第二十一章　追命　　375

卷一　霓裳曲

狄青多年落魄，鬱鬱難歡，陡然知道這女子和他身世相仿，對他又是這般情深，早就不能自已。在麥秸巷徘徊徊多日，狄青雖自不覺得，但情思早已深種……

第一章 拼命

暮春時節，鶯懶燕忙，穿梭如織。暖風輕狂，蕩起纖柔花柳，嬉遊天地。這時突然傳來哐哐的幾聲鑼響，驚起幾隻樹蔭中的鳥兒，破了春的慵懶。那瘋狂的柳絮也似被驚醒幽夢，輕飄飄地落在溪水中，逐落花而去。

那溪水旁有幾株大槐樹，槐樹下放著張木桌，桌前站著幾人，京城禁軍的打扮，左臉頰上均刺著「驍武」二字。那幾人雖在打著鑼，神情卻有些漫不經心。幾人前面插著兩桿大旗，一面旗上刺著「招募」，另一面繡著「義勇」二字，原來這些人是在選拔禁軍。

大旗旁擺放著兩個木人，顯然是選拔兵士時比較身材所用。桌後坐著一人，正伏案呼呼大睡，聽到鑼聲，起身打個哈欠，伸個懶腰。他伏案而眠時倒看不出什麼，但一伸腰，才發現此人肩寬背厚，虯髯滿面，端是威武。那人看了眼桌案上的名冊，皺了下眉頭，說道：「怎麼還是這幾個人？兄弟們，加把力氣，再招十來個，就可以回去了。」

有一瘦子應道：「指揮使，百姓好像都不願意來，再招十來人，說來容易，做起來難呀。」

虯髯那人又打個哈欠道：「盡力而為吧。」

一禿子問道：「郭大人，為何不去廂軍中挑些人回去補充驍武軍，好好培養，不讓那些雜碎看輕了。」

虯髯道：「老子本來要在這裡的廂軍中挑些人回去補充驍武軍，好好培養，不讓那些雜碎看輕了。可這裡的知州吝嗇得很，給我送來的廂軍都是歪瓜劣棗，奸懶饞滑，還不如我自己挑選來得實在。」

先前那瘦子突然眼前一亮，說道：「來人了。」

虯髯忙抬頭望去，見小溪那頭過來一人，笑道：「看來皇天不負苦心人，這小子個頭不錯，是塊料子，快把他帶過來。」

虯髯忙抬頭望去，見小溪那頭過來一人，笑道：「看來皇天不負苦心人，這小子個頭不錯，是塊料子，快把他帶過來。」

那人正蹚過溪水，本來要從這些人旁邊繞路而過，沒想到才到了對岸，就見幾個禁軍如狼似虎般衝過來，嚇了一跳道：「各位官大哥，在下可沒有犯事兒。」那人身材高挑，頗為年輕俊朗，微笑的時候，如和煦春風。

幾個禁軍抓住了來人，笑道：「誰也沒有說你是劫匪。小兄弟，當兵嗎？」

那人聽到「當兵」二字，嚇了一跳，斜睨到不遠處招募的旗幟，更是臉色突變。虯髯已站出來，重重一拍那人的肩頭，喝道：「小子，我看你骨骼清奇，萬中無一，就是個當兵材料。你我很是投緣，這樣吧，本來別人來當兵，總要經過層層選拔，要入禁軍，更是要從廂軍中選拔，如今我關照你，你就不用考了，只要回家收拾下行李，我就帶你入京。以後吃香的、喝辣的，榮華富貴享受不盡。你能從尋常百姓一舉直入禁軍，可真是祖墳上冒青煙了。咦……你眼睛怎麼了？」

虯髯方才遠遠見到來人身材高瘦，比起參照的木人還高出幾分，心中已有幾分歡喜，可見那人雖長得不錯，雙眼卻是鬥雞眼，就像一幅壯麗的山水圖上畫了泡牛糞，未免美中不足。

來人咳嗽連連，心道這哪裡是招兵，簡直像是土匪拉人入夥的說辭，自己怎麼這麼不幸，就撞在這些人的手上？

「這位軍爺，在下身子瘦弱，還有病在身，只怕要枉費你的好意了。」

「瘦怕什麼？多吃點就胖了。病怕什麼？吃點藥就好了。來人呀，快快將他的名字登記在冊。」虯

髭倒是饑不擇食。

禿子已問道：「姓名？」

那人隨口道：「狄青。」

禿子點頭道：「好名字。鄉籍？不用問了，這裡是汾州西河縣，你肯定是這裡人了。」他大筆一揮，在名冊上寫下了狄青的名字。狄青省悟過來，慌忙一把抓住了禿子的筆，叫道：「官大哥，你搞錯了，我不參軍。」

蚯髯面色一沉，威脅道：「名冊都已寫上你的名字，白紙黑字，還能劃去不成？你可是瞧不起我郭某嗎？」

狄青雙眼泛白，忙道：「官爺，在下哪敢呢？只是在下上有八十歲的高堂需要奉養……怎能輕易離開家鄉呢？」

蚯髯上下打量著狄青，「你貴庚呀？」

狄青道：「不到二十。」

蚯髯冷笑道：「你二十不到，你爹娘就八十了，他們六十多才生下你，真可謂老當益壯。」

狄青不想蚯髯看似粗獷，竟然如此心細，忙解釋道：「實不相瞞，家父確實是在六十多歲生的我，可生母卻是小妾，生我的時候，還不到四十歲呢。」

蚯髯道：「那也無妨，等你功成名就的時候，接父母到京城豈不更好？」說罷收了名冊，就要放到懷中，「你雖眼睛不好，但說不準更有射箭的天賦……」

狄青啞口無言，不知道這是什麼道理。他其實不是鬥雞眼，只是看到招兵二字，立即裝作眼睛有毛

病，只盼他們覺得自己身有殘疾，莫要找自己，哪裡想到弄巧成拙，竟成了入伍得天獨厚的條件。

蚣髯又道：「名字已記錄，你快快回家收拾吧，晚上就到這裡報到。若是不到，我就讓西河縣令抄你全家，連你的兄弟姊妹、表兄堂弟一塊抓去參軍。諒你不會敬酒不吃，非要吃那罰酒？」

狄青大急，伸手要去抓那名冊。蚣髯冷哼道：「好小子！」他話音未落，已抓住狄青的手腕。狄青大喝一聲，翻腕掙開。蚣髯本是勇冠三軍之人，卻沒想到狄青腕勁極健，竟掙脫他的掌控，蚣髯之人斷喝一聲，一拳打了過去。狄青躲避不及，眼看要被那缽大的拳頭擊中面門，不想他一個空翻，避開了這拳。

蚣髯之人見狀大喜，拊掌笑道：「我就說你小子不差，能躲過本指揮這一拳的人，硬是要得！」他話音未落，狄青四周已圍了八人，個個長刀出鞘，森然而立。瘦子喝道：「大膽狂徒，竟敢對郭大人無禮！不想活了是不是？」

狄青駭了一跳，不敢再胡亂出手，眼珠一轉，長施一禮道：「官爺，其實小人不想參軍，也不全是高堂的緣故，實是有不得已的苦衷。」

郭大人拎起桌上的酒罈子，咕咚咕咚地喝了兩口，斜睨狄青道：「說來聽聽，天大的事情，本指揮為你做主。」

狄青暗自叫苦，哪曾想會碰到這個青天大老爺，非要逼他參軍。可他真的不想參軍，也不全是他，一般百姓寧可流浪受苦，也都不願加入軍籍。

原來大宋軍人一改隋唐府兵制慣例，採用招募的方法招兵，而招兵的對象多是流民和饑民。當兵雖說是衣食無憂，但也算不上什麼榮華富貴，最重要的是臉上還要刺字。刺字這一惡習在五代盛行，被大宋承繼下來，目的就是為了防止士兵逃亡，而當時臉上刺字的人，除了兵士，就是罪犯和奴婢。一旦當

兵後被刺字，這輩子都會被人瞧不起。

狄青當然不願入伍，只是他著急要去做件事，這才從這裡抄捷徑趕過去，沒想到竟被這個不知是鍋大人還是碗大人的抓個正著。

方才一會兒的功夫，狄青已找了四個理由推搪從軍：鬥雞眼、體弱、多病、父母年邁，不管用。狄青急得腦門子都是熱汗，暗想就算說自己患了絕症，只怕這個大鬍子也要自己刺了字再說，一咬牙，鬥雞眼一眨，兩行熱淚已流淌下來，說道：「官爺，實不相瞞，在下不肯離開家鄉，只因在西河還有個喜愛的女子。這女子叫做小青，本是縣西鐵匠舖張鐵匠的女兒，在下和她自幼青梅竹馬，兩小無猜……可鐵匠舖的張鐵匠為人勢利，喜好錢財，非要我出五兩銀子的聘禮才肯嫁女兒。官爺，你也知道，像我這樣的後生，賺銀子哪是那麼容易的事情？小的狠下心，起早貪黑養了兩頭羊，不等羊出欄，今日趕到集市中去賣了，賺了三兩銀子。你看……」伸手托出了三兩銀子，狄青道：「這就是小人賣羊得到的錢。」

郭大人奇道：「那和你參不參軍有什麼關係？」

狄青忙道：「我已攢了二兩銀子，加上這三兩，就夠娶妻了。可那張鐵匠素來瞧不起遊手好閒之輩，若知道我參軍，怎肯將女兒出嫁？官爺，請你看在我和小青多年感情的份上，莫要逼我參軍，不要棒打鴛鴦了，好不好？」

狄青壯著膽子說出這些，本以為郭大人會告他辱罵禁軍之名，沒想到郭大人卻歡口氣道：「唉，這世上任何事情都可以強求，就是這個『情』字強求不得。這次……郭某也幫不了你了。」

狄青大喜道：「郭大人，你只要不讓小人參軍，那就是幫小人最大的忙了。」

郭大人滿臉憾色，又打量了狄青一眼，喃喃道：「真的很像。可這世上，相像的人不是很多嗎？」

狄青不知道郭大人什麼意思，可見郭大人已從懷中掏出塊碎銀子拋過來。狄青一把接住銀子，只

為這是自己的賣身錢，急得汗水又要流下來，不想郭大人道：「郭某和你一見投緣，覺得你這身本事若

加以習練，在軍中……總比在這鄉下好。不過你既然有苦衷，我也不好勉強，這點碎銀子，當我祝賀你

早娶嬌妻了。」

狄青眨眨眼睛，頭一次對這個郭大人有了些好感，深施一禮道：「郭大人的大恩大德，狄青永世不

忘。在下還要去鐵匠舖，就先走一步了。」他再施一禮，匆忙離去。郭大人並不阻攔，回轉桌後坐下，

捧著酒罈子狂灌一氣，重重歎口氣，又道：「怎麼這麼像呢？難道說……」話未畢，有一縣尉匆忙趕

來，說道：「趙縣令知郭大人招兵辛苦，特在縣衙擺了桌好酒好菜，請大人賞臉。」

郭大人抹去疑惑，哈哈一笑道：「也好，這就去吧。」

狄青快步急行，等感覺郭大人騎馬也追不上的時候，這才稍緩了腳步，掂了下手上的碎銀子，自語

道：「這郭大人真不錯，但娘親說過，『男兒莫當兵，當兵誤一生』，看來只能辜負他的好意了。想我

狄青何德何能，竟讓這郭大人如此器重？莫非是王八看綠豆，對了眼不成？」想到這裡，連忙搖頭，暗

想郭大人是個漢子，自己也不是綠豆……

正自尋思間，遠處有人叫道：「狄青，你怎麼才回來，出……出大事了！」遠方奔來個後生，氣喘

吁吁，滿頭大汗。

狄青認得來人叫做牛壯，是他自幼玩耍的朋友。見牛壯滿臉惶恐，衣衫破爛，眼角青腫，好像才和

人打了一架，狄青心中一沉，「出了什麼事？我大哥呢？」

牛壯急道：「就是你大哥出事了！」

狄青一把抓住他的手腕，喝道：「快說，到底出了什麼事？」

狄青對郭遵所言，其實是半真半假。小青和張鐵匠的確是有其人，張鐵匠也的確開出了五兩銀子的價碼，不過想娶小青的是狄青的大哥狄雲。狄青今日起早賣了羊，湊夠了錢滿心歡喜地趕回家，只想幫大哥迎娶小青過門，哪裡想到會有意外？

牛壯道：「趙武德說要娶小青去做第七房小妾，丟給了張鐵匠十兩銀子。你大哥和我正在跟張鐵匠說媒，見狀當然不許，我去攔，被他們揍了一頓，你大哥去攔，結果……」他臉上已有慘然之意。

狄青忙問道：「我大哥到底怎麼了？」他知道趙武德是趙縣令的獨子，在西河稱霸一方，大哥和他交惡，如何會好？

「你大哥他……腿被打斷了。」牛壯落淚道。

狄青額頭青筋暴起，握拳道：「是趙武德下的手？」

牛壯恨恨道：「雖不是他親自下手，可也差不多了。你也知道，趙武德有一幫狗腿子幫手，在縣裡素來都是無惡不作。趙武德當時就叫囂著說他爹是縣令，打死人不會有事。」

狄青不再多說，大踏步向家中趕去，牛壯慌忙追趕，可早被狄青拋在了身後。狄青到了家中，見到大哥狄雲臉色蒼白，一條腿上血跡斑斑，臥在床榻上昏昏欲睡。有一大夫才為狄雲矯正了腿骨，見狄青到來，搖搖頭，低聲道：「只怕好了，以後也要跛了。」

狄青渾身發顫，掏出些碎銀給大夫，送走大夫之後，一拳擂在庭院外的桌案上。那桌子本極為結

實，竟架不住他的大力，轟的一聲散了。

狄青心中大恨。他父母早亡，大哥狄雲本是老實的鄉下漢子，一手將狄青拉拔大，可以說是既當爹又當娘，狄青對大哥極為敬重。趙武德打斷了狄雲的腿，那實在比打斷他狄青的腿還要讓他憤恨。

狄雲聽到庭院內的動靜，醒了過來，虛弱道：「弟弟⋯⋯你回來了？」

狄青快步進到屋中，「大哥，我回來晚了。你先睡會兒，我這就去找趙武德。」他轉身要走，狄雲急急喚道：「弟弟，你不能去！」

狄青止住腳步，緩緩地轉過身來，強笑道：「我是去和他們說理。」

狄雲道：「弟弟，我知道你為我不平，可他們人多勢眾，你奈何不了他們。我已經這樣了，你若有個閃失，我如何對得起死去的爹娘呢？」眼淚順著臉頰流淌下來，狄雲悲哀道：「弟弟，這件事，我們忍了吧。」

狄青良久才道：「好⋯⋯」

狄雲淒涼的心中多少有些安慰，他雖不幸，可畢竟不想弟弟也有事，「你陪著我說會兒話吧。」他只怕狄青去找趙武德，藉故拖住狄青。

這時候牛壯也趕了過來，見到這裡竟然風平浪靜，大惑不解。牛壯太瞭解狄青，當然知道狄青絕對不會善罷甘休。

狄青道：「大哥，我去和牛壯說幾句話，你先歇會兒，我一會兒就回來。」他帶著牛壯出了庭院，對牛壯低語了幾句，又掏出那三兩銀子給了牛壯，然後才回轉到屋中。

狄雲並沒有看到狄青給牛壯銀子，可見到弟弟聽自己的話，嘴角終於浮出絲笑，「弟弟，你還記

得，當初娘死的時候，說過什麼嗎？」

狄青道：「娘說我們兄弟要相依為命，讓我聽大哥你的話。」

狄雲淒然笑道：「是呀，弟弟，你雖然脾氣不算太好，可還是真聽我的話。娘臨去時對我說過，她最放心不下的就是你。她讓我好好看著你，為你找個媳婦兒，那娘在九泉之下也能瞑目。可是……大哥沒用，大哥對不起你，到現在……反倒要你幫我娶媳婦兒……」

狄青垂下頭去道：「大哥，這世上我最親的人就是你。我自幼頑皮，總喜歡惹是生非，每次闖出了禍事，都要你來擔當。大哥你這輩子，為我這個不成材的弟弟，不知道挨了多少打罵，可你從來沒有喝斥過我一句。我只是養了兩頭羊，怎麼能報答你的恩情呢？」

狄雲歎道：「傻兄弟，你和我還說什麼恩情呢？大哥我知道你好武，前些年縣裡來了個程武師，功夫不錯，可我卻無錢請他教你武功，其實心中也很過意不去，你不會怪我吧？」

狄青抬起頭來，「可我卻偷了你的錢，給那程武師買酒喝，央求他教我些功夫。大哥，這些事情你也不會怪我吧？」

狄雲聽了，想要大笑，牽動了腿傷，嘴角一陣抽搐，道：「我早就知道了，可惜只怕那些錢也不夠。唉……弟弟，大哥只怕你闖禍，為了拴住你的性子，這才讓你養羊。這一年來，你性子已好多了，大哥很高興。等大哥腿好了後，我們就再養幾隻羊賣，到時候賣了錢，給你說個媳婦兒，大哥就算死了，也能對得起爹娘了。」他說到這裡，雖還在笑，可心中極其難過。小青被搶趙武德搶去，狄雲知道已不能挽回，早就心若死灰，只想給弟弟討個婆娘，他也就可以撒手不管了。

狄青道：「好。大哥，我謝謝你。」

兩兄弟說著閒話，牛壯又趕了回來，在庭院外叫道：「狄青，你出來一下。」狄青走出了屋子，和牛壯說了幾句話，這才去井邊打了碗水來，回轉屋子道：「大哥，你口渴了吧，喝點水。我和牛壯就在庭院，先把前幾日砍來的柴劈好。」

狄雲端過碗來，點頭道：「好，但你一定不要出去，我就在屋中看著你！」

狄青點頭，緩步走到庭院，向牛壯使個眼色。牛壯幫忙把柴房的枯枝爛木搬出來，狄青取了斧子，劈了幾下，喃喃道：「斧頭鈍了，得磨一下了。」他在磨石上霍霍地磨了幾下斧頭，又試著劈柴，狄雲見狀，心中大慰。他已喝了碗中的水，過了片刻，突然覺得眼皮有些發重，本想閉上眼睛休息一會兒就好，不想竟睡了過去。

狄青聽到屋中鼾聲，緩緩轉過頭來，將已磨得泛寒的斧頭別在了腰間，突然對著牛壯跪了下來。牛壯嚇了一跳，說道：「狄青，你這是幹什麼？」

狄青道：「牛壯，我們是不是兄弟？」

牛壯用力點頭道：「當然是，自從你七歲幫我打架的時候，我們就是兄弟了。」

狄青道：「你是孤兒，我和大哥也沒有了爹娘，這些年來，我和大哥雖與你不是兄弟，但也當你是兄弟了。你知道我的性子，這次我就算違背大哥的意思，也一定要去，不然活著還有什麼意思？」原來他雖應承了大哥不出門，卻暗中吩咐牛壯買了迷藥下在狄雲喝水的碗裡。

牛壯道：「狄青，你說吧，要我怎麼下手，我拚出一條命，也要掙回這口氣！」

狄青搖頭道：「你不需要跟我去。你現在需要做的，就是馬上雇一輛大車，帶我到縣城北二十里的放羊坡等我，黃昏的時候，我若還不能帶青兒到放羊坡，你就帶著我大哥向北，向太原府的方向遠

走逃難，莫要再回來了。天地之大，不一定要在西河才能活命。牛壯，我求你了……」

牛壯急道：「狄青，你一個人去那裡能行嗎？趙武德就在縣衙裡面住著，養著很多狗腿子，有幾個真的有本事，你打不過他們的。」他知道狄青雖也習武，但不過是和程武師學了一點本事，平日又去張鐵匠那裡打鐵，這才臂力強勁。但若說真打，不見得能是那些人的對手。

狄青一字字道：「我看得出，若救不出小青，我大哥就和死了沒有什麼分別。可我大哥為了我，寧死也不願意我出手。牛壯，我只有這一個大哥！」

牛壯鼻樑酸楚，知道事已至此，再沒有其他的選擇。他們根本沒法兒告官，因為這裡趙縣令最大，趙縣令當然要幫自己的兒子。牛壯也不再勸，說道：「那你小心，我等你。你放心，我會照顧你大哥。」

「可是……你不等晚上再去嗎？」

狄青搖搖頭，「就是因為現在是白天，我去縣衙，他們才可能更意想不到。」

狄青站起身來，對牛壯深施一禮，然後回頭望了眼屋內的大哥，不再多說，大踏步出了庭院。

出了庭院後，狄青先用灶灰抹黑了臉，將衣服撕爛染黑，扮成個乞丐模樣。他雖憤怒，卻絕非魯莽送命之輩，為了大哥他一定要救出小青，但也不想先送了性命。

到了縣衙前，狄青不由吸了一口冷氣。趙武德是趙縣令的獨子，而趙縣令公而忘私國而忘家，為了辦公，索性把家都搬到了縣衙裡面。這父子倆喪盡天良，住在縣衙內，必定會叫護院守護。狄青算到了有護院，可沒想到縣衙前竟然還有禁軍！

狄青想了半晌，繞道去了縣衙的後院，走了好一會兒，才到了縣衙後門的巷子處。這裡人跡稀少，本是雜役出沒的通道。狄青正考慮是翻牆還是硬闖進去，突然聽到身後有人叫道：「叫花子，讓讓。」

狄青回頭望去，見一輛牛車正在巷子口，車上滿是乾柴。狄青認識趕車的老漢老王，知道他一直在給縣衙送柴，心念一動，垂下頭來閃到一邊。老王並沒有認出狄青，一甩鞭子，已趕車入了巷子。走了一段路，下意識地回頭望了眼，卻發現叫花子早已不見，見他讓出路來，老王嘀咕道：「這叫花子腿腳倒快。」他只顧著趕車，沒有留意到狄青趁車子路過之時，就地一滾，到了車下，猿臂暴長，已掛在了牛車之下。

老王到了巷子的盡頭，敲開了後門。有人道：「老王，這柴乾不乾？」老王憨厚笑道：「車管家，不乾不要錢。」車管家笑道：「你倒老實。好吧，本管家照顧你的生意，你明天多送點柴過來。」老王問，「要那麼多乾材做什麼，燒房子嗎？」車管家啞道：「你能不能說點好聽的？最近有京城的大人物來到這裡，又有不少禁軍，柴火就用得多一些。這不，現在那些人就在前廳喝酒呢，領頭的那個指揮使真能喝酒，我親眼見到他喝了十來斤酒下去。」

狄青聽到這裡，腦海中閃過那個郭大人的樣子。他正沉吟間，車管家又說，「老王，去領錢吧。」

老王才應了一聲，就聽到腳步聲雜遝，車管家突然道：「公子爺，你怎麼到這裡來了？」

狄青聽到「公子爺」三字，心口一跳，屏住了呼吸，見一雙緞子鞋出現在車前不遠處，暗想難道是趙武德來了？他到這雜役出沒的地方做什麼？

果不其然，趙武德嘶啞的聲音傳過來，「他娘的，來了個破殿前指揮使，我那老子就非讓我去陪。那傢伙一整個酒囊飯袋，能吃又能喝，到現在才讓我走，今天得來的那小嬌娘老子還沒空碰。車管家，怎麼樣，她在柴房老實嗎？」

狄青得知小青的下落，心中一喜，從車底望過去，望見了那緞子鞋後還有十多隻腳，知道趙武德帶

著手下，不由大皺眉頭。

車管家回道：「公子爺，她撞破了頭，還不吃飯，餓她幾天就會聽話了。」

趙武德罵道：「給她臉不要，老子看上她是她的福氣，惹惱了老子，玩了她後，丟到王大媽那裡去。」

「王大媽是這縣裡青樓的媽媽，趙武德倒是王大媽那裡的常客。

這時有人道：「公子爺，今日我們打了狄雲，聽說那窩囊廢倒有個好打架的弟弟叫做狄青。我只怕狄青會來找麻煩，還是小心點好。」那人聲音尖銳，狄青聽了，知道他是趙武德高價請來的武師，叫做索明，習慣使一條鏈子槍，武功在縣裡出類拔萃。當初教狄青武功的程師父就是敗在索明的手下，這才離開了西河。有這人在此，狄青不敢輕舉妄動。

又有人道：「狄青算個屁，給個膽子，他也不敢大白天的來這裡。索師父，你若是怕，不如回家抱娃兒去吧。」那人聲音如同公鴨，引起了旁人的一陣哄笑。狄青臉色鐵青，已聽出那人叫做棍子。沒有人知道那人的真名，可都知道那人一條棍子使得極好，就算索明對他也要忌憚三分。

索明聽棍子諷刺，有些不滿道：「小心些總是好的。」

車管家道：「其實大家都是為了公子爺好。索師父、棍子，莫要爭了。」索明、棍子聽車管家發話，都是冷哼一聲，卻不再爭辯。

趙武德哈哈笑道：「那好，我就小心些，這幾天你們都跟在我身邊。車管家，帶我去見那小娘子，我就當著你們的面玩她，這樣也安全一些。」

狄青聽到這裡，再也按捺不住。他知憑自己的本事，只怕不是棍子和索明的對手，可這樣等下去

眾人淫笑不止。

聲，已平平地倒了下去。

也不是辦法，拿住趙武德，事情才有轉機。想到這裡，他一鬆手，不等落到地面，手腕一撐，狄青已從車下滾出來，雙手一探，已握住了穿緞子鞋的雙腳，喝道：「畜生受死！」他用力一拉，趙武德怪叫一

趙武德雖說要防著狄青，可哪裡想到狄青竟然鬼一樣突然出現，在場人眾雖多，卻也沒有一人注意到不遠處的牛車，更沒有見到狄青是怎麼冒出來的。趙武德驚叫倒地，狄青身形暴長，才待制住趙武德，不想只聽呼的一聲，一股凌厲的疾風已到了他的腦後。狄青顧不得再擒趙武德，縮頭躲避，那股疾

風倏然而來，卻戛然而止，棍影一晃，竟戳向了狄青的右眼。

狄青從未見過這麼迅疾的棍法，只能向一旁滾去。他才一滾開，就知道不好，對手老謀深算，只用了兩棍就逼他離開了趙武德。狄青才要再衝上去，只見眼前金光一閃，不由再退一步，一槍刺空，將狄青驚出一身冷汗。狄青只顧得躲避長槍，沒有注意到一棍偷偷襲來，正中他的小腿。狄青一個踉蹌，抬頭再望，只見趙武德已被兩人扶起，另外兩人冷笑著立在他面前，一個長著三角眼，正是索明，另外一人滿臉的麻子，卻是棍子。狄青一顆心沉了下去。

趙武德後腦劇痛，見已解除危險，怒道：「狄青，我操你祖宗，你敢殺我？打死他！誰殺了狄青，我賞一百兩銀子！」他懸賞才出，眾人躍躍欲試，狄青卻是回頭望了一眼。索明見狀冷笑道：「想走

嗎？」他話音未落，狄青驀然轉身，向外奔去。

索明以為狄青要逃，才待舉步追去，沒想到狄青霍然回身，已向他衝來。索明一凜，鏈子槍一振，刺向狄青的胸膛。與此同時，棍子亦是一棍抽向狄青的背後。剎那間，狄青腹背受敵，他若躲過了棍

子，就閃不過鏈子槍，就算僥倖閃過了鏈子槍，也躲不過接下來的殺招。

狄青哪個都沒有躲過。棍子重重地落在他的後背，鏈子槍也已刺中他的肩頭！索明甚至聽到長槍入肉的聲音，嘴角露出一絲獰笑。

不想狄青被棍子擊中，突然哇的一聲，吐出一口鮮血，正噴中索明的雙眼。索明雙目不能視物，嚇了一跳，才要後退，狄青早已抽出斧頭，一斧頭砍中索明的胸膛！

短斧入胸，血如泉湧。索明驚天一聲吼，竟被狄青一斧砍殺！

棍子聽到慘叫，心中一寒，才要展棍再打。狄青一揮手，斧頭脫手飛出，直取棍子的面門。斧頭電閃而過，刮在棍子的臉上，帶出一絲血痕，咄的一聲，砍入馬廄旁邊的柱子，嗡嗡響動。狄青擲出斧頭後，一聲大喝道：「擋我者死！」

他奮力一躍，已到了趙武德的面前。趙武德身邊本來還有兩個護院，可見到狄青浴血威猛，護院中最厲害的兩個人物已是一死一傷，早就寒了膽，撇開趙武德，連滾帶爬地避開。

趙武德早被嚇得尿了褲子，雙腿不聽使喚，不等動彈，就被狄青抽出他腰間的長劍，架在脖子上。

狄青只覺得眼前發黑，搖搖欲墜，卻還能喝道：「趙武德！我的腦袋要破費你一百兩，不過你的狗頭，老子可以無償地為你砍下來！」

第二章 天王

狄青搏命擒住了趙武德，受傷卻也著實不輕。他自知絕不是索明和棍子的對手，這才拚著命硬挨那一槍一棍，制住了趙武德。

眾人再望狄青，都是帶了三分敬畏。他們早聽說狄青好打架，但當初只感覺此人不過是街頭混混，哪裡想到過就是這個混混，竟然殺了索明，擊退了棍子，還當著他們的面擒住了趙武德！

趙武德早就嚇得兩腿戰慄，聽狄青威脅，顫聲道：「狄青……狄爺……我的祖宗呀，你別殺我。」

狄青冷笑道：「不殺你？給我個理由！」

趙武德想了半天，才道：「我有錢，我可以給你很多很多錢。你不是要小青嗎？你們這些蠢材，還愣著做什麼？快去把小青帶過來！」他為了保命，突然聰明了起來，車管家慌忙前往柴房，狄青見狀喝道：「給我準備兩匹快馬！」

趙武德連連點頭答應，又罵道：「你們這幫奴才，快去給狄爺備馬。」他雖然想把狄青千刀萬剮，可這時候保命要緊，對狄青自是言聽計從。

內院嘈雜一片，趙縣令知道這裡有事，匆匆趕到，見狄青挾持著寶貝兒子，喝道：「狄青！你要造反嗎？還不快把人放了！」緊接著腳步聲急促，十數個禁軍也相繼趕了過來，為首一人，正是郭大人。

郭大人見到院中的一切，一揚眉，顯然是詫異在這裡見到狄青。有禁軍就要上前，郭大人一擺手，那二人霍然止步。狄青見狀，心中叫苦，暗想這個郭大人的本領極高，再加上這些禁軍，自己想要逃脫

真的是千難萬難。

這時，車管家已帶著小青過來，「公子爺，小青帶來了。」

小青容顏清秀，見到院中的情形，已明白了一切，哭泣道：「狄青，你怎麼這麼傻？」她一直當狄青是親弟弟一樣，見狄青如此，只恨自己連累了狄氏兄弟。

趙縣令當然知道自己兒子的品行，一見小青髮鬢凌亂，衣衫不整，早明瞭事情原委，暗罵這個車管家和豬頭一樣，竟授人以柄。上前就給車管家一記耳光，罵道：「怎麼回事？」說罷連連暗向車管家擠著眼睛。車管家捂住臉道：「大人……這個……那個……」

趙縣令不再理會車管家，對狄青道：「狄青，這裡是縣衙，你莫要自誤。快放了趙武德，我會秉公處理。你若是一錯再錯，只怕家人也難免受到牽連。」他將小青的事情撇開不說，勸導中帶著威脅，暗想只要狄青一放人，就把他押到縣牢，打斷他的腿，挑了他的筋，然後說他暴斃身亡，一切也就過去了。

狄青冷笑道：「你若真的公正，我何必來此？你兒子強搶民女，打斷我大哥的腿，你不如現在就告訴我，如何秉公處理呢？」

趙縣令臉色一沉道：「狄青，這麼說你打算頑抗到底了？」他見有兩人已掩到狄青背後，突然一揮手道：「拿下！」

那兩人才要上前，不想狄青早就留意到身後，飛出一腳，正中一人的胸口。那人大叫一聲，飛出丈許。另外一人嚇得連連後退，不敢再動手。狄青手腕一動，長劍已在趙武德脖子上劃出道血跡，喝道：

「趙縣令！既然你不要兒子的性命，那我們索性來個魚死網破！」

趙武德見到流血，差點暈過去，大聲呼喊，「爹爹救我！」

趙縣令急喊，「狄青！切莫動手，有話好商量。」

郭大人一旁如看戲般，「趙縣令，到底怎麼回事，我倒是有興趣聽聽。」

趙縣令心中一凜，賠笑道：「郭大人，這不過是小事，不勞你大駕。請你先去前廳喝酒，下官處理了這裡的事情就來。」

趙縣令雖是個土霸王，可對這個郭大人卻絲毫不敢得罪。

原來這個郭大人叫做郭遵，本是京城的殿前指揮使，位列三班，統領京中八大禁軍中的驍武軍。這次郭遵前來汾州，說是要挑選人手補充禁軍。知州不敢怠慢，讓州下各縣全力配合，郭遵各縣遊走，這段日子跑到了西河。

趙縣令當然也不敢得罪此人，刻意奉承，又是陪酒，又是打點禁軍眾人，只求平安無事就好。哪裡想到不成器的兒子竟然鬧出這麼大的禍事，自己想要遮掩，也無從下手。趙縣令暗中打定主意，這件事了結後，定然準備一份厚禮送與郭遵，只求破財免災。

郭遵見趙縣令推搪，淡淡道：「這不是小事，好像是大事。其實，我也可以幫點忙……」他不經意地望了狄青一眼，嘴角帶著絲笑意。這時候有禁軍急匆匆趕來，低聲在郭遵耳邊說了幾句話，郭遵臉色微變，皺了下眉頭。

趙縣令聞言喜道：「怎敢有勞郭大人？」覺得郭遵是站在自己這面，來了底氣，喝道：「狄青！京中郭大人在此，你還不趕快束手就擒，若是再行頑抗，就算你逃出西河縣，也要和你大哥一輩子做個逃犯！」

狄青心中微動，暗想趙縣令說的也不錯，自己雖準備亡命天涯，但大哥和小青呢，難道也要一輩子戰戰兢兢地過日子？他一時衝動，只想到這個解決的方法，但見到郭遵笑望自己，突然想到個念頭，說道：「郭大人，我要從軍！」他想自己亡命天涯不要緊，可不能連累了大哥，這個郭大人看似個好官，自己當求他庇護，才能洗刷大哥的冤情。可要求人幫助，首先的條件當然是加入禁軍。

眾人一怔，沒想到狄青這時候竟然說出這句話來。趙縣令冷笑道：「狄青，你可是瘋了？你以為你是什麼東西，竟然要入禁軍？」

郭遵哈哈一笑：「大丈夫一言九鼎，狄青，你可要記得自己說過的話。」

狄青點頭道：「在下絕無虛言。」

趙縣令見郭遵竟真有答應狄青的意思，不由大急道：「郭大人，這如何使得？狄青窮凶極惡，要脅犬子，本是惡人，絕不能放過！」

郭遵道：「不錯，若是惡人，自然不能放過。」他話音才落，突然上前一步，大喝一聲，出手向一人抓去。

眾人又是一驚，原來郭遵對付的不是狄青，而是一旁的那個棍子。

棍子遽然大驚，沒有想到郭遵竟然會向他出手，可此人畢竟有幾分本事，長棍一顫，連擊郭遵的手臂、胸口和肋下。這一招棍影重重，變化萬方。

趙縣令駭道：「棍子，你瘋了嗎？還不住手！」他話音未落，郭遵竟已奪下長棍，再喝一聲，單手前送，棍尾戳中了棍子的胸口。喀嚓一聲，棍子胸口的骨頭已被戳斷，一口鮮血噴出，倒飛而出。才落在地上，棍子竟翻身躍起，就想要翻牆而走。不想郭遵縱步上前，長棍掃出，正中棍子小腿。棍子慘叫

一聲，摔倒在地，再也無法起身。郭遵收了長棍，森然喝道：「拿下！」

早有禁軍上前，長刀出鞘，架在棍子的脖頸之上。趙縣令嚇得冷汗直冒，連聲叫道：「郭大人，

你……你拿錯人了。」

郭遵仰天笑道：「絕對不會錯，我聽說還有一人混在這裡。」目光一掃，從眾護院的臉上掃過，眾

護院皆是面無人色，不知道郭遵到底是什麼打算。

陡然間，一人從人群中竄起，倏然已到了牆下，再一翻身，竟然躍出了牆頭。郭遵不動，嘴角帶著絲絲冷笑。眾人驚呼，只因發現翻牆而走的那人竟是車管

家，一時都難以相信自己的眼睛。這個車管家一直以來都是個文弱書生，怎麼會有這般身手？

趙縣令已覺得不對，額頭上汗水滾滾而下，吃吃道：「郭大人……這……這到底怎麼回事？」

郭遵轉向狄青道：「狄青，放開趙武德。」

狄青猶豫一下，終於棄劍在地。郭遵見狀道：「綁起來。」有禁軍上前，將一人五花大綁，眾人

幾乎要暈倒在地，原來禁軍綁的不是狄青，竟然是趙武德。趙縣令急了，上前道：「郭大人，錯了！錯

了！」

郭遵冷然道：「趙縣令，你可知道棍子、索明和車管家都是何人？」

趙縣令茫然道：「他們……他們是誰？」

郭遵冷哼一聲，伸手一抓棍子胸口衣襟，一把將他衣襟抓裂，露出胸膛，只見那胸膛上刺著一個大

大的「福」字。眾人茫然不解其意，趙縣令卻失聲叫道：「是彌勒教的人！」

郭遵冷笑道：「不錯。這三人都是拜彌勒教，妄想造反的人。我這次到了汾州，借招募之名，其實

就是要查彌勒教一事。趙文廣，你私藏這種人在府中，還敢說我錯了？」他直呼趙縣令的名字，是已不把他當做縣令來看。

趙縣令大汗淋漓，慌忙跪倒道：「郭大人，下官真的不知情呀，求你……求你……秉公處理。」風水輪流轉，方才趙縣令還趾高氣揚，可這會兒已抖得如秋風落葉般。狄青暗自奇怪，不知道彌勒教是什麼來頭，竟然讓趙縣令驚怖如斯。

郭遵道：「如何處置，自有審刑院處理。來人！將趙文廣押下去。」有禁衛上前，將趙家父子押了下去，眾人見狀，不敢阻攔。郭遵又道：「李簡，可通知此地知州了嗎？」

一禁軍站出來道：「報告指揮使，已有人前去通稟，想必知州很快就會趕到。」郭遵點點頭，走到狄青的面前道：「帶人回去吧。記得你說的話，三天後來這裡找我。」

狄青死裡逃生，一頭霧水，問道：「郭大人，我大哥他……」

「你大哥怎麼了？」郭遵不解道。

狄青忙把狄雲的事情說了一遍，志忑道：「只怕我連累了大哥。」郭遵哈哈一笑，「你放心，方才你殺的那人，正是彌勒教的教徒，你非但沒錯，反倒有功。至於你挾持趙武德一事……他本來就該死，你大哥不砍頭也要刺配，你大哥不用逃難了。」說罷，有一禁軍急急過來低語幾聲，郭遵臉色微變，說道：「好，我馬上過去。」他望向狄青，說道：「我三天後在此等你。」

狄青點點頭，見郭遵離去，這才一屁股坐在地上，細想方才的事情恍如一夢。

小青上前為狄青包紮傷口，哽咽道：「狄青，苦了你了。」

狄青想起一事，忙道：「小青，你千萬莫要對我大哥說我從軍的事情。」

小青微愕道：「那怎麼能瞞得住他呢？」她已知道狄青以從軍為代價，換取狄雲和她的幸福，感激莫名。

狄青抬頭望天，見風輕雲淡，無奈道：「瞞一天算一天吧。」

三日轉瞬即過，狄青愁眉不展，始終想不出離家的藉口。狄青知道大哥只盼望他能老老實實地做人，若是知道他當兵，多半又會傷心。

趙縣令父子伏法之後，狄青帶領小青去了放羊坡。狄青那時候已經醒來，知道狄青為了自己去了縣衙，又是吃驚又是擔憂，逼牛壯一定要帶他前往縣衙。牛壯正無可奈何之際，狄青和小青終於趕到，狄雲又驚又喜，狄青只說碰到了個好官，自己不但沒有過失，反倒有些功勞。

狄雲聽後，本想喝斥狄青，但見弟弟渾身是血，肩頭帶傷，正是為他這個大哥如此受苦，哪裡忍心再說什麼？狄雲慶幸終於無事，只覺得是祖上積德，又帶狄青到爹娘的墳前上香禱告。張鐵匠經過這件事後，只怕女兒嫁不出去，一改吝嗇的本性，竟然催促狄雲儘快迎娶小青，只商量了盞茶的功夫，就決定第二天操辦喜事。

狄雲雖跛了腿，但因禍得福，當然是喜悅無限。狄青和牛壯二人立即著手準備，狄家貧窮，準備雖是草草，但到處披紅掛彩，也頗有幾分喜氣。

狄青忙碌了一晚，終於將家中布置妥帖，天光未亮，早劈好了可用數月的柴禾，這才坐在庭院中，呆呆地望著天際。

他要走了，他不能失信於人。更何況，他驀地發現，原來外邊還有更廣闊的天空，那對他來說，顯

然是個極大的誘惑。可是他大哥腿跛了，他又如何能安心地離開大哥？

腳步聲響起，狄青沒有回頭，知道是大哥走了過來。狄雲走到狄青身旁，和他一塊兒坐在臺階上，沉默了半晌，說道：「弟弟，你還記得爹爹教過我們的一句話嗎？」

「什麼？」狄青隨口問道。

「他說人生最重要的就是一個『信』字。」狄雲緩緩道，「做人不能無信，不然無以立足天地之間。」

狄青滿懷心事，說道：「不錯，不但父親這麼教我們，大哥也是一直這麼教導我，我從來不敢忘記。」

「所以……你該走了。」狄雲拉過狄青的手來，放在他手上一物。狄青見是錠銀子，一怔道：

「走？去哪裡？」

狄雲微笑道：「去你答應去的地方。」狄青幡然省悟道：「大哥，你都知道了？」狄雲道：「小青把一切都告訴我了，你莫要怪她。我看得出，你不想失信於人。大哥當初不想你從軍，是因為看多了軍士的為非作歹，不想你沾染了那些匪氣。可是我現在知道了，雄鷹自有雄鷹的去處，不能像家禽一樣豢養在庭院中。狄青，你長大了，知道什麼是對，什麼是錯，大哥也就放心了。大哥沒什麼積蓄，只有這點銀子，你帶著路上傍身，不要推辭，聽大哥的話。」

狄青緊緊地握住那錠銀子，鼻梁酸楚，「大哥，可是……」

「可是什麼？我腳雖跛了，但養活一家人還不是問題。」狄雲微笑道，「你放心走吧，不要擔心我。我聽說趙氏父子都被下獄，解往汾州大牢，再也不能為難我們了。弟弟，出門在外，你要好好照顧

自己。你記得，若有什麼難處，這裡永遠還有你的家。」

狄青遲遲才道：「那總要等到接了新娘子才好。」狄雲笑道：「好。」可回轉頭的時候，忍不住用衣袖揩拭下眼角。

他們兄弟相依為命多年，狄青離去，狄雲有著深切的不捨，可他看出了狄青的為難，他知道弟弟有更遠大的志向，所以他能做的不多，只求自己不拖累弟弟。

新娘子進門時，狄青已踏上了未知的征途。他只背了個簡單的包袱，帶了幾件換洗的衣物和一點乾糧。那錠銀子，他還是放在了大哥的房間之中。他並不知道，他決然離去的時候，狄雲已發現了那錠銀子，眼中忍不住落下淚來。

狄青大踏步離去，到了大哥再也望不到的地方，這才轉身向家的方向拜了三拜，說道：「大哥，我不會讓你失望，你自己保重。」

狄青到了縣衙後，見有禁軍守在門前，抱拳道：「這位官大哥，在下狄青。」

禁軍道：「你就是狄青？快進來，郭指揮正在等你。」他帶領狄青入了衙內，郭遵正坐在前廳，旁邊坐著個年輕人。

狄青望見，只感覺那年輕人就像一把出鞘的劍！那年輕人臉色蒼白，目光有如劍鋒般敏銳，上下打量了狄青一眼，微有詫異，站起來對郭遵道：「郭指揮，這次還需你幫忙。」

郭遵緩緩點頭道：「國家大事，郭某當盡力而為。」

那年輕人再施一禮，轉身離去。狄青這才舒了口氣，被那年輕人盯著，感覺渾身上下都不舒服，不由琢磨起這年輕人的來頭。

郭遵目送年輕人離去，轉頭對狄青道：「你果然來了。」

狄青施禮道：「在下既然答應了，怎能不來呢？」

郭遵讚許道：「說得好，丈夫說到就要做到，若是連個信字都無能做到，何談保家衛國？我郭某這輩子不服旁人，只服那一諾千金的義士。其實我看到你的第一眼，就知道你是可造之材。那鬥雞眼的法子，不是一般人能想得出來的。」

狄青見他看穿自己的小聰明，尷尬一笑。郭遵還待再說什麼，一禁軍走進來，低聲道：「郭大人，兄弟們都準備妥了。」

郭遵點頭道：「好，馬上出發。狄青，你可都準備好了？」

狄青點頭，不發一言。郭遵看出他的心事，說道：「大丈夫志在四方，若不趁年輕闖一闖，到老了終究會有遺憾。狄青，我想，你以後不會後悔自己今日的選擇的。」說罷他大步走出了縣衙，門外早已有數十禁軍在等候，每人身邊都跟著一匹馬。

郭遵命人又牽一匹馬兒過來，對狄青說道：「會騎馬嗎？」

狄青道：「騎過牛。」

郭遵笑道：「那也差不多了。到了驍武軍，不但要會騎馬，還要騎得最好。上馬！」眾人翻身上馬，動作矯健。狄青雖從未騎過馬，但身手亦是矯捷，翻身上馬，絲毫不甘示弱。郭遵見狀微微點頭，撥轉馬頭，一馬當先向東馳去。

這一路跑出了百來里，一直到汾水岸邊方才稍歇。狄青少出西河，頭次跑了這麼遠的距離，忍不住回頭望了眼，知道每跑一步，就離家鄉遠了一步，離大哥遠了一分，心中難免傷感。轉瞬昂起頭來，

心道郭遵說的不錯，男兒志在四方，自己不能讓旁人瞧輕了。

眾人到了汾河岸邊，乘船過河，然後一路南下又跑了數十里，這才停了下來。

狄青只以為郭遵會轉向東南前往京城開封，不想郭遵竟命眾人尋找汾河稍淺的地方再次渡河，竟又向來時的方向奔回，走的盡是偏僻的山路。狄青大惑不解，不明白郭遵到底要去哪裡。因為從路途來看，郭遵完全是在繞圈子，如果這樣趕路，豈不從西河徑直南下更是痛快？可他見眾人都是蕭然無語，也就不再發問，暗想反正你們管吃管住，我跟著就是。

沒想到當晚眾人都在山野留宿，從包袱中自取乾糧，就著山泉食用。狄青那匹馬上也有個包袱，裡面放著乾糧、臘肉和果脯。狄青悶葫蘆一樣，吃了乾糧後，找了乾草鋪在山中背風乾燥的地方休息。他自幼貧寒，並不以風餐露宿為苦。

半夜時分，狄青靠在山壁上，望著星空璀璨，銀河劃空有如天塹，暗想和大哥這麼一別，不知何時再能相見。正思念間，聽到左側有極輕的腳步聲傳來，狄青心中一凜，扭頭望過去，見到郭遵正站在不遠處望著自己。

狄青緩緩起身道：「郭大人，找我嗎？」

郭遵微笑道：「你耳力不錯，是個習武的胚子。可惜的是缺乏名師指點，武技還有待提高。」

狄青點點頭：「在下家貧，請不起師父。」

郭遵坐了下來，招呼狄青也坐下，不談武功一事，問道：「你聽過彌勒教嗎？」

狄青道：「聽過。可若非大人當時指出，我還不知道那些二人是彌勒教的人。可是彌勒教又怎麼了？好像大人對這個教極為痛恨？」

郭遵歎道：「『釋迦佛衰謝，彌勒佛主事』這句話你聽過沒有？」見狄青搖頭，郭遵笑道：「其實我也不知道，我多此一問了。」

狄青慚愧道：「在下本就是個蠻力小子，知道的不多，讓大人見笑了。」

郭遵道：「誰又生下來就懂這些呢？狄青，寧笑白頭翁，不笑少年貧，我看得出，你有志向，有氣節，若能發憤圖強，以後前途無限。」

狄青心下感激，道：「多謝大人謬獎。其實……」他想要說些什麼，終於還是忍住。

郭遵盯著他道：「其實什麼？」

「其實也沒什麼。」狄青嘿然一笑，「不過是鄉下人的妄想罷了。」

郭遵反倒來了興趣，「說來聽聽。」

狄青不知道郭大人怎麼會如此熱情，尷尬道：「其實我娘親對我期許很高，總說我以後會有宰相之才……」她說自己年輕的時候，有個很靈的術士給她相面，說她和宰相有緣。」不知為何，狄青總感覺郭遵和他大哥一樣，都已算是他的親人，是以出言沒有顧忌。

郭遵睜大眼睛道：「難道說……你娘嫁給了個宰相？」

狄青搖頭道：「那倒不是，術士說我娘會生出個宰相。」見郭遵眼珠子瞪得和牛眼一樣，狄青也覺得好笑，說道：「因此我娘生前總是對我說，『兒子，你要努力，莫整日只知道玩耍，你以後是宰相的命。』嘿嘿，我倒是想當宰相，可天生不喜讀書，倒辜負了我娘的一番好意。不讀書，不考狀元，怎麼能當上宰相呢？」

郭遵扭過頭去，望向遠方道：「那你爹是個什麼樣的人呢？」

狄青道：「我爹？他……一直有病，總是不能好，我記事沒有多久，他就去世了。我娘辛辛苦苦把我哥養大，不等我成人，也去了。唉，我大哥一輩子辛苦，當爹又當娘，把我養大，所以我不能容忍他受委屈。」

「所以你對大哥極為敬重，拚死也要找趙武德算帳？」郭遵嗓子有些沙啞。

狄青認真地點點頭，「不錯，我只有這一個大哥！大哥怕我學壞，說娘說過，當兵的好人少，讓我莫要當兵……因此前幾天郭大人招我入伍，我才百般推辭。」

郭遵喃喃道：「原來是這樣。當兵的好人少？」腦海中突然閃現那如梅般的女子，衝他尖聲叫道，「郭遵，你本領高，那又能如何？我這輩子也不會喜歡你，當兵的……沒有一個好人！」郭遵想到這裡，嘴角露出苦澀的笑。

狄青自覺失言，忙道：「當兵的當然也有好人，比如說郭大人。」岔開話題道：「郭大人，彌勒教到底是怎麼回事？我們這次是要去抓彌勒教的人嗎？」他隱約看出什麼，是以一猜。

郭遵沉默良久，終於道：「彌勒教其實源遠流長，在梁武帝的時候就已創立，隋唐時亦有發展。現在京城的大相國寺就有尊彌勒佛，慈眉善目，坐在蓮花臺上。彌勒佛身邊有四大天王守衛，說是要滅盡天下一切邪惡，握蛇的叫廣目天王，手持大刀的叫持國天王，背負寶劍的叫增長天王，扛著一把傘的叫多聞天王。」

狄青聽得納悶，不知道郭遵為何要對他說起這些。

郭遵抬頭望向明月，這時清冷的光輝籠在他的臉上，讓他看起來滿是剛毅。狄青初識他的時候，只覺得這個大人有些粗莽無稽，後來得他贈銀相助，感覺此人豪爽正直，這刻談起彌勒教，又覺得郭遵見識非凡。

狄青並不知道郭遵出身軍功世家，文武雙全，卻是不自覺地對郭遵產生了敬仰之意。

郭遵又道：「都說這四大天王護衛彌勒佛，剷除天下邪惡，這教的本意是好的。但教本無罪，罪在人心呀！」郭遵長歎一聲，「彌勒教很多時候都被別有用心的人利用，在北魏、隋末都掀起了滔天大浪。到本朝的時候，彌勒教本已勢衰，可近些日子，朝廷卻查到有人利用彌勒教蠱惑人心，行造反之事。『釋迦佛衰謝，彌勒佛主事』，這句話說的是佛主釋迦牟尼衰落，彌勒佛要領眾人開闢另外的世界，造成反的事不言而喻。太后聞言大怒，這才命開封府派人調查此事。我發現西河有彌勒教徒出沒的痕跡。因此我明裡是來汾州招募禁軍，可真正的目的卻是調查彌勒教徒的分布。我亦要協助調查。

趙縣令交往，卻無意間發現他是個大貪官，我原本想上奏朝廷，不過又怕打草驚蛇，這才忍耐一時。然後……你來了，剩下的事情你也都知道了。」

狄青不安道：「若非我不知輕重地殺出，說不定郭大人已將他們一網打盡了。」

郭遵安慰狄青道：「其實我只是查出索明和棍子與彌勒教徒有關係，卻不知車管家也是。不過我總懷疑還有人夾雜在其中，這才虛言欺之，車管家做賊心虛，竟翻牆跑了。」

狄青靈光一動，說道：「其實郭大人是特意放他走的，對不對？」

郭遵眼中露出狡黠的笑，「狄青，你很聰明。不錯，是我特意放車管家離去，再命人暗中跟蹤他，現已知道他們的老巢就在西河南方百餘里的白壁嶺。我雖捉住了棍子，但棍子極為狡猾，採用棄卒保帥

的法子，說出幾處無關痛癢的巢穴。我索性將計就計，這幾日用霹靂手段剷除了這幾處地方，然後大張旗鼓地宣布回轉京城……」

狄青省悟過來，「郭大人特意兜個圈子，然後悄悄回轉，就是要潛入白壁嶺，趁他們懈怠的時候，殺他們個措手不及？」

郭遵微笑道：「正是如此。好了，該說的我已經說了，你好好休息，明天說不定就會有場惡戰呢。」他起身離去，高大的身軀在月光下拖出個落寞的影子。

狄青感覺有些奇怪，不解郭遵為何對他這個新兵說及這些事情。可無論如何，郭遵對他很是器重則一點不假。狄青初離家鄉，一時間心緒如潮，迷迷糊糊地睡了過去。

第二日清晨，郭遵按兵不動，命眾人繼續休息。眾禁軍凜然遵從，狄青卻是拿出新發下的刀，比比劃劃。白日轉瞬即過，臨近黃昏的時候，有個百姓裝束的人摸到這裡，狄青認出那人就是招兵的那個瘦子，叫做趙律。趙律低聲對郭遵說了幾句，郭遵點點頭，喝道：「準備出發。」

眾禁軍早就憋著一股勁兒，聞言紛紛躍起。郭遵命令眾人五人一隊，換上百姓穿的衣服，然後將早就準備好的地圖展開，對眾人吩咐這次要做的事情。

原來每到月圓之夜，彌勒教徒按照慣例，都要舉行祭月儀式。眼下彌勒教因被朝廷注意，紛紛銷聲匿跡，可得知郭遵已離去，立即決定在白壁嶺的飛龍坳進行祭月。

郭遵早就將白壁嶺的地形熟悉得七七八八，吩咐起來井井有條，這次眾禁軍的主要任務是扼住要道，伺機混入信徒之中，製造混亂，捕殺逆黨，而郭遵的任務最為簡單明瞭……刺殺彌勒佛主！

郭遵為人端的是膽大心細，知道「射人先射馬，擒賊先擒王」的道理，明白彌勒佛不死，彌勒教隨

時都會死灰復燃，是以定下了這條策略。

狄青見郭遵指揮若定，頗有大將之風，不由欽佩非常。他知道郭遵武功極高，當初若是公平而戰，狄青絕對不會是棍子的對手，可郭遵只是兩招就擒住了棍子，身手高強可見一斑。

郭遵吩咐完畢，眾禁軍一撥撥地出發，前往指定的地點，狄青發現唯獨自己沒有任務，不由問道：

「郭大人，我做什麼？」

郭遵盯著他道：「你跟著我去殺彌勒佛，不知道你敢不敢？」見狄青良久不答，郭遵歎口氣道：

「原來你是沒膽。」

狄青猶豫道：「郭大人，若彌勒佛真的該死，在下第一個要殺他。可是……他不見得該死……他雖造反，可我也知道，很多百姓作亂也是因為活不下去了，而非執意想要推翻大宋江山。」

郭遵淡淡道：「若不親自前去，怎麼知道他是否該死呢？」

狄青道：「好，我就跟郭大人一起。只怕……我會拖累你。」

郭遵不答，換了百姓衣服，棄馬向西走去。狄青效仿跟隨，見郭遵這次慎重其事，也難免心中惴惴。

明月升起之時，郭遵和狄青已到了白壁嶺邊緣。白壁嶺溝壑萬千，氣象森森，山嶺蜿蜒起伏，有勝水貫穿其中，本是風景秀麗。可不知為何，群山之間總是霧氣朦朧，帶來些許淒迷之意。

郭遵看了下地形，循一條小路而入。才入嶺中沒有多久，就聽到前方大石後有人喝道：「月上孤主墳！」

狄青一怔，不解其意，郭遵從容道：「佛照天地門。」

石後轉出兩人道：「你們是哪個天王的手下，怎麼從這裡出沒？」那兩人都是一身黑衣，臉上帶個猙獰的面具，森森夜幕下，讓人心生寒意。一人突然伸手指道：「你是誰？」他話音未落，郭遵已如豹子般竄過去，一掌切在那人的喉間，那人喝聲陡止。另外一人大驚，才要吹哨子報警，不想郭遵手掌一拍，那人咕咚一聲，竟然把哨子吃了進去，郭遵再一翻腕，蒲扇般的大手已抓住那人的腦袋，用力一擰，就將那人的頸骨扭斷。

兩個戴面具之人軟軟倒下，郭遵立在那裡，道：「狄青，脫下他們的衣服換上，再戴上他們的面具。」

狄青見郭遵殺人如殺雞一般，不由暗自慶幸，心道好在自己不是郭遵的敵人。

二人換了那兩人的衣服，又取了面具戴在臉上。郭遵在那兩人身上搜了下，取出兩塊令牌來，拋給狄青一塊，低聲道：「一會兒我來應對，你莫要說話。」

狄青接過令牌掛在腰上，問道：「郭大人怎麼對這裡這般熟悉？」他開始還以為是拜彌勒教的不過是一些百姓流民，可見對方組織森然，絕非尋常的百姓，不免駭然。

郭遵哂然道：「自然有人幫我們打探一切。」他不再多說，緩步繼續沿著山路走去，行了數里，前方樹後有人低喝道：「你們兩個不守在前面，到這裡做什麼？」

郭遵啞著嗓子道：「有人稟告，說在嶺北見到京城捕頭葉知秋帶人出沒。我只怕他們對佛主不利，特來稟告。」

一人從樹後轉出，亦是戴著猙獰的鬼面具，驚呼道：「葉知秋來了？他怎麼會來這裡？」

狄青很是好奇，不知道葉知秋是什麼來頭，竟然讓遠在汾州的彌勒教徒也頗有懼意。郭遵道：「我

也不清楚，但只怕他們要破壞佛主祭月一事，你快帶我前去稟告天王，讓佛主小心。」

那人並不疑心，抬頭對樹上道：「你在這裡看著，我帶他們去稟告佛主。」

狄青暗自好笑，心道這些人故意裝作鬼氣森森，卻也有個最大的弱點，那就是彼此之間只看面具和令牌，倒讓郭遵有隙可乘。郭遵和狄青又過了兩道漏洞，輕易混了進來，真可謂藝高人膽大。

有鬼面人帶路，郭遵和狄青又過了兩道暗卡，進入了飛龍坳。飛龍坳是白壁嶺群山中環出的一處谷地，頗為寬敞。因從谷中望上去，只見到群山連綿，有如蒼龍飛天，是以得名。

這時候月色清冷，清風拂人，狄青到了飛龍坳之前，不由倒吸了一口涼氣。他原本以為這裡極為偏僻，能到這裡的均是彌勒教的首腦人物，不想谷中竟然密密麻麻地跪滿了百姓，足有近千人。所有人都寂靜無聲，神色虔誠，百姓前方高臺上，有一蓮花臺座，臺座上端坐著一尊金佛，笑口常開。

谷中四周燃著熊熊篝火，彌勒佛前燃起的一堆大火更是煙塵滾滾，直沖雲霄。金佛旁邊端坐著四個人物，均戴著天神一樣的面具。一人身著紅衣，頭戴龍盔，通體如火焰燃燒般，身上竟然盤著一條蟒蛇，手持鐵鋼。另外一人身著青衣，赤髮怒目，臉上的面具極為憤怒威嚴，斜負長劍，竟有四尺之長。

第三人身著白衣，紫髮慈眉，臉上的面具倒是頗有慈悲的表情，他前面木板上插著一把大刀，刃鋒背厚，頗為奪目。最後一人肩上斜倚著一把長柄大傘，看傘尖鋒銳，竟是精鐵打造。他身著綠衣，面具帶著分微笑。

狄青見了這四人的形狀兵刃，突然想到了昨夜郭遵所說的四大天王。這四人持蛇、背劍、操刀、負傘，不正是彌勒佛座下的四大護法？也就是廣目、增長、持國和多聞四大天王！

可是四大天王皆在，郭遵要刺殺的彌勒佛又在何處？

第三章 苦 戰

明月窺人，清風森森冷。一陣山風吹過，樹影婆娑，有如鬼怪在張牙舞爪。狄青雖是膽大，但和郭遵到了這裡，有如汪洋大海中的一葉孤舟，也不免心中忐忑，向郭遵望去。

狄青望向郭遵，郭遵卻只望著四大天王之間的金佛！狄青心中一動，暗想那尊金佛難道就是彌勒佛主？可是那金佛遠比常人身軀要高大數倍，良久未動，看起來就如同木偶一樣，怎麼會是彌勒佛？

帶鬼面的那人低聲道：「佛主正在祝福蒼生，這時候不能打斷，等一會兒再過去。」郭遵點點頭，盯著那尊金佛，暗想道，根據葉知秋的消息，彌勒佛其實就藏身在金佛之中，故作神祕，蠱惑人心，自己雖混了進來，可要過這近千百姓，破四大天王攔截，再擊殺金佛中的彌勒佛，絕非易事。不過……葉知秋的消息是否絕對可靠呢？郭遵為人看似粗獷，卻極為仔細，不怕難以脫身，只怕這一擊不中，後患無窮。

正在這時，郭遵突然感覺到有些不對，可一時間卻不知道哪裡出了問題，只見跪著的那些百姓紛紛抬頭望天，情緒激動。

郭遵抬頭望天，只見天空東南角迅疾聚起滾滾烏雲。那雲來得好快，不多時，就已遮擋了半邊的明月，再過盞茶的功夫，烏雲已掩住明月，布滿了天空。

狄青卻發現四大天王面前都放著一碗水，跪倒的百姓每人面前，也有一碗清水，不知道做什麼用處。這些百姓有男有女，有老有少，有的看起來甚至是一家人。狄青看到這裡，突然想起大哥，心中一

陣溫馨，覺得這二人當然是善良的百姓，那彌勒佛也不見得有什麼窮凶極惡之處，郭遵這次奉朝廷旨意來剿殺彌勒教，也未必名正言順。

天空黯淡，篝火熊熊，輕煙彌漫中，群情洶湧，讓飛龍坳彌漫在難言的情緒之中。眼看眾百姓就要騷動起來，此時一聲大喝傳來，震耳欲聾，眾人倏然而靜，向臺上望過去。只見那背劍的增長天王霍然站起，喝道：「妖孽已出，佛主除魔！」

操刀的持國天王亦是站起喝道：「佛主濟世，普渡眾生！」

增長、持國兩天王想必在百姓心中有著極高的地位，雷霆一喝，百姓騷動已止，這時候只聽到一慈悲聲音傳來，「明月失明，妖孽已生。心若明鏡，普渡眾生。」話音是從金佛方向傳來，尚能見金佛的口唇一張一閉。

狄青見到那尊大佛竟然如活人一樣說話，心中駭然。

這時候烏雲蔽月，清風已冷，空中滿是森森的氣息，眾百姓跟念道：「明月失明，妖孽已生。心若明鏡，普渡眾生⋯⋯」百姓越念越快，越念越急，無論老少男女，全像入魔了一樣。狄青本來還覺得彌勒佛和藹可親，但見到這種情形，也不由心悸。

郭遵聽到佛主出言，不驚反喜，心道若非彌勒佛，誰又有這種本事蠱惑眾生？他已肯定彌勒佛就在金佛之內，四下悄然望去，尋找出手的機會，見眾百姓中竟然也有幾個禁軍潛伏其中，原來眾人混入時已在身上做有暗記，旁人雖看不出，但郭遵當然能認出。那幾人叫做郭邈山、張海和王則，不由暗喜，心道這幾人在禁軍中都是極為機警，武功也不差，有他們幫手，成功的希望又增加了幾分。但郭遵並沒有把狄青算在其中，他帶狄青來，卻有其他的用意。

那幾人臉色抹黑，郭遵看其面容，依稀認出

陡然間臉上一涼，郭遵才發覺天已落雨，緊接著劈里啪啦的雨滴落了下來，那雨來得很快，轉瞬便如同瓢潑一般。眾百姓站在雨中，任憑雨水澆注，無人稍動。巨蟒纏身的廣目天王霍然站起，喝道：

「佛主禱祝，天賜聖水。」負傘的多聞天王也跟著起身叫道：「聖水無根，滌惡除塵！」他們將那碗水一飲而盡，眾百姓紛紛跟著喝下。郭邈山三人稍有猶豫，王則終於將水喝下，郭邈山和張海卻趁人不備，將水潑在了地上。

四大天王一起端起面前的那碗水，齊聲道：「聖水無根，滌惡除塵！」

原來這三人是最早奉命潛伏在白壁嶺附近的，打聽到有百姓加入這裡，伺機混了進來。聚會的百姓足有千人，但控制百姓的人卻不算多，終於讓這三人混了進來。他們到了飛龍坳後，每人都取了一碗所謂的聖水放在面前，見那水也無異狀，不知何用，可也不敢詢問。郭邈山、張海為人謹慎，不敢喝水，王則卻想，這千餘人都喝了，總不至於是毒藥，所以還是喝了。

雨中眾人滿是喧囂，郭邈山、張海本以為潑掉碗中的水無人留意，不想廣目天王陡然喝了聲，「你二人為何不喝？」廣目天王身軀暴脹，身上那條蟒蛇倏然盤旋起伏，人蛇均望向郭邈山的方向。

郭、張二人暗自叫苦，不想廣目天王竟有如此犀利的眼神，增長天王一抬腳，已下了木臺，緩緩向郭邈山的方向行來，喝道：「你是哪裡來的奸細？」增長天王話音未落，已伸手拔劍。只聽噹啷聲響，四尺長的巨劍已被他握在手上，空中帶出炫目的亮色。他不再上前，伸手一指道：「殺！」

增長天王「殺」字出口，只聽到兩聲慘叫傳出，狄青見狀，突然背脊湧起一股寒意。原來郭、張二人沒事，但卻有兩個百姓突然抓住身邊的兩個人，一口咬在對方的喉管之上。被咬之人竭力掙扎，但終於越來越是力弱，再過片刻，已然不動。

那兩人竟被人活生生地咬死！

郭遨山、張海色巨變，見到周邊的百姓眼中都露出了野獸一樣的光芒，不由大駭。

多聞天王悠然說道：「彌勒下生，新佛渡劫，殺人善業，立地成佛。殺一人為一住菩薩⋯⋯殺十人為十住菩薩⋯⋯」他尚未說完，飛龍坳已完全失控。在場的百姓都像發了瘋一樣相互撕咬，嘴角卻都帶著讓人心寒的笑意。

狄青見有像夫妻的人互相掐著脖子，形同陌路，有像父女的人廝打抱咬，喋喋怪叫，有像兄弟的人反目成仇，拳打腳踢。本來還是幽幽的谷中，轉瞬已變成了人間地獄。他這才明白郭遵為何一定要除去彌勒佛，實在是這裡的血腥殘忍讓人髮指！

郭遨山、張海已陷入了眾人的圍攻之中。郭遵心中暗驚，驀地想起一件往事，暗叫糟糕。

原來北魏宣武帝之時，冀州有一人叫做法慶，自命「新佛」，創所謂的「大乘佛」，以李歸伯為十住菩薩。別的教派都講究渡人渡己，勸善救人，就是這個新佛講求殺人成佛，而且主張殺的人越多越好。這個大乘佛有一種迷失心性的藥物，可讓父子反目，夫妻成仇，後來法慶、李歸伯掀起了無邊的風浪，雖然終於被朝廷鎮壓，但不想到了今日，當年之事竟然重演！

可這有造反之意的彌勒佛，讓手下信徒在飛龍坳自相殘殺又是為了哪般？

郭遵不及多想，輕嘯一聲，整個人已憑空躍起，腳尖連點，竟踩著百姓的頭頂而過。他嘯聲才起，人已在空中，嘯聲未歇，人已衝到了高臺之上。

眾人被他嘯聲所攝，有了片刻的安寧。四大天王聽到那嘯聲，都詫異莫名，不想飛龍坳中除了郭遨山等人，竟然還有高手潛伏其中。持國天王見郭遵衝來喝道：「何方妖孽？前來送死！」他一翻腕，砍

刀已落在手裡，大喝聲中，向郭遵兜頭砍去。刀風夾雜雨水，劈頭蓋臉地砍去，聲勢驚人。他想要一刀將郭遵逼落到木臺之下，百姓已被迷失心性，自會困住郭遵。

郭遵冷哼聲中，不退反進，竟然擦著刀鋒穿過。利刃分落，斬下郭遵的一片衣襟，可他一伸手就已抓住持國天王的手腕，奪過他的砍刀，反手一肘，正中對方的胸膛。砰的一聲大響後，持國天王退後幾步，只覺得氣血翻湧，不由駭異。他身為彌勒佛座下的護法，四大天王之一，武功之高不言而喻，可郭遵遽然殺出，一招就奪下他的兵刃，還差點打得他口吐鮮血，這人武功之高，持國天王從未見過。

郭遵也是心中微凜，他這一肘雖是倉促，但擊斃一頭牛都不是問題，本以為就算不能擊斃持國天王，也能打斷他幾根胸骨，不想持國天王體魄雄壯，這一肘只讓他退後幾步。郭遵應變極快，奪刀退敵，再上一步，單刀帶著水痕化作一道清朗的弧線，已向持國天王砍去。持國天王不敢接招，就地一滾，已下了木臺。郭遵逼退持國天王，不再猶豫，凝勁在臂，厲喝一聲道：「妖孽受死！」這時候天空喀嚓一個閃電劈下來，劃破四野。郭遵手中單刀如閃電般飛出，正劈在彌勒佛的肚子之上！

郭遵出招，虛虛實實，明取持國天王，卻留了十二分的力氣刺殺彌勒佛。這一刀擲出，直如霹靂，彌勒佛本是笨重，又如何能躲得過這驚天的一擊？

砰的一聲巨響，金佛炸成碎片。郭遵一招得手，卻是暗驚，原來彌勒佛雖是中空，但其中竟沒有人影！彌勒佛主未在金佛之中藏身，那方才到底是誰在蠱惑人心？

郭遵殺出，增長天王尚在臺下來不及救援，持國天王也被郭遵逼到臺下，但彌勒佛身旁尚有廣目、多聞兩大天王。這二人見郭遵擊碎金佛，早就怒不可遏，一持鐵鐧，一挺寶傘，雙雙向郭遵攻來。

郭遵來不及多想，發現自己已深陷夾擊之中。

郭遵驀地發現，原來這四大天王武功極高，比起索明、棍子二人不可同日而語。廣目天王雙鐧一攻一守，瞬間已遞出七招，封死了郭遵的左右上下，多聞天王大喝一聲，挺傘就刺。這二人聯手，威力無儔。

郭遵只退了一步，就到丈許之外，避開了兩大天王的驚天一擊。他斜睨過去，見郭邈山等人早就陷入人海，狼狽不堪，狄青卻不見了蹤影，而增長、持國兩大天王手持利刃，已向臺上靠來。

是戰是退？郭遵腦海中才閃過這個念頭，廣目、多聞兩天王已再次攻到。郭遵再退一步，身軀微弓，已如獵豹待噬一般，伺機待發。

殺不了彌勒佛，就殺了這兩個天王，為朝廷剷除禍害！郭遵想到這裡，已凝勁全身。他本是遇強更強的性子，這時候雖身陷包圍，卻沒有絲毫畏懼之意。

兩大天王心中一凜，竟止住了攻勢。方才雖不過交手兩招，可這二人都知道郭遵這人武功奇高，知道此人蓄力一擊，定是威猛無儔。

這時候天地間突然一暗，郭遵這才發現大雨滂沱，竟已澆滅了木臺前最旺的那堆大火。大火陡熄，谷中陷入一片黑暗，郭遵眼前只殘留著對手的兩道影子，心中一動，悄無聲息地橫向移開三步。空中陡然風聲大作，隱有金刃刺風之聲，這時候天空一道霹靂，耀亮了四野。兩大天王都是經驗豐富之輩，見火焰陡熄，仗著熟悉地勢，只憑直覺，不約而同的都殺到了郭遵身前。可霹靂一起，二人才發現郭遵早就消失不見，不由錯愕萬分。

這時候驀地傳來震天一聲喊——「妖孽受死！」廣目天王只察覺一道疾風已撲到身側，不由大喝一聲，雙鐧齊落，向那道疾風擊了過去。只聽砰的一聲大響，火星四射，廣目天王只見到一柄單刀落了下

來，心中大驚，不待再次發招，就見到一拳頭迅疾變大，重重擊在他的臉上。廣目天王慘叫一聲，如斷

線風箏般地飛出，落在地上時，扭曲了兩下，已沒有了動靜。

原來郭遵一拳極為剛猛，有如鐵錘一般，不但擊毀了廣目天王的面門，還擊斷了他的脖頸。郭遵一

擊得手，順手取了對手的一根鐵鐗，迅疾後退。方才他撿起單刀、擲出單刀誘敵，趁廣目天王招式用老

之際，一招斃敵。他作戰經驗極為豐富，知道敵眾我寡，只能伺機剪除彌勒佛的羽翼。

廣目天王身死，多聞天王不驚反怒，呼喝聲中，已朝郭遵的方向衝來，他一抖長傘，連刺數下，均

是刺在空處。多聞天王察覺不出對手動向，悲憤莫名，大聲喝道：「給我滾出來！」這時候天空又是一

道霹靂，照亮了四野，多聞天王驀地發現，原來郭遵就在他身左數丈開外，大喝一聲，衝了過去。

閃電過後，四野盡墨，伸手不見五指。郭遵見多聞天王衝來，橫閃幾步，他已看出多聞的長傘極盡

奧妙，絕非只有長槍的那種功能，若是貿然接戰，並沒有勝出的把握。可郭遵才閃了兩步，突然感覺危

機陡升，毫不猶豫地腳尖再點，已向一旁縱去。一道闊劍倏然而落，幾乎貼著郭遵的身軀劈下。若郭遵

慢了一步，只怕就被這劍劈成兩半。郭遵暗自驚凜，知道增長天王已掩到了木臺之上，劍風陡然大作，

郭遵不明情況，也不接戰，再橫移一步。

郭遵借著天黑掩藏自己的行蹤，行動有如狸貓一般。不想再走一步，腳下卻是咯的一聲響，原來

他已退到金佛碎片之旁。雖在狂風驟雨間，增長天王卻是聽得清楚，闊劍一擺，疾刺過來。郭遵急退，

只想盡快速退到臺下，一路上咯咯作響，不想才退了兩步，陡然覺得一銳利之物刺到了腰間。郭遵大驚，

身形急扭，只聽嗤的一聲響，一尖銳之物已刺入他的腹部。郭遵厲喝一聲，單鐧砸去，只聽到咯的一聲

響，那物折斷，可一掌卻是迅疾打到，正中郭遵的胸口。

這一掌力道極宏，郭遵借力倒退，徑直飛出了木臺，跌落在地上，噴出一口鮮血。可心中更是駭然，不知道哪裡來了個這麼厲害的敵人？方才郭遵借雷電之光，早就留意到身後只有金佛碎片，再無其他，哪裡想到竟有人鬼魅一樣的出現，還重創了他。

郭遵滾落臺下，一道霹靂擊下，只見到臺上多了一人，臉上戴著面具，笑容可掬，就如小一號的彌勒佛般，郭遵驀地省悟，原來傷他之人就是他遍尋不獲的彌勒佛主。他方才一刀雖擊破金佛，但此人多半藏身木臺之下，竟忍而不出，在這關鍵時刻，才給郭遵致命的一擊。

郭遵想明這點，卻聽身後再起疾風，一人飛撲而到，一刀劈來。郭遵回鐧一架，只聽到噹啷聲響，鐵鐧落地，原來持國天王已趁隙殺到。郭遵被一掌擊得骨頭差點散架，手臂乏力，竟然擋不住持國天王一擊，只見天地間一道道閃電劈下來，照得蒼穹時明時暗，再也掩藏不住身形，又斜睨到臺上那三人已躍了下來，暗自叫苦，難道老子縱橫一世，今日就要立地成佛不成？

持國天王刀勢如雷，滾滾殺到，郭遵手無寸鐵，只能連連倒退，驀地一人橫向殺出，竟然抱住了郭遵，桀桀怪笑不已。持國天王大喜，見那人是尋常百姓的裝束，想必是被迷失了心智，這才抱住了郭遵。郭遵重傷之下，竟然掙脫不得，持國天王毫不猶豫，一刀劈下，就算將那百姓劈成兩半，也毫不在意。

持國天王單刀一落，陡然間心中一凜，本應無法掙脫百姓的郭遵竟霍然閃開，他才要追擊，不想那百姓卻是手腕一振，一道青光從袖口飛出，刺中了持國天王的胸口！

持國天王大叫一聲，翻身栽倒，眼中滿是不信之意。方才他雖一刀劈下，但也防備郭遵狡猾，故作不能掙脫，再施辣手反擊，所以全部心神都放在郭遵身上，哪裡想到本是渾渾噩噩的百姓竟突然出手，

而且一出手就是極為高明的劍法！

事發突兀，彌勒佛主和增長、多聞兩天王都是來不及救援，三人縱落，已將郭遵和那百姓圍住。

郭遵搖搖欲墜，還能笑得出來，「看來老子命不該絕，你竟然也混了進來。」持國天王一死，他已操起那柄砍刀，微覺沉重，心中一沉，知道方才耗力極巨。那百姓道：「活不活得成，還得看你的運氣。」

大雨滂沱，眾人渾身被澆得通透，可那百姓被雨一洗，有如長劍磨礪，更顯鋒芒。多聞天王突然訝聲道：「葉知秋？京城捕頭一葉知秋？」

那百姓微微一笑道：「正是在下。」

那百姓就是狄青在縣衙所見的年輕人，也就是京城名捕葉知秋，外號一葉知秋。葉知秋見多聞天王竟認識自己，雖臉上帶笑，可思緒飛轉，琢磨著眼前這幾人到底是誰。

這次郭遵奉旨前來汾州，以招募禁軍為名，暗裡配合開封府的捕頭葉知秋剿滅聲勢漸大的彌勒教。

葉知秋為人機警，武功高強，到了汾州後明察暗訪，終於得知彌勒教老巢所在，而且成功混了進來。郭遵能知道彌勒教的暗號，也是葉知秋的功勞。郭遵為怕打草驚蛇，並不逕帶兵過來剿滅，而是決定擒賊擒王。葉知秋贊同郭遵的計畫，也喬裝成百姓到了谷中，伺機幫助郭遵。

方才郭遵一擊失手，葉知秋也是大為詫異，不解原因。後來臺上漆黑一片，葉知秋只好等在臺下伺機救援，他知道郭遵武功高強，倒不虞郭遵是否能夠對付四大天王。可彌勒佛主驀然殺出，擊傷了郭遵，葉知秋也是救援不及。

葉知秋在郭遵最危急的時候，終於及時趕到，而且和郭遵聯手，一出手就殺了持國天王。可眼下彌勒佛和增長、多聞兩大天王完好無損，郭遵看起來傷得不輕，他們以二敵三，要想安然闖出並非易事。

郭遵明白葉知秋的心意，不想他分心，嘿然道：「我沒事，再殺幾人也不成問題。」他其實也是硬撐，方才挨了一刺一掌，只覺得連運勁都胸口大痛。

大火雖熄，可霹靂一個接著一個，將四野照得亮如白晝。葉知秋暗道雷電交加若此的情狀一生少見，竟讓他和郭遵無可遁形，也算是天公不開眼了。這時候近千百姓已死了半數，郭遵、葉知秋雖駭然這種殘忍的情形，可也無暇顧及。

彌勒佛主臉上總帶著那慈悲的笑容，可眼中透出的殺氣卻遮蓋不住，五人如同木雕泥塑，渾然不動，瘋狂的百姓似乎對彌勒佛主還殘著尊敬，只在眾人之外撕咬。

又是一道紫電劃破夜空，彌勒佛主突然大聲呼喝了一句，郭遵、葉知秋都聽不懂他在說什麼。喝聲未歇，增長、多聞兩天王已向郭遵攻去。

葉知秋沒有動，因為他發現彌勒佛主的雙眸如刀，已定在了他的身上。他只要稍動，只怕就要受到彌勒佛主最犀利的攻擊。這個蠱惑人心的叛逆，竟然武功奇高！

郭遵已左支右絀，誰都能看出，他重傷之下，已支撐不了多久。增長天王劍光若雪，多聞天王大傘若冰，二人傾力之下，已凍結住郭遵。彌勒佛主雖未稍動，但勝券在握。彌勒佛主的用意很明確，殺了郭遵，再滅葉知秋！

葉知秋感覺渾身上下有如水裡撈出來一樣，雨水順著額頭，流過眼瞼，再沿著下頜一點點地滴落，他眼睛不眨一下，但一顆心早就沉了下去，他發現自己沒有勝出的把握。

郭遵驀地腳下一個踉蹌，增長天王闊劍霍然滑落，已在郭遵的手臂上劃了一劍，鮮血飛濺，轉瞬被雨水沖淡，郭遵厲喝一聲，反擊一刀，角度極為刁鑽。葉知秋心中微喜，知道郭遵這一刀，多少能扳回些劣勢，不想多聞天王長傘陡開，已架住了郭遵的一刀！

郭遵一刀砍在傘上，只覺得一陷一彈，單刀之力已遭化解。多聞天王的大傘不知用何種材質構成，利刃竟然劃它不破。多聞天王架開單刀，霍然斷喝，長傘化槍，已向郭遵刺去！

葉知秋終於出手，他腳尖一點，作勢要向郭遵的方向奔去。彌勒佛主嘿然一笑，就已到了葉知秋的身邊。葉知秋輕叱一聲，霍然轉身，手中青光一現，片刻之間，已連刺彌勒佛主三劍。他這招聲東擊西，就是為了誘騙對手前來，伺機重創對手。

彌勒佛主竟似早就料到這招，倏然前來，遽然後退，身形飄忽有如鬼魅，葉知秋蓄意一攻竟然全都落在了空處。葉知秋微驚，卻已如離弦之箭，不能歇氣，長嘯一聲，手中青光曲曲折折地攻去，罩在彌勒佛主的四面八方。劍分雨滴，空中滿是寒芒。雷電怒閃，激盪天地殺氣。

彌勒佛主一退再退，十招中尚能回擊兩三招。葉知秋心中急怒，知道已中了對手的圈套，他知道自己和彌勒佛主身手彷彿，但自己處於絕對不利的情況，對手只求纏住他即可，可他不到百來招以上，和彌勒佛主難分勝負。

但郭遵已堅持不了多久！

增長、多聞二人一招緊似一招，郭遵連連倒退，臉色蒼白，正想著如何破敵之際，驀然覺得腳下一緊，不由大驚。斜睨過去，才發現有條怪蟒纏住了他的腳踝，那怪蟒身軀一展，竟將郭遵團團困住。這蟒蛇動作無聲無息，郭遵事先竟然全無察覺。

郭遵大驚，不想自己殺了廣目天王，他驅使的巨蟒竟然會為主復仇。那蟒蛇極為粗大，郭遵片刻之間，竟然掙它不脫！郭遵手腕一轉，單刀已砍中蟒蛇身軀，可那蟒蛇滑不留手，再加上郭遵手臂被纏，無法用出半成力道，單刀只在蟒蛇身上割出道血痕。蟒蛇困住郭遵，霍然向郭遵咬來，郭遵無奈，棄刀伸手，已扼住蟒蛇頭頸。他知道就算扼住了蟒蛇，也難抵擋兩大天王攻擊，可性命攸關，只能活一刻算一刻。

增長、多聞大喜，不想竟有這意外之變，增長天王長笑一聲，才要上前，不想足踝也是一緊。增長大驚，低頭望過去，只以為還有蟒蛇纏身，不想一柄長劍從下向上刺入，整個灌入了他的體內。

增長天王一聲驚天的吼叫，闊劍舉起，可手臂停在半空，人已仰天倒了下去。那劍刺得極為刁鑽，從增長天王肋下而入，徑直刺到他的心臟。增長天王再是彪悍，也架不住這致命的一擊。

刺出長劍之人，正是狄青！

狄青沒有死！

原來百姓發狂，郭遵前往刺殺彌勒佛主，那戴鬼臉之人突然渾身顫抖，竟然悄悄溜走。狄青並不知道彌勒教對犯過者處置極為殘忍，那戴鬼臉之人見自己帶來的人竟然是個刺客，如何不驚？狄青省卻了苦戰，見到百姓瘋狂，也是心驚。但他混跡市井，早學會求生之能，靈機一動，徑直倒了下去。

那些百信均已喝了迷藥，神智不輕，只知道撕咬身邊站著的人，卻絕不留意腳下的動靜。狄青滾倒在地，雖是渾身泥濘，可卻半分事情也沒有。他人在外圍，只留心躲閃踩來的亂腳，撿了一把長劍，竭力向木臺方向滾去。他還是想幫郭遵！

狄青從未見過如此激烈的打鬥，雙方用招之奇，身法之快，下手之狠是他前所未見。和這些人一

比，當初他和索明、棍子的打鬥簡直如孩童戲要，狄青知道他幫不上什麼忙，但他怎能坐視不理？雖和

郭遵相處時日不長，但是郭遵的爽朗、率直、機智和正直莫不讓狄青極為欽佩，狄青不想看郭遵孤軍奮

戰。

但狄青知道貿然參與進去，以他低微的武功，於事無補，所以他人在地上，裝作死了一般，手中長

劍亦是沒入泥中，留意郭遵的動靜，尋找機會。

驚變陡升，郭遵驀地被蟒蛇纏住，狄青一驚，見增長天王從他身邊而過，知再不能拖延，一咬牙，

左手抓住對方的腳踝，長劍遠起，一劍從下向上刺去。增長天王那裡想到死人也會出手，雖有高明的武

功，但變生肘腋，竟被狄青一劍刺死。

狄青一劍得手，心中微喜，不等起身，郭遵已叫道：「小心！」狄青心中一凜，就地滾了過去，只

覺得一股寒風擦臉而過，刺在地上。原來多聞天王見增長天王被殺，怒不可遏，他和廣目、增長、持國

幾人情同手足，不想今日一戰，四大天王死了其三，多聞天王悲痛欲絕，只想先殺狄青，再除郭遵。他

一傘刺去，見狄青身法遠遜，武功不高，更是堅定了先除去他的念頭。

狄青只躲避了三招，已全身是汗，被多聞天王刺中三處，雖不是要害，可也受創不輕。這時候天空

又是一聲霹靂，多聞天王一聲大喝，一傘刺來，狄青怪叫一聲，一個跟頭翻了出去。郭遵眼中突現驚駭

之意，叫道：「小心！」狄青人在空中，不知道要小心什麼，可不等落地，就見多聞天王的傘尖邊然飛

出道銀光，打到他的腦門之上，狄青只覺得天地間轟隆一聲響，然後再沒了知覺。

郭遵已怒，前所未有的憤怒！他只見到多聞天王的長傘射出銀針，狄青猝不及防，被那銀針刺中，

銀針力道剛猛，竟整支沒了進去。

狄青死了？狄青本不必死！郭遵陡然間暴喝一聲，竟然壓住了天邊沉雷滾滾。

多聞天王一招得手，認為狄青必死。他憂憤稍解，本想轉而對付郭遵，甚至有些後悔在這不入流的狄青身上浪費時間，可他聽到郭遵這一聲吼，不由大驚，扭頭望過去，一顆心怦怦大跳。

郭遵一聲暴喝後，身軀暴脹，那巨蟒本纏郭遵纏得甚緊，竟也抗不住郭遵的大力，稍微鬆動。郭遵足尖一點，砍刀霍然飛起，他伸手操住。在星逝電閃間，手腕一轉，已砍下巨蟒的腦袋！

蟒頭飛起，鮮血噴湧，灑了郭遵一臉，郭遵眼角、鼻端、耳邊均有了血跡，那是他用力崩開巨蟒，五臟受傷的緣故。可郭遵不理傷勢，只是望著多聞天王，一字字道：「我若不殺你，誓不為人！」

多聞天王已膽寒，他一生中從未有過如此畏懼的時候。雖知道郭遵傷勢極重，雖看到巨蟒的身軀還纏在郭遵身上，他說不定能殺了郭遵，可多聞天王竟已不敢上前。多聞天王甚至已不敢去看郭遵的雙眸。那雙眼滿是絕望、內疚、憤怒和狂野，這樣的一雙眼眸，已讓多聞天王失去再戰的勇氣。

郭遵拖著蟒蛇的屍身上前，一步、兩步、三步……他走得極慢，可是走得極為堅定，他渾身濕透，血跡順著臉頰一滴滴地滑落，有如悲憤的淚水。

這時候天空又是一道閃電劃過，郭遵就那麼走過來，有如地獄來的殺神，不殺多聞不回地府。多聞天王一陣心悸，突然一聲大叫，扭頭就走，晃了幾晃，已沒入黑暗之中。

彌勒佛主見狀，突然一聲大叫，扭頭就走，晃了幾晃，已沒入黑暗之中。葉知秋再想追時，見郭遵晃了兩晃，已倒了下去，顧不得再追彌勒佛主，飛身到了郭遵面前，叫道：「郭大人，你怎麼了？」

郭遵方才掙脫蟒蛇的束縛，五臟俱傷，完全是靠著一股意志這才堅持下來，見敵人已去，一口氣提不上來，昏迷了過去。可他畢竟心中悲憤，昏迷片刻就已蘇醒過來，這時候飛龍坳中已如人間地獄，近千百姓已沒有幾個留下。郭遵掙扎站起，踉蹌走到狄青面前，望見狄青一動不動，雨水夾雜著枯葉落在郭遵臉上，郭遵已淚流滿面……

第四章 兄 弟

郭遵的淚水不能抑制，滾滾而下。他緩緩跪在地上，抱起泥漿中的狄青，恨不得替狄青去死。腦海中又閃過那如梅花般的女子，女子戟指罵道：「郭遵，你夠狠！你傷了我丈夫，我一輩子都不會原諒你！」

郭遵傷心欲絕，喃喃道：「梅雪，我對不起你們夫婦。可我又害了你們的兒子，我何顏再活在世上？」

葉知秋並沒有聽到郭遵的自言自語，但知道方才若非狄青，郭遵早已斃命。狄青明知不敵，竟還挺身而出，救人危難，只說這種胸懷，就讓人唏噓。突然感覺到半空光線有異，葉知秋忍不住扭頭望過去，只見到天空竟有個火球劃過。

那火球極大，炫目非常，從天際劃過的時候，幾乎耀亮了半個天空。火球劃出道耀眼的軌跡，落在西方的遠山處，轟的一聲大響從遠處傳來，緊接著飛龍坳地動山搖，無數山石從山坡滾落，有如地震一般。

葉知秋感覺有些站立不穩，不由失聲道：「地震了？」可那震動只是過了片刻，轉瞬趨於平靜，雖說山石仍在滾動，但少了先前震撼心弦的那股威力。只是一陣陣波動依舊從地底傳來，讓人膽戰心驚。可郭遵如此悲傷，竟對天地震動彷如未覺。葉知秋終於站穩了腳跟，見並沒有山崩，舒了口氣。

葉知秋不忍驚動他，抬頭向火球落處望過去，見到那個方向竟好像燃了大火，雨夜中滿是紅彤彤的顏色。

雨歇雲收，明月重現。

葉知秋見飛龍塢已是屍體遍布，尚有幾個倖存的百姓白癡一樣地站在泥水中，不時地還瘋狂笑上幾聲，卻不再找人撕咬，想是彌勒佛主已走，迷藥的藥性已淡，眾人這才狂性大減。可是就算他們清醒了，發現自己為了成佛，殺的都是最親近的人，只怕也會再次發狂，難以自拔。葉知秋想到這裡，心中歎息，見西方紅光已渺，幾次想要前去探個究竟，終於還是壓制住這個念頭。

正琢磨間，葉知秋突然眉頭一皺，蹲了下來，望著狄青的腦門，眼中露出詫異之色。因為他發現狄青腦門處，只有輕微的血跡，伸手悄悄搭了下狄青的腦門，突然大呼道：「他還有生機！」

郭遵本是傷心得腦海一片空白，聽葉知秋大喊，心頭狂跳，忙問，「你說什麼？」

葉知秋道：「他還有脈象！」他又伸手摸在狄青胸口處，馬上道：「他的心還在跳。」

郭遵一喜，忙伸手指放在狄青鼻下，卻感覺不到呼吸，將耳朵貼在狄青的胸口處，這才發現狄青的確還有心跳，只是心跳的速度極為緩慢，若不留心，真的和死了無異。郭遵霍然而起，抱起狄青道：「葉捕頭，我要帶他去找大夫，這裡的事情，交給你處理。」葉知秋道：「可你也是身受重傷，若是再碰到那彌勒佛的手下怎麼辦？」

郭遵忿忿道：「那幫無膽鼠輩，也敢出來見我？」

葉知秋還是放心不下，說道：「我送你出山，等遇到你的手下再說。」

郭遵突然想起什麼，問道：「郭邈山他們呢？」望著一地的屍體，難以盡辨，郭遵想到這裡，決定先出谷中，可弟只怕已死在飛龍塢，心中一陣黯然。可眼下救狄青的性命要緊，郭遵想到這裡，這幾個兄弟只怕已死在飛龍塢，心中一陣黯然。可眼下救狄青的性命要緊，郭遵想到這裡，決定先出谷中，可才抱著狄青走了幾步，只感覺天旋地轉，連站立都困難。葉知秋急忙接過狄青，攙扶著郭遵，踉踉蹌蹌地

出了山谷，走了數里，有人高呼道：「是郭大人！」一人奔出，正是郭遵的手下趙律。

趙律見郭遵身受重傷，不由大驚，放出煙花信號召集人手前來。這時候又竄出幾個禁軍，葉知秋簡單地說明原委，眾人見郭遵傷重難行，慌忙派人背負起郭遵，另外有人從葉知秋手上接過狄青。

葉知秋見到煙花，又想起方才見到的火球，問道：「你們方才可見到一個火球從半空劃過？」

趙律點頭道：「是呀，不知道是什麼怪東西。不過我們都不敢擅自離開，所以無人去看。」

郭遵愕然道：「什麼火球？」

葉知秋將所見說了一遍，見葉知秋有探究的打算，說道：「葉捕頭，你去看看吧，這裡交給趙律他們善後。趙律，你派幾個兄弟去飛龍坳，看看郭邈山、張海、王則幾人如何了。若是沒死，當然最好，若是死了，總要把他們安葬才好。李簡，你去通知地方官府，讓他們處理這裡的屍體⋯⋯」這時候又有禁軍陸續趕到，這些人本是負責扼住要道，可都沒有見到彌勒佛主和多聞天王的下落。大家也都見了火球，均說那景色極為奇異，但到底如何，誰也說不出所以然來。

郭遵隨即又吩咐幾個手下前往白壁嶺周邊的孝義、介休、靈石等地尋找良醫。等一切吩咐妥當，葉知秋見郭郭遵身邊已有護衛，就想至西方山嶺探尋個究竟，當下告辭。臨行前，葉知秋突然想起什麼，說道：「郭大人，當初那個彌勒佛吩咐兩個手下進攻你，你可知道他說的是哪裡的話？」

郭遵略作回憶道：「那妖孽所說的話，我也從未聽過，會不會是偏僻地區的土語？若是能知曉到底是哪裡的方言，說不定能對抓住彌勒佛有些幫助。」

葉知秋也是這般想，搖頭道：「不像是方言，我對南北各地的方言都略有涉獵，可從未聽過那種話⋯⋯」見郭遵心不在焉，葉知秋道：「好了，我繼續查探，郭大人先救治狄青要緊。」見郭遵捂住嘴

輕輕地咳，手上也滿是鮮血，葉知秋道：「郭大人，你也注意身體。這次多謝郭大人出手，朝廷太需要你這樣的人了。」

郭遵點點頭，歎口氣道：「我是職責所在，沒想到連累了狄青，只盼狄青能活轉過來。」他和葉知秋告辭，出了白璧嶺，又有禁軍趕來接應。趙律不知從哪裡找來輛馬車，郭遵不放心狄青，親自抱著狄青進入馬車。又怕顛簸導致狄青傷勢惡化，一路上抱著狄青不肯放手。

趙律等人都是暗自奇怪，心道狄青不過是個普通百姓，郭大人為何對他這般厚愛？可是見到郭遵神色凝重，均不敢發問。眾人趁夜趕路，天明的時候已到了孝義。這時候早有禁軍先到了孝義，請來了這裡最好的幾位大夫。

孝義本是個小縣，縣令聽說殿前指揮使駕到，忙不迭地趕來拜見。郭遵無心應酬，只看著大夫，希望從他們口中說出「有救」兩個字。可幾位大夫均是搖頭，說出的是同樣四個字，「此人已死！」

郭遵大怒，差點讓四位大夫跟著陪葬。好在他並非蠻不講理之人，壓抑住怒氣，知道這些人的確也是無可奈何，不想浪費時光，讓縣令找了幾匹最好的馬，再次上了馬車，一路向南，趕往靈石。

到了靈石後，縣令早就帶著幾位大夫恭候，一大夫摸了下狄青的脈門，皺眉道：「大人，此人已死！」靈石縣令大皺眉頭，喝斥道：「你胡說什麼，他明明……還有幾分生機。」其實縣令心中也覺得狄青無救，可不敢得罪郭遵，暗想狄青要死也行，但不要死在靈石。

郭遵長歎一聲，束手無策。這時有一老者上前道：「大人，這個小哥腦部受損，導致昏迷不醒，是為假死，這種病症藥石無用。」

郭遵心中一動，「那什麼有用呢？」

老者道：「老夫忝長幾歲，也見過不少疑難雜症，知道以前也有過一人如這小兄弟一般。那人是個孩童，頑劣上樹，結果不留神摔了下來，腦袋被鐵耙的鐵刺扎了進去，昏迷不醒。」

郭遵急問道：「那孩童後來是死是活？」他盯著老者，只盼說出「活著」二字，因為那孩童如果能活轉，說明狄青也有機會。

老者道：「那孩童後來的確醒轉過來，是由京城的神醫王惟一所救。」

郭遵聽到「王惟一」三個字的時候，一拍大腿，喝道：「我真的是急糊塗了，怎麼忘記他了呢，竟還在這裡浪費功夫？」

郭遵當然知道王惟一其人，此人雖年紀不大，但醫術極精，在京城可是大大有名。

王惟一精通人體經絡，集古今針灸之大成，對重病之人，往往無須施藥，一針見效。前幾年更是一展平生所學，借大內之手打造了兩具穴道銅人，做為天下針灸之術的範本，弘揚針灸之法，名揚天下。

契丹國主聞之，也是渴求一見銅人，卻是求之不得。眼下狄青藥石無計，唯一解救的方法，就是從針灸入手，救回他的性命。

郭遵一想到這裡，霍然起身，命趙律備馬，見眾大夫都是訕訕，想必是對郭遵所言耿耿於懷。郭遵有些愧疚，心道這二人畢竟也是一番辛苦，對知縣道：「這些大夫也辛苦了，還要煩勞知縣大人給些賞錢。」

郭遵縣只求狄青不死在這裡，什麼都好商量，當下獎賞了那些大夫，又重賞了那位老者，眾人皆大歡喜。郭遵突然想起一事道：「這位老丈，當年那孩童現在何處呢？」

老者猶豫片刻才道：「那孩童被救轉後，他父母帶著他回轉故里，但過了半年，那孩童突然失蹤，

倒讓那父母傷心欲絕。」見郭遵滿是懷疑的表情，老者忙道：「大人，這絕非老朽編造的故事，你若到老朽鄉里，只要一打聽，就會知曉此事。」

郭遵忙道：「我並非不信任老丈，只是奇怪那孩童去了哪裡？」

靈石知縣道：「郭大人，下官倒沒有聽人報案，是以不知道此事。」

郭遵見他推諉責任，暗想年代久遠，多半成了疑案，無心再理會此事。這時趙律早就備好快馬，飛龍坳的禁軍也已趕到，說在飛龍坳等人的屍體，可也沒有見到郭邈山等人的蹤影。郭遵大為奇怪，暗想這幾人均是精明強幹，若是沒死，必然會找谷外的禁軍聯繫，怎麼會不知所蹤？可這時候他的一顆心全放在狄青的身上，理會不了許多，當下命禁軍繼續尋找，自己則帶狄青上了馬車，帶著一幫禁軍趕往京城。

這一路晝夜不停，前方禁軍快馬疾馳，不停地調換軍馬。眾人穿隆德軍、經懷州、渡黃河到汴口，沿著汴河而下，終於趕到了開封。

京城開封，天子腳下。如今正值宋朝安定興榮之時，大宋國都開封府可以說是八方爭湊、萬國咸通，繁華興榮，鼎盛一時。

眼下大宋雖是軍事積弱，但自從真宗與北方的契丹定下澶淵之盟後，大宋已有近三十年未大動干戈。雖有西北戰亂頻起，但暫時無關大局，此刻的東京開封，錦繡華夏，在天下人心目之中，如同夢幻國都一般。

蒼茫天地間，開封城高大巍峨，有著說不出的莊嚴雄壯。從那殺機四伏的飛龍坳到了這歌舞昇平的開封府，直如從地獄到了天堂。眾禁軍奔波日久，皆是舒了口氣，臉上帶著惬意的表情。只有郭遵雙

眉緊鎖，望著蒼天禱告道，「蒼天在上，只求你開眼，救狄青一命。我郭遵就算折壽十年也是心甘情願。」他咳了幾聲，嗓子有些嘶啞。他傷勢未好，又連日奔波，就算鐵打的身體，也有些疲憊不堪。

郭遵入了開封大城，先讓手下將狄青送到自己的住宅，然後讓人去請神醫王惟一，自己去三衙覆命。郭遵身為殿前指揮使，隸屬三衙管轄，這次雖說並沒有成功擊殺彌勒佛主，但除去了四大天王中的三個，也算有些功勞，彌勒佛主經此一役，只怕短時間很難恢復元氣。郭遵素來管殺不管埋，追查那三大天王身分的事情，自然是由葉知秋善後。

郭遵從三衙回轉府中時，王惟一已趕到，正為狄青把脈。王惟一衣著簡樸，臉色紅潤，只是頷下短鬚根根如針，看起來拔一根都可以做針灸使用。見郭遵進房，起身道：「見過郭大人。」

王惟一笑道：「當初若沒有郭大人仗義出手，世上早沒有了王惟一，些許小事，郭大人何必客氣呢？」

郭遵深施一禮道：「郭某才回京城，就要有勞王神醫，實在過意不去。」

原來王惟一現在雖是神醫，可多年前不過是個窮寒的郎中，當初他進京之時，路遇盜匪打劫害命，若非郭遵恰巧路過，王惟一說不定已去當神仙了。郭遵和王惟一自此後，少有交往。郭遵為人勇武俠義，生平救人無數，這種事情很快就忘，不然當初狄青傷重，他也不會想不到王惟一。

此刻聽到王惟一如此說，郭遵謙道：「王神醫言重了，你慈悲心腸，做銅人濟世，醫者福音，自然會有善報。這狄青……可醒得過來嗎？」

王惟一皺眉道：「其實像他這種腦部受到重創還能存活的症狀，我也遇到過幾例。不過人體本是

一奇妙之物，他能否醒來，並不看我，而要看他自己的生存意志。人之性命或頑如堅石，或弱不禁風，他若想活，我救他倒還有幾分希望。」見郭遵滿是不解，王惟一解釋道：「古書有云，『心藏神、肝藏魂、肺藏魄、脾藏意、腎藏志。』狄青之髓海，也就是他的腦海，和這幾樣不絕溝通，狄青這才雖昏不死。可這種聯繫和他意志關係極大，一但斷絕，必死無疑。」

郭遵擔憂道：「他若是不醒，還能堅持多久？」

王惟一道：「他眼下這種情況，極其類似動物的冬眠，體力消耗極少，所以才能活到現在。可是眼下這種情況……怕是他也堅持不了幾日了，依我看來，七日之限吧。」

郭遵臉色黯然，喃喃道：「只有七日了？」

王惟一和郭遵相識多年，從未在郭遵臉上見過如此頹廢黯然的表情，忍不住問道：「郭大人，敢問一句，狄青和你有什麼關係嗎？」

郭遵猶豫片刻才道：「若沒有他，死的就是我！」

王惟一心想，郭遵一生救人無數，這次得人相助，怪不得竭力回報。只是這個狄青不知道有什麼本事，竟然能救得了郭遵呢？不便多問，王惟一說道：「郭大人，我當盡力而為。對了，他可有親人嗎？」

郭遵道：「有，狄青最親的大哥叫做狄雲，在汾州的西河縣。我已命人請他過來。」郭遵心細如髮，一方面在為狄青找最好的醫生，一方面也派人去請狄雲前來，暗想若是狄青真的不行了，也能讓狄雲再見兄弟一面。

王惟一欣慰道：「那最好了。我先給他試針，看看能否讓他醒來。若是狄雲趕來，請他來見我。

郭大人，人有四海五臟，十二經脈，四海分髓海、血海、氣海和水谷之海，腦為髓之海，如今狄青的髓海重創受制，外刺不能拔出，只怕一拔就死，我當求用針灸之法打通他髓海和五臟之通道，盡力讓他蘇醒。眼下若要下針，就要從他的百會穴和風府穴下手，百會連足太陽膀胱經，風府連奇經八脈中的督脈，這兩條經絡都和髓海有關……」

郭遵道：「王神醫，這些我不懂，你儘管施為就好。若是連你也救不了，這京城恐怕也沒有誰能夠救得了他了。」說罷長歎一聲，雙眉緊鎖。

王惟一再不多言，當下施針，他認穴極準，手法熟練，幾乎閉著眼睛都能刺得準確無誤。郭遵等了良久，仍不見狄青醒來，見王惟一正在冥思苦想，不時地切著狄青的脈門，不好打擾，便悄無聲息地走了出去。

郭遵才到了庭院，一孩童蹦蹦跳跳地過來，一把抱住了郭遵道：「大哥！」郭遵暫放心事，舉起那孩童道：「弟弟，你又長高了。」那孩童叫做郭達，眼大頭大，古靈精怪。郭達和郭遵並非一母所生，可郭遵對這個弟弟十分疼愛。

郭達好奇道：「大哥，狄青是誰呀，你為何這般費心救他呢？」

郭遵緩緩坐在庭院的石凳上，道：「那人……他是個漢子。」

郭達急道：「到底怎麼回事呢，大哥，你說給我聽聽吧？」

郭遵見弟弟滿是期盼，不忍推搪，將飛龍坳的事情簡單說了下，至於自己如何浴血奮戰並不多說，只說自己最危急的時候，狄青突然出手纏住對手，這才給自己搏得生機，可狄青卻被敵人所傷，重傷難治。

郭逵聽完，眨著大眼道：「大哥，沒想到……他竟然這般受傷的。他若是醒了，我一定謝謝他。」

郭遵黯然搖頭道：「只怕他很難醒得過來。」

兩兄弟沉默良久，郭遵想著心事，郭逵也像考慮著什麼，不知過了多久，郭逵道：「大哥，你再給我講個故事吧？」郭遵終日東奔西走，每次回來的時候，郭逵都會纏著大哥講趣聞，這次卻是看大哥情緒低落，想要逗他開心。

郭遵抬頭望著天際，正逢落日熔金，暮雲如璧，天空好一派壯觀的景色。

沉默良久，郭遵這才道：「好，我就給你講個故事。」略作沉吟，郭遵道：「從前有個人，出身世家，文武雙全，總以為自己天下無雙，很不將人看在眼中。他武功不錯，卻不知韜光養晦，整日只知道和人打架鬥狠，總以為可以用拳頭來解決一切問題。」

郭逵道：「這和街頭的混混有什麼區別呢？」抬頭望著郭遵道：「大哥，你放心，我不會成為那種人的！」

郭遵拍拍弟弟的肩頭，欣慰道：「你果真懂事多了。」

「後來那人怎麼了？」郭逵問道。

郭遵歎口氣道：「後來那人碰到了一個女子，那女子美若天仙，那人第一眼見到，就下定了決心，想無論如何，定要娶那女子到手。不想那女子對他卻是不屑一顧，反倒對一個文弱書生大有好感。」

郭逵嬉笑道：「或許那女子覺得……得不到的才好吧？有時候我就這樣，看別人手上的糖果總是好吃，可等到了手了，才發現也是稀鬆平常。」

郭遵不想弟弟這麼比喻，想笑，心中卻滿是苦澀，喃喃道：「真的是這樣嗎？」扭頭望向那落日

的餘暉，郭遵又道：「可那武人並不做如此想，只痛恨那女子有眼無珠，又恨那書生搶他的女人。他本是狂傲的性格，再加上一直沒有受過挫折，自高自大，妒火高燃，卻從不想自己是對是錯。可他越是囂張，那梅花一樣的女子對他越是不屑，反倒刻意和那書生親近。武人終有一日嫉恨不已，前去客棧找到那書生，給了他十兩金子，令他立刻離開那女子。那時候書生正要考科舉，當然不肯就走。更何況，就算他不考科舉，也不捨得離開那女子。」

郭逵學大人歎氣狀，「你這故事太俗套了，我用腳趾頭都想得到結果了。那武人最後打傷了文人，被開封府的青天大老爺斬了，對不對？」見郭遵臉色古怪，郭逵狡黠道：「我知道大哥你的苦心，你不想我學壞，所以總用這種故事勸我了。我明白。」

郭遵良久才道：「你真太他娘的懂事了。看來以後我得請你講故事了。」

郭逵拍著小手大笑起來。郭遵也擠出分笑容，拍拍弟弟的大頭，說道：「你去玩吧，我想靜靜。」

郭逵逗大哥開心的目的已達到，蹦跳離去。郭遵有些心煩，信步到了後園。等走到一片幽靜的竹林旁，這才止步。微風橫斜，竹葉刷刷，郭遵緩緩坐在一塊大石上，從懷中掏出只笛子。

那笛子是竹子做成，通體碧綠，郭遵橫笛唇邊，幽幽吹了起來，他吹的曲子卻是一首梅花落。

狄雲在郭遵到了京城後的第四日，終於趕到了郭府，可狄青仍未醒來。

郭遵見狄雲前來，只說了一句話，「狄青是為救我而受傷，我對不起他。」然後郭遵就將狄雲帶到了狄青的床榻前。

狄雲已從禁軍口中知道了事情的始末，反倒覺得郭遵有些自責過深，道：「郭大人，狄青為救人而

傷，就算死……」可見到床榻上的狄青雙目緊閉，臉色憔悴，聲音已哽咽。他不想弟弟才出了汾州，就身受重傷，狄青若真的不治，那他如何對得起死去的爹娘？

王惟一正為狄青施針，見狄雲前來，有些疲憊的起身道：「這位……是狄青的大哥嗎？」見郭遵點頭，王惟一道：「眼下能幫狄青的只有你了。」

狄雲忙問：「怎麼幫？」

「和他說話。」王惟一無奈道：「我不停地刺激他的髓海，以期激發他的活力，可惜效果不佳。人體極為奇妙，我雖已對經絡、穴道有所研究，但對髓海仍是所知甚淺，但我知道，親人的話語有可能喚醒他的神智，你不妨一試。」

狄雲點點頭，一跛一跛地走到床榻前，握住狄青的手，眼中含淚，卻還能微笑道：「弟弟，大哥看你來了。大哥沒想到，這麼快就和你再次見面。大哥已知道發生的一切，知道你竟然除去了危害百姓的增長天王，大哥很為你驕傲。我來之前，太過匆忙，你嫂子沒有跟來，可她託我給你帶句話，說謝謝你當初救了她。她說你一直都在鄉下，這次到了京城，要自己照顧自己，我們不能在你身邊，你自己保重……」說著說著，狄雲淚水已忍不住滴下，落在狄青蒼白的臉上，狄青仍是沒有半絲醒來的跡象。狄雲心如刀絞，卻還能強笑道：「我當時就笑你嫂子說弟弟已經長大了，不但可以照顧自己，還能照顧你我呢。當初若非弟弟你，我和你嫂子怎能在一起？」

狄雲說的雖是尋常之事，可語音顫抖，字字深情。郭遵鼻梁酸楚，抬頭望向屋頂。聽到狄雲說「弟弟，你要快點醒來，在這世上，你是我唯一的弟弟。大哥腿腳不好，還要你照顧，你可不能撇下我不管。你答應過娘親，要聽我的話，這次你一定要聽。」郭遵再也忍耐不住，轉身出了房門，呆呆地坐在

庭院中，神色木然，眼中滿是愧疚之意。

郭遵從晨光曉寒坐到晚霞滿天，又從晚霞滿天坐到晨光曉寒。郭逵數次前來，見大哥神色沮喪，不敢多言，只是悄悄將食物放在大哥的身邊。轉瞬過了兩天，可郭遵身邊的食物，始終絲毫未動。這個鐵打的漢子，就那麼坐著，誰也不知道他在想著什麼。

不吃不喝的不止郭遵，還有狄雲。狄雲已連說了兩天，面容憔悴，嗓子嘶啞，可還是堅持說下去。

他認為只要說下去，弟弟才會有命活過來。每過一天，狄雲就向死神跨近了一步，狄雲又怎捨得浪費辰光去吃飯？

第七日的時候，王惟一緩步從房間走出來，亦是神色疲憊，望見郭遵如石雕木刻般坐在那裡，輕歎一聲。郭遵被歎聲所引，用滿是血絲的眼睛瞪著王惟一，見他無半分喜悅之意，已明瞭一切。王惟一心有不安。郭遵擺過來道：「郭大人，我愧對你的信任……」

郭遵擺擺手道：「藥醫不死病，命已如此，為之奈何？」雖是這般說，可心情激盪，用手捂嘴，連連劇咳，手指縫間滿是鮮血。

王惟一暗自心驚，道：「郭大人，你的病，也需要將養幾日。」

郭遵歎口氣道：「不急。」他緩緩起身，本待向狄青的房間走去，卻終究不敢。他一生征戰無數，出生入死，也從未有如此膽怯之時。

就在這時，門外走進一人，說道：「郭兄，你……你怎麼了？」那人臉上滿是風塵之意，但眼中犀利不減，正是京中名捕葉知秋。

郭遵強笑道：「不妨事。你……有結果了？」

葉知秋歎道：「你的那幾個手下，依舊沒有下落。我去了白璧嶺西，在那裡發現了一個深坑，四周樹木有灼燒的痕跡，像是當初火球落地造成的結果。」

「深坑？」郭遵隨口應了句。

葉知秋道：「不錯，那坑真可謂深不可測。」他眼中露出駭然之色，郭遵見狀，倒有些奇怪，暗想葉知秋見多了光怪陸離之事，如何會對一個深坑大為恐懼？葉知秋苦笑道：「依我之能，竟完全測不出坑的深淺，我最後丟了一塊石頭下去，等了良久，沒有任何動靜。」

郭遵牽掛狄青的生死，隨口說道：「天地造化神奇，我等也無能一一破解……」

葉知秋見郭遵全然無興趣，苦笑一聲，不再和郭遵深談那火球的古怪。見郭遵雙眸紅赤，臉頰潮紅，顯然是病得不輕，葉知秋關切道：「郭兄，你……」本想讓他保重身體，突然想到什麼，問道：「狄青還沒有醒轉嗎？」他已看出郭遵和狄青之間似乎有什麼關係。

郭遵搖搖頭，葉知秋見郭遵全無興趣，苦笑一聲，隨口說道：「天地造化神奇，我等也無能一一破解……」那三大天王的屍體我都查了一遍，已將他們的容貌畫了下來，暗令各地捕快留意，但直到現在也還沒有那三人身分的線索。上次彌勒佛所說的話我雖不明其意，卻暗中記住了音調，昨日到京城，我找了數位精通天下語言之人詢問，終於確定了那句話是哪裡的話！」

見郭遵全然提不起興趣，葉知秋搖頭續道：「那是吐蕃語。這說明彌勒佛主可能和吐蕃有關，我打算去吐蕃轉轉，你……多保重。」他說完後，抱拳離去。郭遵抱了下拳，又無力地放下，喃喃道：「吐蕃？吐蕃的彌勒佛？那他們不在吐蕃，到中原來做什麼？」

郭達正端著熱的飯菜進來，懂事道：「大哥，你吃點東西吧。」

郭遵見到飯菜，無心下嚥，「小達，你幫我去看看狄青吧。」他沒有入房看望狄青的勇氣。

郭達旋即端著飯菜走進屋內，本想勸說狄雲幾句，可見到狄雲滿是絕望的眼眸，所有的話都吞了下去。

狄雲並未察覺郭達前來，他的全部心思、全部精神已全放在弟弟身上。狄青這幾日來，依舊昏迷不醒，臉色更加地蒼白，看起來已是奄奄一息。狄雲緊緊握著弟弟的手，就像握住生命的希望。他訴說了兩天兩夜，不肯歇息，雙眸布滿血絲，似要滴血，他的嘴唇早起了泡，嗓子也已乾裂，動一下都和刀割一樣疼，可這種痛苦，卻比不過他心口那錐心的痛楚。

「弟弟，莫要睡了，大哥可要生氣了……」說完這句，狄雲禁不住淚如泉湧，哽咽道，「弟弟，你還記得嗎？每次你犯錯了，都不敢告訴大哥。你不怕我責打，你只怕我失望。每次大哥說要生氣的時候，你就會很懂事地改正一切。在大哥心中，你是這世上千金不換的弟弟，可有一日我聽你對牛壯說，在你心中，大哥也是萬金難求的大哥。你可知道，我聽到那句話的時候，不知有多開心。」

淚水點點滴滴落在狄青的臉上，狄雲又道：「弟弟，你真的不要睡了，大哥這次真的要生氣了。不，大哥以後再也不對你生氣了，只求你醒來，好不好？」五指緊扣狄青的手指，狄雲似笑實哭，「弟弟，你還記得娘親臨終時所說的話嗎？她說要你我相依為命，要你我互相照料，她說，這世間遇上就是緣，兄弟更是緣。緣分要珍惜，她說早就不恨當年擊傷爹爹的那個人，不希望你我報仇雪恨，只盼你我快快樂樂地活著。活著，真的比什麼都好！我那時候還年輕，什麼都不知道，可今日我卻知道了娘親的心情，她什麼都不希望，不希望我們做宰相，不期冀我們考狀元，她只求

我們快快樂樂地活著，她就心滿意足了。弟弟，我只求你活著，就比什麼都好！」

他淚水滂沱，見狄青還是沉睡不醒，再也壓抑不住心中悲痛，一頭撲在狄青的胸前，用力搖著他一隻手道：「弟弟，求你了，你莫要丟下大哥，求求你，莫要丟下大哥！」

狄青撲到狄青的胸前，埋頭號啕大哭。郭遵聽到屋中傳來的哭聲，只以為狄青已死，心口痛楚，哇的一聲，吐出大口鮮血。

不知哭了多久，狄雲突然感覺有人正摸著他的頭頂，以為是郭遵在安慰他，哀聲道：「郭小弟……」不想卻聽郭遵驚叫道，「狄青他……」

狄雲霍然抬頭，只見到狄青正睜著眼睛望著他，一隻手剛從他頭頂落下。狄青見弟弟醒來，大悲大喜，已然呆了。狄青眼中滿是淚水，輕聲道：「大哥，我不會丟下你的，不會！」那聲音雖是微弱，但卻不容置疑。

狄雲歡喜得差點暈過去，嘴唇張了兩張，卻再說不出一個字來。他說了三天兩夜，這一刻才覺得嘴唇刺心地痛，可這種痛，怎能抵得住心中的喜悅？

郭遵親眼見到狄青的淚水順著眼角流淌，親眼見到狄青睜開雙眼，親眼見到狄青伸出手來，摸著狄雲的頭頂，只來得及驚叫一聲，不能稍動。聽狄青說出話來，這才歡喜無限，轉身衝了出去，叫道：

「大哥，狄青醒了，狄青醒了！」

王惟一精神一振，快步進了房間。郭遵嘴角血跡未乾，聽到這話，難以置信，顫聲道：「真的？」

郭遵一把抱住郭遵，連連點頭道：「真的，他睜開眼了，他說話了。」孩童興奮無限，緊緊摟住大哥，或許只有今日，他才真正體會到兄弟情深。

王惟一終於走出來，笑著對郭遵道：「狄青活過來了。」

郭遵這才肯信，身形晃了兩晃，無力地跪在地上，郭逵驚叫道：「大哥，你怎麼了？」郭遵仰謝蒼天，嘴唇動了兩下，跪叩大地。他將一張臉埋在黑色的泥土中，喜極而泣的淚水，就像那清露晨流，新荷雨滴，無聲無息地滾動……

第五章　驚　豔

春去春來，梅落雪殘。

光陰如水般沖刷著年年歲歲留下的刻痕。飛龍坳一戰，雖是驚天動地，詭異莫測，但日子久了，除了當事人，已沒有幾人記得當初的慘烈和詭異。可只要經歷過的人，這輩子也不會忘記當時所發生的一切！

這一年又是暮春草長，群鶯啼飛的季節，開封府的英武樓內外，喧譁陣陣，禁軍來往，有如螞蟻一般。因這幾日是禁軍的磨勘大限，所以京城禁軍多來應考。

大宋崇文抑武，科舉常開，武舉若不是非常時期，少有開榜。武人若無出身資歷，朝廷又無人的話，單從廂軍徑補至禁軍之人，升職的唯一途徑就是參加磨勘。能進英武樓內試演武技的人，職位最少都要是副都頭以上，而大量低級軍官要想升職，就只能在英武樓外的八大營進行考核了。

八大營的驍武營中，有考官唱道：「王珪試射。」一人出列。眾人見那人臉黑如炭，年紀也不算大，只在演武場上一站，就有股凜然彪悍之氣。這時有人遞上硬弓，王珪雙臂用力，拉開硬弓，眾人一陣喝彩。

眾禁軍指指點點，一人道：「王珪這次若再過了考核，那就是副都頭了。以後我們在這裡就看不到他了。」

「那當然了，你以為都和你一樣嗎？看你這三年從未長進，九年過不了一考，到現在還是個承局

呢。人家王珪朝中沒人，可有志氣，每考必過，一次機會都不錯過，愣是從普通的軍兵考到軍頭，眼看又要變成副都頭了，真的是條漢子。」

被質疑那人不滿道：「那又如何？就算是個都頭，上面還有都虞候和指揮使。指揮使在京城裡又算得了什麼？你要不進三班，這輩子不過是個低等軍人。只有入三班使臣，才算真正有了盼頭。那王珪再勇，要想打入三班使臣之列，恐怕鬍子也要白了吧？這麼努力地混進三班，卻也快要死了，又是何苦呢？」

先前那人歎口氣，卻又道：「話雖這麼講，但升職總是好事，就像將虞候總比承局要好。」說完意地笑。原來這人是將虞候的官階，比承局要高出一級，是以譏諷對方。

被諷那人有些臉紅，忿然道：「老子是承局又如何？老子畢竟是憑自己的本領升職，不像某些人，就憑吹、憑混過關。老子年年不變是不錯，可有些人好像反倒年年倒退了。不過人家是十將，比你這將虞候可還高一級呢。」

先前那人笑道：「你是說狄青嗎？」

「可不是嗎？那傢伙被吹噓得上天入地，無所不能，聽說殺了個什麼增長天王的。本來以為郭遵在禁軍中還算不錯，不想竟也是個任人唯親之輩。這狄青本來連廂軍都不是，可郭遵為狄青請功，讓他直接進了禁軍，還逕直當個十將，但狄青屁本事都沒有，真讓人看著來氣。」那承局忿忿道。

那將虞候道：「你氣憤，是因為郭遵不是你的親戚吧？嘿嘿，想必那增長天王是和泥塑的菩薩一樣，這才能讓他一擊得手吧？」二人均是嘿嘿地笑。

這時，營中又傳來一陣喝彩。原來王珪已開始進行騎射的考核，他飛身上馬，手挽長弓，一箭射中

了靶心，眾人轟然叫好。

「這才是真本事！」將虞候讚道。

「誰說不是呢，像狄青那樣，真讓人羞於為伍呀。」承局接口道。

這時候考官唱道：「王珪優等，狄青試箭。」

那承局和將虞候二人四下張望，都道：「不知他今天還會不會出來丟人現眼？」張望了半天，聽到後面有人道：「讓讓。」二人回頭望去，不由略顯尷尬，慌忙閃到一旁，原來出聲那人正是狄青，適才就站在他們身後。

幾年的功夫，狄青又長高了些，卻也瘦了些。他額頭有點疤痕，如同紅痣，左頰刺著「驍武」兩字，頦下鬍子拉碴，容顏很是憔悴。

見二人讓開，狄青緩步走到監考官前，遞上腰牌。監考官驗明無誤，點頭道：「狄青試箭。」有人送上弓箭，狄青緩緩接過，望著長弓，神色複雜，手也有些發抖。

低級軍官升職，必要考步射、馬射、武技和開弩四項技藝。狄青要由十將升為軍頭，就必須步射開弓六斗力，開弩一石七斗力，馬射三箭中的，試演武技，這才由監考官審核，決定是否升遷。

步射開弓六斗力對從前的狄青而言，一點不難，他雖武技不高，但終日去鐵匠舖打鐵幫手，腕力極強，當年就算郭遵一時間都拿他不住。可是現在開弓六斗力對他而言，卻是天大的難題。

「狄青試箭！」監考官見狄青還不開弓，微有不耐。眾人見狀，噓聲已起，有人叫道：「不行就回去抱孩子，莫要浪費大夥兒的功夫。後面還有人等著呢！」

狄青暗自咬牙，一聲大喝，雙臂用力，只聽喀嚓一聲，長弓竟被他生生拉斷。眾人肅然，面帶畏

懼。可隨後狄青晃了兩晃，已軟軟地倒了下去。承局歡道：「拉弓都能把自己拉暈倒，這位可算是空前絕後了。」

眾人一陣譁然，不知道怎麼回事。承局歡道：「拉弓都能把自己拉暈倒，這位可算是空前絕後了。」

「你若是不說話，沒有人把你當做啞巴。」一人冷冷道。

承局回頭一望，見身後那人獅鼻闊口，唇邊短髭，容顏很有威勢。慌忙施禮道：「指揮使，你怎麼到這裡來了？」那人不理承局，走到狄青身邊，和監考官點頭示意，親自背負狄青出了大營。

那將虞候見獅鼻那人走遠，忍不住問道：「這人是誰呀，挺狂的呀？」

那承局抹了一把冷汗道：「此人叫做王信，是神衛軍的指揮使，也是郭遵的朋友。指揮使你知道嗎？與你這個將虞候相比，不可同日而語。」

那將虞候吸了口涼氣，只能搖頭道：「這個狄青命好，竟然有郭遵、王信等人關照。唉，若是你我能得他們關照，說不定早就能混個都頭當當了。」

二人唏噓的功夫，王信已將狄青安置在軍營外的樹陰下。

狄青清醒過來，見是王信，掙扎著起身道：「王大人，又是你背我出來了？」

王通道：「若是不行，何必勉強呢？」

狄青嘴角露出苦澀的笑，說道：「我這人就是魯莽，考慮不了太多。」

王信望了他良久，這才道：「我還有事，先走一步。」他轉身離去，等狄青望不到自己的時候，這才搖搖頭，喃喃道：「唉，可惜了這個漢子。」

狄青坐回樹下，還感覺腦海轟鳴，隱隱作痛，抬頭望著柳枝依依，飛絮濛濛，神色黯然，自語道：

難道我狄青這輩子，真的就這麼一事無成了？

原來狄青被多聞天王重創傷了腦海，蘇醒後，一直乏力難動，使不出氣力。這幾年多虧王惟一悉心用針，讓狄青不至於成為廢人，但他腦中那根銀針，王惟一也是無法取出。

如今狄青雖能活動，但一用大力，就會腦海劇痛，痛不欲生，所以這幾年兩次參加磨勘，均是敗在拉弓開弩的環節上。今日聽及旁人議論自己，雖表面平靜，可內心悲憤，實在不願意郭遵為自己受到非議，拚盡全力一拉，雖拉斷了長弓，但腦海中隨即如受錘擊，痛苦不堪，竟直昏了過去。

當年郭遵前往飛龍坳，本意是帶狄青歷練，不想卻讓狄青身受重傷，差點送命。郭遵心中愧疚，因此將飛龍坳的功勞，大半都讓給了狄青，也為狄青爭取到了十將的官階。但郭遵能做到殿前指揮使，擔當護衛皇上一責，不僅因為武功高，還因為家世好。狄青並無出身，眼下這十將的位置，已是郭遵能為他爭取的極限。雖說十將官職不高，但總算衣食無憂，郭遵雖內疚，但狄青並沒有半分怪責郭遵的意思。

狄青正傷心間，有一少年蹦蹦跳跳過來道：「狄二哥，怎麼樣了？」那人正是郭逵，幾年的工夫，他也長高了些，但仍不脫稚氣。他叫郭遵是大哥，所以叫狄青是二哥，這幾年來，狄青在京城，和郭氏兄弟相處得極好。

狄青搖搖頭。郭逵見狄青有些沮喪，忙安慰道：「狄二哥，我明白，你不用說了。」見有幾個人從英武樓出來，都是趾高氣揚的表情，郭逵轉移話題道：「狄二哥，你別看這些人好像高人一等，其實都是仗著老子的功績。他們的老子不是在三衙任職，就是兩院的高官。這些人就算是坨屎，也可以直接進

英武樓。你比他們可強多了。」

狄青心想，我現在真不比一坨屎強，岔開話題道：「小達，你找我有事嗎？」他打了個哈欠，意興闌珊。

郭達眼珠一轉，說道：「差點忘記告訴你一件事，我大哥又出京了。」

狄青關切地道：「他去了哪裡？有沒有危險？」原來郭遵雖是殿前指揮，但因為身手高強，做事俐落，很多時候，都被三衙外調、協助開封府和地方官府處理一些棘手的案件，因此郭遵很多時候，並不在京城。

郭達道：「你還記得郭邈山、張海和王則三人嗎？」

狄青詫異道：「當然記得。這三人當初是郭大哥的手下，後來在飛龍坳失蹤，郭大哥總是念念不忘，他們三人怎麼了？」

「郭邈山和張海在陝西造反了。」郭達皺眉道：「他們現在聲勢不小，已是朝廷的隱患。大哥得知郭邈山他們造反，立即請命前往陝西平叛。那畢竟是他的手下，他希望能說服這些人回歸正途。我大哥很奇怪，不明白這些人為何不回京城，卻要造反呢？」

狄青不願多想，苦笑道：「只希望郭大哥一切順利吧。小達，我去轉轉。」他失意之下，只想找個清靜的地方。郭達叫道：「對了，狄二哥，你大哥只怕你在京城花費不夠，所以託人帶來了三兩銀子給你。嗯，這就是。」他伸手遞過了三兩銀子，狄青不接，問道：「有信嗎？」

郭達眼珠一轉，笑道：「你哥不是不識字嗎，怎麼會有信？」

狄青道：「小達，你不用騙我了，這是郭大哥給我的，是不是？」見郭達不語，狄青拍拍郭達的肩

頭，說道：「小達，我是幫了郭大哥一次，但他真的不欠我什麼，你們兄弟對我很好，我已是無能報答了。」

郭達挺起瘦弱的胸膛道：「是不是兄弟？是的話，就不要再說這種話了。」

狄青忍不住地笑，刮著他的鼻樑道：「看你這樣子，也像個英雄好漢了。我真的不缺錢用，我這個十將雖是無能，但朝廷的俸祿，也夠我吃喝不愁了。對了，還要麻煩你一件事，我這有攢下的幾兩銀子，你兄弟人多，看能不能幫我送到汾州，給我大哥。他有段時間沒有我的消息了，只怕他擔心。」

狄青從懷中掏出錠銀子，心中多少有些酸楚。

當初狄雲喚醒狄青後，見弟弟虛弱不堪，一直照顧著狄青，可心中也惦記著小青。狄青當然知道大哥的心事，就催他回轉，郭遵更是痛快，建議狄雲直接把小青也接到京城的生活，可他不喜歡，再說家鄉在西河，根也在西河，不想搬到京城。因此狄雲在弟弟好轉後，說京城有京城的好，還是回到了西河。郭遵有些不解，狄青心中卻知，大哥是因為腳跛了，不想丟他這個弟弟的臉面，這才堅持要回去。好在大哥回到西河後，和小青做些小買賣，如今日子過得也還不錯。

郭遵望著那銀子，心道，狄二哥這個人呀，瘦驢不倒架。不想讓狄青難堪，便接過銀子道：「好，我一定為你送到。」

狄青別過郭遵後，信步而走，見路邊有家酒舖，進去叫了斤劣酒喝了。心中盤算，留在京城多半沒有什麼發展，可想要回去西河，更是不成。自己臉上刺了字，那其實就和犯人無異，入禁軍不容易，脫離更不是件容易的事。輕歎一聲，丟下十幾文錢，出了酒肆，一時茫然四顧，只見柳絮飄飄，如雪兒輕墜，街市熱鬧非常，可都是別人的喧囂，與自己無關。恍然間聽到前方一陣叫好，狄青這才發覺已過州

橋，到了大相國寺的所在。這裡有勾欄瓦肆，賣藝演出，端的是熱鬧非常。

街市上行人來來往往，如今正是鮮花爭豔、萬物鬧春時節，沿街滿是店舖和花市，姹紫嫣紅，花香浮動。狄青駐足其中，心中惆悵。這時候前方傳來幾聲鑼響，有一隊馬兒馳行開路，後面跟著一群文人騎馬簪花，個個春風得意、馬蹄輕疾。

有百姓嘖嘖道，「快看，快看，天子門生在遊街呢。」狄青抬頭望過去，才記得今日不但武人磨勘，亦是文人科舉開榜的日子。每次科舉放榜唱名賜第之日，及第舉子都會由朝廷安排聚集在一起，舉行遊街和期集，以慰十年寒窗之苦。

可這十年之苦絕非白挨，因為這一朝的榮耀，會將所有的一切完全彌補，這些人除了在大相國寺進行期集外，今晚還會前往瓊林苑，朝廷擺酒，聖上和太后親臨，榮耀無限。然後這些人就會被派往各方任職，觀其政績，再決定是否重用。

這些人的升職速度極快，和武人完全不可同日而語。當年太宗即位後，次年開科取士，那榜及第的呂蒙正和張齊賢二人，只用了七年的功夫，就已入了兩府，位居副相，而呂蒙正更是只用了十二年的功夫，就坐到了宰相的位置，可以說是一人之下，萬人之上！

十二年的光陰，說短不短，可能讓一介寒生坐上萬人矚目之位，怎不讓天下寒士為之心動？也怪不得天下人都說，「一舉首登龍虎榜，十年身到鳳凰池！」

狄青看著風光的天子門生，低頭看了下自己，自嘲地笑笑。他到京城已過了近十二年的一半，可如今還在市井巷陌混跡。

又是一陣鑼響，那些文人騎馬而過，個個面帶微笑，不自覺地向上望過去。他們不需向旁看，不

需向下看，因為那裡的人需要仰望他們。他們只看著那兩側樓閣，看那紅粉樓閣中的粉黛春山。才子佳人，本是佳話，他們十年辛苦，很多時候，不就是為了成就這一段佳話？

這時早有不少佳人出了樓閣，吃吃笑著，攔住了馬頭，向才子們索要簪花留念。官人也不阻攔，反倒樂促其成。有才子見美人青睞，尚還矜持，有的卻已摘下頭上所戴之花，拋給所看中之人，佳人接過，都是含羞不語，卻指了下樓閣，才子臉有微紅，百姓一陣哄笑，指指點點，嘖嘖有聲。

原來這些佳人都是青樓女子，可大宋素來不禁這些事情，反把這些視作風流韻事、茶餘飯後的談資。百姓指指點點，議論紛紛。有人道：「兄弟，當初咱不打鐵，你不磨豆腐，說不定也和他們一樣，看那幫女子平日裝得多麼高不可攀，可還不是看中了這些人的才氣。」他兄弟譏笑道：「你也得是那塊料才行，你識得的字可有百個？」

這時有一婦人指指那些才子，又偷偷指了下狄青，教訓那頑劣的兒子道：「兒子，你以後可要好好讀書，莫要學那人去當兵，『男兒莫當兵，當兵誤一生』，你要是當了兵，這一輩子，可真的毀了。」

孩子認真地點頭，輕蔑地望著狄青，崇敬地望著才子。狄青立在喧囂之中，聽到那婦人的譏誚，見到那些才子遠去，喧囂也跟著遠去，突然想起了娘親常說的一句話：冠蓋滿京華，斯人獨憔悴！

狄青已憔悴。這幾年如流水般過去，當初他遇到郭遵後，迫不得已從軍，連從軍也帶著幾分渴望。他渴望憑藉自己的本事，憑藉自己的雙手，打出一片自己的天空，但飛龍坳一戰讓他身受重創，這幾年的低迷讓他內心更受重創。他明知拉弓可能昏迷，也硬要全力拉弓，為郭遵，也為心中的孤寂憤懣。

他曾見娘親在夜深人靜的時候，喃喃念著：冠蓋滿京華，斯人獨憔悴；千秋萬歲名，寂寞身後事。

念到潸然落淚……

狄青當時還感受不到什麼，但此時此刻，繁囂落寞，反差之大，卻讓他陡然體會到娘親當時的孤獨與寂寞。

狄青想要落淚，卻又昂起頭來，木然地走下去。腦海中突然閃現出娘親的面容，想起娘親望著自己，堅定道：「青兒，你以後一定是宰相，你信娘。因為給娘看相的人，可是當年和太祖下棋的陳摶。」狄青想到這裡，喃喃道：娘，我信你，可孩兒非不為，而不能了。

一聲鐘磬大響，驚醒了狄青的數年一夢。他這時才發現，原來自己已走到大相國寺前。狄青突然心中一動，湧起了入內一觀的念頭。

大相國寺為大宋皇家寺院，規模極大，金碧輝煌，陽光一耀，讓雲霞失色。今日大相國寺有萬姓交易，再加上有天子門生聚會，所以圍觀看新奇的百姓可謂是摩肩擦踵，擁擠非常。

狄青來到京城多年，竟從未入大相國寺一觀，實在是因為他不是個喜歡熱鬧的人。但今日下意識到了大相國寺前，卻想起幾年前郭遵所言。繞過人群，從大雄寶殿後轉過去，到了重簷斗拱的天王殿前。

天王殿內有四大天王，還有彌勒佛主！

狄青腦海中閃過當年郭遵所說，「彌勒教其實源遠流長，在梁武帝的時候就已創立。連大相國寺都有尊彌勒佛，慈眉善目，坐在蓮花臺上。」狄青到了京城後才聽說，這彌勒佛本來是太后所建。到了殿中，狄青抬頭望過去，見殿中果然有尊彌勒佛，正端坐在蓮花臺上，微笑地望著下面的子民。狄青突然想起飛龍坳那彌勒佛的陰險，不

他想起了四大天王，鬼使神差般生出入天王殿一觀的念頭。

由打了個冷顫。

狄青從未見過那麼陰險、狠毒的人，對於當初飛龍坳所發生的一切，他和郭遵事後商議過幾次，還是不明白彌勒佛主為何要讓信徒自相殘殺。這幾年來，葉知秋的足跡從東海踏到大漠，從草原到江南，卻還是不能將彌勒佛主繩之以法。

彌勒佛主竟然失蹤了。

狄青有種預感，彌勒佛主絕不會就這麼銷聲匿跡。彌勒佛主隱藏得越久，越可能說明他正在策劃圖謀著一個驚天大陰謀。

半晌，狄青的目光又落在彌勒佛像兩旁的四大天王身上，他只能說，當年在飛龍坳見到的四大天王，無論是裝扮、面具還是兵刃都與殿中的四大天王極為相似。

狄青望著多聞天王的那把傘，嘴角露出一絲苦澀的笑，喃喃道：「你們若真的好，自然有百姓朝拜，可你們如果像那晚一樣邪惡，我還是要出手的。」

狄青呆呆地望著那多聞天王，不知過了多久，這才轉過身來。殿中的人本不多，一人方才站在狄青身旁，正在向彌勒佛施禮。狄青轉身時，那人已離開。在擦肩而過那一剎那，狄青恍惚中看到那人嘴角好像殘留一絲笑意，但是面容很冷。

狄青被那人極不協調的表情吸引，不免多瞧了幾眼。不想那人到了殿門前，風一吹，掀開那人的長衫，狄青見到那人露出的綠色腰帶，頓覺胸口如同被重重地打了一拳。

綠色腰帶觸動了狄青久埋的記憶。那腰帶的顏色，不就是那多聞天王衣裝的顏色？那嘴角的一絲微笑，不就像殿中多聞天王的微笑，慈悲中帶著無邊的森冷？

狄青飛快地回頭掃視了一眼佛像，更加確認了這個想法，再次扭過頭去，卻發現那人已蹤影不見。那人的背後，不是背著個長形包裹麼？那裡面會不會是雨傘？路人背個雨傘，並無什麼出奇之處，但那人背著的傘，卻是讓狄青痛苦多年的利器！

狄青舉步要追，突然覺得腦海一陣劇痛，晃了兩下，竟無法移動，可思維卻是前所未有的清晰。

那人就是多聞天王！憑直覺，狄青已斷定他就是多聞天王。可多聞天王怎麼會出現在大相國寺？復仇之心一起，他衝出天王殿，嘎聲道：「莫要走！」他那時候全然沒有想到自己不是多聞天王的對手。

狄青想到這裡，心中大慟，雙手握拳，指甲深陷入肉。掌心的痛，驅散了狄青腦海中的痛，

可狄青才衝出天王殿，旁邊過來兩人。一人正要舉步進入殿中，被狄青撞個正著，不由哎喲一聲，坐在了地上。那聲音帶著春江水暖的那股慵懶無力，原來被狄青撞到的竟是個女子。

狄青顧不上道歉，急匆匆的向一個方向奔去，斜睨了那女子一眼，只見到那女子一雙眸子清澈明亮。

那女子旁邊有個丫環道：「小姐，這人好生無禮。」

狄青聽到那怪責，微有歉然。可他急於追尋多聞天王，不再回頭。奔行一陣，已快出了相國寺，行人漸多，背傘的也多，可繫著綠腰帶的卻沒有一個。

狄青止住了腳步，茫然四顧，又向另一個方向追去。他像隻無頭蒼蠅一樣，到處亂跑，四下張望，全然沒有留意到旁人看他的目光中滿是詫異。不知過了多久，遠處鐘磬聲傳來，狄青這才止步，一拳搥在身邊的槐樹上，發現自己已大汗淋漓，疲憊不堪。

找不到了，找不到了！

狄青心中一個聲音狂喊，眼中怒火熊熊，止不住想……多聞天王為什麼來這裡？他來這裡一次，說不

定還會再來？但他或許只是偶爾經過，這輩子再也不會來了⋯⋯

狄青思緒如潮，正在狂躁間，忽聽一女子道：「小姐，就是這人把你撞倒了，他眼神好凶。」狄青聽了一怔，回頭望去，只見到有兩名女子正望著自己。左側那女子穿著水綠色的衫子，一身丫環的打扮，正攙扶著右邊的小姐。那小姐眉目如畫，白衣勝雪，膚色卻比衣服還白上幾分，見狄青望過來，澄淨若水的眼波移開去，對丫環低聲說：「莫要惹事。」

狄青心亂如麻，想要致歉，卻又覺得無話可說，被那女子清澈的目光掃過，更是渾身不自在。情急之下，轉身就走，卻還能聽到那丫環嘟嚷道：「小姐，這次本來要去看牡丹的，可你腳扭了，還去嗎？」

那小姐道：「好不容易出來一次，唉，總要去看看。」那聲音柔弱中帶著分悵然。

丫環道：「那好，不過只怕這裡沒什麼好花，見不到家裡的姚黃⋯⋯」

那小姐輕歎一聲，並不多言。

聲音漸漸離得遠了，狄青有些不安，想要回轉，卻沒有勇氣。他本是天不怕、地不怕的性格，就算當初孤身面對趙公子的一幫打手、勇刺武功高絕的增長天王的時候，都沒有這般膽怯，可不知為何，此刻他卻怕見到那女子黑白分明的眼眸，清幽明澈的目光。

不知走了多久，前方有幽香傳來。狄青望去，見有處花棚，牡丹花開得正豔，不由近前一觀。賣花的是個老漢，臉上的褶皺有如花盆中的泥土，滿是滄桑，見狄青走來，招呼道：「客官，要買花嗎？」

「隨便看看。」狄青支吾道。他其實並不喜歡花。朝中文臣多喜簪花，每逢盛大節慶的時候，更是滿朝簪花，但狄青總覺得一個男人戴花，多少有些彆扭。

老漢見並無旁客，就對狄青熱情介紹道：「客官，這裡有紫金盤、疊樓翠、白玉冰和滿堂紅，都不錯呢，若買一盆回家擺起來，很好看的。」這花棚賣花，都會給花兒取個雅致的名字，博取客人的眼球。

狄青見到叫紫金盤的牡丹是紫花金邊，倒是少見；疊樓翠是翠綠的牡丹，花瓣重重疊疊，也頗好看；那白玉冰顧名思義就是白色的，滿堂紅卻是通體紅色。這牡丹盛開，端的是爭奇奪豔。狄青目光掃過，突然問道：「有什麼……姚黃？」

老漢一怔，搖搖頭道：「姚黃是極為名貴的品種，那花徑過尺，老漢也只是見過一次而已，這裡卻沒有賣的。」

狄青問，「哪裡有賣的呢？」

老漢搖頭道：「我不知道，不過這種花，只有那些豪門達貴才能買得起。」他見狄青衣著寒酸，忍不住提醒道。

狄青聽賣花老漢這麼說，暗想，那小姐家裡既然有姚黃，想必是富貴之人。他方才只是一瞥，被那小姐的容光所懾，竟然不敢多看，只依稀感覺那小姐長得極美，但穿戴如何，卻沒有留意。正沉吟間，見到有盆牡丹花開淡黃色，在群芳爭豔的花叢中顯得恬靜安寧。狄青緩步走近，在花前駐足了半晌。那老漢介紹道：「客官，這花兒叫做……」未及說完，棚外突有人高喊：「高老頭，你可準備好了？」

狄青回頭一瞧，看見三個混混站在棚前，左手那個身材矮胖，中間那個歪戴著帽子，右手那個赤裸著半邊的胸膛，上面刺了個猙獰的猛虎。三人舉止十分囂張跋扈，只差沒把「惡棍」兩個字刺在臉上。

高老漢見狀，慌忙上前道：「各位小爺，準備什麼呢？」

歪戴帽子那個道：「你裝糊塗不是？這保棚費該交了不是？」

高老漢急道：「這幾天前不是剛交過了嗎？」

歪戴帽子那人冷笑道：「你幾天前還吃過飯，今天難道不用吃了？」紋身那個點頭附和說道：「老大言之有理。」

高老漢急道：「老漢賣花只夠個溫飽，哪有這麼多餘錢？幾位小爺，下個月再給你們一些錢好不好？」

歪戴帽子那人冷笑道：「那你下個月再吃飯好不好啊？」紋身那個讚道：「老大言之有理。」

狄青聽到這裡，已知是怎麼回事，緩步走過來，冷冷道：「你們可知恥？」

歪戴帽子那人聞言怒道：「你是哪個？」

狄青淡淡道：「你們就算不知恥，難道也不識字嗎？」

歪戴帽子那人一怔，喝道：「大爺識不識字，關你鳥事？」矮胖子眼珠子一轉，見到狄青臉上的刺字，臉色一變，低聲對歪戴帽子那人道：「大哥，這人是禁軍。」歪戴帽子那人只顧得囂張，這才見到狄青臉上的刺字，也是臉色微變。他們不過是混混，平日以敲詐弱小為生，對禁軍不敢得罪，知道對方的身分，立即軟了下來，賠笑道：「這位大爺，小人吳皮，自幼家貧，哪有錢請得起教書先生，更不識字，不認得大爺，還請你海涵。」改顏對高老漢道：「和你老人家開個玩笑，何必認真呢？」說罷向兩個兄弟使個眼色，灰溜溜地離去。

高老漢舒了口氣，對狄青道：「這位官爺，多謝你幫忙呀。眼下京城賦稅不輕，還要應付這幫無賴，真讓人頭痛。」說罷搖搖頭，滿臉的無奈。

狄青一笑，扭頭又去看那盆黃色的牡丹，問道：「這花要多少錢呢？」

高老漢陪笑道：「官爺若是喜歡，儘管拿去就好，一盆花，算老漢孝敬你的了。」

狄青笑道：「我只是個尋常的禁軍，不是什麼爺。我若不付錢，和那幾個混混又有什麼區別呢？」

說罷伸手抓出一把銅錢道：「這些可夠？」

高老漢連連點頭，「足夠了，多了，多了。」

狄青放下銅錢，捧著花出去，卻突然愣住，原來那白衣女子帶著丫環在棚外正望著自己。狄青將那盆花放在了那白衣女子的身前，不發一言，轉身大步離去。那白衣女子有些詫然，喚道：「喂……」可她聲音微弱如蚊子一般，狄青也不知道聽到沒有，早已沒入人海之中。

那丫環扁扁嘴道：「就這麼一盆破花，怎能和家中那姚黃相比呢？小姐，你說是不是？他撞傷了你，難道是想用這盆花來補償？若不是小姐大量，我們把他告到開封府去，打他個幾十大板！哼！」

那白衣女子柔聲道：「他方才說不定是有急事。你不也見到他幫助這賣花的老漢麼？這麼說，他也是個好人。」原來狄青方才逐走三個混混，這主僕二人也看在眼中。

老漢聽丫環說這是破花，有些不滿道：「這位姑娘，老漢這花可不破，你看它開得多豔呀。再說這種花，不是老漢吹牛，這方圓百里也極為少見。」

那白衣女子蹲下來看著那盆花，突然道：「老人家，這花兒確也長得古怪，花瓣上怎麼還有心形紋路？這個紋理，很是奇怪，像在心旁畫了只玉簫呢。」她觀察得非常仔細，看出花兒與眾不同之處。

老漢自豪道：「當然了，這花兒雖不有名，但別家沒有。老漢遇到個雅人，給我這花兒起了個名字，就叫做鳳求凰！」

第六章　五　龍

狄青離開了大相國寺，茫然不覺地四處走動。直到黃昏日落，倦鳥歸巢的時候，這才倏然清醒過來，暗想自己怎麼如此失魂落魄，難道還在找那多聞天王？

一想到多聞天王，狄青又是心中火起，尋思道，這彌勒教徒對彌勒佛像看來還算有些尊敬。多聞天王去了第一次，說不定會去第二次。既然如此，我不妨回大相國寺看看，或可遇上。才走了幾步，禁不住又想，不知道她是否已離開大相國寺了？

想到這裡，狄青這才發現，原來自己也無法分辨，自己想回相國寺，到底是想尋那多聞天王還是要見那女子。不由自嘲道：狄青呀狄青，你這樣的人，也會癡心妄想嗎？

狄青不再去想那女子，認準了方向，又朝大相國寺奔去，途中在路攤上買了兩個饅頭揣在懷中。此時寺廟期集早已散了，百姓也都紛紛離去，寺中清靜許多。

狄青進了天王殿，見殿中供桌上香煙裊裊，只有個敲木魚的僧人猶在。心中微動，悄悄轉到供桌之後，趁那僧人不備，竟然鑽到供桌之下。他做事不拘一格，想到若在這裡停留久了，寺僧感覺奇怪，說不定會把他驅趕出去，索性先藏起來。

供桌之下倒還算乾淨，狄青輕輕地取出腰刀，將布幔割出個可供探看的縫隙，盤膝坐下，一時間心緒起伏，也不知自己這種守株待兔的法子是否管用。可他要找多聞天王，實在也想不出別的什麼好法子。

暮色四垂，油燈點起，大相國寺漸漸遠離了喧囂，寺內只餘清音梵唱。狄青聽那聲音和緩，內心卻靜不下來。他一直從那布幔口子中向外張望，可直盯得眼睛發痛，多聞天王也沒有再次出現。

狄青有些肚餓，掏出饅頭，撕下一塊，怕發出聲響被僧人發現，便放在口中慢慢咀嚼。吃了饅頭後，又過了小半個時辰，狄青坐得腿腳麻木，知道已近半夜，不由沮喪非常。心道寺門早就關閉，這多聞天王肯定不來了。

這時候有腳步聲響起，狄青精神一振，舉目望去。前方來了一僧一俗，那僧人慈眉善目，頦下白鬚；那俗人則是背對著狄青，身無傘狀長物，不像狄青在等的人。狄青看不到俗人的正臉，只見到他的鞋子是錦緞鞋面，極為華美。狄青認得那鞋子是京城名坊五湖春所製，買家均是達官貴人。

來人顯然和狄青沒什麼關係。狄青大失所望，閉上了眼睛，只聽那俗人問道：「主持，我有一事請教。」

那人聲調年輕，但口氣中隱有沉鬱之氣，又像個七老八十的老頭子。

狄青微微錯愕，感覺這人說話的腔調和多聞天王的那張臉有得拚，都是不太正常，又想，大相國寺主持隸屬皇家，並非說見就見，這人竟能請動主持解惑，不知什麼來頭。

主持道：「施主但請問來。」

俗人苦惱道：「何處是淨土？」狄青差點噴飯，暗道，難道這京城還不是淨土嗎？可轉念一想，嘴角帶分哂笑。

主持緩緩道：「若尋淨土，當求淨心。隨其心淨，無處不淨土。」

狄青心中苦笑，話雖如此，可若要淨心，豈是如此容易的事情？

俗人亦道：「高僧所言甚是，但我卻始終難以靜心，總覺得四處皆敵，如在牢籠，是以前來求

佛。」狄青聽那人聲音中滿是困惑悲涼，宛如困獸深陷籠牢，心中陡然湧起同情之意。狄青多年來亦是在困苦中掙扎，對這種感覺等同身受。

主持道：「聖人求心不求佛，愚人求佛不求心。施主，貧僧想說個故事……」

俗人欣喜道：「請講。」

主持緩緩道：「聞東海之濱，有一翠鳥，厭倦世俗醜惡，總覺天下與它為敵。是以它飛到臨海高崖處做窩築巢，本以為再無禍患，不想一日潮漲，巢穴被浪捲走。翠鳥歎曰，心中有敵，處處為敵。」

狄青聽了，心中微有混亂，轉瞬想，我不是非要和多聞天王為敵，只是此人不死，大亂不止而已。

他若是真的學好……想到這裡，嘴角滿是苦澀的笑，他若是真的學好，我能放過他？恐怕不能。不然飛龍坳死的那近千百姓豈不太冤枉了？

俗人沉寂良久，方才道：「多謝大師指點，我知道該如何去做了。大師辛苦，我有意重修寺廟，做一場功德，不知大師意下如何？」

主持道：「重修、不修，無甚功德，心中有佛，方算功德。」

俗人領悟，雙手合十一禮，緩步走開，主持隨後離去，天王殿轉瞬沉寂下來。

狄青聞高僧講禪，一會兒覺得有理，一會兒又覺得放不下，還有些好奇那俗人的來頭。正胡思亂想之際，突然感覺從布幔透進來的光線先暗再明。狄青心中一凜，湊到布幔後向外望去，只見一人靜立在彌勒佛像前，腰間一根綠色的絲帶，背負長傘，正是他欲尋覓之人。

狄青一顆心怦怦大跳，向那人臉上望過去。只見那人嘴角有絲微笑，可一張臉卻是極為陰冷，正望著彌勒佛像出神。狄青看了那人良久，見那人站姿也不變一下，不由心底起了一股寒意。狄青知道自己

就算無傷，武功也比那人相差太遠，這刻更是大氣也不敢喘一下，暗歎郭遵已離開京城，不然還能找來郭遵對付此人。

不知過了多久，殿門外有腳步聲傳來，一僧人入內。見到那人佇立在佛前，不由詫異低喝道：「你是誰？」大相國寺乃國寺，主殿燈火整夜不熄，這僧人負責半夜來添燈油，見到突然有外人出沒，難免詫異。

那人聽到喝問，霍然回身，到了僧人的面前，背負長傘一動，傘柄已敲在僧人的後腦之上。僧人不等再喝，已軟軟地倒下去。那人手一伸，接住了僧人手持的油壺，竟耐著性子繞著大殿走了一圈，為四壁的油燈添上燈油。

狄青在暗處看得清清楚楚，卻搞不懂這人到底要做什麼。

那人添完燈油，又回到彌勒佛座前，望著彌勒佛主，喃喃道：「彌勒下生，新佛渡劫。五龍重出，淚滴不絕？」

他不停地重複這幾句話，似乎在琢磨著什麼。狄青聽得一頭霧水，暗想當年在飛龍坳，這人念咒為蠱惑人心，可現在這裡只有他一人，又念的是哪門子咒語？

「五龍重出，淚滴不絕。彌勒下生，新佛渡劫！」那人又將這句話顛倒念了一遍，眉頭緊鎖，目光又定在彌勒佛的金身上。

燈火下，彌勒佛熠熠生光。那人目光中突露喜意，低聲道：「是了，彌勒下生，新佛渡劫！」他無論什麼腔調，可嘴角的笑意永在。

狄青突然省悟，「這人多半是喬裝改容了的。」未及多想，那人身形一閃，縱到蓮花臺旁，轉到彌

勒佛像身畔，連走數圈。

狄青忍不住從布幔探出頭去觀看，好在那人全部心思放在彌勒佛像身上，作夢也沒想到供桌下有人，是以全未察覺。

那人終於止步，用手敲敲彌勒佛像的身軀，雙掌突然抵住彌勒佛像，凝神用力，低吼一聲。只聽到轟隆一聲響，那彌勒佛像竟然被他推下了蓮臺。

巨響中，彌勒佛像已摔得四分五裂。煙塵彌漫處，突然傳來叮的一聲輕響，那人躍了下來，在佛像碎片中一伸手，像是取了什麼東西，忍不住自喜道：「果然在這裡。」

狄青心中滿是好奇，不知道這人到底取了什麼。

就在這時，天王殿外已傳來數聲呼喝道：「是誰在殿中？」喝聲未落，已竄進數個武僧。

大相國寺雖以精研佛法，為皇室效力為主，但寺中收有不少金銀法器、名家墨寶，只怕有不開眼的小賊過來盜竊，所以有武僧護院。入大相國寺盜竊例屬重罪，歷來都要砍頭，著實威懾了不少盜賊，因之這幾年來，少有竊賊，寺中僧人也輕鬆許多，不想今日天王殿內竟有巨變。有巡院武僧聽到聲響趕入，見到破碎的彌勒佛像旁站有一人，不由又驚又怒，也不詢問，棍子一揮，就向那人打去。

那人冷哼一聲，伸手抓住長棍，飛腳踢出，將一武僧踢飛出去。眾武僧大驚，怎料這人的武功竟是如此高明，只是衛寺有責，即便不敵也硬著頭皮圍了上去。

狄青只聽到咬喇媽呀的叫聲不絕，轉瞬之間，衝上來的幾個武僧都已被那人擊飛了出去。狄青本想和武僧聯手，可又怕被武僧誤認為竊賊同黨，說不定吃不著羊肉，反倒惹了一身躁氣。正猶豫間，那人已竄到殿前，才要縱到殿外，只聽到一聲喝道：「躺下！」

一道劍光如明月穿雲，向那人當胸刺去！

那人微驚，不由倒退一步，可那劍虛虛實實，變幻莫測，那人退了一步後，又被逼退兩步，出劍之人卻是無聲無息地一掌擊到，正中那人的胸口。

那人被一掌擊得倒飛而出，胸中氣血翻湧，不由大駭，暗想這人怎麼會在此？他來此之前，事先探得殿中地勢，又得知大相國寺雖武僧眾多，但均非其敵手，故此肆無忌憚，哪裡能想到這死對頭竟然也來到了大相國寺。

狄青見到來人目光如劍鋒般，心中大喜，原來出劍那人正是開封捕頭葉知秋！

葉知秋一掌得手，並不留情。他身隨劍走，劍光融融，分刺那人的周身各處。那人冷哼一聲，反手一抄，取下了背負的長傘，只是輕點地面，竟然飛速而退。葉知秋驚詫那人的身手，並不放棄，腳尖連點，御風追行。

二人一進一退，轉瞬已到了四大天王佛像身邊。那人斷喝一聲，持傘對著葉知秋砸去，竟再也不動。葉知秋心中一凜，知道這人的長傘變化無窮，凝神以對。

那人見狀長笑一聲，只是伸手一引，一佛像搖搖欲墜，就要向下方的葉知秋衝去。葉知秋不由退後一步，那人趁機一縱，竟然竄到了佛像頭頂，再一躍，已向殿頂橫梁衝過去，可他躍到極限，離那橫梁還是差了一臂的距離。眼看將落未落之際，那人長傘倒轉急伸，竟勾住了天王殿的橫梁，用力一帶一衝，已翻上橫梁，撞破殿頂琉璃，衝到了天王殿的屋頂。殿頂雖高，這人數次借力，竟然從殿頂逃脫。

葉知秋大恨，不想這人應變如斯快捷。他既不想褻瀆佛像，也的確無法上至殿頂，只能閃身出殿，喝令屬下，「封住天王殿。」可他命令一出，就自知大有問題，畢竟天王殿並非孤立大殿，而是和其餘

的殿宇連在一起，那人絕不可能留在殿頂等人捉拿，只怕這時候早已脫身溜走。

月光如水，照得天地間一片蕭殺。葉知秋眉頭緊鎖，忖度此人的來意，突然聽到殿中傳來幾聲呼喝：「什麼人？」葉知秋心中一奇，閃身入殿，待看清眾武僧圍著的那人，失聲道：「你……」他心中一動，喝道：「是自己人，你們撤了棍棒。」

方才葉知秋和那人殿中大戰，眾武僧插不上手，都是又羞又愧，看那人破殿頂而出，更是讓眾葉知秋如今在開封府鋒芒畢露也是有比試之心。但見今日那持傘之人橫行無忌，若是沒有葉知秋，只怕眾人都要丟人丟到姥姥家，所以對葉知秋有七分敬佩，也有三分感激，均撤了棍棒。

狄青有些尷尬，叫道：「葉捕頭。」原來那人推翻了佛像，差點就砸到供桌之上，狄青嚇了一跳，再也藏身不住，閃身而出，眾武僧見有外人，只想立功贖罪，將狄青團團圍住。狄青心道糟糕，一時間卻無從解釋。

葉知秋皺了下眉頭，突然道：「你是跟蹤那多聞天王到此嗎？」

狄青佩服道：「葉神捕果然名不虛傳。我白天見到此人在寺中遊蕩，心懷鬼胎，想他可能會晚上來此，因此在這裡守株待兔。那人真的是多聞天王，這麼說我沒有認錯？」

葉知秋雖覺得狄青說的不盡詳實，但知道他絕不會和彌勒教徒一夥，又因為郭遵的緣故，不想多起波折，說道：「好，我改日為你請功。你先離開大相國寺吧。」

狄青沒想到藏桌子下也能藏出功勞，看起來日子是苦盡甘來了。才要說什麼，有人匆忙到了葉知秋的身旁，低聲耳語兩句。葉知秋點點頭，對狄青道：「我還有他事，你先離開這裡吧。」他兩次催促

狄青離開大相國寺，神色似有隱情，倒讓狄青有些不解。不過狄青知道葉知秋應是一番好意，點頭出了大相國寺。才一出了大相國寺，寺門便咣當一聲關上，狄青有些詫異，轉念又想這幫僧人多半見彌勒佛像摔壞，怕擔責任，所以偷偷在寺中修補，可葉知秋在寺中又做什麼？

狄青搖搖頭，不願多想，回轉到郭遵的府邸。

郭府不小，卻只住著郭氏兄弟，郭遵一年中有大半年在京城外捉匪平叛，狄青這幾年就一直在郭府居住。狄青先去看望郭逵，見他早就酣睡，將被子踢到地上，悄悄走進去，替郭逵蓋好被子，這才回到自己房間，點燃油燈。

油燈閃閃，有如情人多情的眼眸，狄青望了油燈半晌，緩緩伸手入懷，掏出半拳大小的一個黑球出來。

誰都不知道這是什麼，狄青也不知道。說起來也是陰差陽錯，這東西卻是多聞天王身上掉下來的。

剛才多聞天王從破碎的彌勒佛像中取出一物，驚動武僧和葉知秋，多聞天王被葉知秋打了一掌，懷中竟掉出個黑球，滾到了供桌下。狄青伸手拿過，直接揣在了懷中，他知道這東西多半和多聞天王有連繫，因此先取了再說。

在大相國寺的時候，狄青本想對葉知秋說及此事，可葉知秋匆忙離去，讓狄青無從開口。狄青拿著那黑球，見那東西似鐵非鐵，黑黝黝的全不起眼，手感粗糙，不解多聞天王為何大費周折來取。

翻來覆去看了半晌，突然發現黑球好像閃著絲絲的寒光，狄青忍不住拿著黑球湊到油燈上一看，才發現黑球上竟寫了「五龍」兩個篆字。

狄青暗自皺眉，想起多聞天王喃喃所說的話，彌勒下生，新佛渡劫。五龍重生，淚滴不絕。看來彌

勒佛不是渡劫，而是遭劫，才生出這個五龍。

這黑球若是五龍，到底有什麼作用呢？

狄青想得頭痛，仍不得其解。試著用單刀在黑球上面劃了一下，卻發現那東西極硬，鋒銳的單刀劃在上面，並沒有絲毫的痕跡。

狄青研究了個把時辰，總是不得其解，將那東西往桌案上一丟，嘟囔道：「什麼鳥東西，白白浪費老子睡覺的功夫。」

忙碌一晚，已堪堪到了清晨。狄青也不脫靴，徑直倒在床榻上，望著屋頂，腦海中突然又浮出那清麗脫俗的面龐，搖搖頭，揮去了那個影像，迷迷糊糊地睡了過去。

不知過了多久，狄青突然感覺眼前有絲光亮，霍然睜開雙眼。他這屋子是向東，太陽東升，第一縷陽光總是能照進來。狄青已習慣了陽光，可卻覺得這次的陽光有異，他睜開了雙眼，突然見到了難以置信的瑰麗景象，詫異得差點叫起來！

原來他眼前出現一條紅色的綢帶，平展開來，綢帶上滿是奇怪的斑點，一時間難以分辨是何東西。

狄青怔了片刻，被眼前的景象所驚，不由大叫一聲。他叫聲才出，紅綢倏然消散，室內恢復了平靜。只見到一縷陽光透過窗子照在床榻上，狄青這才發現自己出了一身冷汗，同時左眼皮跳得厲害。

房門一響，郭逵衝了進來，問道：「狄二哥，怎麼了？」

狄青霍然而起，抓住了郭逵道：「小逵，你方才……看到紅綢了嗎？」

「紅綢，什麼紅綢？」郭逵滿是不解，伸手在狄青腦門上摸了一下，「你怎麼出了這麼多的汗，病了？你眼皮怎麼跳得這麼厲害？」

狄青抹了一把臉，感覺到眼皮終於止住了跳，急迫道：「方才你若在外邊，應該看到這屋子裡面有道紅綢。從那面牆，一直到了這面牆。」他伸手比劃著，見郭遂奇怪地望著自己，頹然放下手來，喃喃道：「你沒有見到？」

郭遂奇怪道：「我本來要找你，從窗外看你在熟睡，正猶豫是否等一會兒，就聽你大叫一聲，我立即衝了進來，哪裡有什麼紅綢呀？」心中嘀咕，狄二哥是不是太憂心，悶出病來了？

狄青盯著郭遂，見他態度真誠，也沒有必要對自己撒謊，喃喃道：「莫非真的是一場夢？」見郭遂擔憂地望著自己，狄青強笑道：「你找我什麼事？」

「是葉捕頭找你，不過他走了。」郭遂道，「狄二哥，你昨晚是不是去了大相國寺？狄青也不隱瞞，將昨日發生的事情說了一遍，不過略去了白衣女子和黑球的事情。他不想對郭遂說及女子之事，也覺得黑球有些怪異。一想到黑球，忍不住向桌案上望過去，見到那東西安靜地躺在桌案邊，陽光照在上面，仍是黑黝黝的不起眼。

郭遂注意到那個黑球，奇怪道：「這是什麼？」

「我撿的。」狄青隨口道。

郭遂拿在手上掂掂，笑道：「好像是鐵的，要是金的就值錢了。」他將那黑球又放在桌案上，道：「葉捕頭讓我告訴你，這幾天不要去大相國寺了。還有，昨晚的事情，儘量忘記好了，切記切記！」只怕狄青有所不滿，郭遂道：「葉捕頭也是為你好。他說了，絕非是懷疑你什麼，可很多事情，不必太過理會，以免惹麻煩上身。」

狄青點點頭道：「我明白。」

郭逵心道，你明白了，可我卻不明白。可見狄青神色恍惚，不好多問，便轉身離去。狄青想起今日還要當差，忙整理裝束準備出門。

十年沒有戰爭，京城一直平安無事。他這個十將雖是混飯吃，但該做的事情，還是要做。好在大宋已有數出門之前，狄青望了桌案上那黑球良久，終於還是將它收起來放在懷裡，不知為何，他總覺得清晨那幻境，似乎和這黑球有些關係。

等到了禁軍營，見有兩人正在竊竊私語。長個馬臉那個人叫張玉，另外一人叫做李禹亨，有著一蓬帥氣的大鬍子，本很威猛，但眼睛比黃豆大不了多少，讓此人威猛形象大減。

狄青湊上前問道：「說什麼呢？」

張玉和李禹亨都算是狄青的朋友，在驍武軍營關係不差。張玉是個軍頭，比狄青大上一級，李禹亨卻是個將虞候，比狄青小上一級。無論軍頭、十將還是將虞候，都屬於低級軍官，管不了多少事情，俸祿也不過是一個月差別一二兩銀子而已，所以眾人平日也是嘻嘻哈哈，少有等級之分。

李禹亨見狄青前來，神神祕祕道：「狄青，我告訴你一個祕密，你可莫要對旁人說。」

張玉一旁笑罵道：「你他娘的這句話今天最少說了十來遍了，聽得老子耳朵都起了繭子。你逢人就說告訴他一個祕密，到現在這祕密已經路人皆知了。」

李禹亨摸摸鬍子，擠眼道：「沒有十來遍，是七遍。」說罷哈哈大笑道：「狄青，你知道大相國寺出了事情嗎？」

狄青心頭一跳，記得葉知秋的囑咐，搖搖頭道：「不很清楚。」

李禹亨身臨其境般的描述道：「都說昨晚夜半時分，天王殿上空突然烏雲籠罩，遮住了明月，空中

突然擊出一道霹靂，擊裂了天王殿的屋頂，然後擊在殿內的彌勒佛像上。這不，彌勒佛像被擊得四分五裂，餘威還將那個增長天王的塑像擊毀。這事別人本不知道，可我有個親戚在大相國寺做雜役，今天在寺內見有人修補天王殿頂，可見傳言多半是真的。」

狄青暗自好笑，卻不說破，只是點頭道：「這可真是個奇異的事情，也就只有你這種人才能⋯⋯知道。」

李禹亨得意洋洋，「誰說不是呢？」還待再說什麼，趙律走進來道：「說什麼呢，不用做事了？」

狄青三人站起，叫道：「趙軍使。」趙律是郭遵的手下，平日郭遵不在，趙律負責調動驍武軍的部分人手。

趙律板著臉說道：「莫要亂嚼舌根子，小心禍從口出。張玉、狄青、李禹亨，今日你們三人去西華門至西角樓大街左近巡邏，留心陌生人等，不得怠慢。」

三人遵令，知道每次京城有異常的時候，都要照例加派人手留意動靜。如今大相國寺出現異常，只怕京城大內、內城、外城早已布滿了禁軍。

趙律見狄青向外走去，突然叫住他道：「狄青，你等一下。」見張玉、李禹亨走遠，趙律這才道：「這次巡視是例行公事而已，有問題示警就好，不用出手。」他也不多說，轉身離去。狄青心中苦笑，暗想這多半又是郭大哥的關照。自己雖想逞能，可在別人眼裡，自己著實和廢物無異。

出了禁軍營，張玉、李禹亨已在等候，都問，「狄青，趙軍使有什麼吩咐？」

狄青淡淡道：「他說昨天京城有個亂嚼舌根的人被雷公問候了，讓我們禁言慎行。」

張玉、李禹亨哈哈一笑，知道狄青說笑，擁著狄青向大內西華門的方向走去。狄青雖說武功不濟，

無法使力，但為人豪爽，做事仗義，二人也從不瞧他。

三人順著西角樓大街行上去，只見一路繁華，這三人長期負責這段路的安全，街邊小販早就熟識。

路邊有一婦人熱情的招呼道：「三位官人，新鮮的包子，要不要來幾個？」京城的百姓稱差人、衙役都為官人，這婦人姓王，一直在街頭擺攤，賣的包子在這條街很有名聲。

狄青遞過了十二文錢，拿了六個包子，笑道：「王大嫂，最近這裡可有什麼可疑的人物？」

「有呀。」王大嫂接過了銅錢，笑道：「你就挺可疑，老大不小了，連個媳婦兒都沒有，要不要大嫂給你介紹一個閨女呢？」周圍擺攤的百姓都善意地笑。狄青有些尷尬，笑道：「大嫂說笑了。」帶著張玉二人一溜煙向北行去，張玉一旁道：「狄青，你沒做賊，跑什麼？要說這世道真不公平，我官位比你高，人也長得比你帥，為何別人總是給你介紹閨女，卻不給我介紹？」

李禹亨道：「王大嫂家的母馬還沒有嫁，你考慮一下？」他一直拿張玉的臉做文章。

張玉一腳踢過去，笑罵道：「去你奶奶的，你顧好自己吧。我聽說最近吐蕃來頭獅子找婆家，和你很般配，你現在去提親還來得及。」二人笑做一團。

狄青有些意興闌珊道：「做事吧。」他不知為何，又想起那溫雅的白衣女子，難免惆悵。

三人到了西華門左近，隨便找個臺階坐下來，盯著西華門發呆。過西華門就是皇宮大內，是朝廷重臣辦公和皇帝、皇后居住的地方。他們這等人，雖在京城多年，但連皇帝的面都沒有見過。

李禹亨道：「狄青，我告訴你一個祕密，你可別告訴別人。」

狄青懶洋洋道：「是不是東華門多出狀元，西華門多出美女呢？」

李禹亨故作詫異道：「原來你早知道了。」

狄青嘟囔道：「你這幾年不停地說，就算聾子，多半也都知道了。」每次新科開考，殿試過後，狀元、榜眼、探花三人的名字都是從東華門唱名而出，聞名天下。東主陽，西主陰，對應的西華門卻是皇宮內眷出沒的地方。如果有地位的妃嬪過世，棺槨更要從西華門而出，方顯尊貴。東華、西華兩門，狄青等人一輩子都難進去，李禹亨每次到這裡當差時，都要忍不住將這「祕密」說一遍。

這時，一輛馬車從長街盡頭駛向西華門，那馬車珠玉為簾，玉勒雕鞍，端是華麗非常。張玉突然低聲道：「其實西華門不只出美女，還出一種東西。」

李禹亨不解道：「是什麼東西？」

張玉嘲諷道：「還出死太監。」

李禹亨一旁忍不住又笑，低聲道：「太監可不是東西。」

狄青道：「你們也不怕被人聽了去？這個太監若是知曉你們議論，說及給太后聽，找個碴兒，說不定會把你們滿門抄斬。」

張玉冷冷道：「我什麼都怕，就不怕滿門抄斬。我滿門也就一人，滿門抄斬也不過一個腦袋。這個死太監，我每次見到他的車，都要罵上一頓。」

李禹亨歎道：「不過這個死太監非但沒被你罵死，眼下還成為太后身邊的第一紅人。呼風喚雨，活得精神呀。可惜堂堂的樞密使曹利用，也鬥不過這個太監，竟被他暗算至死。」

原來那豪華大車裡面坐的人，正是宮中的第一太監──羅崇勳。

大宋雖有祖宗家法，外戚太監不得專政，但如今皇帝仍未親政，要太后輔佐。這個羅崇勳雖沒什麼能耐，卻深得太后賞識，是以仗著太后的威嚴，很有些權勢。當太監的這輩子沒別的欲望，除了錢就

是權。宮中太監多會為自己的親戚爭取點官職，但樞密使曹利用為人剛正不阿，屢次拒絕宮內的請求，這才讓羅崇勳懷恨在心，終於有一日找到曹利用姪子犯錯的藉口，上稟太后，太后聞言大怒，嚴懲曹利用。

是以堂堂一個樞密使、兩府中人，居然因此被貶出京城。

羅崇勳竟然仍是不肯放過曹利用，又找人羅織曹利用的罪名。曹利用還在被貶的路上，就再次被貶房州，當初負責押送曹利用的是太監楊懷敏，而誰都知道，楊懷敏和羅崇勳本是一丘之貉。曹利用被這宦官陷害，終於在開春之際慘死在路上。

當年的澶淵之盟，保了大宋數十年的平安，而當時不顧生死、毅然前往契丹的使臣正是曹利用身在虎穴，卻凜然不懼，寸土不讓，雖說最後還是獻幣求和，但在京城的百姓眼中，這人實乃大大的功臣，因此京中之人對羅崇勳和楊懷敏都是極為痛恨，張玉也不例外。

李禹亨又感慨道：「可恨太后不明是非呀，當初就沒有召回寇老主持朝政，到如今又讓宦官陷害忠臣，朝綱不振啊。」李禹亨所言的寇老就是寇準，此人極為剛正，天下聞名，不過劉太后當政後，始終不用寇準，寇準前幾年已故去，惹天下人歎息。

張玉冷笑道：「你以為太后真的糊塗嗎？那你可大錯特錯！」

李禹亨一怔，問道：「她重用宦官，逼死重臣，讓忠心耿耿的寇老終不能用，難道還不昏瞶嗎？」

狄青見二人越說越肆無忌憚，連忙岔開話題道：「吃包子，吃包子，咦，那有兩個人好像是陌生面孔？」他為了轉移張玉二人的注意，伸手向前一指，不想果有兩人舉止有些詭異，常人見到羅崇勳的馬車路過，多半會退到路邊，可那二人不但退到了路邊，還轉過臉去望向牆壁。

等羅崇勳過去後，這二人還不時偷偷張望那車子。

張玉霍然站起道：「果然可疑，去問問。」他沒有留意這二人是從大內走出，還是要去大內，但職責所在，總要查問。

三人向那兩人逼了過去，見其中一人身材中等，年紀尚輕，臉上似有灰塵，可一雙手極為白皙細嫩。另外一人白胖的臉龐，眉毛很濃，卻沒有鬍子。

見三個禁軍走過來，白胖那人臉色微變，才要說什麼，卻被年輕人示意噤聲。年輕人想要從旁而走，張玉攔在二人身前，喝道：「鬼頭鬼腦的做什麼呢？姓名，鄉籍，住在哪裡？親戚何人？老老實實交代！」

「大膽！」白胖那人喝了聲，聲音尖銳憤怒。

年輕人忙向那白胖之人道：「莫要聲張。真不像話。」他說得奇怪，讓張玉等人如墜霧中。狄青卻是心中一動，暗想怎麼這人的聲音聽起來有些熟稔。

張玉道：「還不要聲張？你們做賊嗎，這麼小心？快快報上姓名。」

年輕人眼中閃過絲古怪，道：「我想去大相國寺求佛，你們莫要多事。」

張玉好氣又好笑，說道：「你求佛了不起？我他娘的問你姓名，你東扯西扯些什麼？」

年輕人聽張玉口出穢語，眼睛一瞪，不怒自威。

狄青聽到求佛二字，心中一動，記起昨晚在大相國寺好像聽過這個聲音。這不正是和大相國寺的主持在論禪的那人嗎？低頭向下望去，見到那人腳上的一雙鞋子雖換了式樣，但卻是五湖春縫製的無疑，堅定了念頭，拉了張玉一把道：「這二人沒什麼可疑的，放他們走吧。」狄青暗想，「能和大相國寺主持論禪的人，不應是壞人，若是達貴，沒有必要得罪。」

張玉見狄青向他連施眼色，咳嗽一聲道：「那你們走吧。最近大相國寺暫不見外客，你們也不要去了。」

年輕人微微一笑道：「多謝提醒。」他向狄青又望了一眼，點點頭，快步離去。那中年胖子緊緊跟隨，屁股一扭一扭的，像個鴨子。

張玉等二人走後，才對狄青道：「你認識他？」

狄青搖頭道：「雖不認識他們，可你畢竟做了這麼多年的禁軍，就看那一雙鞋子，也抵你一年的俸祿。這人非富即貴，你和他鬧什麼彆扭？」

張玉嘿嘿一笑，「我就是看他富貴，所以藉故攔他。我們當差盡職，又有什麼錯處？」

狄青搖搖頭，蹲下來啃著已冷的包子，忍不住向年輕人離去的方向望了一眼，又想起昨夜之事，由多聞天王又想起了五龍，情不自禁地摸了下懷裡，那黑球硬邦邦的還在。

一日無事，狄青交差完畢，用過晚飯後，直接回到自己住處，掏出那黑球，翻來覆去地查看了半天，還是一無所獲。最後發狠拿個鐵錘敲了一下，卻只聽到黑球傳回晦澀聲音，歎了口氣，又將黑球放在桌案上，盯著看了半夜。

黑球還是黑球，並沒有變成紅綢，也沒有變成金蛋。

狄青盯得雙眸已經有些發酸，暗想難道今早真的是作夢驚醒？已到深夜，狄青很有些睏意，倚在牆壁上沉沉睡去，可總是睡不踏實，翻來覆去的，又醒來數次。

狄青每次醒來，都要向那黑球望一眼，見它在沉沉夜色中，有著說不出的安靜。有一次醒來，突然有些失笑，暗想自己真的以為它是活物不成？想必不過是幻覺，自己卻當真了而已。一想到這裡，狄青

放寬了心，再次睡了過去，這一次直睡到雄雞三唱，紅日東升才起。

耳邊聽著雞叫，狄青心想，原來天亮了。他不等睜開眼睛，突然身軀一振，因為就算沒睜開眼睛，他眼前也是紅光道道，迴乎尋常。那種情形，竟然和昨晚有些相似！

狄青忍住心頭的震顫，緩緩睜開雙眼，那一刻，心中的驚駭幾乎難以言表！

來，金燦奪目，可更奪目的卻是眼前的一道紅綢。那紅綢極為絢麗奪目，色彩極豔，從左手的牆壁一直鋪到右側，蠕蠕而動，而那紅綢的根部，卻像是以黑球為根基。這種現象極為怪異，就像是黑球吐絲成束，變成了寬廣的綢緞。

狄青見那紅綢蠕蠕而動的時候，更是驚駭莫名，不知道那到底是何事物，為何平白出現，憑空消失？他沒有叫喊，也忘記了叫喊，只是盯著那紅綢，見那上面隱有光華流動，再過片刻，紅綢一轉，已向他而來，狄青雖不想叫，可也忍不住大吼一聲。

不是紅綢，而是條龍！赤紅色的巨龍！

紅綢化作巨龍，就在狄青驚叫的那一刻，撲到狄青身前。狄青蹦起，情不自禁地後退，卻忘記了身後是牆，砰的一聲撞在牆上，屋脊震顫，背脊發痛。緊接著狄青腦海中轟的一聲，只見那紅龍已撲到他的身軀之內，陡然消散。屋內陽光依舊，桌椅床榻依舊，可狄青渾身已是大汗淋漓，左眼皮不停地跳動。

又過了許久，狄青回過神來，心中叫道，「不是夢，不是作夢，我是清醒的。」

他這才發現自己站在床榻之上，緩步下來，發現口渴異常，情不自禁地去拿桌面的一個茶碗，那裡還有他昨晚尚未喝盡的涼茶。

可他右手一碰茶碗，那堅硬的青瓷茶碗竟喀嚓的一聲，倏然破裂。狄青一驚，下意識地伸手去抓，剩下的半個茶碗在他手上，竟如乾土一樣，悉數碎裂。狄青一怔，伸手扶住桌子，不等思索，那桌子喀嚓響後，桌腿已折，狄青猝不及防，一屁股坐在碎瓷之上，望著破碗殘桌，呆在當場。

狄青一時間詫異無比，只是在想，我怎麼會有這麼大的氣力？

第七章　妙　歌

狄青髓海受創之後，雖大難不死，但那根刺仍然留在腦中。他日常作息雖和旁人無異，可卻動不了力氣，只要稍用大力，就會頭痛如裂，甚至昏死過去。

狄青這數年來，一直受病痛折磨，心志消沉。好在他性格還算爽直，並不憤世嫉俗，在禁軍營中，反倒結交了不少朋友。但他受制於傷病，幾次磨勘均無表現，經年累月得不到升遷，難免心灰意懶。

但他今晨捏破茶碗，又擊斷木桌，就算是受創前完好無缺的他都不能夠做到這兩點，今日竟有此大力，到底是何緣故？

狄青怔怔地坐在地上望著殘桌破碗，突然怪叫一聲，霍然竄了起來。原來他方才震驚於所發生的一切，沒有留神還坐在碎瓷上，這會兒才感覺到屁股疼痛，有如針扎一般。這下顧不得再考慮什麼紅龍、紅綢，趕緊先脫下褲子一瞧，屁股上已是紅血流淌。費了好大氣力，才將屁股上的碎瓷盡數取下，然後塗抹上藥粉，簡單包紮下，又換了條褲子穿上。

這番忙碌後，狄青想起今日不必當差，不由長舒一口氣。彎腰取了根桌子腿，雙手用力一拗，感覺手心發痛。狄青忍住手痛，再次用力一拗桌腿，腦中又隱隱作痛。

狄青只怕暈過去，不敢再次發力，心中一陣迷惘。搞不懂為何方才可以，而現在力氣卻又消失？

就在這時，郭遠跑了進來，見一地狼藉，詫異道：「狄二哥，來賊了？」

狄青不知道該怎麼解釋，只好如實道：「桌子爛了，茶碗也壞了。是我弄壞的。」

本以為郭達會刨根問底，不想郭達眼珠一轉道：「我明白。桌子爛了，我讓人再買一張就好。」郭達人小鬼大，只以為狄青心中鬱悶，這才打砸桌椅，竟不再追問。狄青有些過意不去，回應道：「正好今日不必當差，我去就好。」郭達見狄青態度堅決，不再堅持，幫狄青收拾後，這才告辭離去。「正好離開，狄青正想坐下歇息一會兒，可屁股一沾床榻，又如中箭兔子般跳將起來。

狄青忍住痛，望向那黑球，眼中滿是好奇。他畢竟年紀尚輕，再加上生活枯燥，遇到這種怪事，心中非但不怕，反倒躍躍欲試。

可奇異再沒有出現，狄青覺得兩次奇景都出現在清晨，想必下次再現要等到天明，只好先出府辦事。出了郭府，狄青記得新門旁的大巷口有個烏姓匠人手藝不錯，所做的桌櫃椅凳雖算不上華美，卻極為結實。

要到大巷口，先要過曲院街。等到了曲院街，狄青只感覺屁股更痛，暗歎自己要臉不要屁股，真對不起這屁股了。正難捱間，狄青突然嗅到花香傳來，原來不遠處有個花棚，牡丹花開得正豔，不由湊了過去。

那賣花的婦人認識狄青，見狄青走法古怪，問候道：「狄青，你怎麼了？」

狄青苦笑道：「熊家嫂子，我跌傷了……腿。」

那熊家嫂子埋怨道：「傷了腿，不在家中休息，還出來幹什麼？」回身拿了瓶跌打藥酒遞給狄青道：「這是跌打藥酒，挺有效的，拿著吧。」狄青是個十將，但當差巡視時從不借機敲詐勒索，甚至遇到百姓遭人欺壓時，還會出面幫忙，因此這一帶的百姓對狄青極有好感。

狄青推托不得，接過藥酒道：「多少錢？」

熊家嫂子笑罵道：「你小瞧嫂子了！一瓶藥酒，還要什麼錢呢？」

狄青無奈，說道：「那我買束花吧。」他掏出一串錢遞給熊家嫂子，突然問道：「這裡有姚黃賣嗎？」

熊家嫂子搖頭道：「那是大富人家才有的花，極為罕見。狄青，這裡沒有姚黃，倒是有眼兒媚，開得極好，你拿一支吧。」

狄青見那花兒呈淡紅色，花瓣做月牙狀，倒像是嬌羞少女那如月的眼波，既美又媚，不由笑道：「多謝你了。」他雖不喜花，可卻不想拒絕別人的好意。伸手接過花來，才要告辭離去，卻見前方站著兩人，其中一人埋怨道：「你倒是趕緊給我想個辦法呀。」那人眉清目秀，手中拿著把摺扇，臉上卻像是灰塵洗不乾淨的樣子，正是狄青在西華門外放過的那個年輕人。

年輕人身旁還是那個胖白無鬚的中年人，聞言苦笑道：「這個……這個……」四下望了眼，說道：

「我也沒有辦法，我……也沒去過呀……」

那年輕人蹼腳道：「我不管，你要想不出個辦法來，我……」用摺扇邊敲中年人腦袋，邊威脅道：

「我就讓你屁股開花！」

中年人聞言苦笑道：「聖……公子，還是回去吧，小娘娘只能為你遮掩一時，你若久不回去，大娘娘那面只怕不好交代。」

年輕人恨恨道：「我就不回去！你能如何？」陡然見到了狄青，眼中閃過喜意，快步走過來道：

「喂，你還認得我嗎？」

狄青倒有些意外，含笑道：「當然認得。兄臺有事指教嗎？」他感覺這年輕人心事雖重，但言行舉

止，還像個孩子。

年輕人詫異道：「你叫我什麼？」

狄青不解道：「我叫你兄臺，有何不妥嗎？」

年輕人哈哈一笑，極為開心道：「有趣，有趣！竟然有人叫我兄臺？很好，很好！我認識你，你就是上次西華門外那個禁軍，你叫什麼名字？」

狄青莫名其妙，不知哪裡有趣，疑惑回道：「我姓……尚，單名一個聖，你叫我聖公子就好。狄青，我想請你幫個忙。」

年輕人猶豫片刻才道：「在下狄青，不知道公子高姓？」

狄青見他出言直爽，也痛快道：「說來聽聽，我若能幫手，就儘量幫你。」

那白胖之人見公子和狄青竟然言談甚歡，不由睜大了眼，好像見鬼的表情。狄青瞧見那胖子表情奇怪，可也沒有多想。

聖公子突然臉紅了下，扭捏道：「其實……我想……我想……」他想了半天，卻還是說不出個三六九。狄青見狀，奇道：「你就是想殺人越貨，也不見得這麼為難吧？」

尚聖嚇了一跳，盯著狄青道：「你殺過人嗎？」見狄青點頭，尚聖忙退後兩步，眼中露出警惕之意，問道：「你殺的是誰？」

狄青歎口氣道：「我也不知道他是誰，但是別人都叫他增長天王……」尚聖突然有種恍然大悟的表情，叫道：「你是狄青？你是郭遵的手下？我記起來了！」

狄青大為詫異，疑惑道：「你認識郭大哥嗎？」

尚聖似乎覺失言，支吾道：「實不相瞞，我在朝廷認識一些人。當年郭遵力闖飛龍坳，重創彌勒佛一事，朝廷很是轟動，我也就知道了。我說怎麼覺得你名字這麼熟悉呢，原來你是郭遵舉薦的人。郭遵人很好，我很喜歡。郭遵舉薦的人，我也很喜歡。」

他忽而扭捏，忽而大大咧咧，狄青感覺這人性情怪異，想起自己還有事要辦，問道：「對了，你到底讓我做何事？若沒有急事，我要去做些別的事情。」

「你別走。」尚聖一把抓住了狄青，終於吐露道，「我其實想去……看看張妙歌。」他說出這句話後，滿臉漲紅，好像用盡了全身的氣力。

狄青啞然失笑道：「要見張妙歌，去竹歌樓就好。她雖是有名，但不至於比皇上難見吧？」原來竹歌樓不過是個青樓，而狄青也知道張妙歌歌舞雙絕，是竹歌樓的頭牌，但是他從未見過。

尚聖緊張道：「你見過皇上？」

狄青搖頭道：「我這種身分，怎有機會見到皇上呢？」狄青說的倒是實話，他雖是禁軍，但在八大禁軍中只能排在外圍。每次聖上出巡，身邊總是有三班殿直近千人開路，尋常百姓若是視力不好，都看不到玉輅中有沒有皇上，更不要說見皇上一面。

尚聖輕鬆起來，「張妙歌雖不比皇上難見，但我還真的見不到她。兄臺若是老馬識途，倒還請指點

一二。」

狄青感慨，禮下於人，必有所求，可他其實也沒有去過竹歌樓，但人家既然說自己是老馬，總不至於迷路，一拍胸膛，視死如歸道：「那好，我就帶你們去一趟。」不過又有點疑惑道：「聖公子，我看你年紀似乎也不小了，真的從未去過那種煙花之地？」

尚聖歡口氣道：「實不相瞞，從未有過，所以才迫切地想去。」

狄青點點頭。

狄青見他發呆，問道：「你說的不錯，得不到的豈不都是最好的？」他尋常的一句話，卻讓尚聖怔了半天。

尚聖回過神來，強笑道：「你說的極好，或許真是得不到的才是最好的，所以有人才會特別想要。」他說的隱有深意，白胖中年人聞言，臉色變了下，眼中閃過絲畏懼，低聲道：「聖……公子，還是回去吧。若是大娘娘知道我帶你去那種地方，小人只怕屁股要開花了。」

尚聖心道，那關我屁事？臉上卻故作慎重道：「我自有分寸。狄青，有勞了。」

狄青聽到二人對話，只覺得這位多半是士族子弟，家教嚴格，道：「聖公子，其實令堂只怕也是好意。煙花之地龍蛇混雜，你若只是想見見張妙歌，倒也沒什麼。可若真的因張妙歌喪意失志，豈非是我害了你？」

尚聖盯著狄青道：「多謝閣下提醒，這點你大可放心，我絕不會陷進去。」

狄青不再多言，走在前面帶路。尚聖卻不知從哪裡取了個氈帽帶在頭上，壓低了帽檐，擋住了大半邊臉。狄青見了好笑，心道他躲著母親前來，多半是怕被人認出。三人到了竹歌樓，見這裡果然不負雅名，四壁均是竹子搭建，最妙的是樓中天井處有修竹泉水，水聲淙淙，輕敲竹韻，端是典雅非常。

樓內大堂早坐了不少賓客，喝茶的時候，總是抬頭向樓上仰望。狄青找個座位坐下，可屁股著實疼痛，只能斜倚在椅子一角。心中奇怪這二人到了這竹歌樓為何不找歌伎，都在這兒坐著喝茶？

三人落座，也沒人上前招呼，彷如這裡已經歇業一樣。狄青心頭納悶，本想問問尚聖，見他眼含熱切地望著自己，感覺不好丟臉，咳嗽了聲，「我有事，先去找朋友問上幾句。」

尚聖欽佩道：「閣下真是朋友遍天下，我自愧不如呀。」

狄青故作鎮定，其實不過是先探探形勢。四下望過去，見到有兩個胖胖的商賈坐著喝茶，一個肥頭大耳，一個油光滿面，都是飽暖思淫欲的典範，便微笑過去坐下來道：「兩位朋友請了。」

那兩人見狄青臉上刺字，刻著禁軍的招牌，雖心底看不起，但明面還是不好得罪，勉強回道：「這位官人有何貴幹呢？」

狄青壓低聲音道：「在下初來此地，不知道如何才能見到張妙歌呢？」

肥頭大耳那人聞言，嘿嘿一笑，「你想見張妙歌？我也想呀。」

狄青拉關係道：「這麼說我們倒是英雄所見略同了，還請兄臺指點一二。」

肥頭大耳向旁一指，「你可看到這裡坐著的這些人嗎？」

「看到又如何？」狄青不解道。

油光滿面那人淡淡道：「他們在這裡已等了數日，可和我們一樣，還是只能等下去。官人若是想見，也請去等著吧。」他言語中帶些輕蔑，又道：「我們花十兩銀子，也不過得個號簽，才有見張妙歌的機會，官人若是要見，不如先去買個號簽吧。」狄青這才發現二人茶杯旁，都有個竹簽，上面寫著數字，一個是二十二，另外一個是二十三，皺了下眉頭，問道：「這號簽是怎麼回事？」

肥頭大耳之人道：「張妙歌一日只給十人彈琴歌舞，所以要想見她之人早在十數天前就來買號簽，這才能有機會和她見上一面。若是能得她青睞，說不定還能有品茶談心的機會。我等已等候三日，眼下才要將等等到。兄臺若是真的想見張妙歌，不如先買個號簽，半個月後再來看看如何？」他雖像在解釋，可言語中實有著說不出的嘲弄之意。狄青訕訕而退，聽到那人低聲對同伴道：「也不撒泡尿照照看

自己是什麼東西，竟然也想看張妙歌的歌舞？

狄青聽到，暗自冷笑。他本無意見張妙歌，可那商人對他如此輕蔑，反倒激出他的傲氣。回轉座位後，尚聖熱切問道：「閣下，怎樣了？」

狄青道：「要見張妙歌，還要什麼號簽？」

白胖中年人見狀諷刺道：「原來你誇下海口，卻也沒有來過。這號簽嘛，我們其實倒有。」他伸手將兩竹簽丟在桌案上，可要依上面的簽號來等張妙歌，都排到立秋了。

尚聖見狄青皺眉不語，不由上前望道：「這……唉……」他歎了口氣，滿是失落。

狄青突然靈機一動，笑道：「要見張妙歌何難？不過你們要配合我的舉動。」

尚聖聞言又來了興趣，欣然道：「無不從命。」

狄青四下望了眼，見有婢女過來斟茶，低聲道：「去叫你們的鴇母過來。」

那婢女不屑道：「媽媽豈是說見就見的？」

自己怎麼說也是禁軍，竟然被這些人輕視？臉色一沉，狄青伸手敵開衣襟，露出裡面一塊令牌，道：「公家辦案，你明白怎麼做。」他飛快地又將令牌掩住，其實那不過是塊普通的禁軍腰牌。

那婢女終於有些畏懼，迅速走進後樓。不多時，一濃妝豔抹的婦人走過來，坐在狄青面前，嬌笑道：「哎喲，這位小哥，有何貴幹呢？」

那婦人徐娘半老，卻風韻猶存，目光從狄青臉上掃過，落在尚聖和那白胖男人的身上，微微一怔。

狄青暗想這竹歌樓簡直比大內還要排場？一個頭牌歌姬比皇上還難見，這鴇母看來比太后還架子大。

藉端茶的功夫，又向各人的足下望了眼，微蹙眉頭。饒是她見多識廣，一時間也不明白這三人到底什麼

來路。

婦人叫做鳳疏影，也算見過不少達官顯貴。她一見狄青臉上的刺字就知道，此人是禁軍，還應該是低級軍官那種，但卻不知他這種粗人何以拿著一支牡丹花？那白胖中年人身上贅肉已生，滿是富態，面相形貌活脫脫就是位宮中太監。而那個拿把摺扇的年輕人更是古怪，看他一張臉灰泥滿布，好像是雜役，但一雙手極為秀氣，分明是半分重活都沒有幹過，而他穿的一雙鞋子，雜役幹一年的酬勞都買不起。這三人無論如何，都不像是一夥的，但現在卻湊合在一起，看起來竟還很親熱，也怪不得這鳳疏影疑惑。

鳳疏影嬌笑道：「你不認得我嗎？」

狄青知道若循正途排號，等到武人再次磨勘時也不見得能見到張妙歌，見婦人詢問來意，只是低聲言道：「你不認識我？」

狄青心道，你不認識我，那就好辦了，於是正色道：「這位媽媽，實不相瞞，我乃開封捕頭葉知秋的兄弟葉知冬，以前一直在廂軍做事，最近才來到京城協助開封府破一件大案。我身邊這位……是大內武經堂的火器高手閻難敵，那位聖公子更是捕快聖手玉扇飛龍，平常人都不知曉他們的大名。不知道你可聽過沒有？」他胡謅個名字，暗想我有言在先，你沒聽過，那只能說你見識少了。

鳳疏影見尚聖輕搖摺扇，端是有些深不可測，不由臉色微變，但瞥見狄青臉上的刺字，又質疑道：「可官人好像是驍武軍的禁軍？」

狄青不慌不忙道：「刺字只是權宜之計，遮掩身分罷了，若立了功勞，自然會想辦法洗去。」

鳳疏影賠笑道：「原來如此，妾身眼拙，不識三位官人，還請莫要見怪。可三位官人來這裡做什麼

呢？」

尚聖聽到狄青胡謅，幾乎要笑出來，可想起狄青的吩咐，只好低頭喝茶。

狄青面不改色道：「昨日大相國寺天王殿被雷擊一事，你想必也有所耳聞吧？」

鳳疏影點頭道：「略有所聞，可具體情形如何，我也不太清楚。」

狄青冷哼一聲，「諒你也不知情。我和你說了，你莫要與旁人提及。不然，走漏了風聲，只怕你十個腦袋都不夠砍的。」

鳳疏影連忙道：「妾身只有一個腦袋，官人還是莫要說了。不如說說你們的來意好了。」

狄青故作慎重道：「大相國寺一事的確不能和你詳說，但我不妨告訴你，那和彌勒教的妖孽有關，朝廷知道這二人在京城出沒，才讓我等聯手捉賊。有人提供消息，說有賊人到了竹歌樓……」

鳳疏影失聲道：「哪有此事呢？」

狄青道：「並非你說沒有，就沒有了。」

鳳疏影道：「那是，那是。」她多少也聽過彌勒教的事情，知道若是和他們扯上關係，事態嚴重，這竹歌樓也就不用開了，急急問道：「那官人到底想做什麼呢？」

「你現在有兩條路可選。」狄青道：「第一條路就是等我們大隊人馬殺將過來，將竹歌樓圍住，詳細地搜個十天半月，看看其中可有叛逆。」

鳳疏影苦笑道：「官人說笑了，哪要搜那麼多天呢？這可不成啊……那，第二條路呢？」

狄青低聲道：「第二條路就是讓我們三個去見張妙歌，因為有細作已探得，這賊人最近喜藏身於煙花之地，似張妙歌這等處所，自然也是奸賊藏身的好地方。我們三人要前去一觀，查探看看到底有沒有

奸人藏身此處。」

鳳疏影一怔，不想狄青提的竟是這種要求。她琢磨不透這口氣，只以為他們想來敲詐一筆銀子，不想狄青竟是公事公辦的樣子，反倒讓鳳疏影將信將疑，不知如何回應。

狄青見她猶豫，淡淡道：「當然你不同意也沒有辦法，我們奉公命查案，說不得只能打上去了。」

鳳疏影忙陪笑道：「官人，妾身並非不肯，可希望幾位官爺上去後，千萬莫要傷了我們妙歌哇……那樣的話，妾身真的無能承受。」

狄青道：「那是自然，你以為我們是浪得虛名的嗎？這位武經堂的閻難敵大人，你別看他白白淨淨的樣子，可一身火器放出來，雷公都比不上。」

鳳疏影心中一寒，暗想那還不把我這竹歌樓拆了？可事到如今，權衡輕重，也只能放狄青三人上去。婦人悄悄召了個丫環過來，低聲吩咐了幾句。那丫環招呼道：「幾位官人，這邊請。」

狄青已得計，起身對尚聖二人拱手道：「聖公子，閻大人，敵人狡詐，都留神些。請。」

尚聖憋著一肚子笑，學著狄青的樣子拱手，「葉二捕頭，請。」

狄青一怔，轉瞬省悟過來，暗想自己方才說是葉知秋的弟弟，所以尚聖才稱呼他為葉二捕頭，心中好笑。故作悟道狀，大搖大擺地跟著丫環走去。

旁邊那兩個捕頭見狄青和鳳疏影低聲嘀咕幾句，竟然就被帶往張妙歌的聽竹小院方向行去，下巴驚得差點砸在腳面上，忍不住要鼓噪。

狄青將煩心事交給鳳疏影去處理，跟隨丫環過了方流亭、賞幽臺，到了聽竹小院前。那丫環道：

「三位公子稍等，我先去稟告一聲。」說罷不等回覆，已入了聽竹小院。

狄青那閒著無事，見那白胖子臭著一張臉，問道：「還不知道這位先生貴姓呢？」

白胖子冷冷道：「姓閻，閻王的閻。」他一直都在沉默，顯然對狄青的處事方法並不認同。

狄青倒是一怔，沒想到自己隨口給這人起個名姓，居然中了。見那人好像被天下人虧欠的臉，心中也是不悅。

這時候丫環從聽竹小院走出來，招呼道：「三位貴客請了。」她前頭帶路，聖公子緊緊跟隨，狄青卻有些意興闌珊道：「聖公子，我還有他事，就不進去了。」

尚聖聞言一把抓住狄青，急道：「那怎麼行，我們三個來抓大盜，怎麼能少得了你這個高手？你……一定要跟著。」他口氣中很有懇求的意味，狄青心中一軟，終於還是向前走去。

這聽竹小院別具韻味，以幽、清、雅、淡為主。尚聖一路行來，讚不絕口。這時只聽錚錚錚數聲琴響，曲調高亢，如入雲霄，給這小院添了些激昂之氣。那調兒穿雲破霧後，曲曲折折，漸變幽細，如花間鶯語，又似幽泉暗咽，美妙非常。

尚聖聽得呆了，讚歎道：「此曲極妙，我很喜歡。」狄青暗想，看你也算個有錢的主兒，怎麼好像成天都在牢籠中住著，這也好，那也不錯，這個也喜歡，那個也喜歡？

三人上了閣樓，琴聲已止，餘韻不絕。丫環輕輕推門進去，指著一旁空處的三個椅子，低聲道：「三位請坐。」說完領三人到椅子前，奉上三杯清茶。

閣樓裡坐滿了十人，每人面前都只有一杯清茶，但看來卻都彷彿有吃著山珍海味般的愜意。靠窗櫺處坐著個女子，聽到門響，輕抬螓首，向這面望了一眼。尚聖一見，本已坐下，又是霍然而起，盯著那女子眼珠子都不轉一下。本來尚聖欣賞旁人，都說我很喜歡，可這刻嘴唇蠕動兩下，竟半個字也發不出

來。

那女子眼睛不算太大，嘴巴也不算很小，粉抹得也不是很厚。若是單論五官，那女子算不上極美，但她只是淡淡地那麼一瞥，就如清風扶柳，明月窺人，風情萬種，楚楚動人。

她最動人的地方，就在風情。

旁人看到這女子的眼神，好像融入了綠水，看到這女子的媚態，就如沐浴著春風。尚聖並非沒有見過女子，相反他見過的女子可說是極多極美，但和這女子一比，尚聖只能評價他身邊的那些女子，個個都是木頭！

這女子自然就是張妙歌！

張妙歌一雙妙目掃過尚聖的時候，微帶些訝然，看到白胖中年人的時候，蹙了下眉頭，見到狄青的時候，突然輕笑了聲。

眾人皆驚，順著張妙歌的目光望過去，不解張妙歌因何發笑。

張妙歌不用輕展歌喉，她的一舉一動，一笑一顰都是無聲而又動人的歌聲，尚聖當初花了二十兩銀子買了兩個號簽，還覺得有些不值，可這時候突然感到，能見張妙歌一眼，就算花二百兩銀子也值。

實際上，在閣樓裡頭，對張妙歌沒有失魂落魄的就只有兩人，一個是那白胖中年人，另外一個就是狄青。

狄青卻不如尚聖那般失魂落魄。

白胖中年人因為自身原因，所以對再美貌的女子，也沒有什麼感覺。狄青卻只覺得張妙歌有些可憐，他甚至覺得，自己和尚聖、張妙歌都屬於深陷牢籠、不能自拔的人。

因此狄青見張妙歌含笑望來，也回以一笑，走上前去，將那束眼兒媚放在張妙歌的桌案前，說道：

「送給你了。」

張妙歌微有訝然，妙目盯在狄青的臉上，看了良久，這才輕聲道：「多謝你啦。」她聲音也如清風曉月，自帶風骨。她拿起桌案上的那束眼兒媚，輕輕嗅了下，又啟朱唇稱讚道：「好花！簡直可以和柳七的詞相媲美。」

眾人皆驚，神色各異，有幾人臉上已露出不平之意。尚聖聽到柳七兩字的時候，卻是皺了下眉頭。

少有人不知道柳七，有井水處，即有柳七詞！柳七不是達官，亦尚未及第，眼下落魄京城，是個窮困書生。但他的名氣，甚至已超過了當朝的皇帝。

今宵酒醒何處？楊柳岸、曉風殘月！只憑此一句，柳七就已成為天底下無數癡男怨女的知己，亦是無數閨中少女、侯門深婦仰慕的對象。京城青樓中甚至流傳著這麼一句話，「不願君王召，願得柳七叫；不願千黃金，願得柳七心；不願神仙見，願識柳七面。」在無數歌伎眼中，柳七簡直比皇帝都要威風。

有人慕、有人恨、有人識、有人鄙。天下人對柳七的評論多多，不一而足，但無人能否認，柳七的名氣之大，世間少有。張妙歌若是稱讚柳七也就罷了，在座眾人若論多金，每個都要多於柳七，但是若論文采，那是項背難企。可張妙歌竟然說一個賊禁軍獻的花兒，可以和柳七的詞相媲美？

無人能服！

狄青也聽過柳七的名字，不過他和柳七道不同。柳七的詞寫盡了男歡女愛、纏綿悱惻、羈旅離情和暮宴朝歡，但惟獨寫不出狄青所嚮往的慷慨俠烈之氣。因此狄青雖知柳七大名，卻沒有知己的感覺。他

給張妙歌送花，純粹是因為他從張妙歌的眼中看出風情之後的落寞，那種落寞讓他心有戚戚。

聽得張妙歌讚美，狄青一笑道：「謝了。」他轉身回到座位上，自然而然。可屁股一挨凳子的時候，齜牙咧嘴。張妙歌見了，又是一笑。手指輕撥琴弦，叮叮咚咚幾響，雖沒有唱，但很多人都聽得出那是雨霖鈴中的曲調。

眾人更是不滿，暗想我等都是大富大貴之人，為何張妙歌獨鍾情狄青？一人已看不過去，霍然站了起來，故作豪爽道：「妙歌若是喜歡花，何不早說？依在下的能力，給妙歌買下丹桂院也不是問題。」

丹桂院是京城裡規模極大的一座花苑，裡頭的花兒品種繁多，極為奢華。這人開口就送一座丹桂院，極為闊氣。不過那人本身看起來也是極為闊氣，一站起來的時候，就已身泛金光，十個手指頭上，戴足了十個純金的戒指，看他的樣子，只恨沒有再多長幾個手指才好。

張妙歌嫣然一笑道：「我雖頗喜食豬肉，但總不至於守著豬圈吧。」她雖是仍在笑，但顯然少了那種寬容，而多了些譏誚。

眾人忍不住想笑，原來站起來那人叫做朱大常，此人無他，有錢而已。每年供送京城的牲豬，朱大常家就占了三分之一，是個暴發戶。聞張妙歌嘲諷，朱大常一張臉紅得和豬血一樣，站也尷尬，坐也不安，卻也不願走。

旁邊一人霍然站起，大聲道：「張妙歌，朱兄好意對你，為何不解風情？想你長年在此，其實也不過是分開兩腿做生意而已，何必裝得如此清高？你出個價吧！在下定當如你所願。」說罷，掏出一錠金子丟在地上道：「你明白吧？」

眾人聽那人出言不堪，都是臉色微變。因為張妙歌素來賣藝不賣身，此人此言可以說是對張妙歌極

大的侮辱。

此人叫做羊得意，倒不是京城養羊的大戶，而是城中「太平行」的少掌櫃。太平行主要做京城船運生意，有時也負責送豬到京城，所以和朱大常也有生意往來。這次夥同朱大常排號終於得見張妙歌，喝著清茶，早就憋出了一肚子火氣，是以借機發作。

張妙歌不動聲色，只是擺了擺手，就見一婢女上前，輕輕放了兩錠金子在地上。張妙歌淡然一笑道：「你明白吧？」

羊得意喝道：「我明白什麼？」

張妙歌道：「這兩錠金子是說，只要羊公子下樓，它們就是羊公子的了。」說罷手撥琴弦，再無言語，可她的輕蔑之意不言而喻。眾人都笑，羊得意被躁得腳後跟都發熱，才待動怒，一人霍然站起，喝道：「兩個蠢貨，竟然敢對張姑娘無禮！滾出去！」

那人雙目圓睜，一團怒氣，朱大常和羊得意見到那人發怒，竟臉露懼意，猶豫片刻，恨恨轉身出了閣樓。那人這才向張妙歌深施一禮道：「張姑娘，那二人粗鄙不堪，大煞風景，還請你莫要見怪。」那人士打扮，臉上長著幾個痘子，很是青春，若不是一張臉比常人長了三分之一，也算是一表人才。此刻雖是為朱、羊二人無禮而賠禮，但臉上卻多少露出點自得之意。

尚聖見到那人，低聲對白胖中年人道：「這個人是誰，我怎麼有些面熟？」

白胖中年人壓低聲音道：「他叫馬中立，是馬季良的兒子。」

尚聖皺了下眉頭，只是冷哼一聲。狄青一旁聽到了尚聖的低語，心思微動，暗想馬季良這個名字很是耳熟，自己好像聽過。

張妙歌見馬中立為自己趕走了牛羊，卻是掩嘴做倦意道：「多謝馬公子的好意了，若是……他們和你沒有關係，你又何必攬上這個過錯呢？」

馬中立臉色微變，轉瞬陪笑道：「這二人怎麼會和我扯上關係？姑娘說笑了。」

張妙歌道：「妾身累了。」她突出此言，已有逐客之意，馬中立眼中露出古怪道：「那不知姑娘要請的品茗之人又是誰呢？」張妙歌有個規矩，每天所見之人不過十個，但可能會留一人品茶談詩。來竹歌樓之人，無不以和張妙歌品茶談詩為榮，馬中立這麼一問，當然是抱著一近芳澤之意。

張妙歌纖手一指，隨意道：「這位官人可有閒暇，不知能否陪妾身說說話呢？」

馬中立脖子雖扯得和鴨子一樣長，但那纖纖手指離他實在太遠，扯著脖子也夠不到。扭頭一眼，氣得鼻子差點歪了。原來張妙歌指的不是旁人，正是狄青！

眾人大詫，一人站起來，不服道：「張小姐，為何我等傾心相慕，卻不如區區一束鮮花？」

張妙歌淡淡道：「有所求，無所求而已。」

問話那人大是羞愧，拂袖離去。有一穿綢衫人嘀咕道：「這倒和見高僧彷彿了。」言語中大有酸溜溜之意，可也知道無法強留，訕訕離去。

馬中立眼中閃過絲怨毒，又上下的打量了狄青一眼，拂袖離去。片刻之後，閣內只剩下狄青、尚聖和他的跟班。

張妙歌望向尚聖道：「妾身可沒有留公子呀。」

尚聖厚著臉皮道：「可我與狄兄本是朋友，怎忍心捨他而去呢？」

狄青好氣又好笑，見尚聖望著自己，眼中滿是懇請之意，說道：「張姑娘，尚兄仰慕你的大名，這

次可是專程前來。我等只聞琴韻，卻不聞完整一曲，若能得姑娘再奏一曲，不勝榮幸。」

張妙歌目一轉，落在狄青臉上，「他是想和我見上二面，那你呢？」張妙歌雖身在青樓，可素來賣藝不賣身，因曲歌極佳，來見之人可以說是趨之若鶩。她閱人無數，早就看出尚聖絕非尋常人家子弟，但這種人她見得多了，並不放在心上。倒是見狄青自落座後，一直坐立不安，東瞧西看，好像對她並不在意，讓張妙歌大起新奇之感。

她怎知道狄青坐立不安是因為屁股傷口未曾癒合，已經火燒火燎，東瞧西看卻是因為狄青記得說過的謊言，既然假扮捕頭，也得拿出捕頭的架勢來，要搜尋一下盜匪蹤跡，以免穿幫。不想陰差陽錯，倒讓張妙歌另眼相看了。若是馬、豬、羊三公子知道，多半會血濺五步。

見張妙歌眼波脈脈，狄青猶豫道：「實不相瞞，在下以前不想，但是今日聞曲，說不定以後就會想了。」

張妙歌聽他說得含蓄，微微一笑。中年人一旁冷笑道：「狄青，勿用動心，你真的以為張妙歌看上你了嗎？她對你沒什麼好意的。」

狄青根本沒有這個想法，見中年人硬邦邦地突來了一句，動氣道：「那總不成看上你了吧？」

張妙歌見狄青生氣，卻不多言，微笑坐觀好戲。女人當然喜歡男人為她爭風吃醋，張妙歌雖清高，也不例外。

白胖中年人道：「你若是自作多情，那可就大錯特錯。你可知道馬中立是什麼人？」見狄青搖頭，白胖中年人嘿然冷笑道：「他是馬季良的兒子，你又知道馬季良是誰？」

狄青歎口氣道：「我管他是誰？他就算是皇帝，也和我扯不上關係吧？」

白胖中年人尖銳笑道：「你一定要知道他是誰才行！馬季良身為龍圖閣待制，他可是皇太后之兄劉美的女婿，皇太后是誰，你總知道吧？」尚聖皺了下眉頭，想說什麼，終於忍住。

狄青暗中吃驚，表面卻仍毫不在乎道：「這個嘛，我當然知道。我還知道皇太后廉政清明，天下稱頌，斷然不會讓皇親國戚為非作歹吧？」

白胖中年人微凜，扭頭向尚聖望過去。尚聖笑容有些古怪，突道：「閣下說的不錯，既然如此，聽歌就好。」

張妙歌卻道：「妾身倒還想問這位……先生，為何方才說我對狄青沒什麼好意呢？」她言語不急不緩，別人指責她也好，詆毀她也罷，看起來都能應對自如，沒有絲毫的不滿。

白胖中年人道：「你當然知道馬中立並不好惹，可想必也不想和他談心……」

尚聖一旁道：「方才的馬中立……好像也不錯呢。」他倒是平心而論，畢竟馬中立比起朱大常、羊得意二人要儒雅許多。

張妙歌突然咯咯笑道：「我只以為我身居幽樓，不知世事，沒想到這位聖公子比我還要不懂世事。」

白胖中年人喝道：「大膽！」他才要再說什麼，尚聖卻是擺手止住，問道：「張姑娘的意思是？」

張妙歌道：「朱大常、羊得意開的生意，若沒有馬中立幫忙，怎麼會在京城站得住腳跟？他們三人一起到了這裡，要說不相識，我是不信。朱大常看似豪爽，其實比鐵公雞還要吝嗇，那個羊得意也比朱大常好不到哪裡，這二人知道馬中立來這裡的目的，怎麼會和他爭奪？」

狄青皺眉道：「這麼說，這二人是故意激怒姑娘，讓馬中立有機會挺身救美？」

尚聖詫異道：「他們真的有這般算計？」

張妙歌淡淡道：「這種不入流的算計，我一年總能碰到十來次吧。」

白胖中年人道：「所以你故意留下狄青，看似欣賞，卻不過是想要推搪馬中立。可你定然知道馬中立失算後，必會把怒氣發洩到狄青的身上。那你不是欣賞他，而是害了他。」

張妙歌微微一笑，卻不言語。尚聖皺起了眉頭，良久才道：「張姑娘，真是這樣嗎？」

張妙歌輕撥琴弦，良久才道：「三人成虎事多有，眾口鑠金君自寬。」她輕聲細語，緩撥琴弦，也不分辯。

尚聖扭頭望向狄青道：「狄青，你莫名捲入其中，可曾後悔？」

狄青緩緩道：「我只信當今大宋還有『天理公道』四字！」

尚聖一拍桌案，喝道：「說得好，只憑著『天理公道』四個字，狄青，有事情，自有我來擔當。」

他一直表現得不過是個世家子弟，性格柔軟，這時候才多少有點激昂之意。

白胖中年人忙道：「聖公子，馬季良可是和太后有關係……」

「那又如何？」尚聖白了他一眼，向張妙歌道，「張姑娘，你儘管放心彈曲就好。」

張妙歌嫣然一笑，玉腕輕舒，只聽錚錚幾聲響後，輕啟檀口唱道：「隴首雲飛，江邊日晚，煙波滿目憑闌久。一望關河蕭索，千里清秋，忍凝眸……」

狄青不知道這曲子的來處，尚聖卻知道這詞仍是柳永所做，輕皺眉頭。可張妙歌音若天籟，發人心思，尚聖再聽了片刻，不悅之色漸去，只聽著張妙歌唱道，「杳杳神京，盈盈仙子，別來錦字終難偶。斷雁無憑，冉冉飛下汀洲，思悠悠。」驀地心中一痛，想起往事，暗想，詞中雖說一別無書信，生死兩

茫茫，可自己和意中人卻不得不分開，再無相見之日。一想到這裡，心中大慟，竟然默默流淚。

張妙歌彈唱雙絕，勾起尚聖心傷的往事，狄青卻想起了白衣女子，暗想，自己連她的名字都不知道，更不要說什麼鴻雁傳書了。

只有白胖中年人皺起眉頭，心道主人久被約束，這次來到這裡，真情流露，抒發心中的鬱悶憂愁也是好事。不過這裡畢竟是煙花之地，要祕密行事，主人也不要沉迷在此才好。

第八章 官 司

　　三人各懷心事，張妙歌卻已彈到尾聲，漫聲道：「暗想當初，有多少、幽歡佳會；豈知聚散難期，翻成雨恨雲愁。阻追遊，每登山臨水，惹起平生心事，一場消黯，永日無言，卻下層樓。」

　　張妙歌唱罷，玉腕一翻，輕劃琴弦，曲終歌罷，餘韻不絕。她只是望著那束眼兒媚，輕聲道：「憐兒，送客。」說罷起身離去，狄青三人沉默片刻，這才互望一眼，看到彼此眼中都滿是深意。

　　尚聖歎道：「若非今日，真不知道世上還有這般曲調。」

　　白胖中年人道：「聖公子，已過了午時，要回轉了。不然小娘娘只怕也要急了。」

　　尚聖出了閣樓，這才注意到時候不早了，倒有些焦急，說道：「你怎麼不早些對我說？這下糟了。」說罷和那白胖中年人急急向竹歌樓外行去，等到了樓外，尚聖對狄青道：「狄青，我記得你了。下次再來找你。」

　　狄青心道，這人倒是現用現交，到現在連閣下的稱呼都省了。不過見尚聖的確有些焦灼之意，問道：「其實兄臺不過是來聽聽琴，算不了什麼錯事，今堂理應不會怪責。」

　　尚聖苦笑轉身，卻又止步。不是對狄青還有交情，而是前方街道上已站了十數個人，為首一人，正是馬中立！

　　尚聖用手壓住了氈帽，問道：「這個馬中立想做什麼？難道真的無法無天，想攔截我們？」

　　白胖中年人額頭冒汗道：「聖公子，我們換條路走。」

尚聖怒道：「他算什麼東西，竟敢讓我讓路？狄青，你不是郭遵的兄弟嗎？」

狄青見馬中立已向這個方向行來，知道不好，問道：「是又如何？」

尚聖道：「郭遵勇武，你也應該不差。你一個打八個，應該不是問題吧？」

狄青道：「一個打八個不是問題，關鍵是……是打人還是被打？」伸手一拉尚聖，叫道：「不想挨打，就快跑吧！」他一把拽住尚聖，扭頭就跑，馬中立沒想到這三人場面話都沒有，氣得跺腳道：

「追！」

馬中立的確如張妙歌所言，用盡了心機，拉攏朱大常、羊得意二人演戲，本來以為今日可上演一齣英雄救美博得俏佳人歸的好戲，不想被狄青橫插一杠子，只能攜帶豬羊回圈。他恨得牙關發癢，一出了竹歌樓，就召集家丁在外守株待兔，準備等狄青一行出來，和他們「曉之以理」，用棍棒告訴他們什麼是規矩。結果兔子才出來，不給馬中立機會，撒腿就跑，馬中立一番苦心化作流水，更是義憤填膺，心道若不好生教訓狄青一頓，這晚上都睡不著了。

尚聖手不能縛雞，腳步也是跟蹌，一個勁兒說道：「沒有王法了！沒有王法了！跑什麼跑？」雖是這麼說，可這種情形，不跑怎行？慌亂中，一個跟蹌差點摔在地上，不由哎喲一聲，捂住腳踝。

狄青急問，「怎麼回事？」

尚聖額頭已汗珠滾滾，道：「腳不行了。」

那白胖中年人也是氣喘吁吁，見狀伏在尚聖身前道：「聖公子，我背你走。」他本來身軀稍胖，背上了尚聖，幾乎不能挪步。狄青見狀，牙一咬，瞥見身邊剛好有輛推車，上面滿是柴禾。旁邊站著個老漢，見到這陣仗，正要躲避。

狄青喝道：「官家捉賊，徵用下車輛。」他一把搶過車子，推著反倒向馬中立等人衝去。腦海中又是一陣陣疼痛。那些家丁沒想到狄青竟然敢殺回來，其中一個措手不及，被車子撞倒，又被車轂從腿上壓過去，疼得哇哇大叫。馬中立嚇得慌忙後退，叫道：「給我打！出什麼事情，自然有本公子負責。」

眾家丁聽令又圍了過來，狄青大叫道：「你們先走，莫要管我！」回頭一看，尚聖和那白胖中年人早就不見了蹤影，心底暗罵，尚聖這小子！在女人面前倒是猛拍胸脯撐好漢，沒想到事到臨頭，這般不顧義氣！

這時場面極其混亂，狄青已深陷重圍，腦海中又是陣陣作痛，暗自叫苦，翻身上了車子，對馬中立抱拳道：「馬公子，想大家總是相識一場，何苦拳腳相見？這樣吧，你我各退一步，我以後再也不去竹歌樓如何？」他暗想好漢不吃眼前虧，昔日韓信尚能忍胯下之辱，自己暫且退讓，也是效仿淮陰侯之舉。

馬中立陰笑道：「不勞你大駕了。本公子辛苦下，打斷你的狗腿，你自然去不得。」臉色一變，厲聲喝道：「誰打斷他的狗腿，本公子賞銀子十兩！」

眾人蜂擁而起，棍棒齊上，已向車上的狄青打來。狄青不想淮陰侯的招數自己用著不靈，身子一滾，已經溜下車子，搶過條棍子。

可他身手比起當年還不如，轉瞬間已挨了幾棍。劇痛之下，狄青短棍揮舞，不知為何，想起當初在趙府搏殺的場面，甕聲喝道：「擋我者死！」他畢竟出身市井，混跡軍營，若論功夫，算不上高強，但若說打架鬥毆，卻是數十年如一日，經驗豐富。

狄青驀地發威，一棍子落在個家丁的頭上，那人鮮血直流，晃了幾晃，已經暈了過去。眾人見狄青勇猛，發了聲喊，齊齊退後。狄青瞥見空隙，竟然衝到外圍。不想一人正向這面走來，被狄青一撞，大叫一聲，栽倒在地。

狄青被那人一撞，也是腳下踉蹌，心中暗道，這人是個瘋子，不然這種時候，怎麼還會湊到這裡？

狄青暗自叫苦，向前跑了兩步，見那瘋子還倒在地上，也不知道躲閃，大聲喚道：「快走開！」那人呆愣愣地望著狄青，並不起身。狄青顧不得太多，撒腿要走。馬中立怒氣無從發洩，命令道：「抓不到狄青，就打死那瘋子！」

斜睨一眼，見那人蓬頭垢面，衣衫襤褸，可不就是個瘋子！

這時圍觀的百姓漸多，可見到這場面，如何敢靠近？卻又不捨得這場熱鬧，都是圍得遠遠的，不停地指指點點。

眾家丁不敢去追狄青，竟紛紛向瘋子圍去，有的竟一棍子打在瘋子的頭上，那瘋子痛呼後又大喝道：「誰敢打本王爺？」

瘋子自稱王爺，顯然是神志不清，眾人哄堂大笑。馬中立本心中怨毒，此刻也大笑道：「打得好，打得好！繼續打，本公子有賞！」

狄青本已跑遠，見狀卻又止住了腳步。見還有家丁舉棍向瘋子腦袋上打去，連忙大喝，「休傷無辜！」隨即手中木棍疾甩而出，轟然擊在那家丁脖子上，只聽那家丁哀嚎一聲，脖子險些被打斷。

眾家丁見他威若猛虎，不敢阻擋，紛紛讓開。狄青霍然衝回，喝道：「你們可還有半分良心？」眾家丁指指點點。

青折返後反身擋在那瘋子身前，仰天笑道：「好！好！好！你們既然要打，我今日就和你們打個痛快。

馬中立，你有種就自己過來和我打！」

眾人見狄青激憤莫名，都是膽顫心驚，馬中立緊握雙拳，斥喝道：「一幫蠢貨！這麼多人竟然還打不過他一個？你們再不出手，回去看我不打死你們！」眾家丁見主子發怒，鼓勇上前，不知是誰大叫一聲後揮棒打了過去。狄青早將瘋子推開，腳下一勾，絆倒了來襲那人，揮手一拳，重重擊在第二人的臉上。可那人哀叫呼痛之時，狄青也是一陣暈眩，站立不穩。原來他出拳過猛，此刻腦海中又是一陣大痛。

一家丁看出了便宜，趁機一棍擊在狄青後背上，狄青一個踉蹌，又被兩人伸腿一絆，咕咚倒在地上。有家丁飛身上前，壓在了狄青的身上，眾人擒胳膊抓腿，轉瞬之間已將狄青牢牢地按住。狄青腦海劇痛，雖是拚命掙扎，但如何抵得過數人之力？

馬中立見眾人制住了狄青，這才大笑走過來道：「你小子敢和老子爭女人？這就是下場！」說罷一棍子擊在狄青的頭頂！鮮血順著狄青的髮鬢流淌而出，狄青並不求饒，咬牙瞪著馬中立道：「你最好打死我！」

馬中立見狄青雙眸噴火，心中一顫，可在眾人面前又如何肯示弱，故作輕蔑道：「打死你又如何？」說罷為證明信心，又是一棍子擊在狄青的腦袋上。

狄青又是一陣暈眩，但不知為何，暈眩後感覺卻是前所未有的敏銳，只聽到不遠處有一女子道：「小姐，這不是送你花的那人嗎？不想他竟是這種人，居然和人在青樓裡爭風吃醋搶女人。」那小姐只是輕輕歎息一聲，並不多言。

狄青艱難望過去，見到不遠處有一雙淡綠色的鞋兒，上面繡著一朵黃花，看那黃花，竟然和自己

上次送給那白衣女子的牡丹相彷彿。勉力斜望上去，就見到一張俏臉上滿是懷疑、詫異或者還夾雜著鄙夷。血水流淌而下，模糊了狄青的雙眼，馬中立還不肯甘休，喝道：「都愣著做什麼？給我打！」

話音變得遙遠，劈頭蓋臉落下的棍棒突然變得無足輕重。狄青心頭一陣迷茫，往事也如水滴石痕般一幕幕浮現。從和惡霸相鬥，到無奈從軍，從潛入飛龍坳，到殺了增長天王，從腦海受創，到消沉數年，直到再遇多聞天王時，偶遇那白衣女子。旁人如何看待他，他早就不放在心上，可連那白衣女子都對他鄙夷厭惡，狄青心中陡然升起一股怒火。

我到底做錯了什麼，要讓天下所有人輕視鄙夷？這時候又是一棍落下來，擊在狄青的脖頸之上，狄青大叫一聲，只覺得腦海中有一條紅綢舞動。

不！不是紅綢，是紅龍！

巨龍飛舞，咆哮怒吼。狄青怒吼一聲，竟然翻身而起。按住他的幾個家丁驚叫聲中，騰空摔飛了出去。狄青不等站起，已抓住了馬中立的腳踝，用力一捏，馬中立慘叫一聲，雙腳齊斷！狄青一揚手，馬中立騰雲駕霧般飛起，落在了柴車之上。眾家丁大驚，就要抓住狄青。狄青再吼一聲，竟伸手舉起柴車。圍觀的百姓都已驚呆，暗想柴車本身就重，上面還有個馬中立，這人竟能舉起，難道說這人竟有千斤的氣力？

狄青眼皮跳動不停，見眾家丁擁來救主，雙臂一振，柴車已橫飛出去，重重地砸在眾家丁的身上。

眾人一時間哭爹喊娘，慘叫不絕。

狄青哈哈狂笑道：「馬中立，你不是要殺我嗎？來呀！來！」驀然聽到一女子的尖叫聲，狄青斜睨過去，見那白衣女子眼中滿是驚懼，心道，她也怕我嗎？但我又何必在乎她的想法？馬中立要死了，我

也活不了，絕不可拖累郭大哥。才想到這裡，一棍重重地擊在他的腦後，狄青身軀晃了兩晃，只覺得天旋地轉，緩緩地倒了下去。

只是腦海中那巨龍已消失不見，取而代之的卻是那淡綠鞋兒上的一朵黃花。狄青昏迷前，嘴角反倒帶了絲微笑。他突然覺得，死並非什麼可怕的事情。

狄青不知昏迷了多久，遽然間一聲大呼，翻坐而起。他還沒有死，只是渾身上下，已分辨不出哪裡痛，因為哪裡都痛！可狄青竟對那些痛楚並不介意，他渾身濕透，眼皮不停地跳動，只是回憶著夢境。

夢中有龍有蛇、有火球有閃電、有彌勒佛主亦有四大天王，但最讓狄青心悸的卻是一種聲音。那聲音空曠、寂寥，有如來自天庭，又像是傳自幽冥，內容只有兩個字，「來吧！」

來吧？去哪裡？狄青不知道，可那聲音如此真切，已不像是夢境。狄青夢中正覺得古怪時，突然黑暗中現出血盆大口，將他倏然吞了進去。狄青這才驚醒。

那是夢嗎？可那聲音如此真實。怎麼又空幻如夢？狄青想不明白，茫然望去，見孤燈昏暗，四壁清冷，一時間不解身在何處。他只記得自己擊倒了馬中立，然後掀翻了柴車砸倒數人，腦後又挨了一悶棍，然後……

他想要掙扎起身，卻感覺手腕冰冷，嘩啦啦作響。低頭向下望，見到有鐵鍊束手，狄青這才省悟過來，原來自己在牢裡！

牢房外有腳步聲響起，到了牢房前止步，緊接著是鐵鎖噹啷作響，顯然是有人正打開牢門。一人道：「你快點，這可是重犯。」另外一人道：「多謝兄弟了。這點碎銀子，請兄弟們喝酒了。」

狄青向牢門望去，見到昏暗的燈光下站著兩人，一個是張玉，另外一個卻是李禹亨。二人來到狄青的面前，都沉默不語，只是左看看右看看。狄青疑惑道：「你們看什麼？」

張玉歎道：「我看你哪裡有這麼大的膽子，又哪裡有那麼大的氣力？聽路邊的百姓說了經過，我真的不敢相信是你做的事情。」

狄青苦澀一笑，「是我做的。」

李禹亨急了，「狄青，你可知道，你打的那人叫做馬中立，是馬季良的獨子！馬季良是劉美的女婿，劉美是劉太后的兄長！劉美雖死，可劉太后對劉家後人極為看重，你這次可捅到馬蜂窩了！」

張玉問道：「狄青，你出手前，多半不知道他們的底細吧？」

狄青靠在冰冷牆壁上，無奈道：「我知道不知道，都要出手。不然也是死路一條了。」見張、李二人心事重重，狄青反倒笑著安慰道：「不妨事，大不了命一條。那個馬中立如何了？」

張玉苦笑道：「他腳踝斷了，又被柴車砸斷了胸骨，比你傷得重多了。還沒死，不過……活了只怕也站不起來了。」

狄青心中一沉，知道馬中立傷得重，馬家人肯定就不會讓自己活。轉瞬笑道：「好呀，至少一命換一命。」

「他是個雜碎，你怎能用自己的命和他換？」張玉急道，「狄青，你莫要想死，最少京城還是個講理的地方。他們若是濫用私刑，我們禁軍營就不會答應。可你這次到底是為了誰，才要和馬中立打個你死我活？是不是因為一個絕世大美女？」

狄青搖頭喟歎道：「說來可笑，是為個男人。」

若是以往，彼此言笑無忌，張玉肯定早就放肆猜測，調侃狄青有龍陽之好，可這時只是驚詫問道：

「怎麼？你將事情好好說一遍，我們一起商量下，看能有什麼補救的方法。」

狄青歎口氣道：「張玉、禹亨，你們就不要管了。這事牽扯到太后，別說禁軍營不好出面，就算是樞密院也救不了我。你們這樣，只怕連累了你們。」

李禹亨臉上露出絲畏懼，張玉聞言怒道：「你他娘的是不是男人？這時候還和兄弟說這種話？我們要是不管，今日就不會來。樞密院救不了你，但我們兄弟還是要救你！」

狄青淚水盈眶，垂下頭來，半晌才道：「事情是這樣的……」他將當日之事詳盡說了一遍，張玉聽後，咬牙切齒道：「狄青，這件事你本來就沒什麼錯，可他們倚仗權勢，不講道理，一定要弄死你。

哼，我們不能讓他們如意！」張玉雖是這般說，但如何來應對，可是沒有半分主意。

李禹亨抓著鬍子，喏喏道：「眼下當要指望開封府尹程大人明察秋毫了。」開封府府尹叫做程琳，這個案子，當然是交給開封府尹審斷。

張玉馬臉都變綠了，「可程琳和太后是一夥的，我聽說太后一直不還政給皇上，就是自己想當皇帝。那程琳懂得拍馬屁，不久前還獻了什麼《武后臨朝圖》，勸太后當武則天呢！」

李禹亨鬍子都掉了幾根，渾然不覺，只是道：「那可怎麼辦呢？」

狄青見兩兄弟這時候還想著為自己出頭，心下感動，一時無語。

張玉突然一拍腦門，說道：「有了！眼下最重要的就是找到聖公子，如果能求得動他出面作證的話，事情可能會有轉機。」

狄青心道，這件事牽扯到太后，那個聖公子如果不傻，肯定早就躲起來了，怎麼會出頭呢？

張玉卻興奮道：「你說聖公子穿五湖春的鞋子？我這就去打聽！狄青，你不用愁，我無論如何，都會幫你找出這個人來。」

狄青不忍潑張玉的涼水，強笑道：「那就有勞兩位兄弟了。」

事不宜遲，張玉當下告別狄青，又給獄卒打點下，請他們莫要為難狄青，這才和李禹亨匆匆離去。

狄青知道就算找到了聖公子，他能否出頭還是未知之數。又有誰不開眼，敢和太后作對呢？想到這裡，狄青腦有些疼痛，可腦中劇痛的感覺卻少了些。狄青突然想起什麼，伸到懷中一摸，那黑球仍在，輕輕地舒了口氣。

掏出那個黑球，狄青已肯定，自己能打傷馬中立，肯定是因為這黑球的緣故。可黑球到底有什麼神通呢？狄青想不明白。

牢房幽幽，狄青不禁想起多聞天王當初所言，「彌勒下生，新佛渡劫。五龍重出，淚滴不絕！」

五龍一出，果然是有人滴淚不絕。可他狄青，以後滴的只會是血，而不是淚！狄青想到這裡，昂起頭來，眼露倔強之意。那昏黃的燈光照在黑黑的五龍上，泛著幽幽的光芒。

轉眼間狄青在牢房中已經待了月餘，開封府竟一直沒有提審他，這倒讓狄青心中惴惴。他忍不住想，難道自己早被定罪，連審都不要審了，就直接問斬嗎？想到這裡，狄青心中悲愴，但無可奈何。

這段日子，郭遵倒是來過幾次，說他已通知了郭遵，可郭遵還在外地，一時間趕不回來。狄青本不想讓郭遵知道此事，更怕牽連郭遵，反倒希望郭遵不要回京。張玉也來了幾次，可每次均是強作笑容，他終究沒有找到聖公子。

狄青已心灰，暗道，這事情已鬧開，聖公子不是聾子，當然能知道。他不肯出現，想必就算找到也

沒用了。他自知無幸，反倒放寬了心。每日無事的時候，都是拿著那黑球在看，心道臨死前若能研究出五龍的奧祕也好，但紅龍終究沒有再出現過。

如是又過了半月光景，這一日獄卒早早前來，喝道：「狄青！今日提審，準備走吧。」

狄青歎口氣，心道自己打的是太后的人，審自己的也是太后的人，自己估計是不能倖免了。大哥呢？到底要不要告訴他此事呢？思索間，狄青被獄卒押解，出了開封府衙。才到了門前，就見一幫百姓擁堵在府衙門前，見狄青被押來，眾人紛紛上前，七嘴八舌關心道：「狄青，你沒事吧？」這二人都是平民百姓，有賣包子的王大嬸、有賣花的熊家嫂子、有砍柴的喬大哥、有賣酒的孫老漢，就連狄青上次幫助的高老頭竟也來了。

這些年狄青雖說官階半級未漲，但長期混跡於市井之中，前來的這些百姓無不曾得過他的幫助，知道他今日受審，早早地前來。

狄青從未想到還有這麼多人記掛自己，見狀很是感動。高老頭顫巍巍地站出來道：「狄青，你好人有好報，肯定會沒事的。俺們都去大相國寺給你燒香了，求菩薩保佑你。」

狄青心道，聽說大相國寺那彌勒佛還是劉太后命人塑造的呢，只怕會保佑馬中立了。可還是道：「多謝你們了，狄青若有機會，定當回報！」

旁邊的衙役都想，狄青若有機會，你怕是只有等下輩子了。不等狄青再說什麼，衙役們就用棍棒分開百姓，帶著狄青入了官衙。

官衙大堂上方橫掛著一牌匾，上書「廉潔公正」四字。大堂公案之後，開封府尹程琳肅然而坐。兩側衙吏見狄青上堂，以杖扣地，齊喝「威武」二字，這在衙內稱作是打板子，一方面讓衙外的百姓安

靜，另外一方面卻是警示囚犯，讓他心存畏懼。

狄青一眼掃過去，見到程琳右下手處站著一人，眉間皺紋有如刀刻，天生一副愁容，看衣飾，應該是開封府的推官。左下手處坐著一人，三角眼，酒糟鼻，一雙眼惡狠狠盯著狄青，滿是猙獰。狄青心頭一顫，不知此人是誰。

程琳見狄青跪下，一拍驚堂木，喝道：「狄青！你可知罪？」

狄青搖頭道：「小人不知。」

那長著三角眼之人霍然站起，喝道：「好一個刁軍！死到臨頭，還不知道反悔嗎？」他說話氣息急促，好像隨時都要斷氣，想是個脾氣暴躁之人。狄青不語，心道這多半是馬家的親戚。果不其然，程琳道：「劉寺事，稍安勿躁，一切當按法令來辦。」

狄青暗想，劉寺事？此人多半就是劉美的長子劉從德了。

這段日子裡，李禹亨早就將馬家的關係告訴給狄青。狄青知道馬季良是劉美的女婿，這個劉從德為姻親馬季良的兒子馬中立出頭，倒也是正常。不過大宋家法中，外戚少握重權，宋改前制，九寺五監中，除了大理寺和國子監外，其餘的職位均為閒職，不掌或少掌實權。劉從德並無才學，太后為他討個衛尉寺的寺事職位，其實只領俸祿，並不做實事。若論官階實權，程琳遠比劉從德為大，但程琳知道劉從德在劉太后心中的地位，這才客客氣氣。

劉從德怒喝道：「現在證據確鑿，還審什麼？這個狄青以武欺人，在大街上公然行凶，打傷數人，還害得馬中立至今癱瘓在床，奄奄一息，不殺狄青，不足以平民憤！」

那滿面愁容的人突然道：「劉寺事，這是開封府，斷案之事歸程大人，推案之事由下官負責。還請

莫要越俎代庖，以免旁人閒話。」

那人說話軟中帶刺，劉從德恨恨地瞪了他一眼，急促道：「龐籍，我今日就要看你怎麼推案！」心中暗恨道，你莫要讓老子抓到錯處，不然稟告太后，有你好瞧！

龐籍見劉從德不再言語，對狄青道，不必稟告太后，不然稟告太后，有你好瞧！

劉從德喝道：「還說什麼？這些日子豈不查得明白？何必浪費功夫！」

程從德乾咳一聲，皺眉道：「劉寺事，你若是不滿本官審案，可向兩府告書。但若再咆哮公堂，本官只能將你請出去了。」

劉從德冷哼一聲，再不言語。

狄青倒有些詫異，不想程琳、龐籍二人竟然有些公事公辦的樣子，難道說傳聞是假？

程琳見劉從德終於安靜下來，這才道：「狄青，先將當日之事從實道來。」他言語平靜，但內心絕不輕鬆。原來這尋常的一個案子，牽扯的範圍之廣，簡直難以想像。程琳接手這個案子，只感覺壓力重大，不敢輕斷。

程琳這些日子查的越多，反倒越是猶豫，不敢輕易做出結論。馬中立那方不用多說，這些日子，馬季良天天到太后面前哭訴，請求嚴懲凶徒，劉太后知道一個普通的禁軍竟傷了她的家人，勃然大怒，命開封府嚴懲。但狄青這個尋常的禁軍並不尋常，這人不但在百姓心目中頗有俠氣，而且和郭遵扯上了關係。郭遵將門世家，雖未回轉京城，但關係極多，三衙、樞密院雖未發話，但都盯著這事到底如何處理。

本來就算是郭遵也沒資格對抗太后，但其中還有個最重要的內情——皇上已到了親政之年，太后遲

遲不肯還政於天子，朝臣已是議論紛紛。眼下百官都想看看，太后是否還能一手遮天？

程琳不知道，自己到底是要討好太后呢，還是將此事秉公處理？如果討好太后，聖上登基後，他前途未卜。可若秉公處理呢？太后說不定立即就會撤了他的官職。

府衙外百姓洶湧，眾目之下，一個決斷，就可能影響深遠，程琳心中並沒有定論。在聽狄青陳述前，程琳已知道，此事錯在馬中立，狄青並無大過。待聽狄青說完，更是印證了判斷。只是事情雖明瞭，處理起來卻很是棘手。程琳想了良久才道：「龐推官，你意下如何？」

龐籍正色道：「古人有云，『兼聽則明，偏信則暗』，下官以為，尚要聽旁人的證詞才好。」

程琳沉吟道：「既然如此，召竹歌樓張妙歌前來。」

張妙歌早在後堂等候，聞言上堂，煙視媚行，風情萬種。

狄青本已絕望，可見龐籍、程琳都有清官的潛質，倒覺得並不用急於絕望。知道眼下找不到尚聖張妙歌的證詞對他就事關重大，一顆心不由得怦怦直跳。

張妙歌不望狄青，到了大堂上，和狄青並排跪下，說道：「妾身張妙歌拜見府尹大人。」

程琳問道：「張妙歌，你以前可曾認識狄青？」

張妙歌搖頭道：「不曾。」

程琳又道：「那你將狄青到竹歌樓後發生的一切，詳盡說上一遍。」

張妙歌輕聲道：「當初妾身甚至不知此人叫做狄青，只是鳳媽媽讓我小心接待此人，對了，他還有兩個朋友，一個是聖公子，一個是閻難敵。」

狄青聽到這裡，心中一沉，已知道不妙。他一時意氣，冒充衙差辦案，若在平時也就罷了，可這時

第八章 官司 142

候被拆穿，那事情就非常嚴重了。

龐籍問道：「鳳媽媽為何要你小心接待狄青呢？」

張妙歌道：「鳳媽媽說，此人叫做葉知冬，本是開封府葉知秋的弟弟，說是到聽竹小院查案……」

眾人一陣譁然，劉從德大喜，喝道：「好呀，狄青非但毆打馬中立等人，甚至冒充開封衙役，作惡嘴臉，可見一斑！程大人，請對此人嚴懲！」

程琳皺了下眉頭，不理劉從德，說道：「張妙歌，你繼續說下去。」

張妙歌道：「不過這人來到聽竹小院，並沒有什麼作惡的嘴臉，只是和其餘兩人聽曲。這時朱大常、羊得意二人藉故找碴，馬公子將這二人喝退。妾身記得鳳媽媽所言，留狄青三人在聽竹小院再彈一曲，然後請他們下樓。這之後的事情，妾身就不知曉了。」

程琳問道：「那這三人在你閣樓之上，可曾與馬公子有什麼衝突？」

張妙歌掩嘴一笑，「表面上沒有。」

程琳皺眉道：「何出此言呢？」

張妙歌道：「馬公子那日前來，想必是要留在聽竹小院，可妾身留住了狄青，馬公子心中，多半有些不滿吧？」

劉從德大怒道：「張妙歌，你小心說話！」

張妙歌也不畏懼，微笑道：「既然大人有問，妾身就如實作答而已。若是有不對的地方，還請各位大人看在小女子見識少的份上，原諒則個。」

龐籍沉吟道：「那狄青三人在你的閣樓上，可有什麼�張不軌的舉動嗎？」

張妙歌搖頭道：「沒有，他們是妾身見過最為規矩的三人。」

程琳點頭道：「本府知道了，張妙歌退下。召竹歌樓鴇母鳳疏影上堂。」張妙歌退下，鳳疏影一搖一擺的上了大堂，張妙歌退下。「鳳疏影，你可認識堂上這人？」他一指狄青，鳳疏影見劉從德瞪著自己，立即道：「認識，他叫狄青，冒充衙差，說和什麼大內武經堂的閻難敵，還有捕快聖手聖公子來破案，要去聽竹小院一趟。妾身不敢得罪他們，這才讓妙歌接待這三人，不想他們不但冒充衙差，還打打傷了馬公子，實在是可惡至極。」

狄青雙拳緊握，卻是無從置辯。鳳疏影削削減減，幾句話就將他定位為一個惡人，還讓人無從辯白。

劉從德的酒糟鼻已興奮得通紅，這次卻沒有急於要懲處狄青。

程琳讓鳳疏影退下，又問龐籍道：「龐推官，你可有結論了？」

龐籍緩緩道：「狄青冒充衙役一事，雖算不對，但未釀成禍事，應由三衙自行處置。至於打傷馬公子一事，卻有因果。如按狄青、張妙歌以及一些旁觀百姓所言，馬公子出手在先，甚至毆打個瘋子模樣的人，狄青回轉相救，誤傷了馬公子。可以說過錯各半……」

劉從德霍然站起道：「龐籍，你是什麼狗屁推官？這種結論也能推得出來？張妙歌不過是個歌姬，地位低下。百姓所言，如何做得了準？狄青說的，更不見得正確！」

龐籍也不動怒，淡淡道：「還請寺事大人出言檢點，下官雖職位卑微，但官位畢竟是聖上所封，你隨口辱罵，恐怕不太妥當。再說下官不過是回程大人的例行詢問，給斷案提供些依據。根據目前的口供，我也就只能得出這些結論。你若覺得不妥，大可提出異議，不必在公堂之上咆哮。」

劉從德恨恨地盯著龐籍道：「我認為若想明白事情的真相，當要詢問在聽竹小院的眾人，只憑狄青、張妙歌二人的供詞，如何作準？」

程琳點點頭道：「劉寺事說的也有道理，召朱大常等相關人等上堂！」

和朱大常一起上堂的不止羊得意，還有另外三人。狄青認得那三人均是當初在聽竹小院的賓客，見劉從德不懷好意的笑，心頭一沉。堂下眾人報上名來，另外三人中，矮胖之人叫做東來順，是一家酒樓的少掌櫃，穿綢衫之人叫做文成，本是綠意綢緞莊的主人，還有一人滿臉麻子，開了家果子舖，叫做古慎行。

朱大常當先道：「那日馬公子出了竹歌樓後，本想和狄青交個朋友，所以就在樓外等候。不想狄青下來後，竟對趙公子惡語相向。至於罵了什麼，小的也不好說。」

東來接道：「有什麼說不得的？狄青說馬公子不知好歹，竟然敢和他搶女人，讓馬公子快滾，不然見他一次打一次。」

文成道：「馬公子當時很不高興，但畢竟為人謙和，忍怒不發。沒想到狄青以為馬公子軟弱可欺，竟開始辱罵，說……唉，那和太后有關，在下不敢說了。」他說罷連連搖頭，痛心疾首。他雖未說，可比說了的後果還要嚴重。

狄青越聽越驚，一股怒火心底冒起，喝道：「我和你們無怨無仇，你們為何要冤枉我？」他雙目圓睜，額頭上青筋暴起。

古慎行退後一步，指著狄青道：「他當初就是這般脾氣暴躁，呼喝連連。馬公子見他辱罵太后，就和他辯駁了兩句，不想他伸手就打，簡直是無法無天！」

羊得意道：「我們一幫人看不過去，就有人過去勸，不想也被他幾拳打倒。」說罷一指眼角的青腫道：「這地方就是他打的。」

狄青牙關緊咬，身軀微顫，已知道這些人的目的只有一個，不弄死他，誓不甘休！不想狄青竟和瘋狗一樣，四下撕咬，慌亂中，不知是誰誤推倒了個路人。那人好像是個瘋子，後來不知所蹤。但馬公子急了，慌忙去護衛，狄青這時已被制住，馬公子說，『只要狄青認錯的話，一切既往不咎。』不想狄青人面獸心，謊說知錯，趁家丁放開他之際，衝過去拉倒了馬公子，還要殺了馬公子，慌亂中，柴車被掀翻，馬公子被壓在車下。」說罷抬起衣角揩拭下眼角，哽咽道：「可憐馬公子菩薩心腸，竟遭此噩運。

我等實在是看不過去，這才挺身而出說出真相，只求府尹大人還馬公子一個公道！」

朱大常接口道：「好在馬公子的家丁及時趕來，原本只是勸狄青莫要動手。

這五人眾口一詞，完全像事先演練過一般。劉從德起身拱手道：「府尹大人，如今想必已經真相大白了吧？狄青不過是信口雌黃，妄想瞞天過海，不想天網恢恢，天網恢恢呀。」劉從德為敲定狄青的死罪，特意一口氣找來了五個證人。他雖見衙外百姓不少，可知道當時場面混亂，很多人搞不懂情況，再說他也不信有哪個百姓敢公然出來和劉家作對，為狄青作證。

程琳又望了眼龐籍，說道：「龐推官，你又有什麼結論呢？」

龐籍堂前踱了幾步，突然道：「你們五人以前可認識馬中立？」

五人不想有此一問，有兩人點頭，有三人搖頭，點頭的見有搖頭的就慌忙搖頭，搖頭的見有點頭的也趕快點頭，一時間滑稽非常。

龐籍犯愁道：「這是認識呢？還是不認識呢？」

劉從德咳嗽一聲，說道：「當然是在竹歌樓後才認識的。」他這麼說，只想增加證詞的可信程度。

五人均是點頭道：「劉大人說的對，當然是在竹歌樓後才認識的。」

龐籍目光從五人身上掃過，肅然道：「你等可知道本朝律例，嚴禁誣告，有『誣告反坐』一說，若是被查明誣告，會有嚴懲？」

五人面面相覷，隱有懼意。劉從德冷笑道：「龐籍，你這是威脅他們嗎？你難道認為，這幾人是我找來誣告狄青的不成？」

龐籍故作驚詫道：「劉寺事何出此言？下官不過是覺得他們言語中有些自相矛盾的地方，這才出言提醒而已。為人只要行得正，又何懼提醒？」

劉從德面紅耳赤，知道龐籍是暗中諷刺自己，冷哼一聲道：「我倒要聽聽龐推官的高論。」

龐籍仍是愁容滿面道：「朱大常，據狄青、張妙歌所言，是你和羊得意先走，然後馬公子和東來順幾人離去，最後又過了小半個時辰左右，狄青三人才出了竹歌樓？」

朱大常忍不住向劉從德望了一眼，不知道怎麼回答。劉從德有些不滿道：「據實說就好，難道還有人能顛倒黑白嗎？」

朱大常立即道：「你和羊得意，還有東來順幾人，是在竹歌樓後才結識了馬公子？」

龐籍微笑道：「劉大人說的不錯。」

朱大常道：「不錯。」

「那你們有什麼理由，在近一個時辰內還在竹歌樓左近徘徊，遲遲不去？馬公子是因為要和狄青講些道理，這才不離去。但是你和羊得意呢，又為了什麼？你們被馬公子喝斥，卻在竹歌樓附近並不離

去，可是心懷不滿，想對馬公子報復？」

朱大常額頭汗水都流了下來，忙道：「這怎麼可能？害馬公子的是狄青，可不是我們。」

「那你們在竹歌樓旁做什麼？」龐籍追問。

朱大常不知所措，劉從德眨眨三角眼，說道：「他們多半是為在竹歌樓的言行後悔，這才想找馬中立致歉。馬中立為人好交朋友，見他們誠心改過，這才和他們交了朋友，這幾人一見如故，在竹歌樓旁的茶肆喝茶，喝了小半個時辰，也沒有什麼問題吧？」

劉從德畢竟還是有些急智，一番解釋，幾乎連自己都信了。

龐籍沉吟道：「這朋友到底到了什麼程度，是酒肉朋友呢，還是真心知己？」

羊得意接道：「當然是真心知己，我們有感於馬公子的仁義，這才前嫌盡棄，成為知己。不想狄青喪心病狂，竟然連馬公子這樣的人都害，實在是罪大惡極。」

其餘三人均點頭，不迭道：「極是，極是。」

龐籍對程琳道：「府尹大人，如果他們真的是知心朋友，那證詞採用的時候，倒是要酌情處理，以防他們被友情蒙蔽，做出不利本案的證詞。」

劉從德勃然大怒道：「龐籍，你到底什麼意思？難道證明他們和馬中立結交，不過是想說證詞無效？你這等推官，本官就算告到天子太后那裡，也絕不姑息！」

程琳皺了下眉頭，說道：「龐推官，這些人先前不識，後來一見如故這才結交。而案發不過是隨後的事情，這些人站出來作證，並沒有什麼不妥。」

龐籍點頭道：「府尹大人說的極是。那現在我把事情重說一遍，朱大常等人和馬中立從未見過，後

來在竹歌樓內，朱大常和羊得意口出妄語，侮辱張妙歌，馬中立挺身而出，將朱、羊二人喝退。朱、羊二人迷途知返，幡然悔悟，這才在樓下等候馬公子。馬公子大人大量，接受二人的道歉，又和這二人結交成朋友，這時候東來順、文成、古慎行三人正巧路過……他們若不是和馬公子以前見過，想必是看馬公子義薄雲天，真心傾慕，這才也結交成了朋友？」

第九章 太 后

劉從德怎麼聽怎麼刺耳，但一時間搞不懂龐籍的想法，只能沉默。東來順三人見劉從德沉默，只以為他默許，連連點頭道：「龐大人雖未在那裡，分析的卻是身臨其境，小人佩服。」

龐籍又道：「馬公子和你們五個結交成朋友後，見狄青三人下樓，義薄雲天的馬公子又想和狄青交朋友，所以上前搭訕，卻不想被喪心病狂的狄青痛打一頓，後來發生的事情，你們都說得很清楚，自然不用我來贅述了。」

眾人都覺得經過龐籍這一分析，馬公子實在行為怪異，有的衙役憋著笑，朱大常等人只能硬著頭皮道：「的確如此。」

龐籍向劉從德道：「劉大人，下官這次的推斷，不知道你可有質疑嗎？」

劉從德大為頭痛，可覺得龐籍這次的確為他們著想，只能道：「這次你說的不錯，我沒有問題。」

龐籍愁容更重，為難道：「劉大人沒有問題了，我倒有問題了。」劉從德心頭一跳，只見龐籍從桌案上拿起幾本帳簿，不由疑惑不解。龐籍淡淡道：「這是下官這幾日從太白居、喜來樂、會仙樓等地取來的記錄。」

程琳皺眉問，「龐推官此舉何意？」

龐籍道：「馬公子果然好客，在這幾家酒樓都留下了足跡，當然都是旁人請客了。」雙眸從朱大常等人臉上掃過，見這二人已面色如土，龐籍再緩緩道：「而請客的人，就是眼下的朱大常、羊得意、東

來順等人。根據記錄，馬公子和朱大常這些人原本私交甚密，若是有人不信，酒樓老闆已在堂後待召，不妨提來一問。」

朱大常已大汗淋漓，強笑道：「我等……信。」

龐籍臉色一沉，「現在才信，只怕晚了吧？」將帳簿奉到程琳的案前，龐籍轉身面對朱大常等人，愁眉不展道：「方才我一問再問，你等均說從未認識、結交過馬公子，但事實說明，你等與馬中立早是朋友。你等刻意隱瞞此事，所為何來？」

朱大常等人惶恐難安，龐籍向程琳建議道：「府尹大人，經下官詢問，朱大常等人所言第一句就錯，實在難以讓人相信他們之後的言論。還請府尹大人嚴查這五人的意圖，若真的有誣告之行，還請大人嚴懲，以儆效尤！」此刻的龐籍，雖還是愁容滿面，但臉上一團正氣，寒意凜然！

劉從德雖不把開封府放在眼裡，但那不過是倚仗著太后的權勢，若論精明能幹，那是遠遠不及龐籍。劉從德已有人證，龐籍早就知曉。龐籍若從百姓中找來五人對簿公堂，不算容易，就算找來後，難辨真偽，眾人恐陷入曠日持久的辯論之中，只怕最後還會鬧個一發不可收拾。

龐籍想要速戰速決，因此先欲擒故縱，然後釜底抽薪，直接將劉從德的五個證人打入萬劫不復之地。他如此直接的手段，就是想要警告劉從德，開封府還不是你皇親外戚可一手遮天的地方！

程琳望著眼前的帳簿，翻也不翻，沉聲問道：「朱大常，龐推官所言可是屬實？」

朱大常雙腿打顫，又向劉從德望去，龐籍歎道：「朱大常，你莫要總是望向劉大人。不知道的人，還以為你是受他指使，豈不讓劉從德大人清譽受辱？」

饒是劉從德有些急智，這時候也亂了分寸，喝道：「龐籍，我和他們全無關係，你莫要血口噴

151 歃血霓裳曲

人！」

龐籍立即道：「既然劉大人都說了，和你等並無關係，你等到底受何人指使，還不從實招來！」

朱大常等人徹底崩潰，他們受劉從德的吩咐，過來誣告狄青，可如果劉從德棄他們而去，那他們還可依靠誰？

龐籍趁熱打鐵道：「難道你們是因為狄青被張妙歌所留，這才心中忿然，趁機陷害狄青？你們若是主動招認，府尹大人念你們初犯，說不定會輕發落。」

羊得意哭喪著臉，「府尹大人，我們錯了……」他話音未落，衙外有衙吏唱諾道：「羅大人、馬大人到。」

劉從德霍然站起，喜道：「快請。」他亂了分寸，一時間以為這裡是他的府邸。程琳暗自不滿，可仍保持克制，道：「請進府衙。」

程琳本想起身迎接，不過見龐籍望著自己，眼中含意萬千，臉色微紅，又坐了下來。

衙外走進兩人，一人風流倜儻，但臉有怒容；另外一人面白無鬚，神色倨傲。

程琳知道，那風流倜儻之人正是馬中立的父親馬季良，也就是太后的姪女婿，眼下為龍圖閣待制。

而那個神色倨傲之人，卻是當朝的第一大太監，供奉羅崇勳。

程琳知道馬季良和羅崇勳都是太后身邊的紅人，本想表示親熱，但畢竟就算當朝第一大太監，權位也不如開封府尹，他若是太過奉承，反倒會讓手下看不起，是以只在座位上拱手道：「兩位大人前來，不知何事？」

羅崇勳尖聲道：「咱家聽說這裡審案，就過來聽聽了，以免有人貪贓枉法，錯判了案子。程大人，

這案子到底如何了？」

程琳強笑道：「正在審理中，羅供奉若是有興趣，可在一旁聽聽。來人！設座。」

早有衙吏取了兩張椅子，羅崇勳大咧咧坐下。劉從德一旁低聲對馬季良說明了一切，馬季良見了狄青，就已恨不得掐死他，聞言更是惱怒，「程大人，我倒覺得，這案子審理得很有問題。怎麼說都是吾兒受了重傷，有人不分黑白，竟然將精力都放在了無關之人的身上，實在讓本官失望。」

程琳辯解道：「馬大人此言差矣，既有證人，就要審理分辨清楚，方不負聖上的器重和太后的期冀。再說天地明鏡，法理昭昭，一切當按律行事。朱大常等人指證狄青，本官依律詢問，龐推官輔佐推斷，怎麼能說將精力放在無關人等的身上呢？」

羅崇勳駁斥道：「府尹大人，我倒覺得待制說的不錯，眼下的事情是，狄青傷了人，而且馬中立可能終生癱瘓，這等凶徒若不嚴懲，才是辜負太后的一番器重！你還是趕快給狄青定罪吧。」

羅、馬二人一來，就展開了唇槍舌劍，目的當然是向程琳施壓。不想程琳卻沉默下來，龐籍在一旁回道：「開封府的事情，自然有開封府的人來處理，羅大人這麼吩咐，於律不和。」

羅崇勳身為內宮侍臣第一人，得太后器重，這些年來，就算兩府重臣對他，也都客客氣氣，自然養成了驕橫的毛病。見一個開封府的推官竟然反駁他，不由大怒道：「龐籍，你怎敢對我如此無禮？」

龐籍平靜道：「下官不過是公事公辦，依法斷案，問心無愧，有何敢不敢之說？本朝祖宗家法有云，『外戚不得干政，宦官不能掌權』，眼下正在審生死大案，兩位大人按例應該迴避，不得干擾開封府辦案。程大人照顧你等的心情，這才設座請兩位大人旁聽，但旁聽可以，若想左右開封府斷案，豈不壞了祖宗家法？羅大人若是不滿，可與下官前往宮中向聖上和太后詢問，然後再定下官的對錯。」

羅崇勳白淨的一張臉已脹得和茄子皮彷彿，只是恨聲道：「好，好，很好！」

龐籍臉上又泛愁容，說道：「既然羅大人也無異議，下官覺得，程大人應該繼續審案了。」

程琳心中微有羞愧，對龐籍不畏權貴的氣節倒有幾分敬佩，一拍驚堂木說道：「朱大常、羊文成、東來順、古慎行，你五人冤枉狄青，所為何來？還不快從實招來！」

朱大常等人見羅崇勳來了竟也保不住他們，都汗如雨下，朱大常哭喪著臉道：「程府尹，我等是不滿狄青搶了我們的風頭，這才對他誣陷。可當時的情形到底如何，我等也不得而知。」

程琳冷哼一聲，「朱、羊等五人誣陷他人，混淆斷案，每人重責八十大板，另案發落。」

朱大常等人見劉從德面沉似水，連冤枉都不敢說，暗想挨八十大板，免除禍事也算是幸事了，垂頭喪氣的被押到堂下當堂受責，衙外觀看的百姓無不大呼痛快。

羅崇勳聽那板子劈哩啪啦作響，有如被抽在臉上一樣，暗想，龐籍、程琳你們莫要得意，以後千萬不要有什麼把柄落在我手上，不然我定要讓你們生不如死。曹利用一個樞密使，比你們權力大了不知道多少倍，還不是被咱家弄死了。一想到這裡，羅崇勳臉上露出陰冷的笑意。

等朱大常等人被押下，馬季良不滿道：「府尹大人，如今雖說朱大常等人有錯，但並不能免除狄青的過錯。本官還希望府尹大人把精力放在狄青的身上，當然了，這只是希望，具體如何來做，本官不敢吩咐。」他見龐籍一張欠打的臉，心中暗恨，可措辭也慎重了許多。

程琳道：「若真依狄青、張妙歌所言，狄青出手傷人也是逼不得已……」

劉從德忿忿道：「一句逼不得已就能隨便傷人了？狄青不過是賊軍，張妙歌是個歌姬，這二人說話如何能算？」

龐籍駁道：「寺事大人說話請檢點些，想天下禁軍八十萬，你一句賊軍，就塞了天下禁軍將士的心。」

張妙歌雖是歌姬，但本朝有哪項律例規定，歌姬不能作證呢？」

劉從德幾乎要被龐籍氣瘋了，馬季良咬牙道：「龐籍，據本官所知，張妙歌並不知道當初竹歌樓外的情形，狄青畢竟是行凶之人，他的話當然也不能作準，若要清楚明白當時的對錯，就要另有人證。如果開封府沒有人證的話，我們倒可以重新提供證人。」

龐籍心下躊躇，因為當初場面混雜，他找了許多人，但那些人對當初的情形都難以完整敘述，而關鍵人物尚聖和那白胖中年人卻是鴻飛渺渺，不知所蹤。龐籍不懼羅崇勳，但若是在證人方面出現紕漏，被羅崇勳等人抓住把柄，只怕會死得慘不堪言，是以在人證方面，尚未找出個合適的證人來。

龐籍正猶豫間，程琳已道：「開封府的確還沒有找到關鍵證人……」

馬季良立即道：「那我們倒可以提供幾個。當時馬府有不少家丁在場，足可證明事發經過。」

龐籍暗自冷笑，心道若是你們提供證人，無非是朱大常等人的重演，如此扯來扯去，何日是個盡頭。

可這次他倒無法回絕，正為難間，衙外突然有人言道：「誰說開封府沒有證人？」

眾人均是變色，不知道這時候有誰，有如此大的膽子，竟然會給狄青作證？

話音未落，衙門外就有兩人不經通傳，闖了進來！

程琳暗自皺眉，心道誰有這麼大的膽子，竟然當開封府和城門一樣，隨意進出！就算是羅崇勳前來開封府，也不敢如此囂張！

程琳本皺著眉頭，可抬頭見到那兩人，霍然起身，急步從案後迎出來，向其中的一人深施一禮道：

「八王爺到此，下官有失遠迎，還請恕罪。」

方才程琳對羅崇勳多禮，龐籍見了頗有不滿，可這時見到那人，也只能起身施禮，不敢缺了禮數。

程琳、龐籍禮數恭敬，就算羅崇勳等人見了那人前來，也只能起身施禮，不敢缺了禮數。

所有人都很奇怪，八王爺來這裡做什麼？他好像要過問狄青的案子，狄青和八王爺什麼時候又扯上關係了？

狄青也是奇怪，斜睨過去，見到了程琳所拜見之人，那是一個乾乾淨淨的人。那人實在太乾淨了，衣衫光鮮得好像打過蠟。他手指甲修剪得整整齊齊，頭髮極為光亮，蒼蠅站上去，只怕都要滑下來摔死。這麼乾淨的一個人，讓你站在他面前，都會被感染得想去照照鏡子，看看自己的臉洗乾淨了沒有。

狄青知道八王爺叫做趙元儼，也就是當今聖上的八皇叔，可卻從未想過八王爺是這樣的一個人。

狄青多少知道些八王爺的事情，知道此人是太宗第八子。在太宗之時，他就被封為周王。真宗趙恆即位後，又加封趙元儼為曹國公、拜宰相、授檢校太保、進爵榮王，風光一時無二。

後來趙禎即位，太后垂簾，趙元儼身為三朝元老，雖說年紀也不過四旬，但因地位奇高，更被聖上拜為太尉、尚書令兼中書令。朝中除了太后和皇帝，若說身分之尊，無人能超過趙元儼，就算是兩府、三衙、三館、三班中，雖盡是威名赫赫之輩，但若與趙元儼論尊崇，都難及項背。

但這樣的一個人，來開封府做什麼？誰都不清楚，不過早就有人在羅崇勳上首又設了位置，請趙元儼坐下，奉上香茶。羅崇勳雖不願意，可也得挪挪椅子，眼中卻有嫌惡之意。

等一番忙碌後，府衙終於安靜了下來，程琳見到跪著的狄青，才記得自己還要審案。只能賠笑道：

「不知八王爺駕到，有何貴幹？」

八王爺不語，只是看著自己的一雙手，那手潔淨秀氣，手指修長。程琳嗓子有些發癢，可不敢咳，

只好望向八王爺旁邊站著的那人。見那人白髮蒼蒼，駝著背，臉上的皺紋能當搓衣板，好像隨時準備把八王爺再洗一遍。

程琳突然有了這個念頭，想笑又不敢，臉上更是恭敬，問道：「趙管家，不知八王爺來此，有何貴幹呢？」程琳知道那老人姓趙，在八王爺一出生的時候，那老人就已是王府的管家，程琳為人謹慎，誰都不肯得罪。

趙管家咳嗽幾聲，才啞著嗓子道：「王爺這些日子不舒服。」程琳摸不到頭腦，龐籍靜觀其變。所有人都在想，原來人老了，一定會糊塗。王爺不舒服，總不至於來開封府看病吧？

程琳只好道：「那王爺……應該……」本想建議趙元儼休息，可又感覺「應該」二字太過唐突，他一個府尹，有什麼資格對王爺這麼說話？腦門子滲出汗水，程琳就算審案都沒有這麼吃力過。

龐籍一旁道：「那不知是否請了太醫？王爺既然不舒服，適宜多休息了。」

程琳跟道：「是呀，是呀。」

趙管家歎道：「程府尹，你也知道，這些年來，王爺得了種怪病，時而清醒，時而糊塗。」

程琳皺了下眉頭，只是「嗯」了一聲。這種事情，他不好接碴。趙管家出言無忌，他程琳每說一句話，都要在腸子裡面繞上幾圈。

原來趙元儼的確有病，是瘋病！自從趙禎登基，劉太后垂簾聽政後，趙元儼就開始有些不對勁了。他深居簡出，一整年少有幾日出了王府。有傳言說，八王爺是怕太后猜忌，因此不敢出門。但不久以後，趙元儼脾氣時而狂躁，時而安靜，他可能才和你和顏相向，但轉眼就讓家丁打你個八十大板。

他是王爺，更像是個半瘋！所有人都對趙元儼敬而遠之，程琳也不例外。眼下八王爺很安靜，可熟

知八王爺秉性的人都清楚，這或許只是暴風雨來臨前的安寧。

狄青因為是跪著的，所以恰巧能看到八王爺垂著的一張臉。他也有些迷糊，甚至開始懷疑方才聽到的那句話都是幻覺。可就在這時，八王爺突然向狄青眨眨眼睛，又垂下頭去。狄青愣了下，不敢確定八王爺是否在對他打招呼。轉瞬有些自嘲，八王爺怎麼可能向他打招呼？

趙管家沉默了良久，終於又說了下去，「王爺糊塗的時候，有時會出府。但他生性謙和，從來不挑釁旁人。可沒想到，竟然有人敢對王爺放肆。」

眾人均想，有哪個吃了豹子膽，敢挑釁趙元儼呢？可這和案子有什麼關係？這老東西跑到這裡說閒話，真是糊塗透頂了！若不是說話的人是八王爺的管家，只怕早被打出了開封府衙。

程琳皺眉道：「誰敢對王爺無禮呢？」

趙管家不回程琳的問話，自顧自說下去，「那人不但對王爺無禮，還敢叫人毆打王爺。王爺的腦袋，都被打出了血。」

眾人均驚，馬季良一旁冷笑道：「看來開封府真的亂了，有人敢打王爺，真的無法無天了嗎？先有個狄青鬧事，後有人毆打王爺，都不把皇親國戚放在眼裡。程府尹，你把開封府管理得很好呀。」他早對程琳的唯唯諾諾不滿，暗中諷刺。

程琳也有些慌了，忙問，「後來怎樣？那凶徒可被抓住？」

趙管家老臉抽搐，「沒有，還逍遙在京城呢。若不是有人挺身相救王爺的話，只怕王爺真的被那凶徒打死了。」

眾人皆露出不可思議的表情，羅崇勳尖叫道：「好呀，開封府竟然發生了這麼大的事情，太后都不

知情。咱家定要話與太后知道。」他霍然起身，卻被馬季良一把拉住。馬季良低聲道：「羅大人，總要聽個究竟才好。」

馬季良滿是幸災樂禍，劉從德也是興奮得酒糟鼻子通紅，斜睨著程琳和龐籍，一個勁道：「趙管家，那凶徒到底是誰，說出來，我們幫你找太后做主。既然有人管不了事情，那就要換個管事的人了。」

趙管家愁容滿面道：「救王爺的人就在這開封府衙，不然我和王爺怎麼會來呢？」眾人聽他才入正題，大為詫異，四下望過去，紛紛道：「是誰救了王爺呢？」趙管家顫巍巍走幾步，抬起手，指尖在空中劃了個弧線，已落在一人的鼻尖前，「救王爺那人就是……他！」

眾人順著那指尖望過去，眼珠子都差點掉下來，馬季良等人更像臉上被踹了一腳。趙管家指的不是旁人，卻是一直跪在堂前的狄青！

狄青救了八王爺？這怎麼可能？狄青也是怔怔，想破頭也想不明白，自己什麼時候救過了八王爺？馬季良心思如電，半晌才道：「趙管家，這怎麼可能？你認錯人了吧？」羅崇勳立即道：「就算沒有認錯人，狄青救王爺是一回事，傷人是另外一回事，豈能混為一談！」

劉從德擠著三角眼道：「羅大人說的極是！」龐籍目光閃動，一旁問道：「趙管家，那打傷八王爺的又是誰呢？這人斗膽包天敢傷王爺，可是死罪。」

趙管家手臂又在顫動，眾人見了，不敢相信傷了王爺的人也在開封府衙。等那手臂定住，眾人順他

指尖所指方向望過去，又都愣住了。趙管家指著的人，竟然是風度翩翩的馬季良。

馬季良倒還鎮靜，淡淡道：「趙管家，這是開封府，不是說什麼是什麼的。你總不會說，是我打傷了八王爺吧？」他沒有做過，當然不會膽怯。

趙管家放下手臂，緩緩道：「不是你，但打傷王爺的人卻是你的兒子。」

馬季良臉上一陣抽搐，失聲道：「這怎麼可能？犬子就算再膽大，如何會對王爺不恭呢？」

趙管家冷冷道：「他的確沒有對王爺不恭，他只不過是想打死王爺。那天狄青和馬中立在竹歌樓前，王爺恰好經過，被馬中立拖在其中痛打，若不是狄青，王爺只怕早就死於非命了。」

眾人心口狂跳，馬季良臉若死灰，汗水順著額頭流到嘴角，臉上肌肉跳個不停，「你是說……那瘋……」突然住口，臉現驚怖之意。

趙管家終於說道：「你說的不錯，馬中立當街打的那個瘋子，就是八王爺！」

開封府衙前所未有地安靜，眾人目瞪口呆，想要不信，卻不能不信。

馬中立打的那瘋子，竟然是八王爺？

狄青霍然抬頭，也是難以置信，堂外已一片譁然。趙管家又道：「所以今天王爺就是開封府的證人，是狄青的證人！程府尹，這毆打王爺的官司，不知道該如何處置呢？」

良久，羅崇勳吐了口氣，「趙管家，這一切不過是你的片面之詞。」

趙管家有些憤怒道：「羅大人什麼意思？難道說我憑空捏造不成？」

羅崇勳淡淡道：「趙管家，你方才也說了，王爺得了種種怪病，時而清醒，時而糊塗。請問他在竹歌

樓前被打，是清醒呢，還是糊塗？」他問得隱有深意，趙管家若說八王爺清醒，那是絕非可能，可要說

八王爺糊塗的話，他更有反駁的藉口。試問一個糊塗的人說的話，怎能讓人相信？

龐籍皺起了眉頭，知道其中的深意。趙管家不等開口，一個聲音道：「你是想說我有病嗎？」那聲

音極為認真，有板有眼。羅崇勳心中一凜，因為發話的人竟然是八王爺。八王爺終於抬起了頭，盯著羅

崇勳，神色嚴肅。

誰都覺得八王爺神態不正常，可誰敢說他有病？羅崇勳也不敢，只好道：「下官從未這麼說過。」

「那你是不信我被打了？你覺得……我在說謊？」八王爺又問。他口齒清晰，像已恢復了正常。

羅崇勳閉嘴，只能搖搖頭。八王爺見羅崇勳不答，環視周圍道：「那誰覺得我在說謊？」

沒有人應聲。程琳一個腦袋已有兩個大，眼珠一轉，急道：「既然本案有變，本府當重新審度，此

案押後處理，退堂！」

程琳沒辦法審下去了，只能退堂。一方面是八王爺，一方面是太后的親信，他哪方面都得罪不起。

他本來想要犧牲狄青，但事態急轉，程琳一時間又沒了主意。程琳說退堂，竟也沒有人反對。趙管家走

的時候，只說道，「這世上，好人在牢房，惡人在逍遙呀。」程琳無法應答。

羅崇勳幾人也不反對退堂，他們急需回去商量對策，他們本吃準了狄青沒有證人，可八王爺這個證

人，簡直比全城的百姓作證還要管用，他們只能去找太后！

開封府衙很快安靜了下來，程琳緊鎖雙眉，頰下稀稀落落的鬍子都快被抓落了，可還是想不出兩全

之計。見龐籍還在身邊，忍不住問，「龐推官，你說本案該如何處理呢？」

龐籍依舊愁眉不展，回道：「要處理此案，只需四個字即可。」

程琳微喜，忙問，「哪四個字？」

龐籍一字字道：「秉公處理！」

程琳愕然，感覺龐籍話中帶刺，仰天打個哈哈。心中道，你站著說話不腰痛，這案子，無論如何……正沉吟間，有宮人前來道：「程府尹，太后召你入長春宮晉見。」

程琳心中略略噔一下，忙整理衣冠入了大內。到了太后所居的長春宮外，等了片刻後，有宮人將程琳領入。長春宮內繁華絢麗，珠光寶氣。程琳低首斂眉，不敢多看。走到了一珠簾前，程琳跪倒道：「臣參見太后。」

珠簾垂地，泛著淡白的光華，讓人看不清珠簾之後那人的容貌。但程琳知道，那珠簾後，坐著的正是大宋當今第一人，皇帝趙禎之母，劉娥劉太后！

當年真宗在位時，信慕神鬼，大興土木，搞得民不聊生、怨聲載道。真宗後期，更是變本加厲，一心求神，不理朝政。劉太后那時候就已接管朝政，等真宗駕崩，趙禎年幼，劉太后便開始垂簾聽政。劉太后雖是一介女子，但在處理國事上尚明大體，振朝綱、興水利、整治官吏、完善科舉，更將朝中奸佞丁謂逐出朝中，眼下把持朝綱，極有威嚴。

程琳能當上開封府尹，也是仗著劉太后的舉薦，是以對簾後那女人，極為敬畏。

見簾後無語，程琳只以為劉太后惱怒自己，汗水流淌，顫聲道：「太后，馬中立一案……曲折非常……」

不等程琳說完，簾後太后開口道：「吾今日找你來，並非是詢問馬中立一案。」那聲音極為低沉，但威嚴盡顯。

程琳怔住。他入宮前，就以為劉太后是過問狄青一案，早準備了說辭，哪裡想到根本不是這回事！

「那不知太后宣召，有何吩咐？」程琳試探著問道。

珠簾後又沉寂了下來，良久無聲。程琳跪得雙腿發麻的時候，劉太后才道：「不久前，大相國寺中彌勒佛像被毀一案，查得如何了？」

程琳大惑不解，心道彌勒佛像被毀雖讓人頭痛，可何須太后過問呢？突然想到那彌勒佛像本來是太后遣人所建，惶恐道：「臣已責令他們抓緊重塑佛身了。」

劉太后簾後冷哼一聲，似有怒意，「那佛修不修有何要緊？可那毀壞佛身的人，到底抓住了沒有？」

程琳更不明白劉太后為什麼突然對此案如此看重，流汗道：「還不曾。」

劉太后輕歎道：「方才我聽人說，你最近辦案拖拖拉拉，本來不信。今天見了，才知道傳言不假呀。」

程琳知道他壞話的肯定是羅崇勳幾人，急道：「太后，非臣辦事不利，而是那毀佛像的凶徒太沒有道理，臣一頭霧水，更無線索，無從查詢。更何況臣不知道太后對此如此關注，若回去後，定會立即多派人手去查。」

劉太后詫異道：「你不必多派人手了。你最好把調查此事的人全部撤回。」

程琳詫異道：「這是為何？」太后既然關注此事，但為何不讓人查下去？程琳想破頭也想不明白，珠簾後又靜寂了下來，程琳心中叫苦不迭，琢磨不透劉太后的用意。陡然想到，劉太后不是要撤我的官職吧？一想到這裡，額頭汗水又流淌了下來。

劉太后終於又道：「吾聽說開封捕頭葉知秋做事利索，屢破大案。程府尹，你如何看待此人呢？」

程琳不敢妄言，含糊道：「此人的確做事利索，屢破要案。」他說了等於沒說，劉太后卻似乎有些

滿意，沉聲道：「此人可信嗎？」

程琳想了半晌才道：「葉家三代擔當開封捕頭一責，葉知秋此人武功高強，足擔捕頭之任！」

劉太后沉吟良久，「那宣葉知秋入宮。程府尹，你退下吧。」

程琳退下，葉知秋旋即入宮。葉知秋入宮時，也是奇怪非常，不知道太后找他何事。他雖是名捕，

但和太后的地位實在差了十萬八千里，根本與太后素無往來，可太后為何要見他？

入了宮，葉知秋雖還是有劍鋒一般的鋒芒，可刻意收斂。珠簾後沉默良久，太后才道：「葉知秋，

吾知道你家三代都在京城開封府衙任職。當年太祖立國，汴京多亂，你祖父葉放破大案三百七十七件，

殺巨盜一百六十三人。」一時間威懾京城，宵小鼠輩聞之無不膽寒。

葉知秋眼露古怪，沉聲道：「太后過獎了。」

劉太后又道：「後來你父親子承父業，亦是如你祖父般，鋤奸鏟惡，對朝廷忠心耿耿。現如今你又

做了捕頭。這幾年來，你破案無數，抓捕的巨盜也有數百之多。所辦之案，從無冤情，很好！」

葉知秋回道：「食君俸祿，與君分憂。臣不想愧對職責所在！」

劉太后簾後點頭道：「說得好。你可知道我今日找你何事？」

葉知秋搖頭道：「臣駑鈍，猜不出太后的心意。」

劉太后輕歎一口氣，「因為我需要一個忠心耿耿，又本事高強的人，祕密幫我做件事。我覺得，你

還算符合我的要求。」

葉知秋心中微凜，知道太后如此慎重，這事情處理得如何還在其次，但若是參聞了祕密，只怕是一輩子的病根。

劉太后見葉知秋沉默，淡然道：「你不敢擔當嗎？」

葉知秋心思飛轉，見無可迴避，咬牙道：「臣當竭盡所能，不負太后的重託！」

劉太后滿意道：「很好。」略作沉吟，又道：「大相國寺中，天王殿的彌勒佛像被毀一事，你當然知曉了？」

葉知秋皺眉道：「臣正負責此案。可那人來去詭異，根本沒有留下任何線索，臣暫時還找不到凶徒。」

劉太后突然問，「你覺得他會是吐蕃人嗎？」

葉知秋一凜，失聲道：「太后為何這般猜測呢？」葉知秋多聞天王是彌勒佛的手下，當年彌勒佛說了句吐蕃語，葉知秋因此去吐蕃尋了良久，但毫無發現。葉知秋沒有想到的是，太后竟然也懷疑毀佛像的是吐蕃人。太后為何如此懷疑？多聞天王為何要毀佛像？太后怎麼會關注此事？葉知秋想不明白，也不敢多問。

太后良久才道：「我只是有這個感覺。」

葉知秋感覺太后說的言不由衷，並不追問，岔開話題道：「太后是想讓臣盡力找到毀壞佛像的凶徒嗎？」

太后簾後搖搖頭道：「不是。唉，當年先帝崩殂，留有天書一事，想必你也知道吧？」

葉知秋道：「臣略知一二。」他其實知道的很多，可不願多言。

當年真宗通道，有一日對群臣說，他在殿中見神人降臨。神人對真宗說，要在正殿建道場，會降天書給真宗。真宗後來真的建道場等候，在左承天門南果得天書，群臣震動。但更多的人私下認為，這天書本是真宗偽造，是真宗為鞏固皇威所為，但當時又有誰敢多言？

真宗就是自那時起開始狂迷道教，癡信祥瑞，不理朝政。而各地百官投其所好，宋朝舉國爭現祥瑞之像，弄得天下烏煙瘴氣，百姓苦不堪言。

真宗死後，劉太后一股腦兒將什麼天書祥瑞統統隨趙恆埋葬在永定陵，雖說有些不敬之意，卻也讓天下人舒了口氣。此後，朝中都明白太后不喜鬼神祥瑞，也就無人再在太后面前提及祥瑞天書。

葉知秋知曉這些事情，更奇怪劉太后為何主動提及天書一事。

劉太后似看出葉知秋的疑惑，歎道：「先帝之物，吾多數將它葬在永定陵。可惟獨有一物，吾留了下來。可每次看到那東西，又總覺得傷感，因此將那物塑在大相國寺的彌勒佛像內，每次拜祭，想著先帝遺物在此，也是聊勝於無。」

葉知秋為難道：「臣當竭盡所能。可那物到底什麼形狀呢？」

劉太后沉默許久，緩緩道：「那物如同小孩的拳頭大小，是黑色圓形。它上面寫著兩個篆字，叫做五龍！」

葉知秋滿腹疑惑，暗想五龍到底是什麼東西？要是重要的話，為何太后將它塑起來？可若不重要，

太后為何這般慎重？但太后既然不說，葉知秋就只能找，不能問，恭聲道：「臣已清楚一切，務必將那賊人緝拿歸案，將五龍完璧歸趙。」

劉太后淡淡道：「那五龍定要想辦法取回來，至於誰拿了五龍，你就殺了誰，不必帶回來了！」

第十章 寧 鳴

狄青回轉牢房的時候，倒有些出乎意料。讓狄青意外的事情太多，龐籍竟然會為他說話，羅崇勳這個大太監竟奈何不了個小禁軍，開封府的大老爺，對他竟也頭疼。

當然最讓狄青意外的是，他激於義憤回轉救了瘋子打傷了馬中立，卻沒有想到所救的瘋子竟然是八王爺！這是福是禍，他想不明白。但他多少明白一點，八王爺對他不賴，最少可以為他作證。

一個八王爺說的話，比一萬個朱大常的證詞都管用。有八王爺作證，只怕馬季良也不敢亂來。可八王爺為什麼會為他這個不起眼的禁軍作證呢？他不怕得罪太后嗎？八王爺到底是不是瘋子？狄青不明白。

更讓狄青想不明白的是，程琳這一個押後處理，竟然押後了半年。

這半年裡，開封府沒有對狄青一案定論，狄青也就只能待在牢中。夏去秋來，秋去冬來，牢中一日冷似一日，幸好狄青還有朋友，張玉每次前來，都是抱怨連連，好像坐牢的是他張玉。開封府就這麼拖著，張玉能有什麼辦法？反倒是狄青安慰張玉，讓兄弟放寬心。郭逵有一日帶來了過冬的衣服，嘴上不說，但狄青已明白，只怕這個冬天，他都會在牢中度過了。

什麼時候會出獄，狄青已不再太過期盼。牢獄中，他心中少有的寧靜。幸好他還有個五龍。那五龍中好像蘊藏著一個極大的祕密，狄青翻來覆去地看，始終看不明白。紅龍也再沒有出現。狄青卻知道，不是幻覺，可祕密究竟在哪裡呢？

這一日，狄青期望到了絕望的時候，牢門響動，有獄卒進來道：「狄青，去府衙，定案了。」狄青大為錯愕，跟隨獄卒到了開封府衙。一路上，才發現京城已落雪，雪花飄飄，開封府衙頗有些冷意。

開封府衙外，和那飄零的雪兒一樣冷清，昔日那些百姓都已不見。他們顯然和狄青一樣，並不知道狄青一案什麼時候了結。

狄青到了開封府大堂，發現只有兩個衙吏懶洋洋地站著，開封府尹程琳坐在公案之後，鬍子依舊稀稀落落，龐籍在一旁站著，還是愁容滿面。

狄青心中惴惴，堂前跪倒。程琳道：「狄青，你冒用衙役之名行事，再加上毀人柴車，你可知罪？」

狄青心道：怎麼扯到這裡來了？為何不問馬中立一事？不得不答道：「小人的確有錯。」

程琳沉吟道：「你雖冒用開封衙役之名，好在並未造成什麼嚴重的後果。但打架鬥狠，不能輕饒。按例嘛，罰你增用五年磨勘，然後陪給那損失柴車的老漢一兩銀子，即可出獄，不知你可服罪嗎？」

狄青眨眨眼睛，一時間不知如何應對。罰五年磨勘的意思就是，狄青在五年內不得升職，狄青對此倒沒放在心上。一兩銀子，他也拿得出，可這種判罰，簡直驢唇不對馬嘴！他打傷了馬中立又怎麼算？

程琳見狄青不語，皺眉道：「你不服判罰嗎？」

狄青喏喏問道：「我交了罰金，就可出獄了？」

龐籍一旁道：「正是如此。」說罷他和程琳交換了目光，都看出彼此的無奈和疲憊之意。

他們到底為何無奈，難道是因為狄青而疲憊？狄青已顧不得多想，大叫道：「我願意！」

交了罰金，領回原先的衣物。狄青孤零零地走出了開封府的大獄。

他莫名其妙進來，又莫名其妙離開。進來的時候，柳樹依依，出來的時候，那伶仃的枯枝上，已壓了厚重的雪。哈氣成霜，好冷的冬！

狄青忍不住搓搓手，跺跺腳，才待舉步，突又止步。前方孤單的站著一人，虯髯染霜，顯然在風雪中立了很久，正含笑的望著他。

狄青喜意無限，奔過去道：「郭大哥，你怎麼來了？」

郭遵上下看了狄青一眼，說道：「出來了就好。」拍拍狄青的肩頭道：「這件事，你沒有做錯。」

狄青鼻梁酸楚，一股熱血湧上心頭。他被馬季良等人冤枉沒什麼，他被那白衣女子誤解也算不了什麼，可郭大哥理解他，反倒讓他慚愧無地。「郭大哥，我總是給你添麻煩。」

郭遵吁了口氣，笑道：「你我是兄弟朋友，何必說這些呢？我知道你有很多疑惑，邊走邊說吧。我還要帶你去見一個人。」

狄青有些不解要去見誰，可郭遵就算讓他跳火坑，他也會跳下去。

郭遵沒有讓狄青跳火坑，二人並肩踏雪而行。雪凝成了冰，碎成屑，咯吱咯吱地響著，彷彿狄青此刻的心情。

「我知道你一定很奇怪，為何就這麼出來了？怎麼沒有人提及馬中立一事？」郭遵目光深邃，望著牆角臘梅。

狄青忙點頭道：「是呀。他們沒有道理放過我的。」

「他們是不會放過你，所以你以後要小心。」郭遵淡淡道：「但眼下不同了，馬中立竟然打傷了八

王爺！如果重判了你，那馬中立就是死罪！這點他們想得清楚。」

狄青終於明白過來，那馬中立嘴角帶著若有若無的笑，「所以他們只能讓開封府草草結案，一切都是大事化小？」

郭遵嘴角帶著若有若無的笑，「你說的不錯。你是打架鬥狠的罪名，傷人是無心之過。所以馬中立也是打架鬥狠，無心傷到八王爺。你被關了半年，他一直躺在床榻上，這件事只要八王爺不追究，太后不再過問，就會這麼算了。」心中暗想，這種處置是在意料之中。可奇怪的是，八王爺為何會為狄青做證人呢？

狄青歎口氣，「我現在終於明白了權力的妙處……」他還想再說什麼，但已無話可說。

「狄青，你錯了。」郭遵停下腳步，轉身望著狄青，目光灼灼，「在這裡，權力並不能一手遮天，就算是太后，也不能隨心所欲。因為這京城，還有正直之士。你這件事做得沒有大錯，因此只要秉公處理，你就能無礙。但你若真的錯了，沒有誰能救得了你！」

狄青喃喃道：「可秉公處理四個字，說起來容易，要做到絕非易事。」

「郭大哥，你是帶我去見正直之士嗎？」

郭遵眼中滿是欣慰，「你一點不笨。我帶你去見的那人，叫做……」話音未落，只聽到噹的一聲大響，有鑼聲傳來。那鑼聲極響，不但打斷了郭遵的話，還震得枯枝上的積雪簌簌而落。

郭遵目光一凝，已定在遠處的一頂轎子上。狄青也望著那轎子，滿是錯愕，他從未見過那種奇怪的轎子。可與其說那是一頂轎子，還不如說那是一張床，因為那轎子沒頂蓋，轎子也絕對沒有那麼寬大。

但那也可以說是轎子，因為誰見過有人抬著一張床走在大街上？

長街盡頭處，突然現出了八個喇嘛，八個喇嘛手持巨鈸，每走十來步，就會齊敲巨鈸。方才那聲大

響，就是八面巨鈸共擊發出的聲響，怪不得震耳欲聾。

那八個喇嘛之後，又有十六個喇嘛抬著那奇怪寬廣的轎子。轎子上只坐著一人。那人也是個喇嘛，可裸著半邊身子，雖有些削瘦，但肌肉如鐵。寒風冷雪中，那人渾身上下竟還冒著若有若無的熱氣。番僧嘴大、頭大、鼻孔朝天，驀地一看，好像那鼻孔竟然比鼻子還要大。

狄青見了，只覺得這個喇嘛有著說不出的怪異。堂堂汴京，這些喇嘛怎麼如此囂張？狄青也在京城多年，真沒有看過這麼詭異囂張的喇嘛。

「郭大哥……」狄青本想問問這喇嘛的來歷，突然發現郭遵臉色竟變得極為難看，眼中更是露出分警惕和追憶之意。狄青一凜，下面的話卻已問不下去。

那些喇嘛看似走得慢，可片刻之後，已到了郭遵、狄青的身邊。天降寒雪，寒風凜冽，長街上本沒有行人，就算有人，見到這聲勢，也早早的閃到一旁。郭遵帶著狄青退後了兩步，還是沉默無言。那轎子上的喇嘛突然哼了一聲，本是微閉的眼睛突然向郭遵望過去。

那眼眸竟是碧綠色的。

狄青只覺得那眼眸中似乎藏著無窮無盡的祕密，差點被那目光吸引。郭遵上前半步，擋在狄青的面前。狄青的目光被隔斷，竟打了個寒戰，一時間不明所以。轎上那喇嘛盯著郭遵片刻，那轎子不停，漸漸去得遠了。

可那喇嘛目光的深邃和意味深長，似乎冰雪難斷。那轎子消失在長街的另一頭後，郭遵這才收回目光，冷哼一聲，喃喃道：「是他嗎？他怎麼會來這裡？

狄青不解道：「郭大哥，那個喇嘛什麼來頭？」

郭遵搖搖頭，「你不用知道。可你以後莫要去惹這個人。」他口氣中滿是戒備之意，又像是追憶著什麼。突然聽旁邊有一人道：「唉，成何體統。」郭遵望過去，見有一文士模樣的人搖搖頭，上了酒樓。郭遵目光閃動，對狄青道：「去酒樓喝幾杯吧。」狄青見郭遵不答，也不好追問，跟隨郭遵上了酒樓。

樓外冰凝雪冷，樓內卻是溫暖如春。酒樓大堂處，早有喝酒的酒客議論紛紛，郭遵並不理會，逕直上了二樓。

狄青上到二樓，見有一人坐在靠窗近長街的位置，不由眼前一亮。那人衣著簡陋，洗得發白。因背對這裡，狄青看不到他的面目。

狄青發現那人是個真正酒客，因為只有真正的酒客，才會著水晶鹽喝酒，他們不想讓別的味道干擾到品酒的興致。那人絕不窮，因為那碟水晶鹽很不便宜。可從他衣著來看，又像是個窮書生。這到底是個什麼樣的人呢？狄青心中想，這就是郭大哥要帶自己見的人嗎？這人會有什麼能力呢？

那人只是望著長街，他雖稍胖，但背影滿是孤獨。郭遵正待舉步，突然見那人拿起桌上的一根竹筷，輕敲青瓷碟邊，發出叮叮噹噹的聲響。那聲音雖遠不及張妙歌的琴聲動聽，卻自有風骨。

郭遵竟然止步不前，靜靜的聽著那聲響。狄青大惑不解，不知道郭遵到底搞什麼名堂。

這時那人喃喃念道：「人世無百歲，屈指細尋思，用盡機關，徒勞心力。年少癡，老成憔悴，只有中間經年，春風得意，忍把浮名牽繫？」等念完後，又喝了口酒，輕歎口氣，似有什麼為難之事。他聲音暗啞，如飽經滄桑。那人聲音雖低，但郭遵、狄青都聽得清楚，郭遵滿是悵然，若有所思。

狄青聽了，竟然聽得癡了。只覺得悲從中來，恨不得立即大哭一場。他自幼喜打架鬥狠，少讀書，

只是娘親對他期冀很高，教他識字，因此狄青也不算大字不識。但若論文采，那是馬尾串豆腐——不用提。

但他懂得那詞中之意，因為那詞，只有心苦的人才會懂。那人是說，人生不過百年，年少了不懂事，年老了又太懂事，只有中間那意氣風發的時候不錯，可惜又要追逐名氣，耽誤平生。年少癡，老成憔悴，只有中間經年，春風得意，忍把浮名牽繫！不過淡淡數語，卻說盡了彈指人生，狄青幾欲落淚。

郭遵雖也被牽動往事，但畢竟還記得來意。才待舉步走過去，先前那上樓的文人已到了那人的身前，微微頷首道：「希文兄相邀，不知有何見教？」

那吟詞之人站起來作揖道：「宋大人肯移步前來，下官不勝感激。」

宋大人擺手道：「今日只論詞品酒，不談公事。不知希文兄讓我前來，是否想要和我一道踏雪尋梅呢？」

希文兄改口道：「宋兄雖不想談國事，但實不相瞞，在下這次請你前來，正和國事有關。」

宋大人臉色微變，希文兄又道：「宋兄可記得『為臣不忠』四個字嗎？」宋大人怫然不悅道：「原來希文兄招我前來，只想羞臊於我？」

狄青聽不明白，又望向郭遵，見他側耳傾聽，不好詢問，也只好耐著性子聽下去。

希文兄搖頭道：「非也，在下只覺得自己『不忠』而已。」

宋大人臉色陰晴不定，半晌才道：「希文兄何出此言？」

希文兄為宋大人滿了一杯酒道：「宋兄當知道幾日後郊祀一事？

宋大人道：「眼下朝中文武盡數知曉此事。聖上、太后祭拜天地，為天下祈福，國之幸事。」

希文兄淡淡道：「宋兄真的如此做想？」

宋大人皺眉道：「希文兄的意思是？」

希文兄道：「若真的如宋兄所言，的確是國之幸事。但宋兄當然知曉，聖上這次竟然如長寧節那時一樣，要帶著文武百官到會慶殿為太后祝壽，然後再去天安殿接受朝拜。」

宋大人緩緩道：「這個是聖上的一片孝心，似乎……似乎……」他本待要說些什麼，可見到希文兄直視他的雙眸，臉上露出愧疚之色，竟說不下去。

希文兄問道：「似乎什麼？宋兄怎麼不說下去？想天子有事親之道，無為臣之禮；有南面之位，無北面之儀。若奉親於內，行家人禮可也！可聖上和百官一起，向太后朝拜，虧君體，損主威，不可為後世法。長此以往，天下之亂不遠矣！」

希文兄雖尚平靜，但口氣已咄咄逼人。

狄青聽得一頭霧水，心道，這二人應該在議論太后和小皇帝的祭天一事，皇帝要在祭天時去會慶殿給太后拜壽，這個希文兄為何不贊同呢？希文兄說什麼天下之亂不遠，倒有點杞人憂天了。

宋大人已冷笑道：「希文兄對我說此何用？難道想讓我去說說聖上的不是？」

希文兄哂然道：「在下的確是有這個念頭。」

宋大人哈哈一笑，「那希文兄又要做些什麼事情呢？難道只想逞蘇秦之口舌嗎？」

希文兄緩緩道：「在下今日之語，已在昨日上呈給兩府。」

宋大人一滯，臉現羞愧之意。希文兄道：「今日請宋兄前來，非想強人所難，只請宋兄念及當日

『為臣不忠』一事，能幡然省悟，洗刷前辱，則天下幸，朝中幸。在下自知無倖，但觀滿朝文武，無人領言，今捨卻浮名，被貶無疑。在下只求能以片言驚醒朝中有識之士，雖死無憾。」

那希文兄言辭已漸慷慨，擲地有聲，宋大人好似羞愧，半晌無言。不知過了多久，宋大人終於道：

「希文兄，我倒想給你講個故事。」

希文兄已恢復平靜，說道：「宋兄請講。」

宋大人道：「林木繁茂，有鳥藏身其中。獵人經過時，百鳥肅然，不發言語。可一鳥不甘寂寞，嘰喳喳，卻被那獵人發現了蹤跡，一箭射過去，是以殞命。那鳥兒不想多言會遭此禍患，它若是和其它鳥般沉默，或許也能得享天年，希文兄，你說是不是？」

希文兄歎口氣道：「多謝宋兄提醒。但在下寧鳴而死，不默而生！」

那聲音雖是低沉，郭遵聽了，虎軀一震，眼中已露出敬仰之意。狄青雖不明所以，但聽那聲音鏗鏘有力，擲地有聲，不知為何，胸中也有熱血激盪。

寧鳴而死，不默而生！那八個字剛勁鋒利，刺得宋大人臉色蒼白，刺破了酒樓中難言的沉寂，刺醒了那意氣風發的無知之夢。

風冷聲凝，樓上已靜寂無聲。只有那雪靜悄悄地飄著，如同那孤獨的背影，無言——但執著如冬。

宋大人眼中終於有了尊敬之意，他似被那八個字激盪了情懷，沉吟良久終道：「希文兄不會孤單！」他說完這句話後，乾了杯中酒，起身下樓。

希文兄並沒有攔阻，也沒有相送，只是又歎了聲，端起杯中酒，沉默下來。郭遵這才走過去抱拳

道：「范大人，郭遵有禮了。」

希文兄聞言，轉過身一望，嘴角浮出笑容，「原來是郭指揮使。」看了一眼郭遵身邊的狄青，希文兄道：「這就是狄青嗎？」

狄青這才看到了希文兄的一張臉。那臉白皙非常，但多少有些沉鬱，眼角已有了皺紋，寫滿了艱辛。狄青看到希文兄的第一眼，就覺得此人很孤單寂寞，但當看到那人的雙眸，狄青卻發現自己錯得厲害。

那雙眼眸明亮執著，溫柔多情，讓人望見後，突然會發現，原來這多情的人之所以愁苦輕歎，絕非為了自身。他不需要別人的憐憫，因為他在憐憫著世人。

郭遵已道：「范大人所料不錯，他就是狄青。這次他能出來，還要多謝范大人上書直言，為狄青鳴冤。」狄青愣住，呆呆地望著范大人，有些不敢相信。這樣的一個人，和他素不相識，竟然不怕得罪太后，為他鳴冤？

范大人笑笑，「指揮使，你不該謝的。這是本分之事罷了。」

郭遵目露激動，「若天底下都如范大人這樣……」

范大人擺擺手，打斷了郭遵的話，提起酒壺滿了三杯酒道：「今日一別，不知何時再見，薄酒一杯，後會有期。」他乾了杯中酒，點頭示意，已向樓下走去。郭遵端著那杯酒，揚聲道：「范大人，風屬雪冷，請多珍重！」

范大人點點頭，下了樓，去得遠了。郭遵頹然坐了下來，眉頭緊鎖。狄青這才有空問道：「郭大哥，這范大人到底是誰？剛才他們在說什麼呢？」

郭遵回過神來，將杯中酒一飲而盡，解釋道：「方才那范大人叫范仲淹，眼下為祕閣校理。那個宋大人叫宋綬，本是朝廷的翰林學士。」

狄青將范仲淹之名牢牢記住，忍不住道：「祕閣校理的職位比翰林學士差得多，可看起來，宋綬對范大人很是……尊敬？」他一時間找不到合適的詞語，感覺范仲淹反倒像是宋綬的上司。

郭遵凝視狄青道：「你要明白一點，想要得到別人的尊重，不能靠權勢和官位，而是看你的為人。權勢和官位只能讓人畏，卻不能讓人敬！」

狄青默默地咀嚼著郭遵的話，若有所悟。

郭遵自斟了一杯酒，又道：「范大人雖官職低微，但在京城中，是個讓很多人敬重的人。若讓我評價范大人，我只能用八個字來形容，『心憂天下，敢為人先！』」郭遵很少評價人，可說及范仲淹的時候，眼中已有尊敬之意。

心憂天下，敢為人先！狄青聽到這八個字，良久才道：「郭大哥，這人真的值得這評語嗎？」

郭遵端著酒杯，望著飄雪，良久才道：「他本叫朱說，范仲淹是他後來自己起的名字。他父親早死，母親因是妾身，被爭家財的范家人趕出家門，改嫁到了朱家。我聽說他那時過得極為貧寒，冬日時，靠熬稀飯度日，他每日將稀飯凍起，劃成四塊。每日兩餐，每餐就以兩塊為食。在先帝在時，他就通過科舉考試，成為進士，自此從後，愧於改姓，前往應天府求學。他自幼好學，等知道自己真正的身世政。然後他把母親接過來贍養，並改回范姓，自立門戶。」

狄青感慨道：「范大人意志之堅，讓人敬佩。」

郭遵落寞的笑笑，「這樣的一個人，就算是有點憤世嫉俗，我想也是情有可原。可此公雖幼年不

幸，多遭磨難，但從政後，反倒清廉如水，救濟天下。只要是遇到了不平事，無論對手是誰，都要抗爭到底。因此他雖有大才，但在官場沉浮，始終難以被朝廷重用。他被貶到泰州時，見海堤失修，就領人修了數百里的海堤，讓成千上萬的百姓免於流離失所。他到應天府教學，接濟貧苦書生無數，自己終年只穿著一件衣衫。他雖官職低微，但遇不平則鳴，絕不默生。就說你這件事吧，很多人雖知道你是冤枉的，但真正敢為你上書得罪太后的，朝中只有他一人！」

狄青心情激盪，後悔道：「我方才忘記謝他了。他好像也有很為難的事情，方才對宋綬說什麼『為臣不忠』，又是什麼意思呢？」

郭遵解釋道：「當年太后初政，佞臣丁謂大權獨攬，將政敵名臣寇準、李迪悉數罷免，貶出京城。丁謂命令當時的知制誥宋綬起草貶官詔書，那時滿朝文武都屈服在丁謂的淫威之下，宋綬也不例外。宋綬雖知道寇準、李迪是忠臣，但詔書上卻斥寇準為『為臣不忠』，給李迪的評語是『附下濟惡』。宋綬自詡清正，這件事可以說是他一生的痛處。范公提及『為臣不忠』一事，並非想揭宋綬的傷疤，多半是想勸宋綬，上次他沒有堅持，留下一生的遺憾，希望他這次能堅持。」

狄青不解道：「范大人就是想宋綬勸皇上莫給太后祝壽嗎？這好像也沒什麼呀？」

郭遵四下望了眼，見身邊沒什麼酒客，這才壓低聲音道：「狄青，你很多事情不明白的。如今太后雖垂簾，但天子已成年。很多人都希望太后早些還政給天子，但太后好像根本沒有這個打算，很多人私下議論，太后自己想做皇帝。」

狄青一凜，記得當初張玉在西華門所言，恍然道：「所以太后寧死不用寇準，只用親信，是在為篡位做準備嗎？」

郭遵歎口氣，「太后到底會不會篡位，誰都不清楚。但這幾年來，太后出遊，均是用天子的玉輅，朝拜規格，也愈發的向天子禮儀靠攏。過幾日就是朝廷冬日祭祀，天子要帶群臣先去給太后祝壽，然後再祭祀，無疑又把太后凌駕在天子之上。太后得寸進尺，一步步的試探群臣之意。范公只怕太后篡位，天下大亂，所以上書反對此事。如今朝廷失言，只有此公敢為人先。我帶你前來，其實就想讓你和他多說幾句話。」

狄青省悟過來，「郭大哥只怕我意志消沉，所以想用范公之事鼓勵我？」他這才明白郭遵的良苦用心，心中大為感激。

郭遵笑笑，心道，狄青終於長大了，唉，只希望他以後，能少受些苦。二人各有所思，狄青又盡了一杯酒，感動道：「我過幾天，一定要去范公府上拜謝。這樣的人，值得我敬。」

郭遵搖頭道：「不用了，我想他很快就要離開京城了。」

狄青一驚，「為什麼？」

郭遵悵然道：「你難道方才沒有聽宋綬說，出頭的鳥總是先死。范公這次上書反對天子帶文武百官給太后祝壽，只怕不用兩日，他就要被逐出京城！他方才唱『忍把浮名牽繫』之時，我已明白了他的用意。」

狄青震驚道：「你是說，范公明知要被貶，可還要上書？」突然想到范仲淹臨別說過，「今日一別，不知何時再見。」狄青終於明白了，可心中驀地酸楚，為那孤獨的背影。

「是呀，這就是范仲淹，好一個范仲淹！」郭遵放下空空的酒杯，輕敲著桌案歎道：「這種人，你應該見上一面的，因此我今日就帶你來了。」他起身放下些碎銀，已舉步向樓下走去。可不等下樓，有

一禁軍急急奔來，見到郭遵，大喜道：「指揮使，你果然在這裡，太后急召你入宮。」

郭遵愕然，不知太后宣召何事。回頭對狄青道：「你先回去，我去宮中。」狄青點頭，見風雪漫

路，目送郭遵離去後，轉身舉步向郭府的方向走去。他喝了些酒，借著酒意，回想方才在酒樓的一切，

一會兒心情激盪，一會兒愁腸百結。

他本是鄉下少年，本性善良，仗著些本事，碰到不平之事，總喜歡管管。後來幾經磨難，性格已經

變了很多，多少有些憤世嫉俗，自怨自艾，但今日知道范仲淹的往事，突然想到，范大人屢經磨難，還

是心憂天下，自己有什麼理由自暴自棄呢？

一想到這裡，狄青已振作起來，見風雪撲面，不覺寒冷，反倒豪興大發。借著酒意敞開了胸膛，高

聲吟道：「人世無百歲，屈指細尋思，用盡機關，徒勞心力！年少癡，老成憔悴，只有中間經年，春風

得意，忍把浮名牽繫？」狄青不喜文，卻喜這詞的蒼涼意境。踏雪正歸時，途經一巷子旁，風雪塞路，

突然見巷牆那面有棵大樹，上面掛著個風箏。

風箏做工精細，上面畫著一鳥，羽翼華麗，鳥喙為紅色，兩翅又有紅黃色的翼斑，在這一片蒼白的

京城中，顯得頗為明豔。狄青第一眼見到那鳥兒，就喜歡上它了，雖然他還不知道風箏上的那鳥叫什麼

名字。

這並不是放風箏的季節，可為什麼會有風箏落在樹上？狄青突然想到，這種天氣卻來放風箏，這人

倒和風箏一樣的寂寞。不再多想，狄青已準備翻牆上樹摘下風箏，正要有所舉動，突然聽到有女子聲音

道：「喂，你幫我們取下風箏好不好？」

狄青回過頭去，心頭一顫，只見巷子那頭站著兩個女子。發話那人是個丫環，那丫環旁邊站著個女

子，正訝然的望著自己。那女子身著白裘，膚白瑩玉，那漫天的雪花如花瓣般在那女子身邊旋舞，襯著那如畫的眉目，黑白分明的眼眸，有如潑墨山水，妙奪天工。

狄青半响說不出話來，不想竟然還能見到這女子。這女子不是旁人，正是他在天王殿旁偶遇的那女子。

那女子先是訝然，後是欣然，喜道：「你……你出來了？原來……」驀地臉上一紅，才想到自己和狄青其實並不熟識，隨即收口，至於「原來」什麼，卻終究沒有再說了。

狄青喏喏道：「才出來沒有多久。」他突然有些自慚形穢，覺得自己不配和女子說話。這女子如此高雅，自己不過是個禁軍，還入過牢獄，再說當初她們還認為自己不過是個和旁人爭風吃醋搶女人的渾人，自己當初還撞傷過這女子，女子臉紅，是不是後悔和他說話？

想到這裡，狄青扭頭想走，那女子叫道：「狄青，你等等。」

狄青止步，半响才回頭想道：「你怎麼知道我的名字？」

那女子又有些臉紅，垂頭不語。丫環道：「這京城裡還有不知道你名字的人嗎？一個尋常禁軍，竟然為了女人，將皇親國戚打成重傷。」

那女子低喝道：「月兒，別瞎說。」抬頭望向狄青道：「狄青，她是和你說笑，你莫要見怪。」

狄青自嘲地笑笑，「我有什麼資格見怪別人呢？這位姑娘，若沒有別的事情，我就先走了。」當初那種初見的驚豔，再見的誤解，又見的茫然，均在這一笑中化作雲煙。

那女子見狄青要走，忙道：「你能幫忙取下那風箏再走嗎？那樹很高，我取不下來。」

狄青看了眼風箏，問道：「你做的風箏？」見那女子點頭，狄青不再多說，小跑了幾步，一腳踩在

牆上，飛步而上，再是一躍，已抓住根枯枝，立在牆頭。那牆足有丈許，狄青竟能輕鬆而上，也為自己身手這般敏捷感到詫異。同時有些奇怪，他這般用力，腦海竟然毫無痛楚。折磨他多年的頭痛病，難道說在牢獄中大半年，竟變好了？

手心熱辣辣的痛，狄青才發現只顧得上牆，竟被樹枝刺傷了手。可這點小傷對狄青來說，實在不值一提，小心翼翼地攀到樹上，費了半天氣力，這才取下了纏在枯樹上的風箏。狄青從樹上躍了下來，伸手將風箏遞給那女子，道：「給你。」

女子才要接過風箏，秀眸一轉，突然掩住了口，道：「你的手出血了！」她晃了幾晃，看似要暈倒的樣子。狄青急忙一把扶住她，「你沒事吧？」突然覺得有些不妥，見那丫環瞪著自己，慌忙鬆開手道：「她⋯⋯你快扶住她。」

丫環冷哼一聲，扶住了那女子道：「小姐，這裡冷，我們回去吧。」

女子望向狄青道：「多謝你了。」見到狄青手上還有血，突然道：「你手上有傷，要包紮一下。」說罷不顧丫環詫異的目光，不等狄青拒絕，已取出一方絲絹，拉住狄青的手，垂頭為他包紮傷口。

狄青低頭望去，只見到那如墨的黑髮披落在那如雪勻細的脖頸上，心頭微亂，扭過頭去，不敢再看。只覺得身邊那女子吐氣如蘭，稍有些冰涼的手指和那柔軟的絲帕觸摸在手掌，讓狄青有種凝立崖壁的顫慄。

不知過了多久，那女子終於如釋重負道：「包紮好了。」狄青忙道：「天冷，你快回去吧，別著了涼。」

那女子嫣然一笑，從丫環手上接過風箏，盈盈道：「謝謝你。還有⋯⋯謝謝你的花兒。」她說罷，

白玉般的臉上湧上絲絲紅暈，終於轉身離去。

狄青想要挽留，卻沒有藉口，突然恨自己口拙，見到那風箏時，心中一動，叫道：「姑娘，這鳥兒叫什麼名字呢？」說完後，就有些後悔，後悔為何不問那女子的名姓。可一句話問出去，有如洩出了全身的氣力，再也問不出第二句來。

那女子身形微凝，背影都像有了羞澀，說道：「這鳥兒……叫做……紅嘴玉。」

狄青呆呆地望著那女子的背影，喃喃道：「紅嘴玉？這名字不錯。」說完其實也知道自己想什麼，但再沒有搭訕的勇氣。不知過了多久，這才感覺周身泛冷，不由得打了個寒戰，發現自己身上早就堆滿了積雪，有如雪人一般……

第十一章 暗 流

郭遵並不知道太后找他何事，可腦海中不由想起方才長街上過去的番僧，暗想道：藏邊極為神祕，那裡的藏密高手，自己也聽說過幾個。聽說吐蕃王咴廝囉能夠逃脫吐番僧李立遵的掌控，就是仗著三個藏密高手。眼下咴廝囉異軍突起，勢力不容小窺，主要是有善無畏、金剛智和不空這三位藏密高手相助。方才從長街上過去的，好像就是咴廝囉的手下不空。但咴廝囉勢力方興，為何要派人前來汴京？看不空的聲勢，竟似和朝廷打過招呼，不然禁軍早就過問了。太后宣自己入宮，難道說是與這個不空有關嗎？

正尋思間，羅崇勳已走過來，尖聲道：「郭遵，你來了。」

郭遵含笑道：「不知供奉大人有何吩咐呢？」

羅崇勳上下打量著郭遵道：「都說你現在可稱得上是汴京禁軍第一高手，也不知道是真是假？」

郭遵不卑不亢道：「第一高手之稱，如何敢當？供奉大人說笑了。」

「可二十多年前，你還是個尋常的宮中侍衛。」羅崇勳唏噓道，「一晃過了這麼多年，先帝的御前侍衛剩下不多了。你這等功夫，還不過是個殿前指揮使，真的屈才了。若是……」故作沉吟，斜睨著郭遵，羅崇勳靜等郭遵詢問。

郭遵果然問，「若是什麼？」

羅崇勳淡淡道：「若是你能為太后多做些事情，就算統領兩廂，在三衙做個官兒，也是輕而易舉

呀。」

郭遵笑道：「下官這點能耐，若入了三衙，可要被人笑掉大牙了。」岔開話頭道：「不知太后召下官前來，有何吩咐呢？」心中暗想，羅崇勳示好，是太后的意思，還是他自己的意思？若是他的意思，要提防他暗地下刀子。若是太后的意思，羅崇勳搖搖頭，眼中閃過憤怒，暗想道：這個郭遵，真的不想讓位給天子了？

太后催問，郭遵何時能到？」

羅崇勳尖聲道：「急什麼，這不來了嗎？」扭著屁股前頭先行，等入了長春宮，羅崇勳到了堂前，隔著珠簾跪下，恭聲道：「啟稟太后，我把郭遵找來了。」

郭遵單膝跪地道：「臣殿前指揮使郭遵，叩見太后。」

「起來吧。」簾後聲音微有嘶啞，但威嚴依舊。

郭遵緩緩起來，也不再問，反正既然來了，太后總要說出用意。劉太后簾後沉默片刻，輕聲道：「郭遵，自從先帝駕崩後，我就很少見你了。這幾年來，你東奔西走，為國盡力，也很辛苦。」

郭遵回道：「此乃臣本分之事。太后操勞政事，才是真正的辛苦。」

劉太后突然歎了口氣，「我是真的累了，可天子還不懂事呀。」

郭遵琢磨不透劉太后的心思，謹慎道：「但天子畢竟已可處理政事，太后若想讓聖上磨練，現在也是時候了。」

劉太后又沉默下來，許久方道：「唔，斯囉派個手下來汴京，那人叫做不空。」郭遵暗道：街上遇到的那番僧果然是不空！太后終究不肯談論還政於天子一事。

劉太后又道：「眼下西平王趙德明垂暮，但趙元昊野心勃勃，最近做了不少大事，已成了朝廷的隱患。但前段日子，趙元昊對吐蕃開戰，和唃廝囉僵持不下……」

郭遵知曉西平王趙德明，更聽說過他的兒子趙元昊！當郭遵聽到趙元昊三字時，心中微凜，說道：「曹瑋將軍在時，就說元昊野心極大。元昊和唃廝囉相鬥，卻是大宋的幸事。」心中卻想，這和不空來汴京有什麼關係？

如今天下數分，除大遼北疆控燕雲十六州和大宋分庭抗禮外，西北邊陲也是戰事頻繁，隱患由來已久。當年宋太祖立國後，為求一統江山，免樹立太多強敵，抱著「先南後北」的戰略，承認黨項族首領拓跋思恭後裔李彝興為西平王、定南軍節度使的割據地位，以換取他的臣服。拓跋思恭當年在唐朝平叛有功，後人被賜姓李，歸附大宋後，又被賜姓趙。

宋初二十年，大宋為了統一大業，扶植夏州黨項牽制北漢，結果北漢被滅後，夏州黨項族卻羽翼豐滿，成為宋朝的心腹大患。黨項先後立李光睿、李繼筠等人為主，到李繼捧的時候，因為此人缺乏能力，眼看黨項就要被宋朝所收服。沒想到李繼捧的族弟李繼遷橫空殺出，硬是在漠北建立起根基，再和大宋對抗。後來又經李繼遷之子李德明的苦心孤詣，擴充了黨項的勢力，等李德明之子元昊即位後，更顯出勃勃野心。

這些年來，德明雖是老矣，但元昊卻開始四面征伐，時不時的還在宋境的西北挑起爭端，已成大宋隱患。但劉太后顯然還不重視對這父子，口氣中滿是輕蔑，稱呼這父子趙姓。那意思就是，德明父子不過是大宋的賜姓家奴罷了。

劉太后沉默片刻，又道：「吩嘶囉雖與元昊暫能抗衡，但覺得元昊銳氣正酣，是以想投靠我朝，希望我大宋出兵夾擊元昊，說若能擊敗元昊，只請朝廷封賜瓜州、沙州兩地，不知道你有何看法？」劉太后雖詢問，心中卻有個疑惑，瓜、沙兩州土地貧瘠，荒蕪人煙，吩嘶囉為何只要這兩地呢？

郭遵謹慎道：「臣不過是個殿前指揮使，不敢妄議政事。這些自有兩府定奪。」

劉太后簾後道：「宰相、參政還有樞密使都說朝廷不適宜出兵夾擊元昊，讓他們自相殘殺好了，我朝正可漁人得利。」

郭遵心道，那你問我幹什麼？可知道太后找他前來，肯定另有緣由，附和道：「兩府說的大有道理。」

劉太后良久才道：「可若不出兵，又想讓吩嘶囉賣力，只憑賞賜封侯只怕還不夠。」

郭遵皺眉道：「難道說……他們還有別的要求嗎？」

劉太后緩緩道：「你一猜就中。他們還想要——五龍！」

郭遵身軀一震，臉色微變，「他們要五龍何用？」他那一刻，眼中神色極為怪異，似追憶，又像是驚凜，還帶著無邊的困惑。

劉太后喃喃道：「我也很想知道他們要五龍做什麼用，先帝的御前侍衛還知道五龍的人，也就只剩你一個了。因此，不空來了，你可在旁聽聽。或許可以打探出些端倪。」略作沉吟，劉太后已道：「召不空入宮。」

不空這次倒是走進來的，抬轎的那些喇嘛，當然都被擋在宮外。郭遵立在珠簾一旁，見不空緩步走來，不知為何，心口已怦怦大跳。不空頭大身瘦，如同被拔出泥土的蘿蔔。那蘿蔔當然立不住，不空看

起來也是飄飄忽忽。郭遵很奇怪，總感覺這人有如浮在半空。

不空雙手結成個奇怪的印記，嘴唇微動，卻沒有聲音發出。等到近珠簾前時，這才躬身施禮道：

「佛子使者不空拜見太后。」呐嘶囉是吐蕃語譯音，中原就叫做佛子，寓意佛體轉世。

郭遵若有意似無意地隔在不空和太后之間，知道這次雖是要探聽五龍的祕密，但也要保護太后。這個不空，很不簡單，而且還是個高手，他不能不防。

郭遵見多識廣，知道密宗有三密，分為身、口、意三密。自唐初蓮花生大士從北印度入藏，傳授密宗之法，藏邊密宗高手就極為神祕。

三密要詳細來說，只怕說上幾個月也無法說清。但簡單來說，手印是身密的一種修持方法，真言可算是口密，而意密卻是一種意志力。藏密高手一直都信以手結印，口吐真言，修煉意志力就可以通神，得到神之力。

但很多人對此將信將疑，甚至認為是無稽之談，郭遵若不是年輕時碰到件極神祕的事情，也不會信密宗三密。但這時的他，寧可信其有。

眼下這個不空是否有神幫助郭遵不敢斷定，但郭遵見其雙眸神光十足，竟似有魔力，再加上不空肌肉如鐵，郭遵真不敢有半分小覷之心。

劉太后顯然也在觀察不空，良久才道：「不用多禮。」

不空不但身形如鐵，聲音也如鐵鈸相擊般尖銳刺耳，「佛子真心想和大宋世結友好，懇請宋廷出兵共擊元昊。太后說過幾日就給答覆，今日召我入宮，可是有了音訊？」他似有意又似無意地看了眼郭遵，眼中閃過絲詭異的光芒。

劉太后緩緩道：「佛子真心和大宋修好，乃天下幸事。吾已向兩府說過，決定授佛子為寧遠大將軍、愛州團練使、邀川大首領等職。過些日子，大宋還準備和你們開展茶馬交易，不知你意下如何？」

劉太后輕淡道：「佛子想和大宋修好，趙德明也這麼想的。吾不能厚此薄彼，是以準備過些日子，修書一封，勸他罷兵好了。再說，就算趙元昊不休兵，以佛子之能，要敗他也非難事。」她輕易的將要求化解，就算郭遵都有些佩服。

不空徑直問，「那出兵一事呢？」

不空眼中光芒一現，轉瞬收斂。雙手結印道：「那五龍一事呢？」

簾後劉太后的聲音有些嘶啞道：「吾倒想問一句，你們又如何知道五龍在吾手上？」

不空微微一笑，「佛子智可通神，早已知此物落在太后之手。其實那五龍本是佛子所有，真宗皇帝不過是暫借，如今用了多年，也早該還了吧。」

那五龍極為神祕，劉太后所知不多，聽不空這麼一說，一時間無從答辯。可心中不由想，他們索五龍，難道……當初毀佛像之人，不是他們？但除了這些喇嘛，還有誰想要竊取五龍呢？

郭遵突然道：「先帝已駕崩近十年了。」

不空道：「這位可是真宗當年的殿前侍衛郭遵郭大人嗎？」見郭遵點頭，不空道：「真宗雖去，但借物總要歸還，難道不是嗎？」

郭遵淡淡道：「借物當然要歸還，但如果非借，當然不用還了。先帝已擁有五龍十年，駕崩近十年，我知道佛子眼下不過三十出頭，難道說，先帝會向一個十多歲的孩子索要此物嗎？」

不空微微一笑，「此事極為玄妙，難以細言。但我想即便太后擁有此物，想必也不知道用處。」

「難道說你就知道用處了？你不妨說來聽聽，太后若看你們急用，說不定會把五龍借你們一段日子。」郭遵故作輕鬆道。

不空眼中光芒一閃，半晌才道：「此乃神之物，乃佛子和天溝通所用。」

劉太后忍不住喝道：「一派胡言！」她態度威嚴，語氣一直平緩，這時不知為何，勃然大怒。

不空歎息道：「既然太后不信，也覺得五龍無用。那就當可憐我們佛子，將此物賜予，不知太后意下如何？」

劉太后微愕，沒想到不空竟又如此恭敬。她素來頗有心機，只是在想，唵嘛囉這次特意派不空前來索要五龍，軟硬兼施，肯定有什麼不軌。這五龍自己就算不知道用途，斷然也不能給他們！當年那死鬼曾說，五龍中，有個極大的祕密，得之得天……可死鬼至死也沒有說完這句話，難道是說得之得天下嗎？若果真如此，當然不能讓出去。可若是得之得天神相見呢？那可真的見鬼了。都說佛子唵嘛囉有大智慧，他這般渴求五龍，這裡面肯定藏有驚天的祕密。

劉太后心目中的死鬼，當然就是已駕崩的真宗趙恆了。她現在心中還恨著趙恆，至於為什麼恨，只有她自己才知道！

不過女人都是如此，越是別人搶的東西，她就越想要。反之，她也不要！劉太后也是女人，當初對五龍持可有可無的態度，可自從五龍被竊後，她就總覺得不妥，這才吩咐葉知秋全力的尋找五龍的下落，這次見不空對五龍也有興致，更是好奇心起。

但劉太后根本沒有五龍，自然無法賜予。略作沉吟，對郭遵道：「郭卿家，你意下如何？」

郭遵知道太后根本沒有五龍的心意，突然道：「我早上吃飯，還剩了半碗飯。」

劉太后怔住，不空也是愕然，不由問，「那又如何？」

郭遵緩緩道：「飯放在桌上，我不吃，不代表你就可以吃下去。吃多少，那要看你的本事！」

長春宮驀地沉冷下來。

不空眼中光芒暴閃，淡淡道：「原來郭侍衛是想看看我的本事。」他緩緩上前一步，已逼近了郭遵。

郭遵也邁前一步，嘴角帶笑道：「不敢。」

二人之間的距離，已不過丈許，可誰都不再動半步。本是溫暖如春的長春宮，空氣遽然冰冷。

劉太后心中一震，本想喚侍衛進宮護駕，將不空逐出去，可心思再轉，又打消了這個念頭。她知道郭遵素來謹慎，既然出手，肯定有他的道理。而郭遵當年身為趙恆身邊的御前護衛，武功高強，劉太后當然是知道的，因此劉太后對郭遵有信心。

可郭遵一直沒有出手，只是望著不空的一雙眼。不空自從入宮後，雙手就結印不停，但此刻卻如被冰封般，再也不動。可他的嘴唇卻是不停的顫抖，似乎在念著什麼。

良久，這二人還是一動不動，可四目相投，如刀劍相碰，隱有火花。太后隔著珠簾望過去，突然腦海有些昏沉，吃了一驚。一伸手，茶杯落地，乒的一聲脆響。那響聲擊破了郭遵與不空之間的沉凝，郭遵緩緩退後一步，淡然道：「看來這碗飯，並不好吃。」

不空嘴角帶笑道：「那我下次若來，定當再討了。」他霍然轉身，大踏步的離去，竟然再也不問五龍一事。

劉太后驚疑不定，問道：「郭遵，怎麼回事？」

郭遵目露思索，回道：「太后盡可放心，他應不會再要五龍了。探尋五龍祕密一事，臣會盡力而為。」

劉太后只覺得有些疲倦，擺手道：「好吧，這事就交給你了。若有消息，立即回稟。」不空出了大內，不空大踏步的走出長春宮，面帶微笑。眾人都知道這是吐蕃的使者，也不敢攔阻。不空出了大內，轎子早就等候，那些喇嘛畢恭畢敬，如見天神一樣。四下無他人，只餘風刀雪劍，被那冷風一吹，不空臉上笑容倏滅，哇的一聲，吐出口鮮血。

鮮血紅豔，如梅花盛開。眾喇嘛均驚，齊呼道：「大師……」

不空擺擺手，已上了轎子，滿是疲憊地閉上了眼，喃喃道：「好一個郭遵，竟然有這般本事，難道說……」嘴角轉瞬帶了一絲若有若無的笑，「可如此一來，你以後……就不要想太平了。」

狄青回轉郭府的時候，天色已晚。他晃晃悠悠的在汴京古道上徘徊，如在雲端。他也不知道自己為何不想回轉，或許是覺得，還能和那女子再次相見。但直到華燈初上，他終究還是沒有見到那女子。

推開郭府大門的時候，狄青輕輕歎口氣。可身後遽然有疾風湧起，狄青一驚，喝道：「誰？」他才待轉身，就被一隻手按住肩頭。一個低沉的聲音響起，「我！」

狄青不用回頭，已聽出是郭遵的聲音，驚喜道：「郭大哥，你回來了？」回頭望過去，見郭遵臉色煞白，狄青駭然道：「你怎麼了？受傷了？」

郭遵擺擺手，緩步回到房中，取了罈酒，咕咚咕咚地喝了幾口，這才喃喃道：好厲害。

狄青一直跟在郭遵身邊，急問，「郭大哥，到底怎麼回事？你生病了？我去給你找大夫！」他才要

轉身，被郭遵一把抓住了手腕。「我沒事。今天和那番僧交了手。」

狄青滿是驚凜，「你都不是他的對手？」他實在不敢相信，以郭遵之能，也勝不了那喇嘛。

郭遵沉默半晌，「唉，不好說，但他肯定也不好受。狄青，今日見到的番僧叫做不空，是吐蕃王唃廝囉手下的三大神僧之一，你以後盡量避開他。」

狄青點頭道：「郭大哥，我記住了。」心中卻想，那番僧為何和郭大哥作對？郭大哥讓我避開番僧，多半是為我好。

郭遵心中想到，善無畏、金剛印、不空乃唃廝囉手下三大高手。只是這個不空，竟有這般意志，不知道旁人如何？那唃廝囉呢，是不是更加犀利？藏密高手，果然名不虛傳。

原來郭遵和不空雖未交手，但比過招還要危險。不空雙眸似有一種魔力，簡直可以勾魂奪魄，他以雙眸的精神力想要控制郭遵。郭遵早聽說過這種法門，今日才得相見。但郭遵本人早就意志如鋼，又兼身經百戰，雖知不空的法門，但仍凝聚精神和不空對抗。不空因無法控制郭遵，意志反受傷害，這才口吐鮮血，不敵離去。可郭遵也是覺得精神疲憊，甚至氣力都暫時無法凝聚，也駭然此人的神通。

見狄青滿是關切，郭遵笑道：「沒事了。你回去休息吧。這些日子，我要查一些事情，可能又少和你見面。對了，馬季良他們絕非善類，你要小心些。」

狄青有些擔憂郭遵，聞言道：「我知道！」

等狄青離去，郭遵長舒口氣，臉上漸有些血色。又喝了幾口酒，心中想到：太后不知道五龍的祕密，可不空顯然知道這些事情。我擊敗了不空，他肯定會知道我也有祕密。這樣一來，他多半會找我的麻煩……輕輕歎口氣，郭遵從懷中取出根笛子，望著那笛子道：不空，那我就等著你。這件事已困擾我太

久，梅雪，你可知道，我當年，也是身不由己？若不查出真相，我始終難以釋懷。

碧笛幽幽，燈下泛著綠光，映在郭遵的臉上，如庭外飄雪一般淒涼⋯⋯

清晨狄青起來後，先去看望郭遵，可發現郭遵已不見。狄青想起昨晚郭遵的臉色，難免憂心，去找郭遵一問，他竟然還不知道郭遵回轉。

狄青無奈，只能先去禁軍營。驍武軍眾人見到狄青，發出一陣歡呼。趙律卻是陰沉著臉道：「狄青，你亂生是非，又冒用開封府之名，郭指揮有令，罰你三月的俸祿，以儆效尤。」

眾人隱有不平之意，狄青知道郭遵此舉在於息事寧人，默默承受。吃虧有時候就是占便宜，狄青吃了這次虧，如能保命的話，那也算占了便宜。趙律雖冷，可還是將狄青和張玉、李禹亨分為一組。

再過幾日就是祭祀大典，京中禁軍自然全力戒備，狄青三人被分到五丈河附近巡邏。三人說說笑笑到了五丈河附近，天下數十年平安無事，朝廷養了這麼多禁軍，不過是為萬一，說是巡視，其實也無甚大事。幾人找個避風的地方躲著，抱著膀，縮著腳。狄青抬頭望天，見空中飛鳥一閃而過，突然想起一事，問道：「張玉，你是南方人，可曾聽過紅嘴玉這種鳥嗎？」

張玉道：「當然聽過了，那種鳥很漂亮，我兒時的時候，還抓了一隻鳥養過。不過，後來我又把牠放了。」

「為什麼？」狄青不解道。

張玉悵然道：「因為我將那鳥關在牢籠中，竟有另外一隻鳥不畏危險，每天過來在籠外悲啼，又不停的撞擊那鳥籠。我當時很奇怪，我娘告訴我，這鳥兒極為重情，雌雄兩隻鳥很多時候都是形影不離，

彼此極為忠誠。一隻若是被抓，另外一隻無論千難萬險，都要想盡辦法和牠團聚。」

李禹亨嘖嘖道：「那這鳥豈不比人還忠義？」

張玉歡道：「唉，誰說不是呢？我放了那鳥兒後，爹就過世了。可沒幾年，娘也去了，我想……他們也和紅嘴玉彷彿吧。」

狄青想到自己的娘親，也是不由心酸。

張玉抖抖身上的積雪，舒口氣道：「對了，還忘記告訴你了，因為紅嘴玉這種性子，所以我們那邊又給牠起了個別名，叫做相思鳥。」說罷以手打拍，輕吟道：「入我相思門，知我相思苦，長相思兮長相憶，短相思兮無窮極！」

李禹亨一旁道：「張玉，沒想到你這人除了打屁，還會做點打油詩呢。」

張玉道：「禁軍不可怕，可怕的是禁軍說瞎話。這是唐朝大詩人李白做的詩，你竟然說是打油詩？」

李禹亨道：「張玉，你莫要難過，其實父母只要知道我們過得好好的，他們就已心滿意足了。」說罷眼角淚光盈盈。

狄青見了，想起大哥常念叨什麼「樹欲靜而風不止，子欲養而親不在」，知道張玉的心情，安慰道：「張玉，你莫要難過，其實父母只要知道我們過得好好的，他們就已心滿意足了。」說罷眼角淚光盈盈。

當年我娘在我爹死後，總是念著這首詩，我就記下了，當時不解其苦，可現在懂了，卻遲了。」說罷眼角淚光盈盈。

狄青當值結束後，沒有立即回返住所，而是去了當初撿風箏之地，那巷子叫做麥秸巷。

大雪時下時止，三人沉默下來，各懷心事。

黃昏雪冷，巷子中早就沒有了行人，狄青孤魂野鬼般從巷子東頭走到西頭，又從西頭來到了東頭，

不知走了多少個來回，那風箏終究沒有再飛起。狄青暗自嘲笑自己異想天開，訕訕的回到了住處，果然也沒見到郭遵。

郭遵倒寬心，只說大哥白日回來過一次，但匆匆離去，好像有什麼急事。狄青知道郭遵無事，也就放下了憂心。呆坐在床榻之上，一夜只是想，她在雪天，放飛著風箏，風箏上又畫個相思鳥，到底是什麼意思呢？

不知過了多久，狄青突然想到，自己這般神魂顛倒的念著那女子，可是覺得那女子相思的是自己？

轉瞬啞然失笑，暗想自己絕不會這般自作多情。可若非這般，自己為何又鬼使神差地去那裡？

突然發現桌案上有方絲巾，正是那女子所留，狄青自辯道，我多半是想歸還這絲巾，別無他意。可是，黃昏的時候，我去那裡，患得患失，並沒有記起絲巾的事情呀。

狄青坐在床榻上，患得患失，不知不覺的沉沉睡去。清晨醒來，腦海中沒有紅龍，只有那一方幽藍的絲巾在思緒中飛揚。

翌日當值後，狄青竟又莫名的去了麥秸巷。但風箏終究沒有再飛起。

第三日之時，風捲狂雪，狄青只對自己道，誰都不會在這種天氣放風箏，莫要去了。但就算風刀雪冷，當值後，他還是不由自主的前往麥秸巷。

沒有風箏，只有狂風。狄青喝了半天西北風，回去凍得和冰柱一樣。躲在被窩中烤火，狄青發狠道：明日若再颳風，死活都不去了。狄青呀，你自作多情，這輩子也不能再見到她了。你算得了什麼，不過給她取了風箏，難道還想要酬勞不成？

昏昏睡去，清晨醒來時，雪止天晴。

狄青望著晴空冰冷，不由暗想，這不正是放風箏的好天氣？今日正巧不當值，狄青再次起身到了麥

秸巷，依靠在巷牆旁，從日出等到了日落……

影子都沒有一個。

北風起，雪屑紛飛，狄青縮著脖子，望著巷牆裡的那棵楊樹。楊樹光禿禿的，滿是積雪，和狄青兩

兩相望。不時的一陣風過，樹上的積雪抖落，紛紛灑灑，狄青伸出手去，望著那雪花落在手上，變成點

點水珠。

天雖冷，可心暖。情雖朦朧，但熾熱。

黃昏日落，餘暉散盡，夜幕開始籠罩著古樸的開封城之時，狄青抖抖身上的積雪，轉身向巷口走

去。咯吱咯吱的聲響，腳步聲帶著雪花的落寞，到了巷口處，戛然而止。

巷口處，有梅散幽香，梅枝橫斜。狄青立在那裡，非為梅，他已被凍得麻木的臉上突然綻放出難言

的光彩。巷子盡頭，一女子正如清幽雪梅般站在那裡，凝望著狄青。那水墨丹青的眼眸中，帶著淚影，

有如那春來時，碧水中未溶的冰。

終於見到那夢中的女子，狄青突然覺得蒼天待他其實不薄。為了這一刻，他不知道等了多久，可真

到了這一刻，他才發現，他什麼話都說不出來。他不過是個尋常的禁軍，而她……

狄青胡思亂想之際，才發現女子在風中有些顫抖，終於快步走過去，鼓起勇氣道：「你……真巧，

竟能又碰到你。」狄青有些臉紅，知道這世上的巧合，很多都是因為有心。

那女子嫣然一笑，「真的巧呀。」

「今日沒有放風箏？」

「這不是放風箏的天。」女子輕咳兩下,狄青這才發現她臉頰微紅,關切道:「你受寒了?」

女子道:「前幾日放風箏,受了風寒,因此這幾日一直沒有來。」

狄青心中有些心慌,不捨卻又不能不捨,「那快回去吧,這裡冷。」

女子緊了緊身上的白裘,抬頭望向蒼穹,突然跳了兩下。狄青不解其意,只覺得雪地中有一朵旋舞的花兒。「我娘告訴我說,若是覺得冷,就要多動兩下。」女子一笑,笑容有如皓月。

狄青笑道:「是呀。」他這才發現自己也冷得厲害,左搖右晃地跺腳道:「我們整日在京城遊走,若是冷,就先跺跺腳,腳若不冷,身上就不冷了。」

女子突然捂嘴咯咯地笑。

狄青呆呆地問道:「你笑什麼?」

女子道:「我看你搖晃著跺腳,好像是一隻大螃蟹。我最喜歡吃汴京東城的洗手蟹了。」她忍俊不禁,竟笑得前仰後合。

狄青笑後,用力地跺跺腳,舉止有著說不出的天真爛漫。過了片刻,喜道:「你說的很對呀。我也變成螃蟹了,和你……」突然臉紅,垂頭不語,只是用腳尖劃著雪面。

女子笑道:「和你怎麼的?和你是一對螃蟹嗎?雖這般猜測,可如何敢唐突佳人?

狄青看的已心醉,心道:「和你又笑道:「狄青,你為何要入伍呢?」

不知過了多久,女子又笑道:「狄青,你為何要入伍呢?」

狄青見女子無拘無束,自己也漸漸去了不安,說道:「說來話長……」

「說來聽聽。」女子微笑。

狄青見那女子的眼眸中似蘊含著什麼，卻絕沒有離去之意，只好道：「我本來不想入伍，可世上絕非你想做什麼，就做什麼……」他將當初的事情說了一遍後，突然覺得舒暢了很多。當然很多事情都是刪繁就簡，說到擒趙公子的時候，只說僥倖為之，只能從軍。

女子靜靜地聽，聽完後感覺到寒冷，又是跺腳道：「原來如此。我就覺得，你和他們不同的。」

狄青心中一顫，問道：「有何不同呢？」

雪光中，女子的臉如喝醉了酒。突然想到了什麼，抬頭看天，驚叫道：「哎呀，好晚了。我要回去了，不然爹會責罵我了。」說罷轉身就跑，雪地中輕盈的有如玉兔。

狄青突然想起還沒有詢問女子的名字，才要問，那女子已沒入黑暗之中。狄青有些焦急，只怕她孤身有事，悄悄跟隨。見到那窈窕的影子入了朱門，再不見蹤影，這才放下心來。

回轉的路上，狄青只覺得身輕如燕，喜悅無限。

第二日清晨，狄青早早的到了禁軍營。和張玉、李禹亨趕赴金水河附近巡邏。

狄青滿懷心事，只盼太陽像流星一樣的墜落，然後他就可以交差再去麥秸巷了。雖不確定那女子會不會去，但他現在每天若不去那裡走一圈，晚上覺都睡不好。

見金水河蜿蜒東去，銀裝素裹，有如飛龍，狄青突然想起了紅龍，心中微震。同時也有些奇怪，這些日子，紅龍為何一直沒有再出現呢？

狄青正尋思間，聽李禹亨對張玉道：「張玉，你知道最近京城出大事了嗎？」這雪天當值，可說是苦不堪言，若再不說幾句話，著實無聊。張玉隨口問道：「你還知道什麼屁事？」

李禹亨歎口氣道：「聽說范仲淹被貶出京城了。」

狄青回過神來，心頭一震。回想起那多情的眼眸，傷情的臉龐。范仲淹果然被貶了，這結局早已註定，可就是有這麼一種人，明知道結局，還要去做！狄青望著那金水河的冰雪，感覺到冷。

張玉嗤之以鼻道：「你這算什麼大事？我還知道被貶的除了范仲淹，還有翰林學士宋綬呢。這兩人都勸太后還政給天子，結果都被太后貶出了京城。」

狄青突然想到郭遵所言，「太后自己想做皇帝！」忍不住緊了下衣領。

張玉已道：「太后自己想做皇帝！」

李禹亨又驚又怕，忙道：「張玉，別瞎說話。」

張玉冷哼道：「我沒有瞎說，太后不停地把忠於趙家天下的臣子驅逐出京城，就是自己想當皇帝。」

沒有人再回話，空氣中滿是冰凝的冷，狄青心中忍不住想，天子是太后的兒子，太后想當皇帝，會把天子如何？狄青只是限於想想，哂然一笑，繼續看著那金水河的冰雪。他不過是個小小的禁軍，這種事情，連想想都是多餘。一個人有苦惱，通常不是想得太少，而是想得太多了。

近黃昏之時，狄青已有些按捺不住，才待和張玉、李禹亨回轉交差。不想遠處有幾人走來，為首一人臉色黝黑，一張臉有稜有角，有如鐵板一般，卻是開封府的捕頭邱明毫。

這幾年來，開封府除了捕王林宗外，著實出了幾個好手，而葉知秋、邱明毫二人因為辦案出色，被京城人並稱為「一葉知秋，明察秋毫。」

葉知秋如劍，邱明毫看起來如盾，鐵盾！

邱明毫身後跟著個倨傲的年輕人，眼睛彷彿長在腦門上一樣。狄青認得這人叫做夏隨，本是三衙馬軍都指揮使夏守贇的兒子，眼下是驍騎軍的一個指揮使。

驍騎、驍武兩軍都歸三衙中的侍衛馬軍司指揮，也就是說就算是郭遵，也要聽命於夏守贇。夏隨有個好老子，也就能指揮動狄青等人，眼下正傲慢道：「在金水河白虎橋附近巡邏的就你們三個嗎？」

張玉在三人中官階最高，答道：「除我們三人外，白虎橋那面還有李簡軍頭等人照看。」

夏隨點點頭道：「既然這樣，白虎橋這面讓李簡等人負責，你們三個跟我來。」

張玉三人滿是錯愕，可只能聽從調令，跟在夏隨的身後，不知道要做什麼。狄青暗自皺眉，心道人要是倒楣，喝涼水都塞牙，本想去麥秸巷，沒想到偏偏有事要做。

夏隨帶著眾人逕直向南行去，也不多言，邱明毫雙眸如電，警惕的留意周邊動靜。這二人均是神色慎重，如臨大敵。眾人從白虎橋南下，經大佛寺，過北巷口，又繞著王家金銀鋪轉了一圈。

狄青看著日頭一點點的西落，夜幕一重重的沉凝，心中焦急。這時聽夏隨低聲道：「他們應該就藏在這一帶。」

邱明毫也是低低的聲音，「不錯，眼下莫要打草驚蛇，不如查探明白再說。」

狄青聽到了夏隨和邱明毫說的話，但不解其意。只隱約知道這二人多半是在抓什麼人，他無意捉賊，心中早就不停的罵娘，只是想，她今日會去麥秸巷嗎？抬頭看了眼天色，狄青見許多店舖已點了燈，整條金梁橋街都如繁星墜地，燦爛非常，只是想，她今日會去麥秸巷嗎？

好不容易等到夏隨道：「今日暫到這裡，諸位辛苦了，回去休息吧。」狄青急急告辭離去，張玉斜睨了夏隨一眼，見到他望著狄青的背影，臉色陰沉，不由打了個突兒。

第十二章　搏殺

雪已停，風更冷，刮在身上，透骨的寒。

狄青一口氣從金梁橋街跑下去，直奔麥秸巷。麥秸巷離金梁橋極遠，他奔了小半個時辰，額頭冒汗，又歇了兩次，這才到了麥秸巷口。

明月已升，麥秸巷清清幽幽，鬼影都不見一個。狄青大口大口的喘著粗氣，那哈氣到了冰冷的空氣中，凝成著霜氣，也集結著狄青的失落。歡口氣，狄青坐了下來，望著牆角的一叢梅花，見疏影橫斜，暗香浮動，喃喃道：我有事，來晚了，對不住。雖然沒有和女子約定什麼，但狄青當日見那女子的神情，已覺得無需約定。她來也好，不來也罷，他總是會等她！

狄青在雪地上坐了良久，這才疲憊地站起，見梅花下有幾瓣粉紅色的花瓣，心中一動，緩步走過去。那花瓣旁有一排窄窄的腳印，似是女子的纖足留下。狄青順著那足跡望過去，發現足跡離去的方向，正是當初那女子離開的方向，不由心中叫道，「是她，是她！她肯定來過這裡。」狄青順著足跡尋去，見那足跡到了朱門前而止，欣喜中夾雜著幾分失意。喜的是，那女子還記得他狄青，這次前來，多半是找他了。失意的是，他卻有事，不能如約前來。

在朱門前徘徊良久，見夜色沉沉，狄青終於沒有勇氣去拍門。順著那足跡的方向，又走了回去。

跟來的時候，心情激盪，並沒有留意什麼，回轉的時候，狄青才發現那足跡有的並不完整，只餘個腳尖的痕跡，不由暗想⋯⋯她為何這般走路？最初見她的時候，矜持秀雅，可最近一次見面的時候，卻覺得她

天真爛漫。她那時還想跳下驅寒，哦，想必是她心情高興，這才蹦蹦跳跳地回轉。想到這裡，心中愉悅。可轉念一想，我這猜測也不見得是對的。天冷路滑，說不定她不留神，跌倒了或者扭傷了腳。她見不到我，有什麼心情高興的？難道我那麼討厭？天冷來，惴惴難安。終於還是向朱門的方向再次走去，留心觀察那腳印，只見到那半個腳印的地方，都比尋常的步伐稍寬，又想，「不會是受傷了。這是跳躍的足跡，若是受傷了，那足跡應該比尋常的步伐要短才對。」

狄青想到這裡，再次回轉。可終究還是放心不下，只盯著那女子的腳印，也不捨得踩上去。一路到了幾叢梅枝的地方，徘徊不去，突然見到梅枝下腳印也是錯雜，暗想，是了，她有些冷，所以在這徘徊等待。唉，我本不該讓她等的。

蹲下來，狄青想再研究下腳印，突然目光一凝，已留意到雪地的花瓣有些不同。借朦朧月色，狄青這才發現，原來那花瓣有如箭頭般指向一處，那箭頭的盡頭，竟寫著幾個字。這本是很明顯的標誌，但狄青心亂之下，竟完全沒有留意。這刻見到這標誌，一顆心怦怦大跳，知道這多半是那女子留下來的字。可那到底寫著什麼？

狄青定睛望去，只見雪地上寫了八個字：嘤嘤草蟲，趯趯阜螽。

狄青識字不少，可也不多，這八個字，他就有六個不認識！他唯一能知道的兩個字，就是草蟲，但那又是什麼意思呢？

狄青望了良久，只是想，她是說我和草蟲一樣討厭嗎？不過草蟲也不全是討厭，也有些可愛的蟲子吧。可終究覺得難以自圓其說，蟲子還不是可惡的居多？又想，那個嘤嘤又是什麼意思？哦，多半是

她想讓我幫她找草蟲，所以用個要字，不過為什麼兩個要？想必是她催促我，讓我快點找草蟲？但這時候天寒地凍，哪裡會有蟲子？再說，她要蟲子幹什麼？狄青想到這裡，總覺得自己的解釋太過牽強，看到後面「趯趯阜螽」四個字，更是一頭霧水，暗想：最後那個字是冬天的兩個蟲合在一起，這麼說來，我前面的猜測還是對的，她的確是要冬天的一種蟲子。冬天的蟲子？哦，這個冬天的蟲子，到底到哪裡去尋找呢？

狄青猜測良久，終於覺得還是要找個有學問的人問問才好，拔出佩刀，想砍下梅枝把這幾個字刻上，可轉念一想，她喜歡這梅花，我若砍了，她豈不看不到了？

猶豫片刻，狄青靈機一動，脫了鞋子，踮著腳，用刀尖在鞋底把這八個字刻了下來。看了半晌，確認無誤，這才把鞋子穿起，又停留了良久，等的月兒都睡了，這才回轉到了郭府後，已是深夜。狄青一夜輾轉反側，難以安睡。天明的時候，迫不及待地起身出門。感覺胸口有些痛。狄青伸手一摸，才發現是那黑球硌得他胸口發痛。

黑球雖是怪異，但許久沒有顯靈，狄青無心理會，急匆匆的去找郭逵。郭逵還在沉睡，狄青不好推醒他，眼珠一轉，呼呼喝喝，在院中打起了拳法。

狄青入了汴京後，郭遵就盡心傳授他武技。狄青不忍郭遵失望，招式倒盡數記住，但因為難發力，一直少練，這時候興致所到，一通拳打出來，虎虎生威。狄青打得興起，伸手拔刀，又舞了一會兒刀。

狄青入了汴京後，郭遵就盡心傳授他武技。狄青使到盡性，大喝一聲，長刀脫手而出，嚓的一聲響，已插入對面的一棵柳樹。

狄青擲出單刀，心中一驚，暗想，我頭怎麼不痛了？一想到這裡，只覺得腦海中隱約還有一絲痛

楚，但絕非以往那般撕心裂肺。

難道說人逢喜事，精神也會爽快很多？狄青正詫異時，一人喝彩道：「好刀法！狄二哥，沒看出來你還有這般本事，你的頭痛病好了？」

狄青回頭一望，見是郭遙。狄青疑惑道：「我也不清楚好了沒有。不過使了這路刀法後，頭的確沒有以前那麼痛了。」

郭遙欣喜道：「那豈不是天大的好事？過幾天你再去找王大夫看看。」

狄青困惑地點點頭，突然想起昨晚之事，問道：「小遙，你不是一直說很有學問，我且考你一考。」

郭遙奇怪道：「你要考我什麼？」

狄青脫下鞋子，用白雪擦去鞋底的泥垢，忐忑問道：「你可知道這八個字是什麼意思嗎？」

郭遙接過了鞋子，掩住鼻子道：「你幾天沒有洗腳了？」

狄青尷尬一笑，岔開話題道：「別顧左右而言他，不認識就是不認識。好，那我找別人去好了。」

他假意伸手要拿鞋子，郭遙拿著鞋子退後一步，叫道：「你太小看我了，不就是『哽哽草蟲，趯趯阜螽』八個字嗎？有何難認？」

狄青見郭遙出口流暢，不像矇他，奇怪道：「搖搖草蟲，踢踢浮腫什麼意思呢？踢幾腳，自然就浮腫了，哈哈。」說罷乾笑幾聲，知道那女子寫這幾個字，絕對不會是這個意思。

郭遙上下打量著狄青，狡黠笑道：「你說……這鞋子你到底在哪裡買的？」

狄青回道：「這是官家的鞋子，可有問題嗎？」

郭逵研究下鞋子，知道狄青說的不錯。京城有八大禁軍，每一軍都有統一的裝束，這鞋子每年冬季，朝廷三司下的度支部掌管冬衣之案都會發兩雙下來，他大哥郭逵也穿這樣的鞋子。

「這就怪了。」郭逵詫異道：「怎麼會有人在你鞋子上刻上這八個字呢？」

狄青本想說自己刻的，但怕郭逵知道後不好解釋，索性將錯就錯道：「是呀，的確很奇怪，我是無意中發現自己的鞋底有這八個字，這些天忘記問旁人，今日見到你，這才考考你。你知道這兩句話什麼意思嗎？不知道就說不知道好了，我不會嘲笑你的。」說罷又是大笑兩聲。

郭逵嗤之以鼻道：「我博覽群書，通古知今，還會不知道這兩句話的意思？這兩句是說，草蟲嘰嘰的在鳴叫，蚱蜢四處在蹦跳。嘰嘰是說草蟲叫的聲音，阜螽就是指蚱蜢，趯趯是說蚱蜢跳躍的樣子，怎麼樣，服了吧？」

狄青知道了這八個字的意思後，更是糊塗，心道那女子寫這八個字又是什麼意思？故作諷刺道：「小逵，你莫要騙我。你多半知道二哥不識書，所以隨意的編個意思，嘿嘿。他們在我鞋底刻著八個字，怎麼可能是這個意思？真的奇怪之至！算了吧，我還是找個有學問的大儒問問吧。你呀，還差得遠。」說罷蹬上鞋子，轉身要走，郭逵這下不幹了，一把扯住了狄青道：「你可以侮辱我的誠意，可你不能侮辱我的學問，這八個字的確沒什麼意思，有意思的是後面接的話！」

狄青心頭一顫，故作不在乎道：「後面又有什麼話呢？」

郭逵大聲道：「這本是詩經中的一首，叫做《草蟲》。『嘰嘰草蟲、趯趯阜螽』後面兩句說的是『未見君子，憂心忡忡』。」

狄青心頭一震，竟然呆了。

喓喓草蟲，趯趯阜螽；未見君子，憂心忡忡！

狄青就算不通書，可也多少明白這四句的含義，心中只有一個聲音在喊，原來她在關心我！那一刻，心裡喜悅中又有甜蜜，感動中又夾雜著傷感。

他只是個尋常的禁軍，又鬱鬱不得志，雖喜歡那女子，可從不敢說出。他見那女子容顏脫俗，秀美絕倫，只覺能見那女子一眼，和她說上幾句話，那已經是這輩子的福氣，可哪裡想到過，這女子竟然也關心他！

狄青腦海中一陣眩暈，幸福得胸膛都要炸開。

郭遠沒留意到狄青的異樣，解釋道：「這本是情詩，是說等待情人約會，但一直見不到心上人，所以很是擔憂。哈哈，這下你無話可說了吧？多半是三司度支部有男人對你有意思，所以才在你鞋子上刻下這幾個字對你表達情意了。」說罷笑得前仰後合，得意非常。

狄青回過神來，見紅日東升，記起今日還要當差，暗叫不好。才待離去，又不敢確定道：「小達，你說的什麼什麼，書上可有寫嗎？」

郭遠撇撇嘴，飛轉回了房間，不一會兒取了本詩經丟給狄青道：「自己看吧。難道說我騙你，書中也特意寫好了騙你不成？」說罷搖搖頭，打個哈欠道：「被你打拳的聲音吵醒，出來看看，沒想到碰到個沒品味的人。回去再補一覺了。」

狄青翻翻書頁，找到了《草蟲》那節。《草蟲》前四句的確如郭遠解釋般，後面還有三句話，「亦既見止，亦既覯止，我心則降。」

書頁旁有著郭逵標注，解釋道：「終於見到了心上人，當浮一大白。」狄青心道，郭逵這解釋狗屁不通，意境和前面全然不符，正確的解釋應該是，終於見到了心上人，我心也就安寧了。

詩分三節，不過意思都是彷彿。狄青收了書，快步跑出了郭府，想起「未見君子，憂心忡忡」八個字的時候，忍不住大叫一聲，翻了個跟頭。轉念又想，狄青呀狄青，人家憂心，你為何開心呢，實在不該。可終究難以遏住心中的喜念，一路奔行，幾乎如飛般到了軍營。

幸好並未遲到，幸好頭也未痛。到了軍營後，狄青領了任務，是和張玉、李禹亨二人前往汴京蔡河左近巡邏。

等到了蔡河左近，找個避風的地方，狄青曬著太陽，看著天空發呆，嘴角總帶著若有似無的笑。

一日無事，臨近交差之際，狄青忍不住偷偷將詩經拿出來看一眼。見到詩中「陟彼南山，言采其蕨，未見君子，憂心惙惙」幾句的時候，不由暗想，若真的能和那女子，一塊上山採蕨，下山種菜養羊，那真的是給個皇帝都不做了。可是，她那麼嬌貴的身子，當然不會和我這麼做了。她真的是在等我？我有什麼好？唉，或許這八個字是寫給旁人，我不過自作多情了。狄青患得患失，臉上表情也是瞬間變幻。

張玉見狄青竟然拿本書在看，簡直比見到太后讓權給皇帝還吃驚，又見狄青臉色百變，忍不住伸手去摸狄青的額頭。狄青吃了一驚，霍然後退，等發現是張玉，詫異道：「你做什麼？」

張玉道：「今天吃藥了嗎？」

狄青道：「沒吃，怎麼了？」

張玉道：「那我建議你吃點藥吧。我看你一會兒憂愁，一會兒高興，中邪了吧？」

狄青打開張玉的手，笑罵道：「你才中邪了呢。」話音未落，李禹亨突然低聲道：「真的邪門了，他們怎麼又來了？」

狄青心中一凜，抬頭望去，只見夏隨、邱明毫已並肩走了過來。狄青暗自叫苦，同時也覺得有些奇怪，不解以汴京之大，這兩天為何均能碰到夏隨二人？夏隨二人若是無意，那兩次相遇狄青也太巧了。

但若是有心，夏隨、邱明毫和狄青並無往來，他們到底想做什麼？

夏隨仍舊是一副倨傲的表情，冷冷問道：「這附近可有什麼異常嗎？」

張玉搖頭道：「回指揮使，沒有異常。」

夏隨皺著眉頭，對一旁的邱明毫道：「那就怪了，這賊子到底藏在哪裡了？」

邱明毫緩緩道：「彌勒教的人，素來都是故作神祕。依我之見，他們這次來汴京的人手不會多，多半是虛張聲勢⋯⋯」

狄青聽到彌勒教三字的時候，心口一跳，暗想難道說多聞天王又來了？他來做什麼？找五龍嗎？

夏隨搖頭道：「這事情寧可信其有，不可信其無。明日就是大典，若是被他們驚了聖駕，那可不得了。」扭頭對張玉道：「你們幾個再辛苦一下，跟我們去捉賊，少不了你們的好處。」

張玉也聽明白了，原來京城出了逆賊，怪不得夏隨這麼緊張。張玉是不想要好處的，可他這時候，還真無法推搪。正猶豫間，北方突然跑來一禁軍，低聲在夏隨耳邊說了兩句。夏隨臉色微變，道：「此事當真？」

那禁軍道：「絕無虛言。」

夏隨當下又低聲對邱明毫說了幾句，邱明毫鐵板一樣的臉上也有些動容，說道：「如果消息確實，當立即動手。」

夏隨點點頭，對張玉喝道：「已發現彌勒教徒的行蹤，立即捉捕，你們三人跟我來！」說罷當先向北奔去。

狄青一顆心沉了下去，摸摸懷中的那本書，滿是無奈。

眾人一路北行，很快又到了北巷口附近，夏隨並不停留，徑直往王家金銀舖的方向奔去。狄青暗自皺眉，記得昨日也是這樣的路線。

夏隨到了王家金銀舖旁，並不停留，從旁邊斜插入一條巷子，到了一大宅之前。有喬裝的禁軍匆匆奔來，向大宅一指道：「夏指揮，有人看他們進去後，就再也沒有出來過。」這時候有禁軍已陸陸續續的趕到，竟然有數十人之多，個個手持利器，還有人持弩操弓。狄青一想到多聞天王的本事，也是手心冒汗。

夏隨命令道：「厲戰，你帶十來人手扼住南方主道，用硬弩射住要道，有匪人衝出，格殺勿論。宋十五，你帶金槍班守住北方院牆，不能讓人逃出。高大名、汪鳴都，你們兩人分別帶弓箭手，刀斧手守住東西方向，不得怠慢！」

厲戰、宋十五、高大名和汪鳴都等人均是驍騎軍，紛紛應令。這時候驍武軍的副都頭王珪、軍頭李簡也悉數趕到。狄青來京城多年，倒是頭回碰到這種陣仗，心中緊張起來。

夏隨望向了邱明毫道：「邱捕頭，人手已到得齊。調集人手我在行，可捉賊就看你了。」

邱明毫沉著道：「這曹府我曾經來過，知道分前廳、後堂、左右廂及後花園、馬廄、假山、梅亭、竹林等處。曹相已過世，他的後人離開京城，這宅子也就荒蕪了下來，賊人藏匿其中，我們應分頭搜尋。」狄青心中一動，暗想這裡難道是樞密使曹利用的宅邸？

夏隨皺眉道：「那這樣好了，邱捕頭、王珪，你們二人和我一起，直撲左右廂。李簡，你帶兩人前往梅亭、竹林等地查看。張玉、狄青、李禹亨，你們三人去後花園查看動靜……」接連的吩咐後，夏隨道：「聽聞消息，這裡有三個可疑人物。我們這次關門捉賊，務求一擊得手。若見賊蹤，吹哨即可，其餘人眾若聽到哨聲，要盡快趕去支援。」

言畢，早有幾人抬著根巨木向府門撞過去，只聽到轟的一聲巨響，朱門倒了下去。夏隨一馬當先衝到前廳，過堂後向左右廂奔去。

狄青、張玉逢此大事，心中雖志忑，多少也有些興奮之意。李禹亨卻是臉色蒼白，隱有懼意。三人從走馬道一路奔過去，繞過座假山，穿亭繞閣，竟走了一段工夫，這才到了後花園。曹府極大，積雪濃厚，滿是荒涼。張玉見狀，忍不住歎道：「曹利用一生豪奢不羈，不想死後曹家竟如此敗落。」

狄青輕噓道：「小心了。」見李禹亨緊跟在自己身後，微笑道：「不用怕，你沒有殺過人嗎？」李禹亨緊張得渾身發抖，說道：「我連雞都沒有殺過，怎麼會殺過人呢？唉，我只以為入禁軍後，就會享福了，哪裡想到還要捉賊。他們這般聲勢，想必那賊人很凶狠吧。你們千萬小心。」他聲音發顫，很是不安。

張玉、狄青搖搖頭，沒有想到李禹亨長得粗獷，為人竟如此膽小。

狄青安慰道：「禹亨，莫要擔心，我們人多，不必怕的。」他舉目一望，見到後花園冰雪覆蓋，遠

處有個馬廄，早就沒有馬兒。那馬廄不遠處又有個水井，水桶傾倒在一旁，顯然是很久沒有使用，更顯淒涼。

「去馬廄看看吧，這附近看來只有那裡能藏賊了。」張玉皺眉道。

三人並肩向馬廄走去，馬廄裡黑幽幽的一片，看不真切。那馬廄極大，左手處還有個棚子，堆滿了餵馬的乾草。張玉從地上撿起塊石頭丟過去，「砰」的一聲響，在寂靜的後花園中更顯悚然。李禹亨打了個冷顫，見馬廄沒有任何動靜，顫聲道：「沒人的。張玉、狄青，我們不如在這裡坐會兒，等等別人的消息，莫要瞎闖了。」

狄青突然鼻翼稍動，輕哼了一聲。張玉二人一凜，忙問：「怎麼了？」狄青向馬廄的一角望過去，說道：「那裡不是雪，而是梅花，有股幽香。」

那馬廄旁有一叢雪白梅花，狄青見到梅花，想起那女子，心中一陣暖意。又想，她多半又空等了。

唉……

張玉舒口氣道：「狄青，這時候你竟然還留意梅花？」

狄青訕訕地移開目光，突然雙眸凝向地面道：「你們看，這是什麼東西留下的痕跡？」

三人借著清淡的月光望過去，只見銀白的雪地上有兩排半圓的痕跡。那半圓有如拳頭般大小，邊緣有三道齒痕，入雪極深，呈一字型向井口的方向排過去。

張玉蹲下來盯著那痕跡，詫異道：「這絕非人的足跡，可也不會是畜生的腳印，我這輩子，倒從未見到過這種奇怪的痕跡。」

狄青正要沿著那痕跡前尋，卻被李禹亨一把拉住。李禹亨道：「狄青，這痕跡古怪，我們還是等夏

隨過來，再做決定吧。」

狄青苦笑道：「到時候他們若是問我們做了什麼，我們難道說在這裡等着嗎？那太丟人了吧。」

李禹亨訕訕地鬆開手，喃喃道：「丟人總比丟命好。」

狄青不理，沿著那痕跡向水井的方向走去。見到那痕跡到了水井邊就再也不見，不由大為奇怪。張玉也到了井邊，四下望去，皺眉道：「這是什麼東西，難道到了井中不成？」他才要探頭向井中望去，狄青陡然有了分心悸，腦海中金光閃動，一把拉住了張玉，喝道：「小心！」

不知為何，狄青那一刻，心中前所未有的驚凜，只覺得井中藏著極大的危機！

就在這時，井中沖出一道光華，耀目無比。那道光華極亮，瞬間已壓住天上的月光，奇異無比。三人目光都為光華所引，不想那光華中分出一點寒光，已刺向張玉的喉間！

是什麼在井中？難道就是夏隨等人要捉的彌勒教徒？

狄青大喝一聲，已伸手拔刀，一刀向那寒光之後砍去。寒光是劍，井中有人！

狄青只出一刀，攻敵必救。

他這一刀或許算不上高明，但出刀的時機卻把握得極為準確，那人要殺張玉，就要留下命來。誰知那人回劍，劍光暴漲，一劍就刺中狄青的手腕。狄青手腕一痛，單刀脫手而出，飛向半空。

血光一點，空中如梅花綻放。那梅花未謝，長劍已化作毒龍，直奔狄青的喉間噬來。狄青雖能拚命，但從未見過這麼快、這麼毒、這麼狠辣的劍！

光電火石中，狄青已躲不開那刺來的一劍。生死關頭，狄青雙腿被人用力一拖，霍然摔了下去，這

一下出乎所有人的意料，可狄青也因此躲過了那致命的一劍。

拖倒狄青的正是張玉。張玉被那一劍刺喉的時候，腦海中已閃過死字，可狄青救了他一命。張玉死裡逃生，非但沒有膽怯，反倒激發出無邊的勇氣。他知道這劍手武功很高，但他還是衝了過去，因為狄青有危險。

生死一線！

生死也往往就在轉念之間。因為張玉的勇氣，所以他離狄青很近，所以他能在間不容髮的機會救了狄青一命。可那長劍如龍，只是一耀，已刺在張玉的肩頭，鮮血四濺。張玉連哼都不哼，抱著狄青一滾，已到了馬廄附近。二人魚躍而起，如猛獸一般盯著對手，沒有絲毫的畏懼。

這二人雖然沒有高絕的武功，但卻都有著澎湃洶湧的勇氣、捨生忘死的義氣。他們經過方才的命懸一線，已無比信任對方，也知道眼下要想活命，只能靠勇氣，靠周旋，靠他們兄弟齊心。

那出劍之人距離狄青二人不過丈許，可被二人勇氣所迫，竟一時不敢上前。

狄青終於看清了那人的臉，突然心口如同被鐵錘重擊一般，身軀竟有些顫抖。出劍那人身著青衣，赤髮怒目，一張臉極為憤怒威嚴的表情，赫然就是當初被狄青刺殺的增長天王！

增長天王沒有死？或者本已死了，這是他的鬼魂來報仇？

狄青不信！當初狄青那一劍刺穿了增長天王的心臟，事後郭遵也證明，增長天王的確死了，可無法查出他的身分。死人不能復活，那眼前的這人又是誰？

狄青心思飛轉間，哨聲陡然響起，尖銳刺耳，原來是李禹亨吹響了哨子。李禹亨見刀光劍影，竟

不敢上前。但他還是做了件管用的事情，報警求援。哨聲才起，梅亭、竹林的方向竟也傳來了尖銳的哨聲，那應是李簡在求援。

這曹府中，不止增長天王一個敵人？

竹林間哨聲才起，狄青突然覺得天地間亮了幾分，快速向旁瞥了眼，只見到曹府兩廂的方向竟然有火光傳來，轉瞬間哨聲大作。

夏隨他們竟然也遇到了敵人。這曹府中，到底有多少敵人？

狄青一顆心已沉了下去，曹府四面有敵，很難再有人來援救他們。以他和張玉之能，如何能鬥得過增長天王？

增長天王冷冷地望著狄青，突然陰森森道：「還我命來！」

陰風吹過，這花園已變得鬼氣重重。狄青咬牙道：「人死不能復生，你絕非增長天王！」

增長天王眼中閃過古怪，喝道：「佛主新生，天王不死！」他言畢，出劍。一劍就已刺到了狄青的喉間。這人武功高明，竟絲毫不遜當年飛龍坳的那個增長天王。

張玉見狀，低聲嘶吼，早就拔刀一滾，削向增長天王的雙足，他用的是圍魏救趙之法。

狄青這次卻早有戒備，一轉身，已到了馬殿的一根柱子後面，再一縱身，去取馬殿旁掛著的鐵叉。

長劍波的一聲，已刺入木柱。劍勢威猛，竟又破柱而出！

狄青想不到這世上還有如此威猛的劍法，他手無寸鐵，只顧得去搶鐵叉應戰，不想竟躲過了這神鬼莫測的一劍。回望長劍，狄青背脊有了寒意。可鐵叉在手，狄青顧不得多想，已一叉砸在了長劍上。

張玉單刀已到增長天王的腳下。增長天王顧不得拔劍，縱身退後。噹的一聲大響，長劍斷成兩截。

狄青、張玉精神一振，趁增長天王失去兵刃之際，一左一右已攻了過去。二人知道生死攸關，勢若瘋虎，下手絕不留情。轉瞬之間，增長天王被逼退數步，已近馬棚的乾草堆之前。

張玉見狀，一個虎步竄上，瞬間連砍三刀，狄青才待出叉斷了增長天王的後路，突然瞥見乾草堆一聳，心中悚動，喝道：「小心！」他喝聲才出，增長天王遽然出手，一出手就抓住了狄青的鐵叉，也就制住了狄青的雙手。

乾草堆霍然而起，鋪天蓋地般向張玉壓來，遮住了張玉的雙眸。張玉閉眼，已看不到一道匹練飛出，瞬間已斬到他的眼前！原來草堆還有敵人，竟忍到現在才肯出手。那人一出手，就將狄青、張玉二人逼入了死地。

草堆冒出那人，身著白衣，紫髮慈眉，手中一柄單刀，赫然就是狄青當初在飛龍坳所見的持國天王。狄青心頭狂跳，顧不得再想持國天王為何也沒死。眼見張玉身陷絕境，狄青陡然棄叉，伸手一揚，一物已向草堆那人打去，叫道：「看我絕毒暗器！」那物在空中嘩嘩作響，變幻多端的向草堆那人打去。那人本要得手，突見如此古怪的暗器，顧不得再殺張玉。倏然而退，單刀一擺，已將空中那物打了開去。等單刀觸及那物，才發現那暗器不過是一卷書而已。

書是《詩經》。

狄青棄叉拋書救了張玉一命，可增長天王奪了鐵叉，反手一送，叉杆已不偏不倚的戳中狄青的胸口。狄青只覺得胸口劇痛無比，哇的一口鮮血噴出，人已倒飛出去。

增長天王倒是有些意外，他看似隨手一戳，已聚集了十成的力氣，本來以為可以戳死狄青。沒想到

狄青胸口好像有什麼阻擋，鐵杆竟然沒有戳入他的胸口。

增長天王變化極快，暴喝一聲，鐵叉脫手而出，擋在了狄青的身前。那人雖赤手空拳，斷喝聲中，雙手竟然抓住了叉頭。可增長天王一擲之力極為彪悍，那人雖抓住了叉頭，卻擋不住那股犀利，被那鐵叉刺穿了手掌，刺在了小腹之上。

狄青人在半空，已是避無可避。不想一人橫穿而出，擋在了狄青的身前。那人赤手空拳，斷喝聲中，雙手竟然抓住了叉頭。

可自己送死，也要救下兄弟！

狄青目皆欲裂，悲叫道：「張玉！」

為狄青擋住一叉的正是張玉。這兩人雖不是兄弟，但勝過兄弟，這種時候，記不得逃命，只記得寧可自己送死，也要救下兄弟！

狄青重重摔出了馬廄。落地時，壓在那叢梅枝之上，砰的一聲響，梅雪齊飛。

狄青只覺得渾身劇痛，筋骨欲裂，又是一口鮮血噴出來。這時候，曹府已是四處火光，哨聲四起，

狄青手一撐，還要去救張玉，可他傷得亦重，四肢乏力，才一起身，又重重的摔在地上。這時候他只覺得疲憊欲死，眼前金星直冒，見身旁有卷書，正是《詩經》。

天地間寒風湧動，火光熊熊，空中飛雪舞動著梅花殘瓣，狄青目光隨著花瓣落在書卷之上，正見到《草蟲》那頁的一句話，「陟彼南山，言采其薇，未見君子，我心傷悲！」

狄青見到這行詩句，遽然間一股悲意湧上心頭，暗想自己一生不幸，沉沉浮浮，白日的時候，還滿心歡喜，只以為找到了平生所愛，不想才到夜晚，就要斃命於此。那女子深夜等候，終究見不到自己。

那股悲意越聚越濃，凝在胸口，有如要爆了一樣。狄青雖知今日必死無疑，可心中卻有個聲音大喊，我

不能死，我不要死，我不想死！

當初他在飛龍坳受了重傷，還能蘇醒，只因為牽掛著大哥。這刻不想去死，卻是痛恨蒼天捉弄，悲憤莫名，想與蒼天抗爭。那股悲意澎湃洶湧，轉瞬衝到頭頂，狄青只覺得腦海中**轟然一聲**，兩條巨龍翻騰攪動。

那龍一紅一金，咆哮怒吼，飛騰不休。陡然間絞在一起，如紅霞滿天，落日熔金，絢爛難言。狄青身軀一震，只感覺那兩條巨龍給他帶來精力無儔，剎那間傷口雖痛，卻已微不足道。狄青翻身躍起，擋在了張玉的身前。

增長、持國兩天王一呆，不信世上還有這般人物。才受重創，奄奄一息的狄青怎麼會突然龍精虎猛？更讓兩天王驚怖的是，狄青不但渾身顫抖，而且眼耳都是不停的抽動，有如中風一樣。兩天王從未見過有如此怪異的表情，一股寒意不由自主從心底湧出。他們遽然發現，這狄青竟已是如此的陌生。

狄青嘶吼一聲，已向增長天王衝去！

狄青竟然主動出招，對付兩大天王？增長、持國二人想笑，想笑狄青的自不量力，可是很快那笑容變成了驚駭。因為狄青來勢實在太猛，實在太快，快得有如龍騰，猛得有如虎躍，眨眼之間，狄青已衝到了增長天王的身前。

增長天王也失了兵刃，雙拳一併，向狄青的太陽穴擊去。這一招以攻為守，逼得狄青不能不自救，應算是好招。可增長天王驀地發現，這是一招極其糟糕的招數。狄青根本沒有躲避，他快如閃電，衝到增長天王懷中，避開那兩拳。似已發狂般抱住了增長天王，腦袋一甩，已撞在了增長天王的額頭上！

砰的一聲巨響，驚天動地。增長天王只覺得腦海轟鳴，眼前發黑，鼻血長流，嘶吼叫道：「救我！」他本來倨傲非常，武功高絕，但面對狄青，竟頭一次產生無可匹敵之意。

持國天王連出三刀，有如梅花數展，可單刀一發即收，無法砍落。因為狄青抱住增長天王的同時，身形陡轉，竟和陀螺一般。二人纏在一起，已讓持國天王分不出哪個是哪個，他刀法再快，竟也不敢砍下，直到持國天王聽到咯的一聲響。

那聲響雖是輕微，可轉瞬已變成劈劈啪啪之聲，持國天王一驚，再不猶豫，揮刀砍下。因為他已發現，那劈劈啪啪之聲，赫然是骨頭斷裂的聲音。狄青這一抱，竟已活生生的扭斷了增長天王的臂骨、肋骨、胸骨和脊椎骨！持國天王再不出手，增長天王必死無疑。

單刀砍下，斷臂飛起。持國天王大叫一聲，心中悲憤莫名。原來他一刀砍下之時，狄青已鬆手後退，他這一刀無可收回，居然砍斷了增長天王的胳膊。增長天王已如爛泥般軟倒在地，七竅中不斷有鮮血湧出，他手腳不停地撞動，一時間不能就死。可他上身骨頭全斷，刺穿了五臟六腑，雖沒死，卻比死還要難受。

狄青一退再進，已到了持國天王的身前。持國天王一顆心突突大跳。怒喝聲中，腳尖點地，已倒退了出去。

持國天王眼見增長天王的慘狀，早就膽寒，只怕被狄青如法炮製，一把抱住，那可真的生不如死。

他倒退之中，單刀揮舞，瞬間已砍出十三刀。這十三刀招若清風，勢若霹靂，已是持國天王畢生之力所聚。刀勢如潮，沸沸揚揚，捲動了空中的梅瓣殘雪，聲勢浩大，天底下，只怕少有人敢正攖其鋒，長驅直入！

但是，狄青敢！狄青眼中陡然間寒光一閃，揮拳擊出。他一拳竟然從那寒光之中打過去，打在了刀身之上。喀嚓一聲，單刀斷為幾截。那幾截斷刀被大力激盪，霍然倒飛，已射入了持國天王的體內。持國天王大叫一聲，落地時腳步踉蹌，身形再閃，已沒入了黑暗之中。狄青才待追去，張玉晃了兩晃，向地上倒去。

狄青回頭一望，已放棄了追趕持國天王的念頭，轉身抱起張玉，向曹府外奔去。方才那一幕仍在他腦海中迴蕩，究竟是怎麼回事，他也不清楚。狄青只知道方才那兩條龍在腦海中浮現的時候，他陡然恢復了體力。他不但恢復了體力，而且體力更勝從前十數倍。

持國天王連砍數刀，在狄青眼中，竟慢了許多，因此狄青可輕易地打折持國天王的單刀，扼殺增長天王。這種力量從何而來，怎麼會來？狄青滿是困惑。

才奔出幾步，狄青突然腳下一軟，跟蹌倒地。他這時候才發現，方才的那股力道已消失無影，而他此刻虛弱不堪，走路都困難，更不要說是抱人。

一人奔過來接過張玉，道：「狄青，我來吧。」那人滿面羞愧，正是李禹亨。方才眾人激戰，李禹亨心生膽怯，除了吹哨示警外，不敢置身其中。在一旁見到狄青、張玉二人為對方不惜捨卻性命，不由羞愧交加。本以為狄青、張玉必死，不想狄青竟然能擊敗兩天王，不顧自身，還要救張玉，不由心中大悔，衝了出來。

狄青掙扎了兩下，發現已筋疲力盡，說道：「禹亨，你先帶張玉去找大夫，不要管我。我……沒事。」突然臉色微變，聽到有人低語道：「狄青應該死了吧？」那聲音中帶些倨傲和自得。

「噓……」另外有一人低聲道：「事情才開始，小心隔牆有耳。」那聲音有些冰冷。狄青一陣茫

然，不知這聲音從哪裡傳來。

李禹亨見狄青臉色鐵青，擔憂道：「你……你真的沒事？我知道……你肯定怪我，我對不起你們。」說罷抱起張玉，向外奔去。

狄青一怔，心道，我怪禹亨嗎？他在危急的時候躲了起來，的確讓人有些不滿。但那時候生死關頭，他加入進來，也於事無補。再說，命只有一條，做抉擇還不在於自己？我不應該怪他的。

見李禹亨消失在黑暗之中，狄青擔心張玉的生死，掙扎著站起來，踉蹌向前走去。心中卻奇怪方才的聲音到底是怎麼回事？

正行走間，西廂的方向走來了兩人，狄青心中一驚，止步不前。那兩人也是停住腳步，手按腰間。

那兩人正是夏隨和邱明毫。

二人見到狄青，不約而同道：「狄青，怎麼是你？」

狄青一聽到二人的聲音，腦中宛若閃電劃過，渾身顫抖起來。他終於想到，方才那神祕的聲音，正是夏隨和邱明毫在對話。

方才夏隨、邱明毫離他極遠，他怎麼可能聽到二人的聲音？這其中到底有什麼古怪？狄青一陣迷惑，可更大的驚怖湧上了心頭……

這本是一個圈套，誘他狄青送死的圈套！

夏隨布了這個局，是不是要借兩大天王之手殺了他狄青？兩大天王是誰？夏隨和他狄青素無交往，為何要處心積慮殺了他？

第十三章　圈　套

狄青驚疑不定，感覺如籠中困獸。這是一張早有預謀的大網，網中的大魚難道就是他狄青？

狄青甚至開始懷疑，那兩大天王並非彌勒教的叛逆，而是夏隨埋伏下的人，不然夏隨為何肯定他狄青會死？他狄青若死了，就是死在彌勒教徒手上，沒有人會懷疑夏隨！

狄青虛弱不堪，瞥見夏、邱二人手按刀柄，更是寒心。冷風中，三人互望，眼神中都帶著警惕戒備之意。夏隨終於上前一步，問道：「狄青，你可碰到了彌勒教徒？」

狄青心亂如麻，回道：「有兩個……」

邱明毫冷冷道：「你莫要大言不慚，若增長、持國天王真出手，你怎麼還會站在這裡？」

狄青心頭一震，反問道：「我並沒有說是哪兩個！為何邱捕頭竟然知曉是誰出手？」

暗夜中，邱明毫臉色有些改變，轉瞬沉冷道：「我們要捉的就是這二人，難道曹府還有別人出手？」

狄青心中憤怒，可知道性命攸關，反譏道：「增長天王被我所殺，張玉、李禹亨親眼所見。你們若不信，何不去看看？」

邱明毫臉色又變，握刀的手上青筋暴起。夏隨退後一步，失聲道：「你能殺了增長天王？」

狄青故作輕鬆道：「夏指揮找我來，不就是想讓我捉賊嗎？在下幸不辱命了。」

邱明毫上下打量著狄青，緩緩道：「可你好像也傷得不輕。」他向夏隨望去，眼中隱約有了徵詢之

意。

狄青一凜，雖恨不得躺下休息，還故作鎮靜道：「一點小傷，不妨事了。」他只怕邱明毫二人看出他渾身乏力，就會立即出刀殺了他。

邱明毫眼現殺機，才待上前。遠方突然傳來腳步聲，一人飛奔而來道：「夏指揮，並沒有再發現盜匪的蹤跡！」

邱明毫送開握刀的手，歎了口氣。來人卻是驍武軍的副都頭王珪。夏隨緩緩搖頭，也鬆開了握刀的手，皺眉道：「那就奇怪了，我方才明明看到了賊蹤。王珪，其餘地方怎麼樣了？」向邱明毫使個眼色。邱明毫會意道：「我先去馬廄那面看看。」

王珪搖頭道：「其餘的地方，都是故布疑陣，並沒有敵人出現。」見狄青身上滿是鮮血，驚詫道：

「狄青，你和他們交手了？」

狄青點點頭，已看出王珪和夏隨並非一路人。王珪來得倒巧，正救了狄青的性命。王珪忍不住道：

「他們是誰？」

「是彌勒教的增長天王和持國天王。」狄青回道。

王珪大奇，「他們不是死了嗎？這次要抓的，不是他們呀？」

夏隨臉色又變了下，譏誚道：「死人說不定也會復活。」若有深意的望了狄青一眼，夏隨吩咐道：

「王珪，你隨我去馬廄看看。說不定還能找到些線索。」

王珪本待再問些什麼，無奈聽令。見狄青搖搖欲墜，關切道：「你還好吧？」

狄青咬牙道：「一點小傷，算不了什麼。」王珪這才和夏隨離去，狄青體力稍復，不敢久留，踉蹌

地出了曹府，已是一身冷汗。

突然曹府中鑼聲梆梆，已有人開始救火。狄青扭頭望過去，見到馬廄的方向也是火光沖天，好像想到了什麼，哂然冷笑。狄青牽掛張玉的傷勢，知道這裡並非久留之地，便匆匆奔軍營而去。他受傷著實不輕，路上歇了兩次，這才趕到軍營。

才入軍營，趙律已迎上來道：「狄青，你沒事吧？」

狄青胸口奇痛，顧不得自身，忙問，「張玉呢？」

趙律皺眉道：「他還在昏迷中，你們的運氣真的不好，好像只有你們遇敵了。」

狄青心中冷笑，更加肯定這是夏隨布下的圈套。旁人還是稀里糊塗，狄青覺得事情已很明瞭。旁處沒有見到真正的敵人，唯獨馬廄有兩個殺手，不用問，那殺手就是為狄青準備的，餘處警情肯定是夏隨故布疑陣。夏隨殺了狄青，就可把一切都推到彌勒教身上。夏隨算得很巧妙，但他千算萬算也沒有想到，狄青竟然沒死！夏隨當然也沒有算到，狄青隔得雖遠，還能聽到他和邱明毫的對話。

狄青信自己聽到的那聲音，可還有些困惑。他為何能聽到那些聲音？夏隨為何要殺他呢？想起夏隨走前那陰冷的目光，狄青拳頭已握緊。他尋思的時候，已到了張玉床前。

張玉緊閉雙眼，李禹亨守在張玉身邊，見狄青前來，霍然站起道：「狄青，張玉傷得很重，大夫說他不見得能醒來了……」

狄青看著張玉蒼白的臉，喃喃道：他不見得能醒來了？他心中憤怒之意更濃，突然想起當年大哥莫名被打一事。

李禹亨滿臉愧色，失神落魄的退後兩步，喏喏道：「我……我沒用……」

狄青歎口氣，拍拍李禹亨的肩頭道：「你……」狄青也不知如何安慰，他心中對李禹亨也有不滿，但見李禹亨如此，反倒責怪不出口。良久，狄青才道：「你照看張玉，我出去一趟。」

李禹亨怔怔地點頭，狄青已快步離去，可沒走多遠，就呆呆地坐了下來。等見東方凝霜之時，狄青這才疲倦的伸了個懶腰，回營中看了眼，張玉依舊沒有醒轉。

趙律前來，見張玉如此，也是連連搖頭，又知道狄青受了傷，讓他休息幾日，這幾日莫要當值了。

狄青點點頭，信步走在街上，胸中怒火漸漸高燃，腦海中只有一個念頭，「此仇必報！」他沉思一夜，已想得明白。他和夏隨，只能活一個！這件事，就算他裝糊塗，但夏隨一次殺他不成，肯定還要殺第二次。

狄青本是熱血的漢子，做事講求恩怨分明。這些年雖是消沉，但血性不改，夏隨要殺他，他就要殺回去，這當是天經地義。想到報仇之時，狄青又想到，這件事不必告訴郭大哥，也絕不能連累他！殺了夏隨，若僥倖不死，就要亡命天涯了。若是死了呢，最少也要一命換一命。

嘴角帶著苦澀的笑，自此後，狄青沒想到當初沒有逃命，時隔多年，他還是一樣的下場。難道這就是命？

一想到亡命天涯的時候，狄青胸口大痛，腦海中又現出那清麗脫俗的面容，神色黯然。這註定是一段沒有結果的相遇，難道這也是命？

狄青搖搖頭，竭力甩去腦海中的影像，又感覺胸口劇痛。他分開胸口的衣襟，見胸口微陷，竟印著「五龍」二字，突然省悟過來。原來當初那叉柄雖戳中他的胸口，卻擊在了黑球之上，若不是那黑球擋了下，只怕他早被那一叉戳死了。

狄青心中一動，暗道：當初在曹府，我突然間不但體力盡復，而且強悍十倍，難道是和這個東西有關？不然何以解釋我能擊殺增長長天王？狄青看著五龍，五龍幽幽，並沒有任何動靜。終於又將五龍揣回懷中，出了軍營。他雖有殺夏隨的念頭，但如何去殺，一時間卻沒有頭緒。

紅龍、金龍、天王、彌勒……種種古怪紛至逤來，狄青想了半晌，不得要領。

狄青心中苦悶，抬頭見有個酒樓，走進去喝悶酒。今日京城祭祀，酒樓中有百姓議論紛紛，更多的百姓則早就湧到朱雀門附近一觀盛況。

狄青坐在靠窗的位置，舉目望去，見整個京城蒼蒼茫茫，雪止而風不停。祭祀之日，滿是蕭殺。可那蕭殺的氛圍中，卻有一樹紅梅迎著怒風，在白皚皚的雪中展露倔強之意。

狄青望著那紅梅，突然想起「未見君子，憂心忡忡」這八個字。他就算亡命天涯一輩子，也不會忘記曾經在汴京遇到過那女子，儘管他連女子的名字都不曾知道。但那女子呢？多年以後，那女子或許還能記起，或許已經忘記！狄青想到這裡，心中又是一痛，癡癡的望著紅梅，似已呆了。

就在這時，酒樓外有幾人走進來，大聲叫道：「夥計，先來幾碗酒暖暖身子。」狄青斜睨過去，見是厲戰、宋十五等人，心中微動。厲戰這些人都是驍騎軍的人手，也是夏隨的手下，當初圍攻曹府的時候，這幾人均在府外候著。狄青見了這些人，心中厭惡，扭過頭去。厲戰等人卻沒有發現狄青，坐下來後大呼小叫，宋十五道：「今日偷得閒暇，能喝兩碗酒，眾位兄弟都快點，一會兒還要去當值。」

厲戰道：「急什麼？京中內外禁軍幾十萬，我們不過是守著外城，你放心吧，出不了什麼婁子。」

高大名得意道：「就算有點事情能如何？昨日我們那般辛苦，今日又要當值，鐵打的都要休息一會兒，我們喝點酒，又有什麼大不了？」

酒水剛上，眾人才待飲酒，酒樓外又跑進一人道：「你們怎麼還在這裡喝酒？夏指揮找你們，快點去。夏指揮說，今日當值後，請你們在這裡喝酒。」

宋十五等人大喜道：「那敢情好了，今晚我們不醉不歸。好了，這就走吧。」對酒樓老闆喝道：

「這酒錢先記下了，晚上一起算。」

酒樓老闆賠笑道：「幾位官人好走，這酒錢……不急了。」驍騎軍素來在京城飛揚跋扈，老闆只求他們不要鬧事，一些酒錢，是斷不敢討要的。

等宋十五那些人離開後，狄青滿了一碗酒，嘴角帶著冷笑，喃喃道：今晚不醉不歸？他一直犯愁怎麼宰了夏隨，暗想今晚夏隨一幫人若是喝得酩酊大醉，那自己的機會就來了。

狄青想到這裡，心中振奮。抬頭見那紅梅映雪，梅枝橫顫，突然想到，過了今晚，無論死活，只怕此生再也見不到她了。呆呆地望著紅梅，不知多久，狄青算過了酒錢，信步向麥秸巷的方向走去。

這時朝廷大祭，萬人空巷，雖是白日，麥秸巷也是清幽如夜。狄青到了麥秸巷，只聽風聲嗚咽，見雪屑飛舞，梅花傲雪，可意中人終究不見，狄青立在梅樹之前，見樹下腳印凌亂，當不止一個人的足跡。細心地找那窄窄的足跡，過了良久，緩緩蹲下來，撿起一瓣殘花，花已殘，字跡早就不見，狄青心道，所有的一切，都已過去了。

雖是這般想，可心中又是一股悲意上湧，拔出刀來，揀了塊平地想要寫些什麼。狄青想了半晌，只寫了「珍重」二字。轉念又想，她多半以為我不會來了，她多半也不會看到這兩個字。可是……我知道自己想什麼就好，何必讓她知道呢？凝望著地上的兩個字，狄青沉默良久，這才仰天笑了聲，笑聲中，帶著無盡的淒涼落寞。

回轉身，就要離去，可笑容陡然僵在臉上，身軀顫抖。

只見那千思百想的女子，不知何時，已站在他的身前。幾日不見，那女子依舊榮光絕代，但卻憔悴了些，見到狄青那一刻，眼中閃過絲光彩，卻不發一言。

狄青癡癡地望著那女子，一時間也不知如何是好。那女子目光從狄青的臉上望到他的手腕上，突然驚道：「你受傷了？」

狄青這才感覺到絲絲的痛楚，不是手腕，而是心口。強笑道：「我們這些人，整日打架鬥狠，不傷才不正常。」

女子眼中閃過一絲憐惜，上前要為狄青包紮傷口，狄青後退一步，說道：「不用了，多謝你。」他已決意要殺夏隨，然後逃竄天涯，只想女子忘了他。他懷中還有那方絲巾，本想取出以絕女子的心意，他看得出，女子喜歡他，至於為什麼喜歡他，他真的不知。可那方絲巾是女子給他的唯一物件，他又怎麼捨得拿出來？

女子見狄青突然變得冷漠，眼中露出訝然，本待問什麼，可終於垂下頭去，卻正巧見到地上那刀劃的兩個字。

女子不語，也不抬頭。狄青卻見到兩滴水珠落到了雪地上，打出淺淺的兩點痕跡，風過無痕，可淚過呢？傷心入骨。狄青見那女子傷心，心中歉然，本待安慰幾句，可知道徒亂人意，狠心道：「天冷，你回去吧。」那冰冷如雪的言辭下，卻有著如火般的關切。

女子幽幽道：「你要走了？」

狄青道：「是。」

女子又問，「再也不回來了？」

狄青道：「是。借路，請讓讓。」

女子霍然抬頭，忍著淚，見到狄青眉間刻著的憂愁，突然有了種恍然。才待閃身到一旁，可腳下一滑，就要摔倒。狄青見狀，慌忙伸手去扶，握住那冰冷細滑的手腕，身軀又是一顫。女子站穩了，低聲道：「謝了。你……也珍重。」

狄青見她淚珠盈盈，心中一陣惘然。又見寒風如刀，不想女子受冷，硬起心腸道：「好。」他大踏步離去，再不回頭，只聽到那女子低聲道：「泛彼泊舟，亦泛其流。」狄青身子微凝，聽那女子念的好像還是詩經。腳步只慢了片刻，再次加快而去，最後只聽到女子說道：「泛彼泊舟，亦泛其流。耿耿不寐，如有隱憂。」

狄青早去得遠了，心中卻迴蕩著那四句話，「泛彼泊舟，亦泛其流。耿耿不寐，如有隱憂。」知道這詩是說有人憂愁，可女子到底是說他狄青，還是說自己呢？狄青想不明白，加快了腳步，逃命般的回到郭府。

郭遵不在府中。郭遵亦不在。狄青心中有些失落，暗想若是郭遵在，自己就可以問問那詩句是什麼意思，若是郭遵在，自己也可謝謝郭大哥多年的照顧。可轉念一想，知道了又如何？謝過了又如何？知道了不過是徒增煩惱，這種兄弟情深，又豈是一個謝字能夠解決？

狄青坐在屋前，先睡了會兒恢復體力。等醒來時，已近黃昏。

狄青也不整理行李，只是拔出腰刀，在一塊大石上磨了起來。等到刀磨得和冰一樣冷厲之時，望著刀身上的一泓亮色，喃喃道：刀兒呀，今晚我只能倚仗你了，以後亡命也只有你跟隨了……見天色已晚，收刀入鞘，仔細地整理下裝束，務求出招的時候乾淨利索，不被行裝所累。

新月已升，狄青戴了頂氈帽，大踏步地出了郭府，隨意找了間酒肆，吃了半斤羊肉，又嚼了兩個饅頭，然後到了白日喝酒的地方。

狄青心中微動。他先將氈帽壓低，本待進去打探下動靜。不等進了酒樓，只聽到遠方的街上大呼小叫聲傳來。狄青心中微動，閃身到了陰暗的角落，只見到夏隨帶著七八個人過來，宋十五、厲戰、高大名、汪鳴都四人在，還有幾個陌生的面孔，卻沒有邱明毫。狄青心下稍安，暗想少了邱明毫，對付個喝醉的夏隨，還是有幾分把握。

夏隨囂張道：「這幾日眾兄弟們辛苦了，今晚喝個痛快，不醉不歸。誰他媽的不喝裝孫子，老子絕不饒他！」眾人轟然叫好，狄青心中微喜，暗想你們這幫龜兒子喝得越多越好。他只是站在酒樓旁的一個巷子背風處，盯著酒樓的方向。

寒風森冷，昏月無光。

約莫過了一個時辰，酒樓處又是喧譁陣陣，狄青活動下有些麻木的身軀，瞪大眼睛望過去。夜色中，酒樓的燈火更顯明亮，夏隨已喝得酩酊，被兩個手下攙扶著出了酒樓，那兩個手下也是腳步踉蹌，一不留神，三人都跌倒在雪地之上。夏隨也不惱怒，還高叫著，「來繼續喝，不喝是孫子。」他陡然要嘔，可嘔了幾口，卻沒有吐出什麼。

狄青見狀，心中微喜，暗想這幾人均喝醉，正是蒼天有眼，給機會讓他報仇雪恨。手按刀柄，狄青正要衝出去了結夏隨，不想一隻大手突然按到了他的肩頭。那隻手極為寬厚有力，按在狄青肩頭，重逾千斤。

狄青大驚，只以為身後來了敵人，回肘一撞，正中那人胸口。竄上前兩步，轉身就要拔刀。不想身後那人被狄青一撞，若無其事，反倒邁步上前，一把抓住了狄青的手腕，低聲道：「是我。」

狄青只覺得手腕如被鐵箍扣住，本是心驚，聽到那人的話語，定睛一看，驚道：「郭大哥，怎麼是你？」

來人竟是郭遵！

郭遵臉色森然，並不答話，伸手拖住狄青，朝巷子深處走去。狄青扭頭望去，見夏隨等人漸漸走遠，不由心中大急。可郭遵拖著他，他也只能眼睜睜地看著夏隨遠走。等過了幽巷，到了一條長街上，郭遵這才鬆開手，冷冷問道：「你來做什麼？」

狄青猶豫片刻，終於道：「殺夏隨。」

狄青恨恨道：「因為他要殺我，若不是足夠幸運，昨晚我就死了。」

郭遵望著淒清的長街道：「幸運不是總有的。」

狄青道：「不錯，幸運不是常有。我不想你為難，也不想你參與此事。這次殺了他後，我會亡命天涯，你就當……從未有過我這個兄弟！我求求你！」他轉身要走，郭遵冷笑道：「我只攔你一次。可你硬要送死，我也沒有辦法。」

狄青心中一凜，止步道：「為何這麼說？」

郭遵道：「你可知道夏隨這人酒量極宏？我從未見到他有喝醉的時候。」

狄青一顆心沉了下去，吃吃道：「那他今日……」

郭遵淡淡道：「他今日身邊帶了三個高手，再加上裝醉，你若去了，必死無疑。」

狄青有如被盆冷水澆下來，渾身冰冷，「他裝醉，他為什麼要裝醉？」

郭遵冷笑道：「那還不簡單，因為他在等人上鉤。他在等個白癡以為他喝醉了，前去殺他，然後就殺了那個白癡。」

狄青冷汗直冒，這才發覺碰到宋十五等人不是巧合，夏隨醉酒亦是個圈套。原來這一切不過是夏隨再次布局，他若是稀里糊塗去刺殺，說不定已被夏隨格殺當場。

狄青被郭遵幾句話點醒，可心中還有疑惑，忍不住道：「郭大哥，你怎麼知道夏隨要布局殺我？」

郭遵道：「我已問過王珪、趙律、李簡和李禹亨幾人，知道曹府捉亂黨一事大有問題。方才又看你咬牙切齒，夏隨故作醉酒，幾下一湊合，當然就明白了。夏隨的確想殺你，他也不能確定你是否已經猜出來了，因此他就布下這圈套再次誘你，你若上鉤，自然死路一條。你若不上鉤，他只以為你沒有看出破綻，反倒暫時不會再動手。」

狄青心中怒急，「他不動手又如何？他要殺我，難道我就這麼忍著？」

郭遵臉上隱有悲哀之意，良久才道：「你實力不濟，不忍能如何？難道伸著腦袋讓人去宰？」

狄青舒了口氣，緩緩道：「好，我忍！」他心中卻想，這種事無憑無據，自己已拖累郭大哥太多，當然不能請郭大哥幫忙，既然如此，只能再等待機會。他把仇恨埋起來，神色反倒變得平靜。

郭遵看了狄青半晌，說道：「跟我來。」他信步向前走去，又入了一巷子，找了家酒肆坐下。

天寒地凍，那酒肆早無客人。店中只有一盞油燈，昏黃若月，一老者望著孤燈，靜靜地等待。他或許是等待著客人，或許等待著年華老去。像他這樣的人，如今看起來只餘等待。

鬱，讓那個曾經粗莽的鄉下漢子，已慢慢變得深沉起來。

聽腳步聲傳來，老者起身相迎道：「郭官人，你來了。照舊嗎？」原來那老者是認識郭遵的。

那老者臉上有道刀疤，斬斷了眉毛，容顏顯得有些怪異，一腳微跛。狄青見了，突然想到自己的大哥狄雲，心中對老者已有同情之意。

郭遵點點頭道：「麻煩劉老爹。這麼晚還開著店嗎？」

劉老爹臉上皺紋有如刀刻，聞言笑道：「我只怕你不來麻煩我。人老了，很難睡著，難得你來陪陪我。這位小哥是你的朋友？」

郭遵點點頭道：「是，他叫狄青。」

劉老爹「嗯」了聲，又認真看了狄青一眼，問道：「照舊嗎？」

郭遵點點頭，簡潔道：「兩份。」

劉老爹不再多言，跛著腳去了後堂，一會兒就端來了數碟滷味，兩壺酒。然後靜悄悄地離開，似已習以為常。

狄青忍不住問道：「郭大哥，你經常來這裡嗎？」

郭遵點點頭，提壺倒了杯酒，自斟自飲，神色悠悠，似乎想著什麼。狄青見郭遵如此，突然感覺，那劉老爹是在等郭遵，因此才遲遲不肯關店。郭遵顯然也經常來這裡，狄青看著那幾碟滷菜，一壺酒，想著郭遵雪夜獨飲，又覺得，郭大哥很寂寞，還有很重的心事。

可狄青何嘗不是心事重重？他給自己倒了酒，抿了一口，只覺滿嘴的苦澀。

郭遵放下酒杯，突然道：「今日祭祀前，天子還是帶文武百官去了會慶殿，先給太后祝壽，然後才去天安殿接受朝臣的朝拜。」

狄青記起郭遵以前所言，皺眉道：「難道說太后真的準備稱帝了？」

郭遵避而不答，又道：「前些日子，范仲淹和宋綬都被貶出了京城。」

狄青喃喃道：「他們當然是因為建議太后還政於天子，這才惹惱了太后吧？不過，這和我有什麼關係？」

郭遵凝望狄青，緩緩道：「可我要說的一件事，卻和你大有關係。夏隨本是太后的人！」

狄青腦海中電光一閃，失聲道：「他蓄意殺我，難道還是因為馬中立的緣故？」

郭遵端起酒杯，沉默無言。沉默有時候就代表著認可。

狄青終於明白了事情的原委，一陣心悸。

郭遵盡了杯酒，又道：「你想必都明白了，你的案子雖已結了，事情並沒有完結。夏隨是太后的人，這次殺你，多半是為季良出氣。」他目光閃爍，欲言又止。

狄青沒有注意到郭遵的異樣，握杯的手青筋暴起，「我明白了……」

「你明白了，可我有件事反倒不明白。」郭遵眼中厲芒一閃，沉聲問道：「你怎麼有本事再次殺了增長天王？」

郭遵目光灼灼，狄青卻問心無愧，苦笑道：「我不知道。」

「你不知道？」郭遵皺眉問道：「你怎麼會不知道？」

狄青猶豫片刻，伸手入懷掏出五龍放在桌上，為難道：「我真的不知道，郭大哥，我……只怕是這個東西在作怪。」他根本不知如何解釋，也以為郭遵不會相信他的解釋，不想郭遵見到五龍，臉色陡變，失聲道：「這五龍怎麼在你手上？」

那一刻，郭遵眼中滿是驚駭、詫異，以及無邊的困惑，甚至還有些恐懼的樣子。狄青見狀，大惑不解，吃吃問道：「郭大哥，你見過這個東西？」

喀嚓一聲響，郭遵手中酒杯已破，可他渾然不覺，喃喃道：「彌勒下生，新佛渡劫。五龍重出，淚滴不絕！這五龍……終於又出來了。難道……他說的竟然是真的？」

狄青聽郭遵竟和當年的多聞天王所言的一模一樣，駭然道：「郭大哥，你怎麼了？」心中又想，郭大哥說的他，又是哪個？

郭遵終於回過神來，盯著桌上的五龍，良久才伸出手來，輕輕觸了下，臉上又現出困惑之意，低聲問，「狄青，你怎麼會得到了五龍？」

狄青雖詫異郭遵的反應，還是將當日發生的一切說了一遍，他早當郭遵是親人一樣。這件事，他藏了許久，除了郭遵，也找不到旁人傾訴。

郭遵神色恍惚，像是認真在聽，又像是根本沒有聽。狄青說完，見郭遵失魂落魄的樣子，忍不住道：「郭大哥，到底是怎麼回事？這一切……是我的幻覺？還是這五龍真的……有古怪？」

郭遵回過神來，遲疑道：「這五龍……本是先帝所有。」

狄青失聲道：「這是真宗之物？」

郭遵陷入迷惘中，眼望油燈，忽明忽暗的燈火照得郭遵臉色也陰晴不定。許久，郭遵才低聲道：「其實我也不敢肯定。先帝在時，我是他的御前侍衛，我有段日子，就見他拿著這五龍，整日沉吟不語。」

狄青目瞪口呆，不解問，「既然是先帝之物，怎麼會藏在彌勒佛像身上？既然是先帝的東西，多聞

天王怎麼會知道此物藏在哪裡？那四句話說的到底是什麼意思？郭大哥，你到底都知道些什麼？

郭遵歎口氣道：「我真希望自己能知道。」他又有些悵然，突然一把抓住了狄青的手，急切道：

「狄青，我只知道，這五龍是不祥之物。你丟了它，好嗎？」

狄青一怔，訝然道：「為什麼？」他從來不覺得五龍有什麼不祥，相反，在他心目中，五龍一直在幫他。

郭遵嘴角抽搐，眼神中帶著說不出的悲哀之意，良久才道：「你莫要問，我也不知道。」

狄青一把抓住五龍，搖頭道：「郭大哥，我不能丟掉它，你莫要逼我！」

郭遵身軀一震，霍然站起，渾身顫抖，眼神變得極為犀利，甚至還夾雜著幾分凶狠。

狄青見郭遵臉色驚怖，心頭凜然，一時間也變了臉色。

燈火跳躍，郭遵臉上的肌肉都有些跳動起來，嘶聲道：「你為什麼不丟掉它？」他痛苦中夾雜著不安，竟失去了常態。

狄青一字字道：「我若沒有它，當初已死在增長天王手上！」

郭遵身軀一振，遽然恢復了冷靜。緩緩地坐下來，喃喃道：「你若沒有它……說不定……」他看到狄青滿是激動的神色，終於歎口氣，沒有再說下去。

狄青心中奇怪，暗道，郭大哥到底想說什麼？我若沒有它，說不定什麼？

郭遵提起酒壺，慢慢地滿了杯酒，恢復了平靜。心中在想，「這五龍再出，難道說那人的預言竟是真的？可若是真的，狄青會不會有事？這五龍在我眼中是個禍害，可在狄青心目中呢？他這些年落魄潦倒，難得喜歡上一物，我怎麼忍心讓他丟了五龍？大相國寺被毀，彌勒佛像損壞，太后震怒，原來也是

因為這個五龍。太后究竟知道些什麼？多聞天王到底是誰？他怎麼會知道五龍的下落？吐蕃的不空為何也要求五龍？」所有的一切，在郭遵心中已成難解的結！

良久，郭遵才道：「先帝信神，當年舉國信神修道觀的事情，你當然知道了？」

狄青點頭道：「那是多年前的笑談了。就算我們鄉下，也都說真宗很糊塗，自欺欺人。」

郭遵哂然道：「當初先帝說天降祥瑞，神人授他天書，這件事的確很多人不信。但先帝總是個君王，若沒有些詭異，他如何會如此癡迷？我知道，這五龍，應是神給他的東西。」

狄青一振，「神？真的有神？怎麼可能？」

郭遵不答，繼續道：「太后也不信真宗所說的一切，而且對真宗所謂的什麼天書極為厭惡。在真宗死後，太后就將真宗的一切都封存在永定陵。我當初以為，這五龍也已封在永定陵了。今日聽你所言，我才知道當年太后將五龍藏在了彌勒佛像中。不想天意冥冥，你竟然誤打誤撞得了它。」

狄青問道：「那五龍重出四句話，又是什麼意思？」

郭遵道：「這本是當今一個隱士所言。當年太后曾就五龍一事，詢問過那隱士，那隱士才說出這四句偈語。具體什麼意思，只怕除了那隱士外，沒有人知道了。」

「那隱士叫什麼名字？」

郭遵沉默半晌才道：「他叫邵雍，聽說他本是陳摶的徒孫，得陳摶弟子李之才的真傳。」

狄青忍不住問，「陳摶？就是和太祖在華山論棋的那個神仙嗎？」

郭遵點頭道：「不錯，都說陳摶此人已和神仙彷彿。當年太祖就是得陳摶的指點，這才能從一尋常禁軍起家，和太宗憑四拳雙棍打下了大宋四百軍州。」見狄青欲言又止，郭遵問道：「你想說什麼？」

狄青猶豫道：「當年給我娘看命的術士，就是陳摶。」

郭遵一震，失聲道：「陳摶說你娘能生出個宰相來？」

狄青點點頭，沉默半晌才道：「這些都是妄言了，當然做不了準。我算什麼？怎麼有當宰相的命呢？」

郭遵目光又移到五龍之上，含義極為複雜，像是思索著什麼。良久才道：「或許這就是天意吧……」

狄青不解道：「郭大哥，你說什麼是天意？」

郭遵澀然一笑道：「天意讓你得到五龍，可你若不丟掉它，以後莫要後悔。」他臉色沉重中帶著分無奈，卻不再勸狄青丟棄五龍。

狄青凝聲道：「我做的事，我不會後悔。」

郭遵緩緩站起來，看起來滿懷心事。長長地歎口氣，說道：「我還有其他事要做，先走一步。你這次沒有去殺夏隨，夏隨想必覺得你沒有看穿他的心機，一時間應該不會再對你下手。你多多留意，暫時不會有事。」

狄青見郭遵要走，突然想起一事，急問，「郭大哥，那偈語除了你和太后，還有別人知道嗎？」

郭遵沉吟片刻，搖頭道：「應該沒有了。」

狄青目光閃動，一字字道：「既然那偈語除了你和太后外，沒有人知道。那多聞天王為何能知道？這個祕密，當然不是你和太后告訴多聞天王的，難道說……是邵雍告訴他的？」他想到疑點，興奮道：「或許我們可以從邵雍的身上，查得多聞天王的下落。」

郭遵歎口氣道：「邵雍乃奇人隱士，居無定所，想找他，談何容易？但我想多半不是他說的，會不會是⋯⋯」他目光閃動，似乎想起了什麼，再不言語，已消失在茫茫夜色中。

狄青冥思苦想，不得要領，暗想道：聽郭大哥所言，邵雍不會說這個祕密，郭大哥肯定也不會說，知道祕密的只有太后了。可太后當然也不會說！

一想到這裡，狄青大為頭痛，悄悄放下點碎銀，也出了酒肆。那酒肆的劉老爹並沒有出來，似乎早就睡了。

第十四章 羽 裳

夜已深，月色微。狄青信步走在京城街頭，想著郭遵今日所言，謎團種種，思緒萬千。

不經意地一抬頭，才發現自己竟又走到麥秸巷左近，心中不由一陣茫然，暗想自己終究還是忘不了那女子。可自己今日才辭別那女子，說得那般絕情，日後怎麼有臉相見？

但終究還是向那巷子走過去。未等近了巷口，狄青已發現有人正站在那梅樹之前，一顆心不由怦怦大跳。砰砰響聲不絕，從梅樹那邊傳來。狄青本以為是自己的心跳迴響，可驀地發現，原來站在梅樹前面那人竟然舉著個斧頭在砍梅樹。

狄青吃了一驚，慌忙上前，這才發現那人並不是他中意的女子，而是那女子的丫環月兒。月兒雖是瘦弱，砍樹的力氣倒是不小，砰砰聲中，積雪震落，木屑斜飛。狄青忙問，「喂，你做什麼？」

月兒砍樹正砍得全神貫注，沒留意身後來人，驚叫一聲，霍然轉身，竟一斧頭向狄青砍去！狄青一把抓住她的手腕，喝道：「你瘋了嗎，怎麼見人就砍？」

月兒終於認出狄青，用力掙扎了幾下。狄青只怕她殺過來，哪敢放手。月兒掙脫不得，突然啐了口，吐了狄青一臉口水。狄青慌忙後退，怒道：「你怎麼這般蠻不講理？我是狄青！」

月兒冷笑道：「我知道你是狄青，你怎麼還不去死？」

狄青見她說得咬牙切齒，不由大為奇怪道：「我……我怎麼得罪你了？當初的事情，我不是賠禮了嗎？」在他心目中，當初撞到那女子一事，已用鮮花賠過禮，除了那件事外，他自忖沒有得罪過月兒。

月兒罵道：「你這個大騙子，小姐被你害死了，你竟然還說說風涼話？」

狄青心中一凜，忙問，「你家小姐如何了？」

月兒叫道：「你不是說要離開京城，再也不回來了？她聽了很傷心，已哭了一整日，竟然還害了病，這下你滿意了？你撞倒小姐也就罷了，可為什麼送她鳳求凰？」

狄青詫異道：「什麼鳳求凰？」

月兒又是一斧頭劈過來，「你現在還不承認了？」

狄青心亂如麻，急急閃開道：「你別動不動就用斧頭，我看你是女人，才不和你動手，你不要以為我怕了你。你要我承認，總要告訴我，要承認什麼才好吧。」

月兒叱道：「當初你送給我家小姐那盆花，不就是鳳求凰了，你總不會告訴我，你沒有送過。」

狄青終於恍然，不想那花兒還有這雅致的名字。當初他只想表示歉意，一直不知道花的名字。他雖少讀書，可對鳳求凰的含義，多少還明瞭。這才明白為何那女子說謝謝他送的花之時，有些臉紅。

月兒道：「你送我家小姐花兒也沒什麼，可你不該三心二意，送了一女子花兒，還要去那種煙花之地，還為了個女人和別人大打出手。」

狄青不能不分辯道：「我真不是為了女人。」

月兒撇嘴道：「不是為了女人，難道是為了男人？」

狄青解釋不清，說道：「月兒姑娘，你相信我，我去那裡真的不是為了歌姬。」

月兒道：「我信你做什麼？不過我家小姐真的瞎了眼，竟然會信你無罪。她說你一定有難言的苦

衷，她覺得你不是壞人。你在牢獄中待了大半年，她就擔心了大半年。我們家鄉中有個習俗，說放風箏

畫上紅嘴玉，就能為人祈福，心想事成。你在牢獄中待了大半年，她就為你放了大半年的風箏。」

狄青怔住，風中顫聲道：「你說的是真的？」陡然想起再見之時，那女子說什麼「原來……」，言

下之意當然是——原來習俗是真的。

月兒冷笑道：「你別表錯情了，我說的雖是真的，可那是我家小姐心好，不是對你有意。」

狄青只能道：「你說的極是。可我……總算為你家小姐取回風箏……」

「取個風箏了不起？」月兒問道。

狄青心虛道：「也不是了不起，我也不知道……」

「你就知道去死對吧？」月兒諷刺道：「你如果什麼都不知道，為何數日都等在麥秸巷，失魂落魄

一樣？」

狄青一驚，訕訕道：「你怎麼知道？」

月兒冷笑，「我什麼不知道？你敢說你連續幾日在麥秸巷徘徊，不是等我家小姐？」月兒目如寒

冰，冷望狄青。

狄青不再迴避，挺起胸膛道：「不錯，我是等你家小姐。我知道自不量力，可我在麥秸巷轉悠，總

沒有什麼過錯吧？」

「你怎麼沒錯？」月兒不滿道：「你等不到我家小姐，難道不能去找她？她見血就暈，可卻為你包

紮傷口，她最怕冷，可卻為你數次等候。她為你做了那麼多，你竟然半分都體會不到？她主動來找你，

主動留言，你倒好，反倒端起架子來了，竟然幾晚不來，也不知道你是蠢牛，還是蠢笨得和牛一樣？」

狄青聞言，心中激盪，恨不得打自己兩巴掌，開口解釋，「我真的有事，你看，我有傷，那幾晚都在當值，幾乎要死了。」

「死了就不起了？」月兒又問。

狄青尷尬道：「那也沒什麼了不起。」

「那你最後一次來，為什麼要那麼絕情？還是你真的不過是個騙子？你既然走了，今晚為何還要過來？」月兒冷笑道：「你真的以為你所得到的天經地義？你真的以為我家小姐就要受你欺負？

狄青道：「月兒姑娘，我真的有不得已的苦衷，我知道都是我的錯。你打我也好，罵我也罷，可我只求你帶我去見我家小姐。我向她解釋一切，她原諒我也好，恨我也好，我都對你感激不盡。」本以為月兒刻薄，不會帶他前去，不想月兒望了他半晌，終於歡口氣道：「好吧，我帶你去。只盼你這次莫要再讓人家失望了。」

狄青得月兒應允，倒有些受寵若驚，見月兒拎著斧子當先行去，不由心中惴惴。二人過了麥秸巷，到了上次那女子進的朱門前，卻過而不入。月兒從側門而進，帶著狄青穿廊走園，到了一廂房前，低聲說道：「我家小姐多半就在這裡，你進去看看吧。她估計還睡著，你輕些。」

「你不進去？」狄青有些冒汗道。

月兒道：「我累了。」

狄青道：「難道你不能讓我歇一會兒嗎？」

狄青有些猶豫，道：「這是你家小姐的閨房吧？我怎麼能進去呢？」

月兒道：「你若真心想要見她，就算刀山火海都要進去，不要說是閨房！」狄青心中道，那怎麼一樣呢？為了她，我刀山的確不怕，可閨房那就不同了。還待再說些什麼，月兒臉色已冷了下來，道⋯

「婆、婆、媽、媽,好不男人。你不進去還是吧?那就和我出去吧!」

狄青忙道:「我進去,我進去。」才待先喊一聲,月兒道:「小姐可能在休息,你不要驚醒她。」

說罷轉身離去。狄青心中大為困惑,搞不懂這個月兒的心思。

望見那廂房依稀透著昏暗的燈火,狄青突然心中有了疑惑。他這段日子總在陰謀算計中打滾,驀然想到,難道這是一個圈套,不然月兒為何放心讓他一個陌生人去見她家小姐?可隨即嘴角又露出苦澀的笑,暗想狄青呀狄青,你又算什麼東西,值得他們為你這麼設計圈套呢?就算真的是圈套,跳進去又如何?

狄青左思右想,終於鼓起勇氣推開房門,才發現屋中空空蕩蕩,只燃了一盞青燈。屋內空曠,哪裡是什麼閨房?立在房間內片刻,才發現屋中還有道側門,狄青緩步走過去,推開房門,這才發現這裡香火繚繞,那女子正立在一祭案前,面對著一靈位,背對著狄青,動也不動。

狄青覺得有些不妥,才待退出,那女子聽到身後響動,幽幽道:「小月,你回來了?」

那女子只以為是小月前來,也不回頭道:「唉,他手腕受傷,傷口還沒有包紮,也不知道好些了沒有。可是我再也見不到他了。」

狄青略感尷尬,一時間不知說什麼才好。

那女子又道:「小月,你說我是不是很傻?我只見了他一面,只接受他送的一盆花,不知為何,當初見到他的第一眼,就覺得他有無盡的心事和憂愁,和我是一樣的人。我一直不相信一見傾心的事情,當初你說他和馬中立為女人爭風吃醋,並不是個好男人,我還喝斥了

狄青鼻梁微酸,只是默默地望著那女子,心潮澎湃。

但後來我相信了,你還笑我傻。當初你說他和馬中立為女人爭風吃醋,並不是個好男人,我還喝斥了

你，說他不是那種人，我和你賭過，他不是那種人！你輸了，是不是？」

那女子像是無聲無息地笑了笑，又道：「原來放紅嘴玉的風箏，真可實現一個人的心願。原來好人也終究會有好報。他沒事了，我很高興，可他真的喜歡我嗎？他在麥秸巷連續幾天風雪中徘徊，真的是在等我？小月，你知道嗎，我長這麼大，除了娘親和你外，再沒有別人這麼關心過我，我很喜歡。我聽他說了往事，才知道原來他也和我一樣，都很小失去了娘親。他為了大哥才參軍，因為平叛才受傷。我總是受傷，很讓人擔心，上次我為他包紮了傷口，但是他這次為何這般決絕的離去呢？我知道，他有為難的事情，卻不想讓我難過。可是他不知道嗎？他不告訴我，我更難過！」

女子突然伏在桌案上，失聲痛哭起來，狄青淚盈於眶，已不能言。

「娘親，他走了，真的走了，再也不會回轉。我知道，他的表情已經告訴了我一切。娘親，當初我幾乎想要說，我陪他一起浪跡天涯，但我怎麼能夠？我只能眼睜睜地看著他離去，那一刻，你可知道我心都碎了……娘親，我無人可求，只求你在天之靈保佑他，平平安安……」那女子已哽咽難言，陡然感覺有隻手輕輕觸及她的秀髮，女子霍然轉身，一把抱住了狄青，哭泣道：「小月……」突然感覺不對，撒手後退，見是狄青，嬌軀晃了兩晃，幾乎要暈了過去。

狄青嘴唇喏喏動了兩下，顫聲道：「我……」他聽那女子表達心意，早就激動莫名，雖有千言萬語，只是無從說起。女子卻是輕呼一聲，再次撲到狄青的懷中。二人緊緊相擁，更不多言。或許在彼此心中，此刻無言已值千言，無聲更勝有聲！

夜色沉寂柔美，空中幽香暗傳。狄青摟著那女子柔軟的嬌軀，一時間不知身在何處，一時間忘記了所有的榮辱心酸。

不知過了多久，女子輕輕地推開了狄青，後退兩步，臉上帶著分嬌羞道：「你不是走了嗎，怎麼又會回來？小月，你在哪裡？」女子心道，狄青絕沒有勇氣孤身到這裡，肯定是小月那丫頭帶他來的。

門外無人應答，女子臉上紅暈，擺弄衣角道：「狄青……你……」

狄青歉然道：「我……真不知道說什麼，我不知道你對我如此，若早知道……」見那女子明若秋水的眼眸望著自己，狄青提掌就要向自己臉上打去。

那女子柔荑已握住狄青的手掌，輕聲道：「我知道你肯定也有自己的難處。」

狄青突然發現一切已不用解釋，這女子不但有著脫俗的容顏，還非常善解人意，感慨道：「可我無論有什麼難處，都不應該那麼對你。」

女子眼角的淚珠滑落到嘴角，帶出嘴角的一抹靚麗弧線，「你知道對我說了也是沒用，反倒讓我為難，對嗎？」

狄青當初的確這般想，歎道：「我當初只想尋仇，以為退無可退，這才想著動手後出了京城，從此流浪天涯。當然……也可能斃命街頭，一死了結。」

女子嬌軀微顫，妙目望著狄青道：「那現在呢？」

狄青苦笑道：「現在想想，一些事好像還是可以忍得下來。」

女子輕聲道：「是呀，這世上總有些事情，當初看起來難以承受，但事後想想，也是不足一笑。狄青，你答應我，以後凡事多想想好嗎？」

狄青毫不猶豫道：「我答應你！」

女子嫣然一笑，突然身軀又晃了下，手撫額頭，狄青慌忙扶住她，「你怎麼了？」女子道……

「我……沒什麼。」

狄青這才想起月兒說過女子害了風寒，關切道：「你既然不舒服，回轉歇息吧。」

女子本待點頭，臉上又有微紅，搖頭道：「我還想再坐一會兒，你陪陪我好嗎？」

狄青不忍拒絕，點頭答應。扭頭望向那靈位，見到上書「顯妣楊門白氏之位」，暗想女子原來姓楊。

女子見狄青望向靈位，低聲道：「那是亡母之位。」

狄青聞言，畢恭畢敬的向那靈位深施一禮，心中默念道：伯母，在下狄青，幸遇令千金。只求你保佑她平安喜樂，狄青得她垂青，必定不負她的深情。

狄青多年落魄，鬱鬱難歡，陡然知道這女子和他身世相仿，對他又是這般情深，早就不能自己。在麥秸巷徘徊多日，狄青雖自不覺得，但情思早已深種。

等拜過靈位後，狄青才想起一直未問過女子的名字。以前的時候是因為羞澀，後來卻是因為自卑，等到稍有熟識的時候，又要訣別，何必問來？所以至今，狄青竟然尚不知道女子的姓名，甜蜜中多少也帶著歉然。

女子見狄青對自己的亡母尊敬，心中喜悅，見他沉思，問道：「你想什麼呢？」

狄青搖搖頭，「也沒什麼。我想我還不知道你的名字，未免太過失禮了。」

女子抿嘴一笑，「太過失禮嗎？也不見得！不過若是家母尚在，多半說呀，羽裳呀，你怎麼會認識這種糊塗的男人呢？」

狄青聽女子埋怨，臉色發赧，遲疑道：「原來姑娘叫做楊……」他正在琢磨到底是雨裳還是羽裳或

者另有別字的時候，女子突然起身，翩翩一舞道：「你難道不知道《霓裳羽衣曲》嗎？」

狄青見女子舞姿輕盈，竟給人一種虛無縹緲的仙境之感，慚愧道：「沒有聽過。」

那女子盈盈笑道：「這《霓裳羽衣曲》本是唐玄宗最得意之作，當時有人作詩贊云，『天闕沉沉夜未央，碧雲仙曲舞霓裳；一聲玉笛向空盡，月滿驪山宮漏長。』我娘親很喜歡那曲子，也喜歡這首詩，本來要給我起名霓裳，但又覺得太過華麗，後來終究還是定名羽裳。她說『女兒呀，平實是真，娘給你不取霓裳，起名羽裳，羽毛的羽，衣裳的裳，就希望你以後不求奢華，但求開心快樂，你要知道，快樂很多時候，是多少奢華都買不到的。』」

狄青由衷道：「原來你叫楊羽裳，你娘親說得真好……」心中暗想，狄青能得楊羽裳的青睞，那真是多少奢華都買不到了。

「是呀，所以我憂傷的時候，會找娘親哭訴；我開心的時候，也會來到這裡傾訴。我知道無論我開心不開心，她總有耐心聽我說的。」楊羽裳輕聲道。

狄青終於鼓起勇氣道：「那你以後無論憂傷還是高興，也可以向我說的。」

楊羽裳秋波微轉，欣然道：「好呀。」她輕輕打了個哈欠，忙用手掩住了嘴。狄青見狀，忙道：「很晚了，你先休息吧。我改天再來看你。」

楊羽裳搖頭道：「我還不睏。」眼珠一轉，笑道：「我說了自己名字的故事，你也應該說說自己的故事才好。」

狄青尷尬道：「我哪有什麼故事？」

楊羽裳不依道：「你不說，就不讓你走。」

狄青真是捨不得走，可見楊羽裳臉現倦容，卻也不忍她再熬夜，沉吟道：「真的沒有什麼故事，我幼時在西河，因爹娘死得早，總喜歡打架鬥狠。我最厭惡別人瞧不起自己，可是後來我終於明白了，或許命運註定，我就是被人瞧不起的人。」

楊羽裳安慰道：「王侯將相，寧有種乎？狄青，你要想別人看得起你，就要自己先有志氣才行。」

狄青見楊羽裳善解人意，心中感激，說道：「你說得不錯，我今後絕不會再讓旁人看輕。」心中暗想，為了你，我狄青也要奮發才行。

楊羽裳道：「當初你說為大哥這才和惡霸動手，好像其中有個叫小青的姑娘，她名字中有個青，你也有個青，你們是不是有緣呀？」

狄青忙道：「青山也有個青字，我難道和所有的青山也有緣不成？」見到楊羽裳雙眸中有狡黠的笑意，狄青道：「好呀，你取笑我。」

楊羽裳假裝板起臉道：「我怎敢呢？狄青，你不覺得……你長得很英俊嗎？」

狄青摸摸臉，苦笑道：「臉上刺了幾個字，也英俊不到哪裡去吧？」

楊羽裳道：「不然，我總認為，你本來的臉肯定太過俊美，反倒不好。娘親說了，世上太完美的東西，總會夭折的……」

狄青心中一顫，忙道：「這也說不定。」望著楊羽裳那美得沒有瑕疵的臉龐，狄青突然一陣心悸。

楊羽裳低聲道：「你臉上刺了幾個字，反倒去除了原先的美中柔弱，變得剛硬。你頭上的傷疤又是怎麼回事呢？」

狄青道：「說來話長了。」

楊羽裳道：「那說來聽聽。」她神態滿是依依不捨，狄青見狀，不忍拒絕，說道：「那可說是我畢生中，最難忘記的一場廝殺……」當年飛龍坳的慘狀再次浮現在腦海，狄青忍不住將當年的事情說了一遍。雖事隔多年，楊羽裳仍聽得驚心動魄，美目不時流露出驚駭之色，她畢竟還是閨中少女，平日不要說見識這種血腥，就算聽都沒有聽過，等聽到狄青為救郭遵出手，臉上已有了尊敬之意，說道：「狄青，我真的沒有看錯你呀，那時候還能出手，真的是丈夫所為！」

狄青得意中人讚許，淡淡笑道：「其實你過獎了，我事後幾年總是問自己，當年出手值不值？有時候，不過是意氣而起。」

楊羽裳緩緩道：「生死關頭，方顯英雄本色。我倒覺得，就是那一刻，才能真正現出人心的本色。那後來呢？」

狄青道：「伊始是郭大哥救了我，後來是我幫了他一把，再後來仍是他救回了我。他那次在飛龍坳搏殺，因為運功過劇，聽說已落下了病根，這些年也一直沒有好，但他從來沒有對我說及此事，我是向王大夫詢問，才知道此事。唉，我這輩子總是欠他的。」這些話他從未對旁人說及，因為他知道郭遵素來施恩不望報，可終究還是在楊羽裳面前吐露了心事。

楊羽裳目露敬仰之意，良久才道：「你們都是好男兒，狄青，你不要灰心，只要努力，終究有一日，會得償所願的。」

狄青好笑道：「你難道知道我有什麼願望嗎？」

楊羽裳妙目凝在狄青臉上，柔聲道：「你的願望，不就是要做個天下人敬仰的男兒？」

狄青身軀一振，握住了楊羽裳的纖手，失聲道：「你怎麼知道？這件事我只對我大哥說過。」

楊羽裳臉色微紅，卻沒有抽回手掌，狡點道：「我就知道。」

狄青這才發現觸手柔膩，低頭見楊羽裳的一雙小手白如玉，勝似雪，緩緩鬆開了手，說道：「羽裳，我不會讓你失望，也不會讓我自己失望，你要信我。」他這句話說得斬釘截鐵，意志從未如此堅定。

楊羽裳望著狄青的雙眼道：「我若不信你，何必等你？」盈盈一笑，「好了，你今日講故事過關了，記得以後再來給我講故事。」

狄青點頭道：「好。」

楊羽裳送他到了屋門前，狄青堅持道：「風大，你不要送了，我自己回去就好。」楊羽裳點點頭，也不堅持，輕聲吟道：「青青子衿，悠悠我心。縱我不往，子寧不嗣音？」說罷一笑，關上屋門，再不見芳蹤。

狄青聽那四句悠悠，一時間也不解其意，暗想青青多半是說我狄青，後面的意思好像是羽裳責怪我，她不來找我，難道我就不能去找她嗎？嗯，多半是如此了。他雖這般想，心中終究不敢肯定，暗想回頭還要請教那郭遵那半瓶醋才行。

大踏步的原路返回，到了那道小門，狄青猶豫下，方才推門離去。狄青才出了小門，就聽到門後咯的一聲，似有人上了門栓。狄青心中感激，知道多半是月兒等候已久，這時才上了門栓。這月兒姑娘刀子嘴，豆腐心，如此冷夜，竟然也陪著他們熬夜，自己以後也要感謝她才對。

一路輕飄飄地回到郭府，狄青躺在床榻上時，還恍如在雲端。疑團雖還多有，但快樂早就壓過了疑惑，甚至那仇恨，都淡了很多。

終於等到天明，狄青早早起床，到了郭逵的房前，見他仍是高臥，不好打擾，又去找郭遵，見郭遵床榻潔淨，竟似昨晚未歸。狄青慢慢發現郭遵好像也有很多祕密，但這時並不多想。

又回到郭逵窗前，狄青見他豬一樣的睡，暗想整日這般懶惰，怎麼能行？自己這個做二哥的有責任讓他早些起來奮發向上！

狄青在郭逵窗前裝模作樣地打了一通拳法，喝叱聲高亢得可以搶那街頭賣炊餅的生意了。才喊了數聲，一本書扔出來，正中狄青的後腦，狄青回手一抓，見正是本《詩經》，不由暗喜。

郭逵叫道：「你大清早的鬼叫什麼？要書是吧？昨天才買了本，拿去看吧。」他本以為狄青會惱，不想狄青將書揣到懷中，微笑道：「小逵，你真比伯牙子期還伯樂了。」說罷匆忙離去，也忘記了要提醒郭逵練武的責任。

郭逵大為奇怪，喃喃道：「這個狄二哥，也不知道搞什麼鬼。難道說書中自有黃金屋是真的？不然怎麼被書砸了比撿錠金子還高興。」打個哈欠，睏意上湧，懶得再管，又倒頭睡了。

狄青一出了郭府，馬上拿出《詩經》翻看起來，翻到「青青子衿」那四個字的時候停下來，發現那首詩詩名就叫做《子衿》，除了楊羽裳念的那幾句話之外，後頭還有幾句，是為「青青子佩，悠悠我思。縱我不往，子寧不來？」

這句話就算瞎子都看得懂了，那意思就是說我要是不過去，你就不能自己過來嗎？狄青暗暗為自己的舉一反三高興，不過書中少了郭逵那些離譜的注釋，未免還有些不明不白。狄青接著往下看去，見最後四句是「挑兮達兮，在城闕兮。一日不見，如三月兮。」不由心中柔情陡升。

「一日不見，如三月兮。」狄青怎會不明其中的含義？楊羽裳對他，竟是如斯的思念？楊羽裳說了

這句話，是不是提醒他不要再爽約，早些三再去見她？

狄青將書卷和相思一塊收到懷中，踩著積雪，深一腳淺一腳的到了軍營。才入了營帳，李禹亨就迎了上來，滿臉喜意道：「狄青，張玉醒了！」

狄青驚喜交集，忙到了張玉的床前，見張玉正望著自己，雖雙目無神，但畢竟醒轉了過來。

李禹亨一旁道：「昨夜郭大哥指揮請王神醫來給張玉治病，今晨才離去。」

狄青暗自羞愧，心道郭大哥心細如髮，自己卻不過是個粗莽之人，一心只想報仇，怎麼會忘記了請王神醫呢？握住張玉的手道：「張玉，你安心歇息……」

張玉低聲道：「狄青，我有事對你一個人說。」

李禹亨臉色微變，緩緩退出去，知道張玉還不肯原諒他。狄青坐在張玉床頭，不解道：「你要說什麼？」

「我只怕這次是夏隨在搞鬼。」張玉擔憂道：「他第一次找你的時候，看你的眼神就好像不對……」

狄青截斷道：「張玉，我都知道了。你安心養傷，不要多想。」

張玉看了狄青半晌，不解道：「你都知道了？」

狄青澀然道：「我雖知道了，可眼下也做不了什麼。」

張玉舒了口氣，喃喃道：「那我就放心了。」他閉上眼，再不多言。

狄青坐了會兒，見張玉沉沉睡去，心道，原來張玉早就看出來夏隨有些不對，他擔心我不知情，因此提醒我，可又怕我去找夏隨報仇。以往只見他嘻嘻哈哈，不想竟如此仗義。患難見真情，狄青心中感

慨，從營中走出，李禹亨走過來道：「狄青，張玉還怪我嗎？」

狄青拍拍他的肩頭道：「他重傷未癒，你多照顧他。」

李禹亨點點頭，神色黯然。有時候，一個選擇，可能就會造成一輩子的愧疚。

狄青滿懷心事，信步而走，不由又要向麥秸巷行去。路過大相國寺的時候，正逢寺廟前萬姓交易，天氣雖冷，百姓卻是興致不減，到處熙熙攘攘。無論廟堂、邊陲如何，這裡的百姓，總是安於現狀。

狄青道昨晚楊羽裳有些病容，今日不急於前去，讓她多休息也是好的。信步在大相國寺前遊蕩，想起初識楊羽裳的時候，也是在這附近，可那時哪裡能想到竟會和她這般熟悉呢？世事難料。

正回憶間，有人招呼道：「官人，買點首飾吧。」狄青扭頭望過去，才發現來到了個玉器攤位前。

大相國寺前的交易千奇百怪，賣什麼的都有。從飛禽貓犬到珍禽奇獸，從果子臘脯到刺繡珠翠，琳琅滿目，應有盡有。大宋安定了數十年，全國各地的藝人商賈都一股腦兒地湧入了京城，使得開封空前繁華。

以往狄青心情寂寥，遇到這種熱鬧，總是避到一旁喝悶酒。這次雖遭陷害，但有楊羽裳安慰，心中開朗，看事物時心境自然也就不同起來。見那玉攤有美玉懸掛，給皚皚白雪中帶來了點亮色，心動了下，不由蹲下來細看。

賣玉的是個四十來歲的漢子，一副精明的樣子，見狄青好像有興趣，忙拿起塊玉介紹道：「客官，你看這玉做工精細，有如佛手，這可是從崑崙山上採下來的。」

狄青見到那玉佛手，心中一顫，暗想自己這輩子從不信佛，但是和佛好像有不解之緣，無論好事壞事都和那個彌勒佛有關。扭頭望過去，見各種玉器千奇百狀，神韻橫出，上面的花紋更是各式各樣，有

如蒼松翠柏，有似猛虎下山，有的像濃墨洗出，有的又比翠竹新綠，這些都很不錯，可他不喜歡。

賣玉的漢子不辭辛苦地介紹道：「客官，你若是不喜歡這個不要緊，你看看，這裡還有很多，這是藍田玉，質地好得不得了，你看，這是祁連玉，以綠色為主調，各種綠都有，深綠、淺綠、翠綠、墨綠……你看這色澤，多麼純淨……」

狄青沒有留意賣玉漢子的介紹，目光卻落在一塊綠玉上，那綠玉不屬祁連玉，卻也色澤墨綠，色彩柔和。更稀奇的是，那玉中有塊淡黃的痕跡。狄青拿起來看看，倒覺得這玉像是一盆花，綠葉襯著黃花。狄青看著喜歡，便問道：「這塊玉多少錢？」

漢子忙道：「客官果然好眼力，這可是正宗的南陽玉，品質極佳，你看這上面……多麼好看呢。」

這是塊雜玉，表面還有細微的痕跡，不過若不留意，倒也看不出來。漢子暗笑狄青沒有眼力，可既然主顧來了，就沒有不宰上一刀的道理，又道：「若是旁人問價，這塊玉最少值十兩銀子。客官，你給個八兩吧？」

「八兩銀子？」狄青有些詫異，沒想到一塊玉居然賣這麼貴。他是個十將，一個月所領的俸祿也不過三兩銀子而已。狄青素來大方，前段時間好不容易有點積蓄，又都寄給了大哥，眼下沒有什麼餘錢，又哪裡有這麼多銀子買塊玉。

漢子見狄青為難，忙道：「當然，價錢好商量。七兩行不行？」

狄青搖頭道：「給你一兩還差不多。」

那漢子為難道：「一兩太少，總要加些」，這樣吧，二兩銀子，再不講價，不然我本錢都不夠。」

狄青難得喜歡那塊玉，也不再還價，爽快道：「好。」伸手入懷摸了半響，連銅錢都摸了出來，才

發現加起來連一兩銀子都不夠。

漢子臉色難看，已收回了玉，嘟囔道：「沒錢站在這裡做什麼？」

狄青聽他說話無禮，雙目一瞪，本想喝斥，轉瞬想到，和這種人有什麼好鬥氣的呢？再說的確是自己不對，懷中有多少銀子都不知道，怪不得羽裳說自己糊塗。

無奈之下，狄青起身準備離去。那漢子賠了口水和唇舌，忍不住的再贈送句：「一看就是個窮鬼！」話音未畢，旁邊伸來一隻白白胖胖的手，手上拿著錠白白胖胖的銀子道：「這些買玉夠了吧？」

第十五章　巧　遇

狄青扭頭望過去，臉色微變。

拿銀子的人姓閻，狄青是認識的。而閻姓那人的身邊，可不就是害他入獄的聖公子？狄青怒火上湧，一把就揪住了聖公子的衣領，叫道：「你還有臉見我？」

聖公子慌了神，忙道：「狄青，莫要動粗，有話好商量。我……有苦衷，你聽我解釋好不好？」

狄青握拳要打，可見聖公子一副可憐相，心中一軟，喝道：「你不知道我為你坐了大半年牢嗎？你莫要告訴我，這段日子出了京城，不知道我的事情。」

旁邊有一人喝道：「你先放手！」

狄青斜睨過去，見聖公子身邊多了一人。那人黝黑的臉龐，人在中年，很有幾下子的樣子，冷笑道：「怎麼的？心中有愧？怕我打你，所以帶保鏢來了？」

聖公子搖頭道：「哪裡，哪裡，這是我的一個遠方親戚——李用和。和我一塊兒逛逛京城而已。」

那黑臉的人聽聖公子這麼說，臉上突然露出極為古怪的神色，可隨即低下頭，不讓人看到他的臉色。

狄青並沒有留意那人的表情，可手已鬆開了些。當初的事情，雖由聖公子而起，但似乎也怪不到他頭上。唯一讓狄青不滿的是，當初聖公子沒有站出來。可八王爺都站出來了，他狄青還不是被關了半年，聖公子站出來，有什麼作用？

一想到這裡，狄青氣平了許多，但覺得聖公子並不仗義，啐了口道：「你也不用解釋了，事情過去那麼久，你是你，我是我了。」

他轉身要走，聖公子早就搶過那塊玉，遞到狄青面前，真誠道：「狄青，我知道這塊玉補償不了什麼。但我真的很抱歉，希望你能明白我的心意。」

狄青盯著那玉半晌，哂然道：「那我不是要多謝你了？」

聖公子臉色微紅，輕咳道：「閣先生，我記得你懷中有本書？」

閣先生臉色微變，訕訕地從懷中取出一書盒遞過來。聖公子道：「狄青，這本書送給你。」

狄青沒有接，見聖公子滿面愧疚，倒也心軟，道：「玉我收了，書就不必了。」

聖公子將書盒硬塞到狄青手上，舒口氣道：「我看你也挺窘迫的，這書你用得著。」

「你給我這本書，還不如給我點銀子。」狄青歎口氣道：「我又不考狀元，要書幹什麼？」話未說完就感覺手中的書盒很有些分量，狄青忍不住翻開一看。

一道淡淡的金光泛將出來。

狄青一凜，幾乎以為腦海中金龍再現，定睛細看，才發現書盒中竟是一層層金葉子。這個書盒，竟裝了幾十兩的金子！

大宋金貴，這幾十兩金子等於數百兩銀子，狄青當個十將二十年所得的俸祿，或許才能勉強賺到這些金子。狄青捧著金葉子，半晌才道：「你這是做什麼？我豈是個貪財的人？」

聖公子賠笑道：「一點心意，不成敬意。」

狄青本待還給聖公子，轉念一想，把盒子揣在懷中道：「唉，盛情難卻，原諒你了，下不為例。我

有事，先走一步。」他心道，禮下於人，必有所求。這聖公子突然冒頭找我，多半還有事要我辦，上次去竹歌樓，入了大半年牢獄，這次說什麼也不和他打交道了。金子嘛，不要白不要。

聖公子見狄青離去，忙叫：「狄青，我還有事。」他一叫，狄青溜得更快。

閻先生罵道：「這小子不地道。」

聖公子跺腳道：「唉，我還準備給他討個官做……」話未說完，狄青又出現在聖公子面前，笑道：「哎喲，聖公子，我最近耳朵不好使，剛才沒有聽到你找。你方才說什麼？」

狄青不是耳朵不好使，而是太好使。他已跑出半條街去，偏偏聽到聖公子為他求官的話，不由怦然心動。

狄青本不是貪財貪官的人，可人總是會變，他知道楊羽裳不以他的身分為意，但是羽裳的家人呢？會不會因此看不起羽裳？狄青正是有了這種念頭，這才重新奮發向上。他感覺聖公子有些權勢，說不定真的能給他搞個官做。

閻先生冷哼一聲道：「你不是有事嗎？」

狄青厚著臉皮道：「聖公子有事，我總得看看能不能幫忙了。」

聖公子不以為忤，眼中有了笑意，說道：「狄青，你幫我擋了難，我付你銀子，送你玉，已算兩清了。」

「所以我要官，就要幫你再辦事，對吧？」狄青聽懂了聖公子的言下之意。

聖公子認真點頭道：「好，這買賣可做，成交！」

狄青道：「別忙，你先說讓我做什麼事，然後再說為我討什麼官。我總要掂量下。」

聖公子道：「我讓你再帶我去竹歌樓！」

狄青扭頭就走，可沒走兩步，又停下了腳步，因為聖公子又道：「我可以為你討個殿前散直的官！」

狄青良久才轉過身來，盯著聖公子道：「你不騙我？」

聖公子一字字道：「絕不虛言。」

狄青有些猶豫，他無法不動心。原來散直已屬皇上親兵之列，直接負責大內的安全，比起一個軍營中的十將，地位高出太多。一個行伍之人，想當散直，不但要熬個十數年，還要有合適的機會。現在機會憑空落在狄青腦袋上，他接還是不接？

閣先生見狀，冷笑道：「你莫想著再裝捕神了，若見張妙歌，總得拿出點真本事來。」

狄青挺起腰來，昂然道：「你腦袋被門板夾了，我卻沒有。今天就讓你看看我的本事。」

眾人一路向竹歌樓走去，聖公子想笑，強自忍住。閣先生的臉比李用和還要黑，原來他有些胖，一個腦袋是梯形的，倒真像被門板夾過一樣。

狄青雖說得自信，其實心中沒底。上次他騙了鳳疏影，想再騙她一次，難若登天。但富貴險中求，若不搏一下，這輩子什麼時候能出頭呢？狄青尋思中，已近了竹歌樓，才待入內。聖公子突然臉色變了下，閃身躲到一旁。閣先生、李用和二人也是做賊一樣，和聖公子躲在一起。

一公子模樣的人從竹歌樓走出來，上了輛馬車，揚長而去。狄青見到聖公子盯著那公子，眼神很是怪異，忍不住問，「聖公子，你認識他嗎？」他只見到上馬車那公子劍眉星目，一表人才。那公子一舉一動，平和溫雅，絕非馬公子之流可比擬。

聖公子咳了聲，這才恢復了臉色，喃喃道：「他怎麼會來這種地方？」眼中露出少有的冷意，又自語道：「來得好呀。」

狄青不解道：「你都能來這裡，還有誰不能來呢？」

聖公子搖搖頭，岔開話題道：「進樓吧。狄青，你可有辦法了？」

狄青也不答話，進了竹歌樓後，急中生智，攔住一婢女道：「我是狄青，你叫鳳疏影出來。」

那婢女聽到「狄青」二字，吃了一驚，慌忙去了後堂。不多時，鳳疏影已走了出來，閻先生一旁冷笑，只想看狄青如何出醜。狄青光腳不怕穿鞋的，才待說出腹稿，不想鳳疏影臉上已堆滿了笑容，說道：「哎喲，這不是狄公子嗎？好久不見，你可算來了。」

狄青反倒怔住，一時間又把話兒嚥了回去。

鳳疏影笑道：「妙歌姑娘一直念叨著你，說你若是來了，就不要讓你等，徑直去見她就好。你可一定要賞臉，去看看妙歌。」

閻先生發黑的臉都變綠了，搞不懂到底怎麼回事。

狄青也不明白，但這時候他當然不會拒絕，微笑道：「鳳老闆，你果然是個明白人。」心中卻想，這樓上莫不是埋伏著刀斧手，等我上去，好把我砍成肉醬？不然張妙歌和我才見過一面，也不像發花癡的樣子，為何想要見我？

鳳疏影像是看出了狄青的疑惑，賠笑道：「狄公子，不過現在妙歌樓上有人，你暫時不能前去。」

狄青心頭一跳，故作平靜道：「是誰？」

鳳疏影皺了下眉頭，「這人……狄公子多半不認識。不過他肯定一會兒就會下來，小憐，帶這三位

公子去聽竹小院等吧。狄公子，我就失陪了。」

鳳疏影說完，匆匆離去，心中暗想，這種人還是由妙歌打發就好。求佛保佑，千萬不要讓馬家知道

我和狄青打過交道。她固然怕馬家，但這次讓狄青去見張妙歌，卻是身不由己。

狄青等人自然不知道鳳疏影的念頭，心中都有些奇怪，難信事情竟如此簡單。

閻先生皺眉道：「這裡只怕會有圈套。」

聖公子摺扇一擺，在二人腦袋上敲了一下，笑罵道：「你們也太過疑心了，狄青是英雄，張妙歌是個美女，自古美女愛英雄，有什麼多疑的？」他膽小起來，比老鼠還謹慎，可膽大起來，看起來就像吃了豹子膽一樣。

那黑臉的李用和點頭道：「不錯，這件事有古怪。」

眾人已跟隨小憐到了聽竹小院。聽竹小院前，雪壓竹挺，萬花千草凋零，而竹葉如箭，破寒傲雪，讓冬日滿是勃勃生機。

聖公子讚道：「不出來，怎麼能見到這種美景？」

狄青無心欣賞，眼珠一轉，說道：「聖公子，你要我辦的事情，我已為你做到，還望你莫要忘記自己的承諾。你上去就可見到張妙歌了，我就不去了。」

聖公子忙拉住狄青道：「你方才沒有聽到嗎？人家說只想見你。你好歹也得陪我上去，等人家不逐客再說。」

狄青為了升官大計，只能勉為其難地等候。閣樓處有了聲響，一人邁步輕飄飄走下來，那人嘴大、頭大、鼻孔朝天，很是怪異。狄青一見，失聲道：「他怎麼會來這種地方？」

那人卻是吐蕃僧不空。狄青暗想，這張妙歌的生意真紅火，連不空都來捧場。可不空來這裡做什

麼，難道也是聽張妙歌彈琴？總覺得不太可能，但想到郭遵的警告，狄青不想多事，低下頭來。

這次不空少了排場，也沒有穿喇嘛的衣服，看起來除長相怪異些，倒也和尋常人沒什麼兩樣。

閻先生一旁道：「你都能來，還有誰不能來？」

方才狄青就用這句話回了聖公子，閻先生好像一直看狄青不順眼，藉故諷刺。

聖公子問道：「狄青，你認識這人？這人是誰？」

狄青皺眉道：「我……不認得。」

聖公子啞然失笑，還待再說，不空已經過眾人的身邊，望了聖公子一眼。聖公子只覺得那雙眼中，

有著說不出的魔力，竟然忘記了說話。不空見到聖公子時，眼中露出絲訝然，但腳步不停，轉瞬去得遠

了。

聖公子搖搖頭，回過神來，又記起張妙歌，一把拉住了狄青，熱切道：「該我們了。」

狄青苦笑，只能和聖公子入樓。等到了簾前，風吹簾動，聲脆若冰。掀開珠玉簾子，閣樓內暖暖如

春。張妙歌慵懶地坐在琴前，見四人上樓，嬌弱道：「妾身有恙，恕不起身相迎了。」

張妙歌身著淺綠繡羅裙，閒散一坐，柳腰身段盡顯。她臉上不過是淡淡的妝粉，如閒花淡春，額頭

上飾有梅花妝，給那慵懶閒柔的外貌中帶來了絲驚豔之氣。

聖公子忙道：「妙歌小姐可曾看過大夫？我倒認識幾個良醫，你若是喜歡，我一會兒就讓他們過來

為你診病。」

張妙歌搖搖頭，輕撥琴弦唱了幾句，「子惠思我，褰裳涉溱。子不思我，豈無他人？」曲調平平，

並無當日初聽的那種激灩。

聖公子並未聽過這曲子，只覺得聲調綿軟，峰迴路轉，不由大聲喝彩。

狄青聽了卻是一怔。若是幾個月前，狄青絕對不懂張妙歌唱詞的含義。但這段日子來，他沒少翻詩經，記得這幾句應該是詩經中的話。意思好像是，你要是思念我的話，就要不辭辛苦地提著衣裳過河來找我，你要是不想我的話，難道就沒有別人愛我了嗎？

這四句詩本是一女子對情人的大膽表白，張妙歌突然唱出來，狄青聽起來未免有些不倫不類。這裡哪有張妙歌表白的對象呢？

張妙歌聽聖公子叫好，微微一笑道：「原來聖公子還是個雅人。那妾身就再為你彈上一曲……」言罷，手腕輕舒，撥弄琴弦。那琴是死的，曲卻是鮮活的，跳動不休，迴蕩在暖閣間，滿是靈韻。曲調將歇，張妙歌又低唱道：「喓喓草蟲，趯趯阜螽……」

聖公子不知道這兩句的出處，皺著眉頭思索。瞥見狄青若有所思，低聲問：「狄兄，你說這『喓喓草蟲，趯趯阜螽』是什麼意思呢？」

狄青嘿然一笑，「我不知道。」

聖公子看出什麼，激將道：「我就知你不知，本來還想說你若是知道，為你求官的時候，還可以多加個武騎尉的官銜呢。」說罷故作惋惜地搖頭不已。

狄青眼前一亮，道：「你說的可是真的？」

聖公子立即道：「當然。」

狄青心喜，暗想讀書就是好，這次又撿了個便宜。原來武騎尉是勳官，勳官是貼職，雖有名無權，但有俸祿領。狄青方才怕麻煩，懶得說，這次憑空得到這機會，當然不肯放過，回道：「這本是《詩經》中《草蟲》的兩句，下兩句是『未見君子，憂心忡忡』，哈哈，你答應我的事情，可莫要忘記了。」

聖公子聽這四句合轍押韻，倒不像狄青在瞎編亂造，對狄青倒有些佩服，稱讚道：「不想你還文武雙全呢？」

狄青大言不慚道：「那是。」

聖公子見張妙歌還在彈琴，突然以手擊案，合著節拍唱道：「喓喓草蟲，趯趯阜螽，未見君子，憂心忡忡。妙歌小姐彈得好琴，難得曲意如雪，隱有古風呀。」他對曲律頗有研究，這一唱一和，極其合拍。唱著的時候心中想，張妙歌在思念誰，總不會是思念狄青吧？

張妙歌眼中有絲訝然，手腕一劃，曲終韻餘，盈盈一笑道：「聖公子文采不凡，妾身佩服。」

聖公子暗叫慚愧，才待謙遜兩句，張妙歌已望向狄青道：「狄官人，你手上是何物，不知可否給妾身看看呢？」

狄青見人家客氣，不好推搪，說道：「不過是才買的一塊玉罷了。」

張妙歌接過玉珮，看了半晌道：「這玉美得很呀。你看這玉上的花紋，綠如波、黃如花、痕如淚。狄官人，你真的好眼光。」她讚著以前我就見過一塊類似的玉，曾經起名為眼兒媚，可惜……不見了。狄官人，你真的好眼光。」她讚著那玉，把玩不已，對那玉兒竟是極為喜歡。

聖公子暗道狄青這小子不知哪裡好，所做一切偏得女子喜歡。自己風流倜儻，年少多金，張妙歌怎麼就不多讚自己幾句？這買玉的錢還是我出的呢！

見狄青白癡一樣的站著，聖公子差點踹狄青一下，說道：「你總該說兩句呀。」

聖公子本示意狄青將玉送給佳人，不想狄青卻道：「張姑娘，你看完了嗎？這玉……該還給我了吧？」他見天色將晚，急著去見楊羽裳，是以催促。

聖公子差點踹狄青一腳，見張妙歌臉色一黯，聖公子忙道：「狄兒，這玉兒你不是花二兩銀子買的嗎？我花二十兩買回來送給妙歌姑娘，你意下如何？」

狄青搖頭道：「多少錢也不賣！」

聖公子還待再說，張妙歌纖手一伸，已將玉遞了過來道：「狄官人，你把玉收好了。」

狄青拿過那塊玉，說道：「妙歌姑娘，我還有事，告辭了。」

張妙歌幽幽道：「狄官人不再多留一會兒嗎？我其實……」她未說完，狄青截斷道：「在下還有要事，不能耽擱了。」

聖公子一旁道：「我倒沒什麼事。」

張妙歌歎了聲，「妾身也累了，憐兒，送客吧。」

聖公子也只能歎息，跟隨狄青訕訕下樓。

憐兒送眾人下樓，再上來的時候，滿是忿然道：「小姐，狄青這人好大的架子，小姐你要留他，他竟然不肯留下。」

張妙歌手撥琴弦，嗡的聲響，琴聲未絕，已道：「狄青留不留無妨事，我本來是想從狄青口中打探

些郭邈的消息，但我覺得，狄青多半也不瞭解郭邈。那不空倒是個麻煩事，我只怕他還會來找我。」

憐兒低聲道：「我們還怕他不成？」

張妙歌只是撫琴，輕輕歎口氣，可琴聲不再含情脈脈，反倒有種寒雪的徹骨之氣。

狄青等人下了樓後，聖公子埋怨道：「狄青，你蠢到家了。張妙歌喜歡這玉，你為何不送給她呢？」

狄青皺眉道：「我還喜歡銀子呢，你沒事為何不送給我些？」

聖公子微愕，不等答話，狄青已道：「你欠我個散直加上武騎尉，可記住還給我！人在京城混，最要緊的是個『信』字，我等著你的消息。」說罷揚長而去。

聖公子本待召喚狄青，不想一人突然走了過來。李用和一直沉默，見狀已擋在聖公子面前，喝道：「你做什麼？」

那人微微一笑，只是望著聖公子道：「這位公子印堂發黑，只怕最近會有血光之災。」聖公子一凜，已認出來者是從竹歌樓下來的人。狄青認識這人，他卻不認得。

閻先生喝斥道：「胡說八道，你是誰？」

那人雙手結印，含笑道：「小僧法號不空！」

聖公子愕然，失聲道：「你就是不空？」

不空雙眸盯著聖公子的眼睛，問道：「公子認識小僧嗎？」他對這個聖公子，態度竟然比對劉太后還要溫和。聲音雖是鏗鏘有如鈸響，但收斂了傲氣。

聖公子搖頭道：「我……我一直沒有見過你。」驀地想起什麼，問道：「我聞大師預事神準，難道說……我真的有危險？」

不空暗中閃過絲詭異，轉瞬隱去，歎道：「小僧和公子相見，就是有緣。方才竹歌樓相見，就覺得聖公子命中有難，是以才在外等候。」

閻先生又驚又怒道：「你這番僧，恁地亂說，聖公子怎麼會有難？」

不空搖搖頭道：「既然這位先生不信，小僧告退。」他轉身要走，卻被聖公子一把抓住。聖公子神色古怪，眼中亦是露出了惶惑之色，嘎聲道：「高僧莫走，我信你，還請你幫忙尋求破解之道。」

聖公子本是從容，但此刻神色隱有極大憂慮，竟像對不空所言深信不疑。看起來，他果真有所擔心，不然也不會變成這樣。閻先生、李用和互望一眼，臉上也露出了極重的憂意……

狄青沒有聖公子的憂心，幾乎是身輕如燕的到了麥秸巷。聖公子為他求得官也好，求不著也罷，他懷中那塊玉總是片真情。有時候，真情豈是官位和金子能夠衡量的？

到了楊府朱門前，狄青看了眼自己的裝束，有些自慚形穢，心道若有人開門，自己如何開口？

猶豫片刻，走到上次進院的側門處，狄青敲了敲，不聞動靜，有些失落。徘徊了片刻，狄青正準備離去，側門咯吱一聲，竟然開了。

月兒從門口探出頭來，啐道。

狄青汗顏道：「只是這道門，就難住你了？」

月兒點點頭，道：「我總不能撞破了門進去吧？月兒姑娘，你家小姐可在嗎？」

狄青著急道：「她病還沒有好嗎？」

月兒從門口探出頭來，道：「她還在，不過有了點問題。」

「哪能好得那麼快？」月兒撇撇嘴道：「她這幾日偶感風寒，一直沒有好呢。不過今天的難題可不是病，而是另外的事情，就看你能否幫忙了。」

狄青立即道：「刀山火海，無有不從！」

月兒終於露出點笑容，「不枉我家小姐如此對你了，跟我來吧。」說著帶著狄青從側門走入，竟直奔前堂，狄青疑惑道：「月兒姑娘，我們這是去哪裡？」

月兒道：「去見我家老爺。」

狄青一驚，止步道：「見你家老爺？」

月兒蹙眉道：「怎麼了，你難道想一輩子都和我家小姐偷偷摸摸的？」

狄青忙道：「那倒不是，可是現在去見，我一點準備都沒有。」

月兒問道：「你再準備，還能準備出來個大將軍、節度使出來嗎？」

狄青苦笑道：「不能。」

月兒嘴一扁，「那不就得了，你既然無法準備得更好，眼下唯一能說動我家老爺接受你的只有兩個條件了。」

狄青虛心道：「姑娘請講。」

「這第一個條件當然就是真誠。你必須要讓我家老爺知道，你對我家小姐赤誠一片。」

「這……真心我有！」

月兒見狄青手足無措的樣子，噗嗤一笑，繼續向前走道：「有沒有呢，要到時候才能知道。這第二件呢，是你必須讓老爺看到，你這個人是個有本事的人！」

狄青心中歎氣，知道月兒的條件並不過分。試問哪家的老爺，會把女兒嫁給個碌碌無為的人？但他

狄青，又有什麼本事？狄青心亂如麻，試探問，「那你家老爺有何愛好呢？」

月兒回答的乾淨利索，「做生意的人，當然愛錢！」

二人說話的功夫，已近了前堂。遠遠望去，只見堂中坐著三人，楊羽裳正向堂外望著，若有期待，

見狄青和月兒趕來，嫣然一笑，暈生雙頰，垂下頭來。

狄青遠遠望見楊羽裳的笑容，心中柔情激盪，暗想這番無論如何，總不能讓羽裳失望。

堂中除了楊羽裳外，主位上端坐著一老者，花白的鬍子，紫銅色的臉龐，頗有幾分威嚴。狄青暗

想，這想必就是羽裳的父親了，不過和羽裳並不相像，好在也不像。

老者下手處坐著一年輕人，屁股下好像有釘子，沒有個安穩。年輕人手上帶著個碩大的綠玉戒指，

油頭粉面，雖和老者一問一答，但目光不時的向楊羽裳飄去。老者發現有客前來，不由詫異，遠遠問

道：「小月，何事？」

小月支支吾吾道：「老爺，有客拜訪。」她畢竟是個丫環，雖全心為了楊羽裳，也不敢觸怒楊老

爺。

楊老爺怫然不悅，暗想自己正在待客，這個月兒怎麼如此不知規矩，還領人到這裡？見狄青已到面

前，又瞥見狄青面上的刺青，楊老爺微有心驚，起身拱手道：「這位官人，不知來此有何貴幹呢？」

狄青片刻之間已定下了對策，逕直說道：「在下是來找楊伯父的。」

楊老爺又驚又喜，沒想到狄青如此直接。楊老爺卻皺起了眉頭，心思飛轉，一時間不知如何應對！

狄青只在楊羽裳面前木訥，對旁人可一點都不含糊，眼珠一轉，已想到了說辭，說道：「楊伯父⋯⋯」

楊老爺連忙道：「老朽楊念恩，你看得起我，就叫我聲老丈，伯父可是不敢當。」

楊羽裳垂頭不語，嘴角始終帶著若有若無的微笑。一旁那個油頭粉面的年輕人本把狄青當作空氣，可見狄青把他當做透明的，忍不住道：「你到底是誰？莫要窮套近乎！」

狄青轉頭望向那人道：「你又是誰？為何到楊老丈家，可是想要偷雞摸狗嗎？」

那人怒道：「你說話客氣些！」

狄青反詰道：「不客氣又如何？」

那人一滯，見到狄青臉上的刺字，冷笑道：「我何必和你一般見識？」心道，好漢不吃眼前虧，這小子低等軍人，爛命一條，我沒必要和他拚命。

楊念恩慌忙圓場道：「官人，這位小哥叫做羅德正，此次前來，是和老朽談些私事，絕非偷雞摸狗之輩。」

羅德正自感弱了氣勢，怒道：「楊伯父，何必對他廢話？」

狄青道：「伯父不敢當，你還是叫聲老丈吧。」他把話題接過來，反倒占了羅德正的便宜。

楊羽裳俊忍不住，噗嗤一笑。

羅德正霍然站起，拍案道：「你敢占我便宜？」

狄青詫異道：「哪裡哪裡。我是見楊老丈謙遜，這才替他說出，你難道不叫他老丈，要叫兄臺不成？」

楊念恩大皺眉頭，慌忙岔開話題道：「德正賢姪，方才你說帶了點茶葉過來，老朽倒想看看。」

羅德正見楊念恩對他客氣，心意稍平，取出個錦盒，雙手遞上道：「還請伯父品鑒。」

楊念恩隨手接過，笑道：「還不知道是哪裡的茶葉呢？」他本是個茶商，岔開話題，是不想狄青和羅德正爭吵，對於一般的茶葉，還真不放在眼中。

羅德正微笑道：「此茶乃建溪的龍團茶。」

楊念恩一驚，忙打開錦盒，見正中放著一茶團，色澤光亮，上有建溪獨有的金龍標誌，不由喜道：「哎喲，這份禮可就貴重了，太貴重了！」

狄青看不出這茶團有什麼貴重，不想出醜，只好藏拙沉默。狄青雖想低調，羅德正卻不想放過他，輕蔑道：「這位官人，你可知這禮重在哪裡呢？」

狄青回道：「我看輕得很。」他話一出，楊羽裳和月兒都是大皺眉頭，狄青知道說錯了話，眼珠轉動，想著應對之策。

羅德正哈哈大笑道：「輕得很，哈哈，你若還能找出比這重的禮來，我就……我就……」

「你就磕頭管我叫爺爺？」狄青挑釁道。

羅德正氣得滿臉通紅，楊念恩解圍道：「官人說笑了，這禮不重，可也著實不輕。要知道天下產茶聖地就在福建建溪，而這龍團茶更是建溪茶中極品，一斤茶葉，不過能做二十團龍團茶餅，價值黃金二兩呢。更何況，這是宮中用茶，有錢也買不到。」

狄青故作不屑道：「二十團茶葉才值黃金二兩？價錢也算稀鬆平常了。」他當然知道這價錢不稀鬆，而是高昂的要命，他一年的俸祿，也還沒有黃金二兩。但這時候，狄青當然不肯掉價。

羅德正氣急反笑，「某人真的胡吹大氣，也不知道身上有沒有二兩銀子？」

狄青笑道：「不瞞你說，在下雖說貧寒，但隨便買個幾百團……這什麼了？哦，龍團是吧？買幾百

團龍團也不是問題呀。」

羅德正怒道：「你若是能買幾百團⋯⋯我就⋯⋯我就⋯⋯」

「你就磕頭管我叫爺爺？」狄青問道。

羅德正氣的發瘋，拍案道：「好，只要你能當場拿出五十兩金子，我就磕頭管你叫爺爺，可你若是拿不出來呢？」他見狄青是個尋常禁軍，衣著敝舊，絕不信狄青能拿出金子來。

狄青心中好笑，故作猶豫道：「說笑而已，何必當真呢？」

羅德正見狄青退縮，更有了底氣，喝道：「誰有功夫和你說笑？你若拿不出來五十兩金子，就莫要胡吹，滾出去吧！」

狄青故作恨恨道：「若我拿出來金子又如何？」

「你拿不出又如何？」

「我拿出來又如何？」

楊念恩見二人「雞生蛋、蛋生雞」一樣的鬥氣，只怕爭到明天都沒有結果，忙道：「兩位莫要爭了，來者是客，和氣生財。老朽手上雖無龍團，但正巧有些江南的早春茶，待老朽為二位烹茶消消火氣。」

羅德正道：「楊伯父，不是我削你面子，只是這人太過囂張，我若是不教訓他一頓，他還真不知道天高地厚了。今天我是賭定了。」

狄青霍然站起，喝道：「好，我若當場拿出五十兩金子，你就叫我爺爺，我若拿不出來，我就從這裡滾出去，以後再不登門。」

楊羽裳臉色微變，低呼道：「莫要意氣行事。」狄青背對楊羽裳，手掌擺了擺，楊羽裳見狄青胸有成竹的樣子，反倒不解，因為她太瞭解狄青，知道狄青絕不是有錢之人。羅德正見狄青中計，哈哈笑道：「君子一言，快馬一鞭！今日就請伯父做個見證。」

狄青道：「絕不反悔？」

「當然！」

狄青哈哈一笑，伸手掏出聖公子送的那本書丟在桌子上道：「那你就趕緊叫爺爺吧。」

砰的一聲響，書盒震開，黃燦燦的金葉子蹦出來幾片，奪人眼目。

羅德正怔住，已不能言！

第十六章 天 子

不但羅德正詫異，就算楊念恩、楊羽裳和月兒都滿是驚奇。因為無論怎麼來看，狄青都不是能夠拿出五十兩金子的人，若說他能拿出五十兩牛糞，那倒是大有可能。可那金子就在桌案上閃著光輝，絕不會假。

狄青哈哈一笑道：「看來有人要管我叫爺爺了。」

楊羽裳放下心事，掩嘴一笑，如春降人間。

羅德正一張臉脹得和茄子皮一樣，喝道：「楊伯父，在下無顏在此，告辭了。」說罷轉身就走。

狄青叫道：「喂，你還沒有叫呢……」話未說完，楊念恩已一把拉住狄青，哀求道：「官人，求你莫要鬧了。」

楊念恩示意楊羽裳先留住狄青，然後追出了庭院，可羅德正早就去得遠了。楊念恩暗自叫苦，愁眉苦臉地回來，狄青見狀安慰道：「楊……老丈，想此人出爾反爾，諒也沒有什麼本事，若再來鬧事，你只管叫我，我把他打出去！」

楊念恩見不該來的來了，該走的又沒走，心中來氣。可見狄青特立獨行彷如高人，倒也不敢得罪，詢問道：「官人來此到底有何貴幹呢？」

狄青支吾道：「在下狄青，是來……」扭頭向楊羽裳望去，見她一雙妙目盯著自己，似有期待，又像是責怪，心中陡然來了勇氣，說道：「在下來此，其實是向老丈提親。這金子，就是聘禮，請老丈將

羽裳許配給我。」

楊羽裳饒是喜歡狄青，聞言也是嬌羞無限，垂下頭去。楊念恩卻差點暈了過去，他活了一輩子，也從未見過如此臉皮、如此荒謬的人物。

狄青真誠道：「在下當然也知道此舉冒昧，但對羽裳是真心喜歡，只求老丈成全。」

楊念恩忙道：「老朽不過是一介商人，如何敢高攀呢？月兒，快煮些水來，我要好好的招待狄官人喝茶。別的事情，暫且從長計議了。」他心煩意亂，手一抖，手上的茶杯落在地上，打了個粉碎。見女兒臉上竟有羞意，楊念恩心中起疑道：「羽裳，你認識這位官人嗎？」

楊羽裳點點頭道：「爹，我們早就認識了。」

楊念恩心中不悅，可卻不好當面喝斥女兒，這時候月兒已搬出個紅泥小火爐，又在上放一小鼎，注了井水。

宋承唐法，喝茶的時候，有的還採用煎煮之法，不過也有人用沖泡之法。只是唐人有時還用薑用鹽做為調料，宋人卻注重茶本身的品質味道，早就摒棄前法不取。

楊念恩親自取了片茶，慢慢的將茶碾碎，等候水開。楊念恩是用煮茶來掩飾心中的不安，心中在想，怎麼來應對這個無賴呢？羽裳怎麼會認識這種無賴？羽裳的娘死得早，我又常年經商，養成她任性的性格，這件事若過去，定當找羽裳好好談談。女大不中留，唉……

狄青雖是農戶出身，但也知道每逢過年過節，婚喪嫁娶，請來客喝茶在鄉下可是很有面子的事情。

暗想，這個楊老丈請自己喝茶，多半也會慎重考慮自己的提議。

楊羽裳心中羞澀，卻也帶著分甜蜜，心道：狄青終於肯為自己出頭，只是爹爹多半不許。爹爹不許

我只要堅持就無妨的。不過看看狄青怎麼說服我爹也好，他其實嘴很巧，可為何每次見到我總是木訥難言？想到這裡，嘴角帶著分甜甜的笑意。

眾人心情各異，水已沸了，楊念恩先取茶碗，放了點茶在杯中，又點了些水在裡面，說道：「狄官人，這叫點茶，用以調味嗅香，然後再決定放茶的多少和沖泡的時間，這茶要好喝，一絲一毫都不能隨意。」

狄青誠摯道：「在下少喝茶，倒還不知道泡茶也有如此的講究。」

楊念恩心道，這小子總算說句人話，看樣子也不像彎不講理之輩，待我以理服之。說道：「豈止泡茶這般講究，其實這尋常的一片茶，所含艱辛難以盡言。採茶者得芽，即蒸熟焙乾，研磨壓形，有時還要以膏油覆面，這種茶又稱臘茶。那羅德正所送的龍團就是此類，不過此茶出產極少，聽說皇帝都少喝，每次賞賜給兩府中人，也不過一塊半塊，很多珍貴的東西，那是有金子都買不到呀。茶要等得，才能喝好，茶因此高貴，因此絕非只用金子就能買到。」

楊念恩苦口婆心，把女兒比作茶，意思就是，我女兒和你不般配，你有金子也沒用。楊念恩說出了心意，見狄青還是懵懵懂懂的樣子，只好道：「不知道狄官人怎麼看呢？」說罷沖好了兩杯茶，讓月兒將一杯送到狄青的面前。

狄青不敢怠慢，接過喝了一口，叫道：「好燙！」他只顧得琢磨楊念恩的意思，沒留心茶是沸水沖出，一口喝下去，燙得口舌發麻，可不好失禮，只能強忍痛苦。

楊念恩心道，得，白講一通了。對這種人講茶道，那是對牛彈琴。

狄青吸著涼氣，忍住燙道：「其實楊老丈所言，我不敢苟同。」

楊念恩心頭一顫，問道：「那你有什麼高見呢？」

狄青道：「高見算不上，不過是尋常的一點想法。想我當年尚在鄉下，百姓家中有點茶葉的，不肯輕易拿出來，一放就是幾年。可等拿出來喝的時候，已淡而無味。那茶葉本是新鮮，但很多人為了存儲，不惜將那新採的芽兒曬乾研磨成粉，早就讓真味蕩然無存，再加上什麼臘肉封添香，更是捨本逐末了。所以呢，在我看來，飲茶一道，水要活，茶貴鮮，那些做作的功夫，和真味已經無關，算不上喝茶。楊老丈，在下隨口之言，若有得罪之處，還請你海涵。」

狄青隨口之言，只想著貶低羅德正的龍團。楊念恩聽了，卻是愣在當場，端著茶杯，良久無言。

眼下京中奢靡成風，才有龍團一茶。物以稀為貴，不過貴的未見得是最好的，龍團只能說是稀缺，在楊念恩眼中並非極品。因此狄青所言雖鄙，但楊念恩覺得，此人的見解比起附庸風雅的人可高得多。

楊念恩見狄青頗有見解，倒也不敢小瞧他了。斜睨過去，見到那書盒還在桌子上熠熠生光，暗想能隨手擲出五十兩金子的人，在京城也不多見，這人到底是什麼來頭？陡然見到書匣內壁好像刻著兩個篆字，定睛望過去，見到寫著「內藏」兩個字，楊念恩臉色微變，忍不住問道：「不知道狄官人眼下何職呢？」

狄青慚愧道：「眼下不過是十將之職。」見楊念恩緊皺眉頭，狄青只好又道：「但最近多半會稍有提拔，可能會做個散直。」

楊念恩又是一驚，暗想散直和十將不可同日而語，此人能由十將一舉到了散直之位，不言而喻，肯定是有後臺的。楊念恩並非憑空猜測，而是因為「內藏」兩字，他已看出這盒金子的出處。

這盒金子竟來自宮中的內藏庫！內藏庫又稱作天子別庫，只能由皇帝動用。當年宋太祖攻取荊湖、

後蜀之後，就創「封樁庫」儲存兩地所運來的財富，後來三司每年盈餘，也有部分入庫。當年宋太祖建封樁庫的目的是為了對付契丹，宋太祖曾言，等庫滿三五百萬，即用來向契丹贖回幽燕故土，若是不成，就將庫中全部充當軍費，攻回舊地。宋太祖雄才偉略，立志收回故土，不想卻深夜暴卒，而這封樁庫後來改成內藏庫，儲財無數，但當初宋太祖的本意，卻早已被後人淡忘。

這盒金子竟和天子有關？楊念恩難以置信，試探問道：「狄小哥，不知道你在朝廷可認識些官員嗎？」他這麼詢問，當然是覺得這金子是天子賞給重臣，重臣又轉給狄青的。一念及此，暗自心動。

狄青含含糊糊道：「有一些⋯⋯」

楊念恩歎道：「其實老朽找羅德正，本來有一事相求。不過他走了，只怕事情不成了。」說罷斜睨著狄青，隱有試探。

狄青壯著膽子道：「不知道老丈有何難事？」

楊羽裳不滿道：「爹，你和狄青初次見面，怎麼就想要讓他做事？」

楊念恩笑道：「並非讓他做事，不過是詢問一下而已。羽裳，狄小哥是你的朋友，當然也是為父的朋友。商量些事情，也沒什麼吧？」

狄青不想讓楊羽裳為難，硬著頭皮道：「沒什麼，沒什麼。」

楊念恩輕咳一聲，說道：「這個羅德正本來和駙馬都尉李遵勗有些親戚關係，而李遵勗又深得當今太后的器重⋯⋯」狄青心中一沉，知道麻煩來了。他雖沒見過太后，但也知道凡事和這個老太婆扯上關係，那就是糾葛不斷。

楊念恩又道：「老夫本是個茶商，這些年朝廷對茶稅法變來變去，前段時間用虛實三估之法，導

致茶農、商人受苦。如今朝廷改了這法，採用貼射之法，老夫仔細觀察，覺得此事大有可為。可若再賣茶，必須要到朝廷領個券憑，才能買賣茶葉。不過這個券憑並不好拿，老夫這些日子一直為此事發愁，這才找到羅德正，此人本來說可以為老夫辦成此事，後來的事情……狄小哥也知道了。」

狄青明白過來，不由暗自叫苦。這件事說穿了就是朝廷取消了鹽茶專賣，把權利下放給商人，眼下這資格有限，所以眾人都在搶這個資格，他狄青一個尋常禁軍，如何會有這種關係？

楊念恩見狄青面露難色，不由大失所望，暗想此人恐怕後臺有限，也就懶得再和他扯皮，說道：「這件事糾纏老夫良久，眼下還要為此事奔波。狄小哥，你若無他事，也就請回吧。這金子還請收回。」

狄青無能為力，又聽出楊念恩的言下之意，訕訕站起道：「既然老丈還忙，那改日再來拜訪。匆忙前來，未備禮物，就算老丈不肯將羽裳許配給在下，這金子也請收下，權當禮物了。」

楊羽裳突然道：「爹，女兒送狄青出去。」

楊念恩急道：「你，外邊冷，你莫要去了。」

楊羽裳固執道：「不妨事，我只和狄青說幾句話。爹，你放心吧。」說罷已拉著狄青到了堂外，楊念恩見女兒一直沒有和狄青說上幾句話，見他要走，依依不捨。狄青見狀笑道：「羽裳，不想今日這麼和伯父相見，不過……我總算說出想說之話，不虛此行了。」

楊羽裳眼中滿是柔情，低聲道：「任何事情，力所能及就好，莫要為難自己。天寒，你自己照顧自己。」說罷為狄青拉了下衣襟，拍了下灰塵。二人怔怔地對望良久，狄青突然想起一事，伸手從懷中取

己。

出那塊玉道：「羽裳，這是我給你買的玉。」

楊羽裳見到那玉兒的顏色，喜道：「這玉上的花紋很像姚黃呀，狄青，你真好。」突然臉上紅暈，接過那玉珮，轉身回到堂上，又忍不住地扭頭望過去。狄青見她回頭，還以一笑，見楊念恩面色不善，只怕楊羽裳為難，大踏步地離去。

楊羽裳在狄青走後，翻來覆去的只是看著手中的那塊玉，一會兒沉思，一會兒微笑，心中滿是柔情，又是甜蜜。月兒一旁見到，說道：「這玉兒雜而不純，還有斑點，也是稀鬆平常。」

楊羽裳微笑道：「黃金有價玉無價。」

「不但玉無價，這情意只怕也是無價了。」月兒一旁大聲道。

楊羽裳又紅了臉，叱道：「胡說八道，看我不拔了你的舌頭。」月兒求饒，轉身逃走，楊羽裳想追，卻被楊念恩攔住。

楊念恩一旁早看了半晌，見女兒含情脈脈，竟似對狄青有了極深的情意，看來狄青不要說送玉，就算送塊石頭給女兒，女兒也是喜歡。楊念恩更是心慌，不得不問，「羽裳，為父這些年只顧得經商，倒少和你談心，這個狄青，你是怎麼認識的？」

楊羽裳垂下頭來，良久才道：「其實也沒什麼，他送給我花兒，又為我撿回風箏，我們也就認識了。」

楊念恩急道：「此人對你心懷不軌，又是個低賤的禁軍，你莫要被他迷惑。」

楊羽裳本是羞澀，聞言抬起頭道：「爹，女兒大了，懂得自己在做什麼。你還記得當初答應過我娘什麼？」

楊念恩皺眉道：「我答應過她，讓你自己選如意郎君，可女兒呀，爹也是為你好。京城達貴無數，以你的才學相貌，想找個達官顯貴也不是難事，你沒有看到那羅德正只不過見你兩面，就失魂落魄？若不是狄青突然到此，他多半早幫爹辦妥券憑一事了。」

楊羽裳不滿道：「爹，你讓羅德正做什麼是你的事情，可你為何要拉上我？難道女兒在你眼中，真的連貨物都不如？他為你辦成了此事，難道你就可以把女兒賣給他了嗎？」

楊念恩歎口氣道：「當然不會如此。可江東數百口都眼巴巴的等著爹辦成此事，若是一事無成，爹何顏去見江東父老？女兒，人總要吃飯吧？你看看狄青能不能幫忙辦成此事，若他真的有本事，爹怎麼會攔阻你呢？」

楊羽裳垂頭望著手中的那塊玉，心中只是想，他又有什麼本事做成此事呢？

雪漸融，天更冷。初春的天氣，雖陽光普照，但冷風吹在人身上，還有股難散的寒氣。

狄青心中有些發冷，他這些天已愧見楊羽裳。楊羽裳雖說讓他莫要勉強，對他的關切一如往昔，但楊念恩整日一張入冬的臉，讓狄青坐立不安。

自從和楊羽裳交往以後，狄青一掃頹唐，想要振作。但磨勘日子已過，他就算要振作，亦是無能為力。

眼看著樹綠了，風柔了，狄青整日又忍不住唏噓起來，「當個禁軍難，當個低等的禁軍更難。」

他歎息的時候，方給張玉買了份早點。張玉不滿李禹亨在危急的時候，躲到一旁。張玉顯然認為，那不是兄弟。有時候，成見積習難以更改，狄青只能希望張玉能看開一些。

狄青知道，張玉傷勢已有所好轉，只是和李禹亨少說話。

張玉望著春意，眼中也有分愁意，「當個被人暗算的低等禁軍，那更是難上加難呀。」狄青知道張

玉在說夏隨，心中也閃過分警惕。

趙律從營外走進來，盯著狄青道：「你不想當低等禁軍，可以不當的。」

狄青賠笑笑道：「總要吃飯不是？這張嘴，除了吃飯，難免發些牢騷。趙大哥莫要見怪。」

趙律板著臉道：「我現在有什麼資格怪你？狄青呀狄青，不知道你吃了牛糞，還是踩了狗屎呢？三

衙竟有調令，升你為散直，加封武騎尉，即日起效。」

狄青心中一動，記得聖公子的許諾，倒有幾分信了。可聖公子到底是什麼來頭？想調他當散直就當散直，想加封就能加封他？這樣的人，怎麼會連見張妙歌都如此為難？這樣的人，又怎麼會被馬中立追得落荒而逃？

張玉一旁強笑道：「趙軍使，年都過了，就莫要說這些話逗我們開心了。」

狄青，你立即收拾下行裝，先去三衙報到。」說罷轉身離去。

狄青，春天來了，自己的春天也終於來了。那個聖公子，雖不夠仗義，說話倒還算數。可這種人，到底有什麼後臺呢？

他才待去三衙，張玉已擔憂道：「狄青，會不會是夏隨他們先提拔你，然後再準備殺了你？」狄青知道不是，安慰道：「應該不是……」話未說完，李禹亨已跑進來道：「狄青，你要當散直了？這事在軍營都傳開了，到底怎麼回事？」

狄青解釋不清，故作高深道：「說不定我時來運轉，前段日子去拜佛求官，他也想去求求，但見張玉冷著臉，只好改口道：「那真的

李禹亨本想問到底是哪個神仙這麼靈驗，他也想去求求，但見張玉冷著臉，只好改口道：「那真的

好運。狄青，你升了官，可別忘記我們這幫兄弟。」

狄青笑道：「那是自然，我會經常回來看看你們。」他出門後，只見眾禁軍對他指指點點，目光中或嫉妒、或驚奇，心中也不知道是高興還是憂傷。突然記起古人曾說過什麼福中有禍，禍中有福。暗想道：「古人說話還是很有道理，如果坐大半年牢獄，可以升個五六級的話，這買賣，也划得來。」

狄青到了三衙後先見主事之人。主事的先是說了遍規矩，然後說他歸殿前指揮使葛宗晟部暫管。狄青知道葛宗晟是葛懷敏的兒子，是葛霸的孫子。葛霸在真宗時，已因軍功卓著被賞識，娶了樞密副使王德用的妹子。推算下來，這個葛宗晟也算是將門虎孫了。

狄青驀地被提拔，只敢腹誹，表面還是唯唯諾諾，先去領了軍備，翌日就要當值。狄青領了軍備後，本待去找楊羽裳說說近況，可想到楊念恩那張寒冬臘月的臉，心中打怵。回轉軍營先請以前的兄弟喝頓酒，除張玉外，眾人都道，狄青以後可要多多關照弟兄。狄青口上應諾，心中苦笑。

翌日清晨，狄青正式入大內巡邏。

葛宗晟因是將門虎孫，平日少見露面。負責調度的人叫做常昆，本是京城八大禁軍中捧日軍的副指揮使，因武功高強，抽調到殿前。

散直是班直的一種，班直其實就是皇帝的親兵。班直人員主要從京城八大禁軍中抽調提升，職責是衛護皇上，平日主要保護大內的安全。班直分為諸班和諸直。諸班中有殿前指揮使、金槍班、散直等職稱的劃分，諸直中有御龍直、御龍弩直、御龍弓箭直等分類。說穿了，各班各直負責皇宮內各種安全事務，狄青聽常昆說了一遍，也記不了那麼多，只知道自己如今屬於救火那種，哪裡缺人去哪裡。狄青到

常昆對狄青也有些頭痛，他早就聽說狄青這調令是兩府轉到三衙，三衙把狄青轉到他手下。狄青到

底什麼來頭，常昆一時間也琢磨不透，只能暫時對狄青和和氣氣。

常昆正頭痛如何安排狄青，突然靈機一動。他並不帶狄青熟悉宮內的環境，而是徑直把他帶進一道宮門內。

狄青抬頭見宮門橫匾寫著「集英門」三個字，暗想，看來到這裡的都是精英了。想到這裡，也有些臉紅。常昆帶著狄青又過了幾道宮牆，來到一個地方。那地方左右手處都是高牆，前面是死路。狄青茫然四顧，幾乎以為常昆要把他帶到這裡殺了滅口。

常昆止步道：「狄青，這裡暫時無人把守，職責重大，你一定要小心看管。等到日落後，就可以回轉。對了，你還記得回轉的路吧？」見狄青點頭，常昆拍拍他的肩頭道：「好好做事，莫要亂走，不然惹出了事情，我可保不住你。若是有功勞的話，我會記得你的。」說罷轉身離去。

狄青守的地方雖三面高牆，但中間有片竹林，有石凳石椅，林邊還有個亭子。地方雖小，也算清幽。狄青搞不懂這地方為何要派人把守，難道還會有人到這裡來鬧事？

紅日高升，過了高牆照過來，曬到身上，暖洋洋的。狄青歎口氣，喃喃道：「有錢領，還有地方休息，你該知足了。」

他和楊羽裳交往以來，憂傷漸去，又恢復了以前樂觀的天性，找個石椅坐下來。心中嘀咕道，「這種地方，本應是宮人夏日休息的地方吧？開春天冷，雪還未融，大概很少有人會來了。」

正琢磨間，一聲慘叫陡然傳來！

狄青正在走神，聽到那聲慘叫，渾身汗毛豎起，霍然而立，已握刀在手。慘叫聲過後，四處又是靜得嚇人。

狄青左右顧盼，回想慘叫聲傳來的方向，好像在西方高牆內。狄青心中惴惴，暗想難道又有人設下了圈套，想要誘騙他入殼？但這是皇宮大內，夏隨只怕也不敢在這裡鬧事吧？

狄青緩步向西方高牆走去。到了牆下，側耳傾聽，不聞聲響。終於鼓起勇氣，退後兩步，借勢奔去，腳一踩牆，身形暴起，奮力扒住了牆頭，探頭望過去，差點又掉了下去。

牆內不遠處，鮮血淋淋。正中有塊案板，上面躺著頭死豬！狄青這才想起，方才那聲慘叫應是豬死前的叫聲。原來集英門內，竟是個屠宰牲畜的地方。

狄青只能歎氣，宮人也是人，皇帝、皇后也是人。是人就要吃飯，宮中總得有個地方屠宰牲畜。而他現在的任務，原來就是看管死豬。

狄青鬆開扒牆的手，掉了下來，搖搖頭，早將常昆的女性親人問候了一遍。他堂堂一個散直，竟然攤上這種活兒，不用問，那些人是瞧不起他的了。

不過這好像也不能責怪常昆，想能入班直的人，都是貴族子弟，他一個泥腿子來這裡，當然讓人輕視。狄青坐了回去，心中想著，就算看一輩子豬圈，只怕也不會有什麼功勞。若再遇到聖公子的話，希望他還想去竹歌樓，自己和他討價還價，再要點官做，不知道他肯不肯？

嘴角浮出分嘲諷，狄青也知道自己異想天開，抱著佩刀，倚著亭柱，正要睡會兒，突然聽到集英門的方向好像有動靜。

狄青一凜，確定不是豬叫，長身而起，迎了過去，聽一人低聲道：「壞了，他們要追上來了。」

另外一人道：「你去擋著，我先走。」

狄青一聽，心道，好呀，常昆未卜先知，竟然知道有賊來此，所以讓我在這裡。看來我狄青立功的

機會到了。這正是英雄莫問出處，管你殺豬看豬。聽腳步聲粗重，暗想賊人氣力已失，機會不容錯過。

總覺得聲音好像有些熟悉，狄青聽腳步聲已近，顧不得多想，閃身躲在牆邊，見轉角處人影一動，

一人衝過來，狄青伸腿一絆。那人猝不及防，哎喲叫聲中，已摔倒在地。

那人身後還有一人，一邊驚叫：「住手！」一邊惡狠狠地撲來，狄青已抽刀在手，抵住他的胸口，

喝道：「莫要逼我殺人！」話才出口，眼珠子有些發直，失聲道：「閻先生，怎麼是你？」撲來那人正

是聖公子的跟班閻先生，狄青想到什麼，扭頭望過去，更是吃驚。那跌得哼哼唧唧的，不正是聖公子？

閻先生怒道：「好你個狄青！竟敢對聖……公子動手？」

狄青冷笑道：「你這個做賊的，竟也如此囂張？想我堂堂散直，當以擒賊為先……」轉念一想，

這個散直還是聖公子給求的，軟了口氣，對聖公子道：「你沒事吧？你們吃了豹子膽嗎？竟偷到宮中來

了？」驀地有些背脊發冷，暗想這兩人該不會是飛賊，那盒金子也是他們從宮中偷出來的吧？

閻先生道：「誰偷東西了？」

聖公子一擺手，勉強站起，問道：「狄青，你怎麼到這裡了？」

狄青奇怪道：「不是你給我求的官嗎？」

狄青忙問，「你說什麼？」心中想到，原來聖公子也求了別人，不知道為自己討職位的是哪個？

聖公子臉上突然有分古怪，半晌才道：「原來他真的幫我做到了。」

聖公子搖頭，急道：「狄青，你得幫我個忙。別的事情，以後再說。」

狄青立即道：「什麼酬勞？」

閻先生怒道：「你才是吃了豹子膽，敢這樣說話？」

狄青收刀回鞘道：「這是我和聖公子的事情，關你什麼事？聖公子不同意，我也不必多管閒事。」

他扭頭要走，心道和這兩人總算有點交情，睜一眼閉一眼，放他們走就好了。

聖公子叫道：「好，我答應你就是。你先幫我逃命再說。」

狄青一凜，「你可是殺了人？」

聖公子苦笑道：「你看我像會殺人嗎？哎呀，快來不及了，你先幫忙再說。」

狄青倒覺得聖公子的確不像凶徒，轉念之間，已決定出手。說道：「你們跟我來！」他帶二人到了方才那宰豬的牆外，說道：「從這翻過去，裡面是屠宰牲畜的地方，好像暫時沒人，一會兒我想辦法接你們出去。」

閣先生皺眉道：「這種齷齪的地方，豈是我們去的地方？」

狄青又氣又笑，「那你去高貴的地方吧，聖公子，你呢？」

聖公子向來路的方向望了一眼，隱約聽到人聲，為難道：「可我過不去呀。」

狄青蹲下身子道：「踩肩頭過去吧。我吃點虧，你可記得我要報酬的。」狄青一用力，聖公子已過了牆頭。那面咕咚一聲，聖公子又悶哼了一聲，閣先生變了臉色，叫道：「狄青，你快送我過去。我要看看聖公子。」

狄青歎口氣，直起腰道：「我又不欠你什麼，你憑什麼要我幫忙？」

閣先生氣怒交加，眼珠一轉，伸手入懷，掏出錠銀子道：「這些夠了吧？」

聖公子在牆內已低呼道：「閣先生，你快點過來，我……我很怕。」

狄青也聽到集英門處腳步聲踢踢蹬蹬，來不及討價，又將閣先生送過牆頭，這才整理下鎧甲，抱刀

而立。

拐角處聲音嘈雜，聽著已快到這裡，狄青心中一動，迎過去道：「誰人喧譁？」迎面呼啦啦來了一群人，將狄青圍住！狄青一驚，手握刀柄，才待呼喝，見到一女子鳳冠霞帔，神色倨傲，又把話嚥了回去。他初入宮中，雖不認識這女子是誰，但能帶著一大幫人在宮中亂闖的，他最好還是不要得罪。

那女子身邊有五、六個宮人，七、八個宮女，個個額頭見汗。那女子四下望去，見周圍無人，尖聲道：「喂，你可見到有人過來？」

狄青道：「有呀。」

聖公子在牆內聽到，差點暈了過去。那女子喜道：「那人呢？」

狄青道：「不就是你們過來嗎？」

旁邊已有宮人叫道：「大膽！你竟敢對皇后如此說話？」

狄青心頭狂震，差點坐在地上。他怎麼也沒有想到，來的女子竟然是宮中的郭皇后。狄青雖對宮中不算熟悉，卻也知道當今天子有一個皇后姓郭。郭皇后要找聖公子，所為何來？難道說聖公子貪戀美色，就算對郭皇后都敢勾勾搭搭？狄青暗自叫苦，心道這下求官不得，惹了郭皇后。若被她發現聖公子，聖公子不仗義，又供出了他，那以後不要說在集英門看豬，就算養豬都不能了。

郭皇后已怒目圓睜，陡然伸掌擊去。狄青一咬牙，只聽啪的一聲，方才給皇后拍馬屁的那宮人已挨了一耳光。那宮人捂著臉，滿是惶恐。狄青未挨打，反倒有些糊塗，搞不懂郭皇后今天吃的什麼藥。

郭皇后杏目瞪起，指著一幫宮人宮女罵道：「你們這幫蠢貨！連人都看不住，還有臉推諉責任？這裡沒有人，不會去別的地方找嗎？」她扭頭就走，急匆匆地竟顧不得理會狄青。

有一宮女趕來道：「皇后，太后召你。請你快些過去。」

郭皇后又是一巴掌打過去，那宮女尖叫聲中，臉上已被抓出了幾道血痕。郭皇后罵道：「我自己不會去嗎？要你多嘴？」

喧囂漸去，再過片刻，郭皇后已沒了蹤影。狄青忍不住摸摸臉，暗自慶幸，心道這郭皇后有病，好在有病呀！聖公子躲避是有情可原，誰見到這種女人，都會逃之夭夭。可這麼個有病的人，為什麼要急急地找聖公子呢？

狄青想不明白，卻已順著牆根走過去。等到了宰豬的正門，見四下無人，閃身而入。院中竟連雜役都沒有，想必是偷懶歇息去了。狄青暗叫蒼天有眼，看來過幾天就可以再見羽裳了。原來狄青和聖公子討價還價，還是為了楊念恩提及的券憑一事。

進了後院，狄青見聖公子和閻先生正坐在院中，望著死豬愁眉苦臉。狄青歎口氣道：「好在我把難題應付了過去，聖公子，皇后為何要找你呢？」狄青還是有些害怕，忍不住想問個明白。

聖公子眼中有絲怒容，轉瞬即被愁容代替，也歎道：「別提了，那是個瘋女人。」

狄青深有同感，見聖公子不願再提，心道管他皇后太后，自己先把要求提出來。正要開口，突然聽到有院門開啟的聲音，狄青臉色微變，急道：「他們難道追來了？你們先躲躲？」見旁邊有個生豬圈，滿是乾草，示意聖公子躲進去。

閻先生怒道：「這怎麼可以？」

聖公子皺眉道：「先躲躲吧，進豬圈也比去皇后那裡強。」說罷他竟當先入了豬圈，閻先生雖滿臉不願，還是緊緊跟隨。二人才藏好身子，狄青就聽有腳步聲傳來。那腳步聲輕微，若豹行荒原，不仔細

傾聽，絕難察覺。狄青心中微凜，先發制人道：「誰在外邊，這裡怎麼沒有人呢？我找你們有事。」

一人閃身而入，已立在狄青面前。狄青瞠目結舌地瞪著那人，良久才道：「郭大哥，你怎麼來了？」

來人卻是郭遵。郭遵盯著狄青的雙眸道：「你到這裡做什麼？」

狄青支支吾吾道：「沒什麼，就是聽到殺豬之聲，這才過來看看。郭大哥，你到這裡又做什麼？」

郭遵緩緩道：「我知道你升了職，所以聽到殺豬之聲，所以過來看看。方才見你進入這裡，所以也跟進來了。」

狄青不知道郭遵聽到了多少，岔開話題道：「殺個豬，沒什麼好看的。郭大哥，我們出去再說。」

他才待舉步，郭遵已道：「豬圈裡是誰？」

狄青一驚，不等多言，郭遵閃身上前，已掀開了豬圈中的稻草。狄青見狀不好，只以為聖公子犯事，郭遵過來緝拿，急叫道：「郭大哥，莫要傷他。他是我的朋友！」

郭遵身形一凝，望著稻草堆中的聖公子，臉上神色變得極為古怪，低聲道：「你的朋友？」

聖公子見到郭遵，嘴角只有分苦笑，卻沒有懼意。狄青沒有留意到聖公子的表情，不迭道：「是呀，他們是我的朋友……」不待說完，狄青已目瞪口呆，因為他見到郭遵單膝跪倒，向聖公子施禮道：

「殿前指揮使郭遵，參見聖上！」

狄青差點一口吞了舌頭，失聲道：「聖……聖上？他是聖上？」

第十七章 相 憐

聖公子竟然是聖上！狄青聽到這句話的時候，如五雷轟頂。

往事一幕幕湧過，狄青一時間亂了分寸。不錯，聖公子若不是皇帝，怎能輕易就把他調入班直，做皇上的親兵？聖公子若不是皇帝，怎會隨手就拿出內藏庫的金子？聖公子若不是皇帝，大相國寺的主持怎麼會親自接見？當初彌勒佛像被毀，葉知秋正巧出現，多半也是在保護皇上，因此葉知秋當初神色古怪，讓他快走，莫要多事。

所有的一切，不過是因為聖公子就是當今的皇帝──趙禎。

狄青想到這裡，又有更多的疑惑湧上心頭，這個皇帝怎麼這麼窩囊？去大相國寺倒苦水，要見張妙歌都不能，被馬中立追打，喜歡風花雪月的場所，甚至──被他狄青敲詐……

到眼下，這個皇帝人在宮中，甚至為了躲避皇后，也就是為了躲避他自己的老婆，寧可藏在豬圈裡？這個皇上，也有病吧？狄青想到這裡，哭笑不得。可他知道，郭遵絕不會看錯。

尚聖，聖上，狄青省悟了過來，原來尚聖就是聖上反過來念，怪不得閻先生每次說「聖」字都拖個長音，不用問，積習難改，閻先生習慣叫聖上了。

狄青思緒萬千，聖公子已從豬圈中走出來道：「郭指揮，在這裡見到你，倒巧了。」他頭上雖有稻草，身上還有豬糞，但話語中，已有天子的威嚴。他就是天子趙禎，當今大宋年輕的皇帝，就算狼狽些，就算從豬圈中出來，可終日在宮中召見百官，也有了威嚴之氣。

郭遵也在奇怪狄青如何會認識趙禎，聞言道：「是呀，有些巧。聖上可有吩咐嗎？」郭遵久在宮中，做事謹慎，不該問的事情，絕不過問。

趙禎搖頭道：「沒什麼吩咐，朕就是想清靜一會兒。」說及「清靜」二字時，他臉上露出無奈之意。

郭遵道：「那臣告退。」

趙禎點點頭，吩咐道：「狄青，你留下陪陪朕吧。」

狄青只好點頭，心道你躲著老婆，讓我陪你，到底什麼打算？我和張妙歌一樣，也是賣藝不賣身的。

趙禎當然猜不到狄青的心事，在狄青思緒千轉的時候，也是心緒雜遝。他是大宋天子，或許在很多人眼中，風光無限，榮耀萬千，但他有苦難言。趙禎久在深宮，極為寂寞，偶遇狄青時，見狄青油滑中帶著義氣，聰明中帶著市儈，心中非但不厭惡，反倒有幾分喜歡狄青的性格。

他出宮，只因為心中煩悶，又不總如愧儡般，被前呼後擁的保護，因此很多時候，他只帶著貼身太監閻文應偷偷出宮。閻文應就是那個白胖的閻先生，本是個太監。

每次遇到狄青，趙禎都能經歷些刺激的事情，是以對狄青印象極佳。這次被郭遵揭穿了身分，趙禎悵然若失，暗想以後恐怕不會再有這個朋友。轉念一想，眼下正有事要辦，又要借助狄青，向狄青表明身分也是好事。

郭遵離開趙禎後，心中滿是疑惑，只能等待狄青回轉後再詢問一切。他在宮外徘徊，正猶豫是否等

下去之時，有人走到面前。郭遵抬頭望去，見到那人鋒芒畢露，有些詫異道：「葉捕頭，怎麼是你？」來人正是京城捕頭葉知秋。葉知秋滿面塵土，銳氣不減。盯著郭遵道：「郭指揮，我想找你說幾句話。」

郭遵知道葉知秋是無事不登三寶殿，沉吟道：「出去喝幾杯吧。」

葉知秋爽快道：「好。」

二人隨意找了家酒肆，葉知秋揀個偏僻的地方坐下。郭遵知道葉知秋想避開旁人說話，暗想，前段日子，葉知秋離開了京城，也不知道做什麼去了。他一直以來，都在追蹤彌勒佛的下落，不知道可有結果了？

葉知秋先為郭遵滿了杯酒，這才道：「郭兄，在下生平敬重的人不多，郭兄可算是一個。」

郭遵道：「知秋，你若有事，但說無妨。」他見葉知秋以私誼稱呼，也換了稱謂。二人在辦案時合作無間，私底下，也很有交情。

葉知秋道：「狄青入獄時，我就被太后派出去辦件案子，到底是什麼案子，我不好明說。」

郭遵心中微凜，暗想葉知秋開口就提狄青，難道說葉知秋想說的事情和狄青有關？葉知秋見郭遵不語，又道：「我雖不能詳說此案，不過……這件案子和大相國寺中彌勒佛像被毀有關。」

郭遵心中一動，隱隱猜到了什麼，只是哦了一聲。葉知秋盡了一杯酒後才道：「郭兄當然也知道，那彌勒佛像是被多聞天王毀壞的。當初聖上正在大相國寺，我負責衛護。當時我只以為多聞天王是聲東擊西，意在行刺聖上，不想他只取走了一物。」

郭遵明知故問道：「取走了什麼呢？」

葉知秋盯著郭遵良久，見他神色沉靜，移開了目光道：「那物事關重大，太后命我私下查探。說若有人取了那物，讓我取回那物時，順便殺了那人。」

郭遵心中微凜，點點頭道：「你和我說這些，可是想讓我幫手破案嗎？」

葉知秋舒了口氣，岔開話題道：「如讓郭兄破案，不知道我如何下手呢？」

郭遵立即道：「既然是多聞天王毀壞了佛像，當然是從多聞天王的身分入手了。」

葉知秋點頭道：「郭兄和我想的不謀而合。當初飛龍坳一戰，四大天王死了三個，只有多聞天王逃走。當然，彌勒佛也逃走了。我一直追查此案，這兩案的關鍵都在多聞天王。當初彌勒佛曾說過一句藏語，我就入藏查探了許久。」

郭遵緩緩道：「或許他是故布迷陣，誘你誤入歧途。」

葉知秋贊同道：「郭兄說得不錯，後來我也如此做想。不過大相國寺案發後，我又得到線索，說多聞天王可能和藏人有關，因此再度入藏。」

葉知秋沒有說是從太后那得到的消息，郭遵也不追問，只是試探道：「那這次……可得到些什麼消息嗎？」

郭遵緩緩道：「在藏邊並沒有得到消息……」

葉知秋已聽出葉知秋的言下之意，動容道：「難道說，你在別的地方查得了多聞天王的身分？」對於飛龍坳一戰，郭遵刻骨銘心。他被彌勒佛暗算，害狄青痛苦多年，這些怨恨郭遵雖不說，但沒有一日忘記。

葉知秋緩緩道：「我從藏邊回轉，路過西北，不經意的聽到首歌謠……」不待郭遵回答，葉知秋已

漫聲道：「這歌謠只有四句話，是為『西北元昊帝釋天，五軍八部望烽煙。夜叉三羅摩乾部，不及九王天外仙。』郭兄可曾聽過這歌謠？」

歌謠朗朗上口，葉知秋說得卻極為緩慢，似乎在咀嚼著歌謠中每個字的用意。念及歌謠之時，葉知秋目光已變得如劍鋒般犀利。

這四句歌謠到底有何神奇玄奧之處，竟讓葉知秋也如此重視？

趙禎出了豬圈，不再惶惶，沿著宮牆走了不久，竟又到狄青當值的地方。狄青跟在趙禎的身後，搞不懂趙禎在想什麼。不過狄青知道自己在想什麼，趙禎是皇帝，他幫了趙禎的忙，若不提出點要求，那真是土鱉了。

狄青一想到楊羽裳的笑容，就心中暖暖，輕輕歎口氣，那是愜意的歎息。

趙禎坐在石凳上，也歎口氣，滿是沉重。

狄青只好裝作共同悲痛的表情，問道：「聖……上，你有心事嗎？」心中想著，這個皇帝，怎麼看怎麼彆扭。

趙禎茫然地抬頭，半晌才道：「狄青，你有心儀的女人嗎？」

狄青作夢也想不到趙禎突來這一句，謹慎道：「有……」

趙禎道：「我也有。」他又歎口氣，望著不遠處的竹林，似乎又什麼都沒有看到。

狄青順著話題道：「聖上喜歡的，可是張妙歌張姑娘嗎？」他知道趙禎心儀的女人，肯定不是郭皇后。雖然只是短暫的相見，狄青已感覺郭皇后和趙禎之間，有著難以調和的矛盾。

趙禎搖搖頭，又點點頭，狄青一頭霧水，耐著性子道：「聖上，恕臣太笨，不解聖上的心意。」若

這位還是聖公子，狄青早就摺挑子走人了，但這是皇上，狄青有所求，當然要先禮於人了。

趙禎心道，我喜歡的女子並不是張妙歌，張妙歌雖也不差，可如何能比我中意的人兒？我見張妙

歌，不過是覺得張妙歌和我喜歡的女人有點像了。可這些話，何必對狄青說呢？

趙禎是皇帝，也是凡人，當然也有心儀的女子。他年少的時候，最喜歡的是個王姓女子。那女子本

是商賈王蒙正的女兒，雖非官宦之女，可善解人意，姿色絕代。趙禎作夢都想娶那女子為妻。

但劉太后不許！

眼下在朝廷，劉太后上管天，下管地，中間管情欲。劉太后不許，趙禎就不能娶。劉太后託辭王蒙

正的女兒太過妖豔，又沒有出身，將王蒙正的女兒逐出宮。讓趙禎娶了大將軍郭崇的孫女，說這才是門

當戶對。

趙禎無奈，只能和心上人別離，娶了任性刁蠻的郭皇后。

郭皇后仗著有太后寵信，整日如喝了一缸醋的悍婦，禁止趙禎和別的女人交好。今日趙禎逃命，就

是因為在別的妃子寢宮多待了會兒，就被郭皇后追殺過來。

趙禎對郭皇后已深惡痛絕，寧可面對豬圈，也不想面對郭皇后，是以逃命，這才碰到了狄青。趙禎

因為太后之故，只能對郭皇后忍耐，但最讓他難以忍受的是，劉太后在他娶了郭皇后不久，就將他心儀

的女子，嫁給了她的姪子劉從德。

趙禎每次想到這裡，心口都像是針扎的一般痛。因此狄青重傷了馬中立，趙禎反倒有著說不出的快

意。他是皇帝，但不過是個傀儡皇帝，甚至保護不了心愛的女人。是以當初他聽到張妙歌唱到「杳杳神

京，盈盈仙子，別來錦字終難偶。斷雁無憑，冉冉飛下汀洲、思悠悠。」的時候，默默地流淚。

他喜歡聽張妙歌的琴聲，因為只有在那琴聲中，他才能追憶往昔的風情。往事如水又如煙……他鍾愛的女子，就叫王如煙。

趙禎怔怔地回憶，腦海中驀地閃過一雙妖異的眼眸。一個聲音從天籟傳來，「這位公子印堂發黑，只怕最近會有血光之災。若不想法破解的話，甚至會有殺身之禍。」

趙禎身軀一震，臉有驚懼，一把抓住狄青的手，低聲道：「狄青，朕可以再求你一件事嗎？這件事，你一定要幫朕！」

「西北元昊帝釋天？五軍八部望烽煙……」郭遵喃喃念著這幾句話，眼中精光閃動。

葉知秋凝聲道：「我想，以郭兄的睿智，就算沒有聽過這歌謠，多半也能猜出點歌謠的含義。」

郭遵緩緩道：「這首歌謠是在說西平王元昊嗎？沒想到元昊竟以帝釋天自詡。」他驀地想起唃廝囉和元昊之爭，又想起了不空和劉太后，隱約有個念頭，一時間無法說出。

郭遵文武雙全，知曉佛教典故。帝釋天本是佛教中──三十三天之天主。元昊信佛，自詡帝釋天，不言而喻，是寓意他是世間獨一無二，亦是天下之主。

葉知秋道：「不錯，西平王元昊野心勃勃，已不甘心俯首在宋廷之下，想要自立為王。但這歌謠不但說及元昊的野心，還說了西平王手下的勢力。」

郭遵點頭道：「是了，我雖少去西北，但知道元昊已建五軍，創八部，改官制，東討西殺，應是在為稱帝做準備。這首歌謠就是在說元昊的勢力，五軍、八部、夜叉、修羅、九王……唉！」他神色黯

然，突然歎口氣。

若是別人聽到那歌謠，多半一頭霧水。郭遵熟悉佛典，卻知道八部本佛教用語，是說八類神道怪物，以天、龍兩部為尊，其餘六部包括夜叉、修羅等神怪。

元昊創八部眾，就是將手下人傑劃分為八部管理，聽說至尊的天部只有元昊一人，其餘七部都是能人異士眾多。郭遵只知道大概，詳情如何，不得而知。

葉知秋心道郭遵學識淵博，已明白了歌謠所指，立即問，「郭兄，你歎息什麼？」郭遵苦笑道：「也沒什麼，不過想當年曹將軍曾說，『元昊此子真英勇也，當為宋朝大患』，不想一語成真。當年朝廷猶豫寡斷，沒有趁勢襲取靈、夏等州，實乃失策。」

提及曹將軍之時，郭遵臉上有分尊敬之意，葉知秋亦是如此。二人都是武功極強，心高氣傲的人，生平少服旁人，但對於曹將軍，卻都由衷地欽佩。

曹將軍就是曹瑋，大宋開國武將曹彬之子，是大宋立國後少有的名將，當年奉命坐鎮西北，用兵如神。元昊之祖父李繼遷為亂西北，宋軍諸將不能擋，曹瑋年紀輕輕，在西門川輕騎伏擊，給李繼遷當頭一棒，從此名震天下。李繼遷死後，曹瑋建議宋廷趁機收復西北夏、靈等州的失地，可李德明狡猾，假意歸順，奉表稱臣，宋廷優柔寡斷，竟以和為貴，坐視李德明在西北發展壯大，痛失良機。但李德明雖狡詐，終其一生，不敢侵犯宋境。只因為西北有個曹瑋！

曹瑋不但威懾西北党項，甚至西南吐蕃人提及這個名字，都是臉上變色。只因為當年三都谷一戰，曹瑋用數千輕騎，就破了吐蕃重臣李立遵的數萬鐵騎，讓吐蕃再不敢輕犯宋境。

邊陲有曹瑋，平靜若水！這樣的一個人，本就值得郭遵、葉知秋欽佩、仰慕。就是這樣的一個人，

讓元昊雖有立國之志，亦不敢正攖其鋒。就是這樣天下無雙的人，評價元昊的時候卻說，「此子真英物也。」英雄本識英雄，英雄更重英雄。

美女遲暮，英雄末路。

曹瑋的末路就是死，人誰不死？任何人都逃不過生老病死，哪怕是千古名將。曹瑋死了，可元昊還活著，且元昊正當壯年。

這些年來，元昊趁宋廷劉太后當政之際，帶党項鐵騎戰回鶻，擊高昌，對抗吐蕃。先取甘州，後破西涼，占據河西走廊，讓党項疆土，東盡黃河，西界玉門，南接蕭關，北控大漠。雄才偉略，可見端倪。元昊大志已現鋒銳，宋廷誰能擋其鋒芒？

郭遵就是因此歎息，遠望西北蒼穹，似已見到烽煙劍戟之氣。他皺著眉，神色愁苦，突然想到一事，失聲道：「知秋，你在追尋多聞天王的身分，突然提及到元昊。難道說……」他沒有再說下去，但眼中已有了極深的憂意。

葉知秋長吸一口氣，一字字道：「不錯，我就是懷疑。多聞天王的真實面目，如何這般推測？」

郭遵一震，疑惑道：「懷疑？你並沒有見到過多聞天王的真實面目，如何這般推測？」

葉知秋道：「我雖沒有見過多聞天王的面目，可在飛龍坳的時候，見到過已死三人的面目，我早就把他們的圖像畫了出來。」

郭遵恍然道：「我明白了。你在西北，找到認識三人面目的人了，又由那三人的身分推測出多聞天王的來歷？」

葉知秋點頭，從懷中掏出張畫像，攤了開來。畫像上左三人，右三人，共有六個人像。葉知秋道：

「左手三人，是飛龍坳死的三人。右手三人，是我在八部中找到的人物肖像。你看像不像？」

左右三人除了衣飾不像，面容極其類似。郭遵看了良久才道：「如果這些人真的是八部中人，那當初他們在飛龍坳的所為，就很值得琢磨了。」

葉知秋心事重重，「因此我要將這一切稟告給太后。」

郭遵遲疑道：「只憑這些畫像，恐怕終究會不了了之的。」

葉知秋長歎一聲道：「你說的不錯。」他當然明白郭遵的意思，眼下太后想著登基一事，自然對邊陲安危不放在心上。就算飛龍坳一事真的是元昊主使，兩府、三衙的重臣，又怎麼會為這件事對西北大動兵戈呢？他本如劍鋒般的眼眸黯淡下來，喝起了悶酒。

郭遵緩緩道：「但你今日找我，肯定不是讓我出手擒凶，你還有別的目的，對不對？」

葉知秋霍然昂頭，目光如炬道：「不錯。我來找你，是和狄青有關。我想了很久，突然覺得，彌勒佛像中藏的那物，不見得一定被多聞天王拿走。因為當初……狄青也在大相國寺中。」見郭遵神色不變，葉知秋道：「你一點也不吃驚，是不是因為早就知道這些什麼？」

郭遵沉吟道：「你素來言不輕發，想必不會僅憑狄青當初在大相國寺，就推斷狄青拿了那物了？」

葉知秋道：「當然！因為我經過這段時間的查詢，已瞭解擁有那物的人，肯定會有特別之處。我看過馬中立的傷勢，知道馬中立的踝骨，是被人捏斷的！狄青本來沒有那個本事！他能捏斷馬中立的踝骨，是件很奇怪的事情。你要不要我再說說曹府的事情？」

郭遵終於歎口氣，喃喃道：「我就知道，這件事瞞得過很多人，讓很多人奇怪，卻唯獨瞞不過你。」心中在想，夏隨這些日子一直沒有輕舉妄動，當然也不解狄青為何能殺增長天王。但夏隨多半不

知道五龍的事情，豈止是他，這世上又有幾人能明白五龍呢？

葉知秋目光鋒銳，沉聲道：「所以狄青拿了五龍？」他口氣慎重，像是已起了冰冷的殺機。他本來就得到了太后的命令，殺了盜五龍的人。而狄青正是拿走五龍之人。

郭遵沒有回答，也沒有望著葉知秋，只是看著酒杯，半晌才道：「你不找狄青，卻過來找我，當然不想抓狄青了。」他這麼說，顯然已承認了葉知秋所問。

葉知秋淡淡道，「你說呢？」

郭遵又道：「你葉家世代為京中名捕，一心為國。可葉知秋這人，做事靈動，只求心安，這是我最欣賞的地方。」

葉知秋笑了，笑容如春暖花開，「你別以為奉承我兩句，我就會不追究下去。郭兄，太后想要五龍，元昊手下的人也想要五龍，我聽說，不久前响廝囉手下的高手不空也向太后要五龍。京中如果說有一人知道五龍的奧祕，那一定是你了。我很想聽聽，五龍到底有什麼玄奧……」

郭遵搖頭道：「我真的不知。」

葉知秋皺眉道：「你不知？你怎麼會不知？」

郭遵望著葉知秋的雙眸，問道：「知秋，你我相知多年，我或許有很多事情沒有和你說，但可曾騙過你？」

葉知秋凝聲道：「你從來沒有騙過我，你不但沒有騙過我，你還救過我的命。若不是你出手，八年前，我已死在巨盜曆南天的手上了。我雖還沒有抓住曆南天，但我永遠記得你的恩情。」

郭遵舒了口氣道：「那我可否求你一件事？」

葉知秋目光如刀，「你求我放過狄青？那沒有問題。但你總要把五龍交給我，不然我如何交差？」

郭遵搖頭道：「我不但求你放過狄青，我還想求你莫要拿走他的五龍。把五龍留在他手上，好嗎？」

葉知秋錯愕不已，失聲道：「你覺得我會答應嗎？」

郭遵凝視葉知秋，一字字道：「我、求、你！」

狄青聽趙禎求他做事時，詫異不已。趙禎是皇帝，竟然還求他一個小禁軍？狄青有些驚恍，可也有些自豪。

閻文應臉色已變了，但他終於還是忍住沒有說什麼。

趙禎見狄青不語，失神道：「你不肯幫朕嗎？」

狄青在那一刻，已下定了決心，「聖上吩咐的事情，我赴湯蹈火都會做到。」他知道趙禎好像不得勢，也看出劉太后眼下一手遮天。但他還是要幫趙禎，因為他喜歡！

趙禎舒了口氣，「你幫朕，那就好。對了，朕記得你幫我逃命的時候，你說要些酬勞？你有為難事了？先對朕說說，看看朕能不能幫你。」

狄青感動的鼻涕差點流出來，「聖上，那多不好意思。」

閻文應冷冷道：「你皮刀砍不破，也有不好意思的嗎？」

狄青裝作沒有聽見閻文應的諷刺，忙把楊念恩的事情說了一遍。

趙禎道：「閻文應，你立即派人去辦此事。」

狄青喜道：「謝聖上。」這句話，可真是誠心誠意，一想到以後有皇帝撐腰，狄青感覺不但春天來了，夏天看起來也要到了。不過他一時並沒有想到，幫助皇上，就意味著和太后作對，冬天看起來也就不遠了。

趙禎微笑道：「其實能幫你做點事情，我感覺也不錯。」他這句話是有感而發，這些年來，就沒有人求他。一直都是有人命令他，規勸他，只說讓他不要做什麼，卻從來沒有人想過讓他做過什麼。

閻文應為難道：「聖上，那找誰做這件事情呢？」

趙禎立即道：「找呂夷簡不就好嗎？上次調狄青入班直，不就是找得他嗎？」

狄青聽到「呂夷簡」三字時，心中一震，他當然知道呂夷簡是哪個，那是當朝宰相，亦是宋朝兩府第一人！狄青從未想到過，他升職為散直，竟是經過呂夷簡之手。

閻文應道：「上次調狄青當散直，呂夷簡好像就有些為難……」

趙禎不耐煩道：「你就說是我吩咐的，別的事情，不用操心。」心中暗想，朝廷中，反對母后的人，如范仲淹、宋綬等人，一個個都被貶出京城。呂夷簡對朕到底忠不忠，從這些小事就可以看出。上次找呂夷簡做事，爲知不是以退為進之意？

閻文應勉強應了，狄青投桃報李，立即道：「聖上有何事吩咐呢？」

趙禎想了良久才道：「朕最近想提拔一些新人入班直，你看看有沒有和你義氣相合的人，把名字報上來，朕會酌情錄用。」

「啊？」狄青瞪目結舌，一時間搞不懂是趙禎求他，還是他求趙禎。

趙禎不解道：「這事很難做嗎？」

狄青忙道：「不難，不難。」心中微動，加了句，「聖上，我找的人，肯定對聖上忠心耿耿。」

趙禎緩緩點頭道：「你做事，朕放心。好了，你可先出宮做事了。」想了半晌，從懷中掏出面金牌，遞給狄青道：「你拿著這令牌，以後你就是朕的貼身侍衛，隨傳隨到，不必聽殿前指揮使調度了。」

狄青當然滿口答應，拿著令牌離去。等感覺趙禎望不見了，這才仔細看了眼令牌，見令牌正面雕龍，背面是山水。金龍下面刻著四個字，竟是「如朕親臨」！

狄青心道，這個皇帝豬圈也要鑽，如朕親臨？那不是要和他一塊鑽豬圈？心中對這塊令牌的權威很是懷疑，正行走間，一人過來道：「狄青，你到處亂走什麼？」

那人正是狄青的頂頭上司常昆！

狄青本有些發慌，但轉念一想，亮出令牌道：「聖上派我出宮行事。」

常昆見到那令牌，眼中露出錯愕之意，盯著那令牌許久才乾笑道：「狄兄原來已成聖上的親兵，可有事要小弟做嗎？」

狄青不想令牌一出，狄青就變成了狄兄，上司變成了小弟，笑道：「暫時沒有事情。常大人，以後在下宮中行走，還請多多關照。」

常昆忙道：「一定一定。狄兄若看得起小弟，叫我常昆就好，什麼常大人，不是寒磣我嗎？」

狄青心情舒暢，點頭離去，心道，這種牆頭草的名字，定不能對聖上說了。

常昆不知道因為拍馬屁，失去了晉級的機會，見狄青離去，冷笑道：「一副小人得志的樣子。只是不知道這傢伙不知到底什麼來頭，怎麼才當了半天的散直，就變成聖上的親兵呢？」

一人在常昆身後問道：「誰變成了聖上的親兵呢？」那聲音暖暖。常昆回頭望見來人，忙施禮道：

「卑職拜見成國公。」

趙禎等狄青離去，又歎口氣，坐在冰冷的石凳上望著修竹，不知想著什麼。閻文應一直寸步不離，見狀道：「聖上，這個狄青，不見得信得過呀。」

趙禎半晌才道：「他當初不知我身分，尚能捨命救我，我覺得他應該對我忠心。更何況……我還能信誰呢？」

閻文應垂下頭來，目光閃爍。就在這時，遠方有腳步聲響起，一劍眉星目的男子走過來，見到趙禎，喜道：「聖上果然在此。方才臣聽常昆說，狄青拿了聖上的手諭，還有些疑惑呢。」

那男子遇見趙禎極為高興，趙禎見了那人，卻是大為皺眉。那人正是趙禎在竹歌樓前曾見過的公子。趙禎當然認識這人，可心中並不不想見他。這人叫做趙允升，是楚王趙元佐的兒子，眼下官至成國公。

當年太宗本要傳位給楚王，可後來趙元佐發瘋，太宗這才傳位給趙禎的父親真宗。如果趙元佐不發瘋的話，如今的天子，很可能就是這個趙允升。趙禎倒不是對此忌諱，而是因為劉太后一直對趙允升很好，甚至比對他這個親生兒子還要好。

趙允升似乎沒有看出趙禎的不滿，還熱情道：「聖上，皇后找太后哭訴去了，說你不見了。臣心急如焚，趕快出來尋找，只怕聖上有事……」

「你很希望朕有事吧？」趙禎不鹹不淡道。

趙允升額頭都有些冒汗，賠笑道：「聖上說笑了。」

趙禎很有些瞧不起這個堂兄，一直覺得他除了拍馬屁，也沒有別的本事，不明白為何母后偏偏喜歡他。突然想起一事，說道：「前幾日，閻文應出宮，說見你從竹歌樓出來，你應該知道，太后最不喜歡我們去那種煙花之地。」

趙允升臉色巨變，惡狠狠地看了眼閻文應。閻文應垂下頭來，不敢多說。

趙禎淡淡道：「你去了就去了，看閻文應也沒有用。正好我要去見太后……」他舉步要走，趙允升慌忙跪地道：「聖上，臣無心之過，還請聖上莫要對太后說及此事。」

趙禎見趙允升心中惶恐，故作為難道：「那不是欺騙太后嗎？」

趙允升苦著臉道：「聖上只是不說而已……」

「你有什麼資格讓朕不說呢？」趙禎見趙允升滿頭是汗，突然語氣變得柔和，「我不說也可以，但你以後，應該知道怎麼做了？」

趙允升眨眨眼睛，抹汗道：「臣明白。」

狄青興沖沖地出了宮，一路上竟通行無阻，那塊令牌果真很有效用。他先奔驍武軍的軍營跑去，等到了軍營，見李禹亨已扶著張玉起身，喜道：「張玉，好些了嗎？」他更喜的是，這些日子李禹亨照顧張玉竭盡心力，而看起來，張玉對李禹亨的態度也好了些。

張玉體格壯碩，總算撿回條命，正要下床走動，看到狄青來了，說笑道：「大人回來了？」

狄青笑罵道：「你小子才好些，就記得臭我。猜猜，我今天碰到誰了？」

李禹亨遲疑道：「太后？」

張玉猜測道：「持國天王？」

狄青一個爆栗擊過去，「你們就不能猜點好的？」三人嘻嘻哈哈，似乎又回到以往親密無間的時候。

狄青一個爆栗擊過去，「你們就不能猜點好的？」三人嘻嘻哈哈，似乎又回到以往親密無間的時候。

張玉扁扁嘴道：「你是散直，皇上的親隨，見到聖上也值得欣喜嗎？不過聖上長得啥樣？說來聽聽。」禁軍也有高下之分，張玉這些人從不入大內，就算見皇上也是隔著幾里地，還不知道皇上的樣子。

「我見到了皇上！」

狄青道：「其實皇上這個人，也還不錯呀……」

「嘖嘖……」張玉吧嗒著嘴，「入大內的人就是不一樣，才當值一天，就對皇帝歌功頌德起來。」

李禹亨忙道：「張玉，也不能這麼說，皇上本來就不錯，難道讓狄青罵他嗎？」

張玉假裝生氣道：「當初我們幾兄弟說什麼有福同享有難同當，可惜呀，有人當了散直，就忘記了當初的諾言。嘿嘿，想我張玉不會阿諛奉承，自然得不到升遷。」

狄青故作惋惜道：「我倒是沒忘。今天聖上請我幫忙，想要再提拔幾個人，問我人選，我還準備把你們的名字報了上去。可惜呀……某些人不喜阿諛奉承，只想憑本事。這樣吧，我把這人的名字劃了去，也免得辱了他的一世英明。」

張玉忙道：「聖上實乃聖明之君，天下稱頌，我張玉也是從心底……那個佩服的。狄青，你說的可是真的？」

309 歃血 霓裳曲

狄青哈哈一笑，將今日宮中所遇大略說了一遍，可略去了趙禎去竹歌樓一事。

張玉嘖嘖稱奇，一時間不明所以，只能歎狄青時來運轉。

李禹亨膽小道：「狄青，你是不是在宮中得罪了聖上，他準備誅你九族，所以讓你把朋友的名字都報上去……」

狄青苦笑道：「要不我把你的名字劃去，不報給朝廷了？」

李禹亨左思右想，終於道：「不用吧，咱們不是說過，有難同當嘛。」

狄青又是一笑，想要告訴楊羽裳這個喜訊，告訴葉知秋、郭遵這些人。出了軍營，狄青暗想，名單上就張玉、李禹亨兩人，太過單薄，還有誰夠義氣需要提拔呢？郭大哥當然不用了，他本來就在殿前。只是狄青在想著心事，差點撞在一人身上，抬頭望去，叫道：「郭大哥，怎麼是你？」

郭遵竟然又出現在狄青的面前，見狄青望過來，郭遵笑笑，問道：「你怎麼會和聖上那麼熟呢？」

狄青笑道：「郭大哥，說來話長。但若簡單說……」四下望了眼，壓低了聲音道：「聖上就是聖公子！」

郭遵恍然大悟，喃喃道：「原來如此。你得罪了太后，救了聖上，怪不得……」他欲言又止，轉問道：「你方才想著什麼？」郭遵雖和葉知秋交談許久，但這刻看來，還是波瀾不驚。

狄青將趙禎所言一事又說了出來，突然興奮道：「郭大哥，你見多識廣，識人能力更強，不如你說幾個人物吧。」

郭遵臉色沉凝起來，緩緩問道：「你說聖上要提拔一些人入班直？」

「是呀，機會難得。」狄青道：「我也不知道怎麼這麼好運。」心中想，難道是羽裳給我帶來的好運？

郭遵心道，聖上要在身邊換批人手，難道是對太后起了戒心？半晌才道：「狄青，事情只怕沒有你想得那麼簡單了。」

狄青收斂了笑容，歎口氣道：「我知道，最近太后想登基，聖上憂心忡忡。既擔心太后搶了他的帝位，又覺得在宮中不安全，因此想多找些人來保護他。我看他也挺可憐的。郭大哥，我知道你要勸我考慮清楚，但富貴險中求，像我這樣的人，還有什麼顧忌呢？再說現在誰都不明白太后的心思，太后也不見得一定會搶親兒子的皇位吧。」

郭遵靜靜地聽，良久才拍拍狄青的肩頭，「你說得對，那就去做吧。」沉吟片刻又道：「驍武軍的王珪武功高強，李簡做事老練。捧日軍的武英。天武軍的朱觀勇力難敵，龍衛軍的桑懌頗有銳氣⋯⋯」郭遵緩緩地說著，對八大禁軍中的底層禁軍竟很是熟悉。

狄青心道，郭大哥可比我有心多了，難為他記得這麼多的人。郭遵說了十數禁衛，又道：「其實這些人都是和你彷彿，雖有雄心，但因出身不好，難以高升。我一直在觀察，覺得這些人可堪大用，難得有這個機會，你把他們的名字都報上去吧。」

狄青連連點頭道：「郭大哥，你有空再想想。」

郭遵笑道：「一口氣提拔這二人入班直，已是朝中少有的事情，你還想提拔多少人呢？我有空再想想，明天就給你份名單。」

狄青點頭道：「那辛苦郭大哥了，我還有事，先告辭了。」

郭遵點點頭，望著狄青遠去的背影，輕歎一口，喃喃道：「梅雪，我對不起你夫婦。今日看到狄青開心，我也很開心。只希望你夫婦在天之靈保佑，讓狄青他從此一帆風順。」

他轉身向狄青相反的方向行去，風長動樹，刷刷作響，投下清影凌亂，滿是惆悵。

第十八章　柔　情

天已暮，新月未上。

狄青路過街舖的時候，記起楊羽裳曾說過最喜歡吃洗手蟹，於是順手買了幾隻螃蟹，用油紙包了放在懷中。到了楊家後，狄青猶豫片刻，走到正門前，敲了幾下。有管家出來開門，皮笑肉不笑道：「狄官人，來此有何貴幹呀？」狄青認識這個管家姓刁，和楊念恩是一個鼻孔出氣。

狄青道：「不知羽裳可在？」

刁管家道：「我家小姐是在，可是老爺吩咐了，若是狄官人還沒有拿到券憑，以後就儘量少來吧。」

不過今日老爺宴請羅公子，狄官人若是喜歡，雖見不到羽裳小姐，大可一起喝兩杯。」

狄青怒氣上湧，本想拂袖離去，可轉念一想，浮出微笑道：「難得你們如此好客，我就勉為其難，和楊老丈、羅公子喝上幾杯吧。」

刁管家不想狄青如此，可話說出來了，反倒不好拒絕，嘟囔道：「見過臉皮厚的，卻從未見過臉皮這麼厚的。」

狄青道：「刁管家說的誰？唉，在下臉皮就薄得很，要不是你相邀，我還真不好意思前來呢。」刁管家為之氣結。

狄青和刁管家到了堂中，見酒宴已擺開，席間只有楊念恩和羅德正二人，楊念恩見刁管家領著狄青前來，不由大皺眉頭，心道自己早就吩咐過，能不讓狄青進府，就不讓他進來，這倒好，還把人領到眼

前來了。

狄青先發制人，拱手笑道：「哎呀，楊老丈，羅公子，相請不如偶遇，又難得刁管家一番客氣，在下不請自來，還請莫要見怪。」

羅德正今日前來，已取了券憑，心道狄青來得正好，當要好好羞臊他一番。故作大方道：「狄官人說的哪裡話來，在下可是歡迎之至。可惜的是今日楊姑娘身子不適，倒讓狄官人無功而返了。」

狄青知道羅德正嘲笑自己做不了正事，才待反唇相譏，堂外有人道：「狄青，你來了？」那聲音嬌脆中滿是喜悅，正是楊羽裳。

楊羽裳盈盈笑道：「也沒什麼，就是有些倦，不想見外人罷了。」言語中對羅德正的輕慢之意，不言而喻。

狄青大喜道：「羽裳，你怎麼出來了？聽說你身子不適，我還準備請王神醫給你看看呢。」

楊羽裳到了狄青身邊坐下，輕聲道：「狄青，今日當差，一切可還順利嗎？」

狄青道：「也沒什麼，不過繞著大內走幾圈罷了。」

楊羽裳微笑道：「我倒沒有去過大內，聽說那裡金碧輝煌，頗為壯觀呢。」

狄青道：「在我看來，麥秸巷那樹梅花要好看得多了。」

楊羽裳知道狄青是想說，只要有她楊羽裳的地方，哪裡都是皇宮。心中欣喜，垂下頭去。

羅德正不解其意，譏諷道：「麥秸巷有梅花嗎？狄官人，你初到大內，可曾見過聖上？在下不才，倒有幸和聖上見過一面呢。當然，有本事的人才能見到皇上。」

楊念恩豔羨道：「想天子九五之尊，尋常人哪裡見得到呢？聽說羅公子的義父不但常見天子，還是太后跟前的第一紅人呢。」

狄青詫異道：「還不知道羅公子的義父是哪個？」

羅德正傲然道：「我義父姓羅，眼下身為東頭供奉官，說起來你下獄被審的時候，還見過我義父一面呢。」

狄青心中微凜，暗想原來羅德正是羅崇勳的義子，怪不得這麼囂張，和閹文應那個死太監一樣的討厭。太監生不出兒子，可還要傳宗接代，所以就收義子，看來只要和太后沾邊的人，個個都不是東西。

羅德正見狄青不語，只以為壓住他一頭，得意笑道：「狄官人，可想起我義父是哪個了？」

狄青笑道：「原來閣下是東頭供奉羅大人的義子，怪不得看著眼熟。閣下子承父業，可喜可賀呀。」

狄青這麼說，當然是譏諷羅德正也是個太監。楊羽裳聽了，有些臉紅，又有些好笑。

羅德正勃然大怒，拍案而起，喝道：「你說什麼？」

狄青故作詫異道：「羅公子，我說錯了什麼？閣下玉樹臨風，一表人才，想必終究有一日會和大供奉一樣，名揚天下啊。」

羅德正心中極怒，一時間卻無從辯駁。楊念恩忙道：「喝酒，喝酒。對了，聽羅公子說，這券憑有些眉目了？」

羅德正盡了一杯酒，從懷中掏出一張紙，拍在桌案上道：「今日我已取到券憑，只要楊伯父在上面簽字畫押，我再拿去求義父蓋個印，楊伯父就可以正式做這個生意了。」

楊念恩大喜，說道：「還是羅公子爽快。」

羅德正道：「比不上一些人口頭上的功夫了。其實楊伯父，有些二人就仗著一張不錯的臉，花言巧語騙女人的心罷了，楊伯父可千萬要小心。」羅德正說的有些酸溜溜的，若有期待地望著楊羽裳。

狄青臉上雖刺字，額頭有疤，但狄青本來就神色俊朗，再加上沉浮多年，神色滄桑，儀表更有讓人心動的魅力。羅德正也知道自己若論相貌，比狄青差了許多，是以出言點醒楊羽裳，只希望她迷途知返。

楊羽裳看也不看羅德正一眼，纖手只是擺弄著衣角，低語道：「投我以木瓜，報之以瓊琚……」

狄青這些日子，苦讀《詩經》，比考狀元還努力，知道這是《詩經》中的一首《木瓜》，後兩句是「匪報也，永以為好也。」這首詩本說男女之間兩情相悅，已不重禮物的價錢，但求情意永好。楊羽裳這時候念這首詩，當然是安慰狄青，讓他知道自己的心意。狄青見楊羽裳雖垂著頭，可嘴角帶著一弧靚麗的淺笑，甚是嬌豔，不由看得癡了。

羅德正不知書，卻以為楊羽裳終於被他的真心所打動，暗想我這券憑就是木瓜，楊羽裳就是瓊琚，她多半看出了誰是真心，想以身相許。又見楊羽裳修長的脖頸白若美玉，羅德正心中火熱。

楊念恩已接過了券憑，眉開眼笑道：「羅公子，喝酒喝酒。」

羅德正見狄青不語，不知道他沉醉在柔情之中，只以為他無話可說，不肯放棄羞辱他的機會，說道：「狄官人，這次我帶了券憑來，不知道狄公子帶了什麼來？可又是一些銅臭嗎？」

狄青心中歎氣，回道：「可惜在下的老子完整無缺，沒有個太監的爹呀……」

羅德正臉色大變，不等再說，院門陡響，有人高叫道：「楊念恩可在？」

刁管家聽院門拍得震天響，慌忙去打開院門，見院門處站著兩人，一人稍瘦，一人矮胖，都是官家的服飾，遲疑問道：「兩位官人有何貴幹？」

稍瘦那人道：「我是權貨務的監官，這位是權貨務的副使。」刁管家聽了大驚，心道權貨務本屬太府寺的一個衙門，負責掌管鹽、茶交易一事。老爺為見這兩人，著實下了不少功夫，但終不能見，這兩人怎麼又會來這裡？

刁管家將二人請入府中，快步到了楊念恩身前，說明了那兩人的身分，楊念恩也是驚喜交集，不知道二人的用意，快步搶出，躬身施禮道：「兩位大人前來，有何貴幹？」

稍瘦的監官道：「你叫楊念恩？」見楊念恩連連點頭，又問，「你認識狄青嗎？」

楊念恩大惑不解，回頭望向狄青，說道：「他正在老朽的府上，不過……不是老朽請來的……」他說話留有餘地，只怕狄青惹禍。

監官道：「那就對了。楊念恩，聖上有旨，宰相有令，令權貨務快些將你的券憑辦妥。喏，這是你的券憑，簽兩份名字吧，我們趕著拿回去交差。」原來趙禎有旨，呂夷簡當下就把事情辦了。皇帝和宰相都關注的事情，這些權貨務的官員哪敢怠慢，由監官親辦此事，趁夜趕來。

楊念恩不明緣由，又驚又喜，忙道：「好，好。」他畫了押，對監官道：「兩位大人遠道而來，一路辛苦，還請喝杯水酒吧。」

副使道：「我們實在沒空，這酒就免了吧。」

狄青走過來施禮道：「兩位大人辛苦了，在下狄青，日後還請多多關照。」

監官上下打量著狄青道：「你就是狄青？不簡單呀。日後……」嘿然一笑道：「說不定還要你來關

照我們。狄青，以後你若有事用得著我們，直接去權貨務說一聲就好了，不用煩勞聖上了。」

狄青賠笑道：「兩位大人辛苦了，狄某感激不盡，以後若有用得著兄弟的地方，也請吩咐就好。還不知道兩位大人貴姓？」

監官道：「我叫邊曉峰，這是我的副手，叫易笛。」

狄青早滿了兩杯酒，端過來道：「客氣的話也不多說，今日敬兩位大人一杯，天寒暖暖身子。」和易笛舉起酒杯，與狄青對乾了一杯，邊曉峰放下酒杯道：

邊曉峰哈哈一笑，說道：「也好。」

「狄青，我們還趕著回去覆旨，不能耽擱了……」

「那改日有空，一定請兩位大人喝個痛快。」狄青笑道。邊曉峰點點頭，和易笛離去。狄青這才回到席位上，對楊羽裳笑道：「幸不辱命。」

楊羽裳詫異道：「你怎麼能請得動權貨務的監官呢？」

狄青道：「不是我請得動，而是我對聖上說及此事，他當下吩咐人去辦。這事兒我今日才說，沒想到今日就辦成了。」

楊羽裳道：「原來你也見過聖上了？」

狄青道：「可我卻沒什麼本事，慚愧慚愧。」

羅德正聽狄青此言，明顯是諷刺自己方才說的「有本事才能見到皇上」之言，一張臉氣得通紅，桌上那張沒蓋印的券憑在燈光下看來，已是說不出的礙眼。

楊念恩忙舉杯對狄青道：「狄青，喝酒喝酒。」楊念恩並不知曉宮中之事，見狄青竟然能和皇上說上話，明顯比那個太監爹要強很多，見風使舵，已對狄青示好起來。

羅德正滿是尷尬，伸手扯過那券憑，忿忿道：「楊伯父，在下多此一舉了，告辭！」

楊念恩忙道：「羅公子也是一番辛苦，老朽感激不盡，這酒還沒有喝好，不如再喝會兒？」

羅德正見楊念恩言不由衷，敷衍的意思濃厚，更是來氣，袖子一拂，轉身離去。楊念恩等他快步走到院門處，這才追上去道：「天色已晚，羅公子回轉也是對的。羅公子慢走。」輕輕地關上院門，快步回轉，楊念恩又舉起酒杯對狄青道：「老朽托大，不如叫你一聲狄賢姪如何？」

狄青道：「楊老丈見外了，你想叫我什麼都行呀。」

楊念恩道：「我說賢姪你才見外了，你若是看得起我，今後叫我聲伯父就好。」

狄青忙道：「楊伯父。」

楊念恩微笑道：「天色尚早，你來得又晚，今天可要多喝幾杯，不醉不歸！」

狄青道，敢情這太陽是為你一個人升的？要早就早，要晚就晚。這事兒辦成了，就是伯父了，不然就是老丈，是呀，伯父那是實在親戚，老丈可就隔著老幾丈遠了。

楊羽裳嗔道：「喝酒也要適可而止，莫要喝醉了，不然怎麼回去？」

狄青見楊羽裳關心，心中微甜，笑道：「楊伯父是說笑，大家喝酒就是暖暖身子，還能真喝醉了？」

楊念恩見酒菜已冷，吩咐道：「刁管家，快去叫廚子再整治點佳餚，再把我珍藏多年的雨前茶拿來。」

狄青忙道：「楊伯父，不用麻煩了，我隨便吃點就好。」突然想起什麼，從懷中掏出油紙包，解開道：「羽裳，我給你帶來了你喜歡吃的洗手蟹。不過……冷了。」

楊羽裳接過那洗手蟹，低頭望過去，良久無言。

狄青突然見到兩滴水珠落在那洗手蟹上，楊羽裳竟在落淚，慌張道：「羽裳，你不喜歡吃嗎？那不吃就好，我下次不帶了。」

楊羽裳緩緩抬起頭來，淚眼中滿是柔情，說道：「我很喜歡。可是，不急於吃了。」說罷將那洗手蟹再次包好，輕輕放在手旁。

狄青一時間茫然，不知道自己做錯了什麼，竟令羽裳傷心落淚。正無措間，楊念恩一旁催促道：

「刁管家，還愣著做什麼？快去拿茶葉呀。」

這楊老爺是個見風舵，刁管家就是棵牆頭草，見老爺轉了風向，忙快手快腳取了茶葉來。楊念恩親自燒水，取出素日珍愛的茶具，說道：「賢姪，上次你說的茶道，我事後想想，大有道理。其實那龍團不過是稀缺，喝起來不見得好。在老夫看來這茶品味最高的，當屬福建路南劍州所產的十二絕，但在淮南、江南、荊湖一帶，散茶卻比較出名，比如說雨前、雨後、龍溪都算是一時極品。老夫這些年倒是收藏了天下各處的名茶，日後若有機會，再和賢姪慢慢品來。」

狄青心思全繞著「羽裳為何要哭，我說錯了什麼？」這想法轉著，聞言心不在焉地敷衍道：「那多謝伯父了。」

楊念恩見狄青無心品茶，只覺一番俏眼兒做給了瞎子看，可有些話實在是不吐不快，「賢姪，只知道你最近才要升為散直，還不知道你竟還能和聖上說上幾句。今日這事兒，可真多虧了賢姪你了。」

狄青回過神來，「其實我就是僥倖，幫了聖上幾次。聖上對我不錯，這才將我升為散直。後來我想起伯父一事，隨口對聖上說了，正趕上聖上心情好，就讓人去辦。」

楊念恩肅然起敬，他一直以為狄青有後臺，但肯定本錢不厚，哪裡想到狄青的後臺竟是皇帝！有權有錢的那兩個大人撐腰，自己做生意還是不是一帆風順？一想到這裡，楊念恩心中樂開了花兒，暗想女兒眼光果然就有些不凡。見狄青頻頻向楊羽裳望去，楊念恩明白過來，以手扶頭道：「人老了，酒也喝不多了，才喝幾杯就有些頭暈。羽裳，我先回房休息，你陪狄賢姪再坐會兒。」說罷起身告辭。

狄青認識楊念恩這麼久，終於發現楊念恩也有善解人意的時候，客氣地送楊念恩到廳前。等楊念恩和管家都已不見人影，狄青忙問，「羽裳，你不舒服麼？那回去休息吧？」

楊羽裳搖搖頭道：「沒有。我只是不想見羅德正，這才推託說身子不適。狄大哥，難為你了。」她叫聲狄大哥，情意綿綿，臉上又有些發紅。狄青心中激盪，低聲道：「羽裳，我不過是隨手之勞。再說為了你，再難的事情我都會去做。」狄青和旁人鬥嘴，少落下風，但在楊羽裳面前，總是木訥，說不了什麼場面話，但言語句句發自內心，態度懇切。楊羽裳聽了，心中感動，一時間卻也說不出什麼話來。

二人沉默無言，均是享受那靜謐溫馨的時光。

廳外的天空孤雲高遠，一陣北風吹過，帶下樹上寂雪，那雪花空中飛舞，如花碎影裂，狄青望見，只是想，比起這孤雲碎雪，我狄青可是幸福多了。」見風兒吹到廳中，楊羽裳打個寒戰，狄青不敢抱住楊羽裳，只伸出手去，握住楊羽裳的纖手。

楊羽裳嬌軀一顫，手卻任由狄青握著，終究沒有抽回去。狄青只覺得觸手滑膩冰冷，關切道：「羽裳，這裡很冷，你還是回去吧？」

楊羽裳輕輕靠過來，依偎在狄青懷中，低聲道：「狄大哥，這樣……不就暖和了？」臉上有些羞

澀，可眼中滿是狡黠的笑。

狄青省悟過來，輕輕地摟住楊羽裳的纖腰，鼻端有處子幽香傳來，沉沉幽幽，只覺得飄在雲端，就算做皇帝，也不如今日的幸福。感慨道：「羽裳，我是個粗莽的漢子，不懂別人的心思。我若有什麼事情做得不好，你莫要怪我。」

楊羽裳輕笑一聲。狄青只覺得那輕笑的樣子，如飛雪盈盈，惹人愛憐，忍不住問道：

「羽裳，你方才為何要哭？唉，我這人很笨，到現在還不明白，你為何會喜歡我。」

楊羽裳不答前問，低聲道：「喜歡一個人，有時候，不講理由。若真擺得清清楚楚，那和我爹一樣，是做生意了。」

狄青啞然失笑。「你不滿令尊嗎？其實他也沒什麼，不過是想著做生意罷了。你先前不是說，你家在江南，本來是個大家族，你爹要養活一大家子人，在京城奔走，又沒有太多的關係，其實也不容易。」

楊羽裳低聲道：「其實……其實……」她望著那包洗手蟹良久，才下定決心道：「其實我並非我爹親生的。」

狄青吃了一驚，「楊念恩不是你爹，那你爹是誰？」

楊羽裳眼中盈盈淚道：「我也不知道親生爹爹是誰，我娘她是改嫁到的楊家。」

狄青見楊羽裳傷心，無以安慰，只能用手輕撫楊羽裳的秀髮，但覺得那秀髮也是冷的，絲絲如冰。

楊羽裳道：「聽我繼父說，我娘生了我後，就和我生父被迫分開，嫁了楊家。我繼父本來就認識我娘親，一直等待著我娘，所以很是開心地接納了我們母女。但我娘嫁到楊家後，一直鬱鬱寡歡，因為

傷心，沒過幾年就過世了。」

楊羽裳低聲道：「原來……你比我還可憐。我最少還有個大哥照顧，你繼父他……」

狄青傷心道：「我大哥對你很好，我繼父對我也不錯。我娘死後，他也很傷心，對我百般疼愛。當年我娘過世的時候，請求他照顧我，但必須讓我自己擇選夫婿，我繼父一口答應。繼父並不逼我嫁人，至於陪羅德正說話，也不過是他們生意人的手段罷了。當年我在江南的時候，家族中不少人對我有意，但我都不喜歡，繼父也不強迫。後來我覺得心煩，他正巧要到京城做生意，所以就帶我來到這裡，再後來我就遇到了你。」

狄青歉然道：「那日我撞到你，真的是無心之過，你莫要見怪。」

楊羽裳微笑道：「難道到了如今，你還要和我這般客氣嗎？我當時見到你的眼神，就知道你那時很害你的那個人，我們始終找不到。你們本來沒有糾葛，但卻不得不性命相搏，人怎麼就這麼可笑呢？」

狄青沉默良久才道：「我再見他，還是要抓他，不為別的……只為那些無辜的百姓。」

「那……你千萬小心。」楊羽裳握住狄青的手，並不反對，輕聲道：「你要記得，無論什麼時候，我都在牽掛著你。」

狄青緩緩點頭，說道：「我記得，無論什麼時候，都有羽裳照顧我，關心我，我也要照顧她一生一世！」

楊羽裳抓緊狄青的手，嘴角露出絲絲甜甜的笑，「我知道，我見你第一眼的時候就知道。狄大哥，不知為何，我見到你的第一眼，就忘不了你，或許這就是緣分吧。」說罷羞澀地低頭，抓住狄青的手卻緊緊不放。

狄青心下感動，低聲道：「我見到你以後，也一直在惦記你。我這些年一直被人誤解冤枉，又鬱鬱不得志，那時候你為我辯解了兩句，我都聽在心中。就因為那幾句話，我終究對你念念不忘。可我作夢也沒想到會再遇到你，也沒想到，你竟也喜歡我。」

楊羽裳道：「那我們也算同病相憐了。你問我方才為何要哭？其實那洗手蟹，我幼時常吃，那時候是娘親為我所做，我一直記在心中。我以前隨意和你說過喜歡吃洗手蟹，不想你牢牢記在心上。我看到你拿出洗手蟹，突然想起娘親，也想告訴娘親一句話，所以忍不住就哭了。」

狄青問，「你想和娘親說什麼？」

楊羽裳秀眸含淚，嘴角含笑，柔聲道：「我想告訴娘親，『娘親，你放心吧，我終於找到一個像你一樣疼愛我的人，他叫狄青！』」楊羽裳滿是柔情，望著狄青，脈脈不語，可那心意濃得如雪，那情意纏綿入骨……

狄青心中震顫，緊緊地握住楊羽裳的手，低聲喚道：「羽裳……」

楊羽裳輕聲應和，「狄大哥……」

二人四目交投，都看出彼此眼中的關懷憐惜之意。北風雖冷，可聽燈如春，暖暖如融，二人突然覺得不必再多說些什麼。那輕憐密意的話兒已是多餘，因為他們已明瞭了彼此的一顆心。

相望良久，狄青突然想到一事，遂問道：「如果你還記得小時候的事，那令堂就從來沒有和你講過

令尊的事情嗎？」

楊羽裳搖搖頭，從懷中掏出半塊玉珮遞給狄青道：「這是我母親的遺物，可能是我父親所留。」那玉正面雕龍，背面刻鳳，做工極為精美，一看就是大戶人家所有。

狄青道：「為何是半塊呢？哦，多半是令尊和令堂當年分手後，只怕日後難識，留作憑證。」

見到殘玉清冷，狄青心中湧起同情之意，說道：「羽裳，你放心，無論上天入地，只要令尊還在，我就一定為你找出他來。」

楊羽裳癡癡地望著狄青，良久才道：「這塊玉是娘親留給我的，但她留給我的時候，什麼都沒有說。她也一直沒有提到我父親，她臨終時也只有說，『羽裳，為娘不求你找到你爹，只求你找到真心對你的男人，不求你榮華富貴，只求你平安喜樂。』所以我娘請我養父照顧我，讓我自己擇夫婿。至於這玉到底是不是日後爹娘相見的憑證，我也不知曉。」楊羽裳說到這裡，聲音哽咽，淚水一滴滴掉下來，如斷線的珠子一樣。

狄青心想，羽裳的娘多半是受到丈夫的矇騙，所以才如此傷心欲絕，希望女兒找到個真心的男人。

不過從這塊玉來看，羽裳的娘嫁的多半也是大戶人家，哼，這些有錢有勢的人又如何？他們唯獨沒有情。當然，也可能是羽裳的爹娘不得不分離，這才留玉為憑，但羽裳的爹爹卻終究沒有出現。不過還有一種可能，那就是羽裳的爹爹已經死了。當然，這些猜測不便對楊羽裳說。見到楊羽裳如此傷心，狄青忙從懷中拿出那方藍色的絲巾為楊羽裳擦淚。

楊羽裳哭了會兒，心情舒暢了許多。見那絲巾是自己當初為狄青包紮傷口時所用，問道：「原來你還留著它呢？」

狄青道：「這是你送我的，我怎麼會丟呢？」搖頭晃腦吟道：「投我以木瓜，報之以瓊琚。你送我絲巾，我報之以螃蟹。」

楊羽裳陡然省悟過來，笑道：「好呀，你譏笑我是螃蟹，看我不把你打成木瓜。」說罷輕輕揚手，對著狄青的胸膛擂下去。狄青手一伸，輕輕抓住楊羽裳的手腕。二人呼吸近在咫尺，狄青只聞楊羽裳吐氣如蘭，忍不住意亂情迷。楊羽裳臉色又紅，卻是悄然閉上了眼睛。狄青壯起膽子，飛快地在她臉頰上一吻，只覺得嘴唇如同在軟玉旁吻過，一顆心怦怦大跳。楊羽裳嚶嚀一聲，再次躲在狄青懷中，不勝嬌羞。二人情投意合，心意相通，只求此生永留此刻。

良久，楊羽裳將那半塊玉珮塞在狄青手上，喃喃道：「狄大哥，這半塊玉，你留著吧。我爹雖棄我娘親而去，但我知道，你永遠不會再離開我。只盼你我天上人間，永不分離。」

狄青握緊了楊羽裳的手，堅定道：「好，你我天上人間，永不分離。」

楊羽裳心中暖暖，只覺得此生再無所求。狄青卻望著那半塊玉珮，心想，羽裳的爹爹，到底是誰呢？無論如何，我總要為羽裳找到親生父親，這才不辜負她的一片深情。

很多事情說起來容易，可做起來難。轉瞬又到了暮春草長，群鶯亂飛的季節，狄青要為楊羽裳尋父一事，卻始終毫無頭緒。好在楊羽裳善解人意，只勸狄青順其自然。

這些日子以來，楊念恩生意順達，心情舒暢，非但不再阻擋狄青來見楊羽裳，反倒希望狄青常來。再說楊母臨終前讓楊念恩這個癡情女子，一顆芳心早就繫在狄青身上了，不求狄青大富大貴，只求狄青平平安安。

楊念恩見狄青背景似乎深不可測，連皇上都能說動，對狄青也有了幾分滿意。

楊念恩心想這狄青算是羽裳自己選中的，難得還有幾分本事，這下可算是兩全其美了。

莫要為難女兒，楊念恩心想這狄青算是羽裳自己選中的，難得還有幾分本事，這下可算是兩全其美了。

這一日，狄青才入了宮中，閻文應已找了過來，冷冷道：「狄青，聖上正等著你。」

不知為何，狄青總覺得閻文應對他有些敵意，暗想，難道以前說他腦袋被門板夾了，這才惹他記恨？可左看右看，總覺得閻文應腦袋被門板夾得更厲害了。

到了趙禎面前，不等施禮，趙禎已道：「免禮吧。狄青，最近八大禁軍新入班直的有多少人？」

狄青心算下，回道：「應該有三十二人。」

趙禎喃喃道：「差不多了。」他眼中閃過分古怪，像是期冀，又像是擔憂。

狄青心頭微顫，問道：「什麼差不多了？」

趙禎笑容有些譏誚，「一切都有太后，我離開不離開，又有什麼區別呢？狄青，你當然會和我一起吧？」

狄青有些吃驚道：「聖上萬金之體，恐怕不易輕離吧？」

趙禎道：「朕準備微服私訪，因此需要你們跟隨護駕。狄青，你讓他們都做好準備吧。」

狄青頭一次見趙禎如此決絕，知道自己無法阻撓，只好通知一幫人等。趙禎見狄青離去，在宮中徘徊良久，見閻文應還在一旁立著，皺眉道：「文應，朕想前往先帝陵寢，你可有什麼主意？」

閻文應苦著臉道：「狄青說話雖不中聽，但方才說得沒錯。聖上萬金之體，怎能輕易離開京城？臣只怕⋯⋯太后不許。」

趙禎怒道：「太后不許，太后不許！朕這麼多年，聽得最多的一句話，就是太后不許！你腦袋真的像狄青所言，被門板夾過嗎？為何不為朕想個離宮之計？」

閻文應臉色蒼白，喏喏不能語。他跟隨趙禎多年，第一次見趙禎如此憤怒。正在這時，有宮人匆忙

趕到，「聖上，八王爺求見。」

趙禎目光一閃，吸口氣道：「有請。」

八王爺進來的時候，仍是乾乾淨淨的，他這次穿著的是朝服。走路的時候，目不斜視，到了趙禎面前，本待跪倒施禮。他就算是趙禎的叔父，見到皇上也是要施禮的。趙禎一把扶住了八王爺，目光閃動道：「八皇叔不必多禮。你久在王府，今日進宮為了哪般？」

八王爺輕聲道：「臣聽說太后病了，因此入宮來問候。正巧路過聖上的寢宮，想著很久沒有叩見聖上，很是失禮，是以入內求見。」

趙禎有些錯愕，「母后病了？那怎麼沒有人告訴我呢？」扭頭望向閻文應道：「你整日在做什麼？」

閻文應惶惶恐道：「臣也不知，不知道八王爺從哪裡知道的？」

八王爺輕聲道：「是成國公今晨對我說的。」

趙禎眼中怒火一閃而過，心道我這個親兒子還不如個養子。原來當年真宗無子，就將趙允升養在東宮，想著萬一無後的話，就立趙允升為太子。後來趙禎出生，又過了幾年，趙允升才被請出東宮。可劉太后養了趙允升幾年，對趙允升極為關愛，屢次提拔趙允升，反倒疏遠了親生兒子趙禎。

趙禎每次念及此事，心中都是極為彆扭。聽說劉太后病了，趙禎終於露出關懷之意，歎口氣道：「皇叔，朕和你一塊去看望太后吧。」

八王爺點頭道：「那是最好。」

二人前往長春宮，等到了宮前，趙禎突然問道：「皇叔，太后得了什麼病呢？」

八王爺道：「聽成國公說，太后昨晚驚夢，清晨起來後就感覺不適。」

趙禎又問，「太后做了什麼夢呢？」

八王爺沉默片刻才道：「臣不敢問。」

八王爺道：「他也是問候臣的病情。」

趙禎「哦」了聲，見大太監羅崇勳迎過來，吩咐道：「朕聽聞太后有恙，帶朕前去看望太后。」

羅崇勳不敢怠慢，立即領著趙禎、八王爺入內。等到了太后的寢室，羅幔四垂，只見太后隱約躺在床榻上，成國公趙允升正在床榻前。

趙允升見趙禎前來，慌忙前來施禮，趙禎也不理會，徑直到了劉太后床前，跪地道：「禎兒聽說母后有恙，前來問候。」

扭頭對羅崇勳喝道：「為何沒有太醫前來為太后診病呢？」

羅崇勳不待回答，劉太后已輕聲道：「只是微有不適罷了，吾沒有讓太醫來。禎兒，一些小事，本來不想擾動你，沒想到你還是知道了。」

趙禎急道：「母后有恙，怎麼能說小事？」

劉太后截斷道：「昨晚我做了個夢……」

趙禎詫異道：「不知道母后做了什麼夢呢？」

劉太后聲音有些恍惚，「我夢見先帝了。他站在我的面前，只是看著我，他想說什麼，但我聽不見。他想說什麼呢？」

八王爺道：「聽成國公說，太后昨晚驚夢，清晨起來後就感覺不適。」

趙禎又問，「太后做了什麼夢呢？」

八王爺沉默片刻才道：「臣不敢問。」他糊塗起來，比瘋子還要瘋，但這刻清醒了，簡直小心得不能再小心。

趙禎像是隨意問了句，「成國公為何要找八王爺呢？」

八王爺猶豫下，「他也是問候臣的病情。」

趙允升道：「日有所思，夜有所夢。太后多半是太想念先帝，這才有夢吧？」

趙禎眼中有分古怪，突然道：「母后，孩兒其實這幾天也做了一個古怪的夢……」

劉太后顫聲道：「你做了什麼夢？」

趙禎緩緩道：「孩兒夢見四野黑暗，突然有道光芒刺破雲霄透過來，那光芒裡，竟立著先帝。可那景象太過玄奧，孩兒被驚醒了，不知是何緣故。」

劉太后沉寂許久，這才低聲道：「沒有別的了嗎？」

趙禎斜睨了八王爺一眼，輕聲道：「孩兒只見到四周模糊的景象，不遠處好像有座山……」

「有座山？」羅幔後的劉太后霍然坐起，失聲道：「是什麼山？」她聲音中，竟有分驚怖之意。

趙禎忙道：「母后，你怎麼了？」

劉太后沉默良久才道：「沒什麼。禎兒，你說下去。」

趙禎擔憂道：「母后，孩兒不敢說了。你休息吧。」

「我讓你說，你就說！」劉太后聲音中竟有分暴躁。

眾人皆驚。劉太后垂簾多年，威嚴自顯，心事難以捉摸，但少有如此暴躁的時候。成國公眼中閃過一分怪異，見趙禎望過來，垂下頭來。

趙禎吃驚道：「我也不知道那是什麼山，只記得山好像都被燒焦了一樣，寸草不生。那山上的石頭，彷彿都被融化。是的，先帝望著孩兒，好像也要說些什麼。可孩兒被驚醒了，竟聽不到先帝的囑託。」說完臉上滿是懊喪。

宮中沉寂下來，趙禎說得繪聲繪色，本是暖暖的宮中，不知為何，竟有些鬼氣森森。羅幔後，死一

第十八章　柔情 330

般的沉寂，呼吸可聞。

劉太后的呼吸似乎變得粗重，趙允升、八王爺屏住了呼吸，都不敢多言。許久，劉太后這才低聲道：「允升，你如何看待皇上的這個夢呢？」

趙允升戰戰兢兢道：「臣不知曉。臣聽說有個叫邵雍的隱士，對夢境解析很是玄妙。若有機會，臣當請他前來解夢。」他臉色如土，看來是發現太后的異樣，不敢輕易發表見解。

劉太后又問，「榮王，你又如何來看皇上的夢呢？」

榮王就是八王爺，聞言道：「太后，臣只會作夢，不會解夢。」

劉太后歎口氣道：「禎兒，你對自己的夢境，有何想法？」

趙禎神色終於恢復了冷靜，皺眉道：「夢境不可全信，但總是有些徵兆。孩兒和母后不約而同都夢到先帝，想先帝也是想念我們了。母后因夢染病，孩兒甚為憂心。孩兒想也該替母后前往先帝陵寢拜祭了，說不定先帝也會喜歡……」

「你想去永定陵？」劉太后緩緩道。

趙禎低聲道：「孩兒也想拜祭先帝了。」說罷向趙允升望了一眼。趙允升臉色有些異樣，猶豫片刻，說道：「皇上一片孝心，這主意聽起來也是不錯。難道說……真的是先帝有靈，這才托夢嗎？」

劉太后歎口氣道：「你願意去，就去吧。我累了，你們都退下。」

趙禎眼中閃過一絲喜意，和眾人退下。

劉太后靜靜地坐在床榻上，盞茶的功夫，有一人靜悄悄地走進來，劉太后也不詫異，問道：「閣文應，你說聖上最近一直想出宮嗎？」

閣文應垂頭道：「是呀，聖上最近心神不寧，總像做噩夢的樣子。」

「他為何這麼想出宮？為何一定要去永定陵？」劉太后問道。

閻文應半晌才道：「臣不知。聖上最近，並不是什麼事都對臣說的。」

劉太后悠悠道：「閻文應，吾對你如何呢？」

閻文應跪倒道：「太后對臣恩重如山。臣就是粉身碎骨也無能報答。」

劉太后輕聲道：「吾讓你照看皇上，你一直做得很好。這次皇上去永定陵，你也跟著。皇上有什麼舉動，你知道怎麼做吧？」

閻文應道：「臣一定最先稟告太后。」

劉太后點點頭道：「好，你下去吧。吾以後不會虧待你的。」驀地想起一事，問道：「聖上最近招了一批人入了班直，有什麼用意呢？」

閻文應遲疑道：「聖上想要出宮，可又怕出事，這才帶些禁軍在身邊。聖上也知道，眼下班直的人，武技算不上好，因此聖上這才從八大禁軍中抽調人手吧。」

劉太后淡淡道：「他如今倒是小心了很多。他若真的小心，怎麼會和你私自去煙花之地呢？我還以為，他提拔人手，想要自己做主宮中呢。」

閻文應不敢多言。劉太后最後那句話，含義頗深，他不敢插嘴。

劉太后沉吟片刻，才道：「好了，你退下吧。」

閻文應退下，劉太后自言自語道：「山？燒焦的山？寸土不生？這怎麼可能呢？」她言語中帶了分顫抖，似乎還帶著驚懼惶惑。

她垂簾聽政，手掌大權，可以說是天底下最有權勢的女人，那麼她畏懼的又是什麼呢？

第十九章　運　數

八王爺離開長春宮後，見趙禎心事重重，當先告辭。趙禎神色漠漠，也不多言。八王爺出了皇宮，上了馬車，直接回轉王府。

馬車悠悠而行，因為八王爺並不著急。沒有人會留意八王爺。很多人都知道，八王爺是個半瘋，沒病的時候可能送你一把寶刀，可有病的時候，很可能就拿起送你的刀宰了你。八王爺有病，宰了你也是白宰。所有人對他都是能躲就躲，能不惹，就不惹。

幸好，八王爺也很少惹別人。他下了馬車，回轉府邸，一路上都很安靜。他的客廳中，有個極大的屏風，上面濃墨重彩，畫得一塌糊塗。那是八王爺的手筆，所有人都看不懂畫的是什麼。但那是八王爺的客廳，就算他畫一坨牛糞在上面，來人也只能看著。

客廳沒人，只有面屏風。八王爺親自烹茶，倒茶，然後喝了口茶。他的舉止看起來一點都不像個瘋子，因此很難讓人相信，當年竹歌樓前的那個瘋子，就是他。可若不是瘋子，堂堂的一個王爺，烹茶為何要自己動手？

「趙禎已信你了？」一個聲音突然響起。空曠的客廳中，突然傳來另外一人的聲音。

八王爺連手都不抖一下，慢慢地抿了口茶，「他現在好像也沒有誰可以信了。」他在望著屏風，似乎那屏風上的畫，是丹青妙手。聲音是從屏風後傳來，屏風後原來有人。

「可他如何會信你？」那聲音有些溫和，有些卑謙，又帶了分嘲諷。

八王爺歎口氣道：「他一直覺得，我既然到開封府救了狄青，就應該和他站在一起。他還年輕。」

那人笑了起來，「是呀，他還太年輕，什麼都不懂。他也沒有誰能夠相信了，所以還希望拉攏你。」

我就知道，只要你和他說太后病了，和他說太后驚夢，他就一定能編出個好故事。可我也沒有想到，他編的故事如此精彩，太后竟然信了。」

說到這裡，那人語氣中也有分不解，喃喃道：「燒焦的山，寸草不生，融化的石頭……這個謊言到底有什麼深意？為何太后聽起來，竟很錯愕的樣子呢？趙禎到底是真的作夢了，還是在說謊？」

當初趙禎說夢的時候，太后床榻前的人屈指可數，但屏風後那人卻如身臨其境。

八王爺搖搖頭道：「我只會作夢，不會解夢。」

那人歎口氣道：「無論如何，趙禎已經準備出京。他不出汴京，沒有人會拿他如何，但他出了汴京，就不要再想回來了。」那人語氣中已有了怨毒之意，又帶了分釋然。沉寂片刻，那人喃喃道：「他那夢到底是什麼意思，我不想多深究了。」

八王爺淡淡道：「我只奇怪一點。」

「奇怪什麼？」那人好奇道。

八王爺道：「這裡只有我們兩個人，也不會再來第三個人，你為何一定要坐在屏風後和我說話？難道你覺得，屏風後的茶，比我新烹的要香嗎？」

那人哈哈一笑，已從屏風後走了出來。屏風後不但有茶，還有小點。方才那人一直就坐在屏風後，喝著茶，吃著點心，看起來，比在自己的府上還愜意。

走出那人，劍眉星目，一表人才，嘴角帶著溫和的笑，臉上帶著卑謙的神情。那人竟是趙允升！八

王爺仍在喝著茶。趙允升走過來，坐在八王爺面前，給八王爺滿了一杯茶道：「皇叔，你可知道，趙禎為何去永定陵呢？」他和趙禎一樣，本是同根生，都叫八王爺為皇叔，也都姓趙。

八王爺搖頭道：「我沒有問，也不必問。」

「為什麼呢？」趙允升皺起了眉頭。

八王爺歎口氣道：「因為我只想活著，而你……」他目光在趙允升臉上一掃，沒有多說下去。

趙允升笑了，「皇叔，你真是個聰明人。」

「聰明的人，不會受人擺布。」八王爺臉上已有痛苦之意，「聰明的人，也不會整日惶惶難安。」

他端茶的手，驀地顫抖起來，好像用盡全身的氣力，這才壓得住驚懼，「允升，我眼下只能求你。」

趙允升愜意的歎口氣道：「趙禎以為你是和他一起的，卻不知道，你只有一個選擇，就是和我合作。只有我，才能保住你的性命。沒有我的話，太后很快就會找個緣由，賜死你！」

八王爺沒有說話，可手還是不停地抖。趙允升抿了口茶，突然問，「但我一直不知道，太后為何會那麼恨你？看起來恨不得你死！」

八王爺霍然抬頭，眼中滿是驚懼，嘎聲道：「你莫要問了，我求求你……」他臉色蒼白，神色驚怖，突然用手抓亂頭髮，�’住喉嚨，眼中竟有瘋狂之意。他那一刻，就像要瘋了。他像是懷著極深的恐懼，在那一刻釋放了出來。他經受不起恐懼，只能發狂。

趙允升吃了一驚，但安坐那裡，竟動也不動。面對個瘋子，趙允升的表情突然變得冷靜非常。他不再溫和，不再卑謙，一雙眼眸，有如鷹隼。

八王爺突然抓住桌上的茶杯，那茶還燙，他竟渾然不覺，一口氣喝了下去，將那茶杯摔在地上。

趙允升眼中也充滿了驚詫之意，霍然而起。八王爺喝了茶，反倒像是好受一些，他喘息若牛，盯著趙允升，嘶聲道：「你走！快走！以後不要再來找我！」

趙允升盯著八王爺片刻，霍然轉身，才待離去。廳外有個老漢急匆匆地趕來，正是王府的趙管家。

趙管家對趙允升視而不見，匆匆地跑到八王爺的身前。

八王爺嗄聲道：「藥……藥……」

趙管家趕緊遞過一個瓷瓶，拔開瓶塞，八王爺接過那瓷瓶，一口氣將藥灌了下去。瓷瓶裡裝滿了黑色的液體，瓶塞一拔，廳中竟滿是奇異的香氣。

香氣如麝。趙允升鼻翼忍不住動了下，臉上露出古怪之意。

八王爺喝了藥，突然長舒了口氣，終於平靜下來，倒了下去。那地上還有些碎瓷，他倒了上去，身軀已被割出了血，但渾然不覺。

八王爺竟然睡了。趙管家望著八王爺，蒼老的臉上，突然有了種難名的悲哀。那渾濁的眼，已蘊含了淚水。他輕輕地為八王爺包紮傷口，全神貫注，好像根本不在意趙允升的存在。

趙允升終於走了，他沒辦法再留在這裡，他雖然知道八王爺間歇性地發瘋，但不知道發作起來，竟這般恐怖。夜幕四垂，王府中也隨著夜墜入黑暗之中。

八王爺躺在地上，趙管家蹲在旁邊，二人就那麼待在廳中，有如幽靈。他們並沒有留意到，夜色裡，還有只幽靈浮了出來，坐在牆外的高樹上，冷冷地望著二人。許久，那幽靈才搖搖頭，從樹上一躍而下。輕如落葉，隨風沒入黑暗之中。

狄青望著落葉，心中滿是不捨。他就要離開京城了，雖然他知道，他肯定不會離開太久，因為趙禎是不會離開汴京太久的。但他怎捨得和楊羽裳分別？

他喜歡楊羽裳的溫柔，喜歡楊羽裳的淺笑，喜歡楊羽裳的凝眸……只要能在楊羽裳身邊，他就算整日什麼都不做，也滿心歡喜。楊羽裳亦是如此。熱戀的情人，就算是一個眼神，都比蜜甜。

可狄青不能不走，清晨，日頭未升，他已趕到了楊羽裳的家中。楊羽裳竟像一夜未眠，早早的等在門前，她像早知道狄青要來。心有靈犀的情人，很多話根本不用多說，就已明瞭。

狄青本有滿腹話說，可見到楊羽裳那雙黑白分明的眼眸，又都一句話也說不出來。真心的情人，本就說不出那些甜如蜜的話來。真心雖淡，但經得起風浪，虛情越甜，就越不能夾雜著苦澀辛酸。

楊羽裳纖手拉拉狄青的衣領，又為他拍拍身上的灰塵。狄青身上本沒有塵土，狄青動也不動，等楊羽裳終於望過來的時候，狄青才發現那眼眸中也滿是不捨。但楊羽裳什麼都沒有說，她本期冀心愛的男子振翅高飛，一個有大志的男兒，豈不應該傲嘯四方？

「我要走了。」

「嗯。」

「我應該很快就會回來。」

「嗯。」

「我每天都會惦記你的。」狄青說得很艱難，但這是他說過的最甜的一句話。

楊羽裳盈盈秋波望著狄青的眼，再也捨不得離開，「我也是。」聲音雖柔，可其中濃濃相思，已等

不到離別。

「你要小心。」

「哦。」

「記得照顧自己。」

「哦。」

「我等你回來。」楊羽裳輕輕依偎在狄青懷中，感受著那熱烈的心跳。

春風吹柳，滿是離別之意。狄青摟著那溫暖的嬌軀，突然扳住楊羽裳的肩頭，盯著那霧氣朦朧的眼，沉聲道：「羽裳，我一回來，就會向楊伯父提親，娶你過門。狄青無財無勢，只有一顆真心。」

楊羽裳笑了，眼角帶淚，是欣慰的淚。她早在等著這句話，狄青只以為說得早，她卻覺得太晚。這個木訥的狄大哥，楊羽裳心中想笑，她望著狄青，雖不捨，但終於狠下心，低聲道：「好。那我先回去了。

我不想送人，我更喜歡別人送我。」

狄青用力點頭，楊羽裳轉身入了朱門，頭不再回。咯吱輕響，朱門已掩，狄青一顆心，卻隨著那升起的日頭明朗起來。分別是為了再次相遇，他狄青明白楊羽裳的心意。

不再多說，狄青轉身大踏步的離去，過了長街，終於消失不見。他並沒有見到，在他離去的時候，朱門又已悄無聲息的打開。那黑白分明，有如山水的眸子，就那麼癡癡的望，如春風般，追隨著狄青的身影，遲遲不肯離去。

春風暖暖，豔陽高照。

這一日，狄青已到了鞏縣。他在到鞏縣的時候，才知道趙禎是要去永定陵。

永定陵就在鞏縣。

鞏縣離汴京本就不遠，如果馬快的話，一天一夜就到了。趙禎沒有出過遠門，也騎不了快馬，但他還是盡力策馬，兩天的時間，已趕到了鞏縣。

鞏縣位於西京、汴京之間，北有天險黃河，南鄰巍巍嵩山，東有群山綿綿，而洛水自西向東穿過，風景絕勝。

這裡素來都是兵家必爭之地，但如今，大宋皇陵卻埋在這裡。

不只先帝趙恆陵寢在此，就是高祖、太祖等人亦悉數葬於此地。

趙禎凝望青山巍峨，卻不知道，自己有朝一日，會不會葬在這裡！

眾侍衛均是才入選班直的侍衛。這些人基本都是經過郭遵篩選，重義氣，知感恩，默默地跟隨著趙禎。他們很多人從未想過有這種機會，但機會既然來了，所有人都想抓住。

趙禎此舉，雖說不上驚世駭俗，但也讓大多人錯愕不已。很多人只以為趙禎微服來永定陵祭拜祖先，可狄青總覺得事情沒有那麼簡單。趙禎為何要到永定陵？只怕除了他自己，沒有人知道。

趙禎微服，眾人自然也去了侍衛的裝束。眾人策馬而行，倒像是某富家公子哥的親隨，眼下正在遊春出獵。

眾人由東行來，要去永定陵，先過鞏家集。趙禎一直奮力催馬，看來恨不得立即到了先帝的陵前，但近了永定陵的時候，反倒放緩了馬蹄，神色中，竟有遲疑之意。

眾侍衛不解皇上的心意，只是留意四周的動靜。眼下雖說天下太平，但小亂不斷，彌勒教徒總在汴

京、西京左近出沒，眾侍衛不得不防。

這些侍衛中，要以狄青最受眾人尊敬，因為眾人都知道，若非狄青提名，他們就算再熬十年，也不見得有今日的風光，是以眾人嘴上雖不說，心中卻感激莫名。

眾侍衛中，若論武技當以王珪最猛。狄青有自知之明，雖眾侍衛都推舉狄青為首護衛皇上，不過狄青還是請王珪主持大局。王珪出身行伍，文武雙全，見狄青推讓，也不推搪，領了衛護皇上的主責。他讓狄青、張玉、李禹亨三人貼身護駕，又請閻文應和李用奉趙禎的起居飲食。其餘眾人，有前哨，有斷後，錯落地分布在趙禎的身邊，留意近前之人。這一番布置，已和行軍作戰無異。不過作戰求勝，王珪求的卻是把趙禎平安的送到永定陵，再無恙的送回汴京。

趙禎這次來永定陵，除了命新提拔的侍衛跟隨外，只帶著閻文應、李用和二個舊人。眾人都已知道閻文應是趙禎的貼身太監，卻不知道李用和到底什麼來頭。

李用和是個散直，當初狄青就見過他。此人沉默寡言，少和旁人說話，但趙禎既然信任他，眾人當然也要信任此人。

路過竇家集時，趙禎見路邊有一酒肆，一路奔波，倒有些餓了，說道：「大夥弄點吃的吧，一路都辛苦了。對了，再來些好酒給大夥喝。」

趙禎說得輕鬆，可眼中憂鬱更濃，狄青瞥見，心中不解。暗想趙禎既然到了永定陵，還憂心什麼？

王珪向李簡點頭示意，李簡向那賣酒的老頭道：「來兩斤上好的酒，再來十斤馮翊的羊肉，若有肥雞鮮魚，也來上幾盤吧。」

賣酒的老頭為難道：「客官，我這是小店，不要說馮翊的羊肉，就算本地的羊肉都沒有。」

原來大宋禁殺耕牛，富貴人家都以吃羊肉為貴，而天下以陝西馮翊出產的羊肉最為鮮嫩。朝中的御廚，每年都要從馮翊取羊數萬以供宮內享用，李簡當上散直沒有多久，卻已熟悉了宮中的規矩，心道聖上在此，當然務求最好，哪裡想到這種偏僻之地簡陋非常，有吃的就不錯了。

賣酒的老頭道：「小店只有些滷味，還有些麵條可吃。」

趙禎微笑道：「那就上些滷味，一人來碗麵就好。」

老頭見趙禎如此好說話，心中大喜，一會兒工夫已捧了一罈子酒上來。王珪取出銀針試酒，見酒水無毒，這才為趙禎斟酒。斟酒的時候，王珪斜睨到酒肆內還有個伏案而睡的酒客，皺了下眉頭。

趙禎帶著一幫人來，鮮衣怒馬，一旁的百姓見狀，早就躲避離去，唯獨那酒客酣然而睡，全然沒把來人放在心中。那酒客伏案而睡，看不清面容，只見他頭髮黝黑，身形削瘦，似乎還很年輕。這人是誰？若是尋常百姓，怎地有這種膽量？

王珪向幾個侍衛使個眼色，那幾人點頭示意，已裝作漫不經心地坐在了那食客的周圍，他們倒不是想生事，只是以防萬一。

趙禎卻沒有留意這太多，喝了一口酒，只覺得那酒辛辣非常，極為低劣，嗆得咳嗽連連，眼淚都流淌了出來，卻大聲讚道：「好酒！」

他久在深宮，第一次這麼痛快的飲酒，心中煩悶，只想圖個一醉。他眼下心事重重，來到永定陵，是為個極大的祕密，又怕無功而返，是以放不開心情。見王珪等人還站著，趙禎說道：「都坐呀，站著

幹什麼！這酒不錯，你們也喝些吧。」

王珪道：「聖公子，我等職責在身，不能飲酒。大夥都坐下吃麵吧。」趙禎微服私訪，還是用尚聖之名。王珪當著外人，也就稱呼趙禎為聖公子。眾侍衛這才三三五五據桌而坐。趙禎獨自飲酒無甚樂趣，才待招呼狄青過來飲酒，突聽集市盡頭有馬蹄聲急驟傳來。

王珪心中微凜，舉目望過去，見到路那頭煙塵揚起，有幾騎飛奔而來。為首那人玉勒雕鞍，舉止輕狂，後面幾人則是家丁打扮，眾人鞍上各掛著幾隻野兔子和山雞，看樣子像是紈袴子弟野外狩獵方歸。

為首那公子哥到了酒舖旁，一勒馬韁，說道：「今日打的野物，就在這兒吃了吧。」眾家丁都是叫好，可下了馬，才發現酒舖坐滿了人。有一肥胖的家丁喝道：「你們吃完了就快滾！」

這時有的侍衛點的滷麵還沒有端上來，聞言大怒，暗想老子在京城吃飯都沒人敢撞，你們區區一個鄆縣的百姓也敢對老子如此囂張？

王珪不想多事，對手下吩咐道：「你們幾個擠擠，空出兩張桌子來。」那被指到的幾個侍衛雖有些不情願，還是起身挪出兩張空桌子。可那胖家丁竟得寸進尺，對趙禎一指道：「你這地方最好，也把桌子空出來吧。」

那胖家丁話音未落，只聽砰的一聲響，慘叫一聲，已飛了出去。

眾人皆驚，只見到王珪活動了下拳頭，說道：「還有誰需要讓桌子嗎？」王珪本想息事寧人，可見那家丁竟敢指著皇上的鼻子，如何能忍？

公子哥臉色巨變，見家丁都要上前，止住眾人道：「各位哪裡來的？」

王珪不答，只是冷哼一聲，緩緩坐下。公子哥心中大恨，強笑道：「在下打擾了，你們慢慢吃。」

說完竟上馬離去，眾家丁將那胖家丁扶上馬，也跟隨公子哥離去。

眾侍衛痛快中又有些詫異，暗想這公子哥如何看都不像好相與的人，怎麼會這麼容易就走？狄青倒是常見這種陣仗，立即道：「這些人多半去找幫手了。」

眾侍衛都道：「就算來了千軍萬馬，我們還怕他們不成？」眾人說話的時候，都望向趙禎，暗想皇上在此，還有這些侍衛，若真的退縮，那可是天大的笑話了。

王珪向趙禎施禮道：「聖公子，在下不得已出手，還請聖公子恕罪。眼下如何來做，還請聖公子定奪。」

趙禎本來心中煩悶，見王珪小懲惡奴，心中痛快，淡淡道：「吃完飯再走吧。」那惡公子雖去找幫手，趙禎也正想看看手下侍衛的本事，心道我在宮中逃得多了，難道到了這裡還要躲避？

王珪已明白了趙禎的用意，吩咐道：「吃飯。」他慢慢地挑著麵條，用意明瞭，就是要等那惡公子復返。眾侍衛亦是摩拳擦掌，躍躍欲試。

這時突然有人打個哈欠道：「唉，天地如蓋軫，覆載何高極。日月如磨蟻，往來無休息。日月穿梭，求靜不得，凡人想求安穩也是難了。」

眾人望過去，只見伏案而睡那人伸個懶腰，已站起身來。那人額頭寬廣，雙眸明亮，頰下短髭。他衣著尋常，不過粗衣麻布，但隨意站在那裡，卻有著說不出的出塵之意。

王珪見了那人，已放鬆了警惕。不知為何，他總覺得那人有種淡然的態度，不但不把趙禎帶領的這些侍衛放在眼裡，甚至不把天下萬物放在眼中，任何人面對那人時，都很難興起敵意。偏偏那人的眼中，深邃得有如無底的湖水，似乎蘊藏著無窮無盡的祕密。

那人目光從眾人身上掃過，落在趙禎身上，微有驚奇，喃喃道：「你自顧不暇，為何偏生惹這麼多

閒事呢？」

趙禎心頭一跳，感覺那人竟看穿了他的心事，一時間手足冒汗。那人卻已移開了目光，就要離去。

陡然間身形頓了下，王珪心中凜然，如虎臥高崗，只怕那人突然發難。他雖覺得那人平和，但職責所在，怎能不防？

只見那人緩緩轉身，目光從張玉、李禹亨二人身上掠過，已定在狄青的身上。他對眾侍衛均是只看一眼，但看狄青的時候，卻上下打量了許久，目光隱有驚奇之意。

狄青被他看得發毛，勉強笑笑，一時間不知如何應對。那人喃喃道：「既往盡歸閒指點，未來須俟別支梧。不知造化誰為主？生得許多奇丈夫！」他說的聲音很輕，狄青卻聽得清楚，一時間不明白那人所言何指。

那人拱拱手道：「兄臺高姓大名？」

狄青茫然道：「狄青。」

那人喃喃道：「狄青……狄青？」驀地眼前一亮，輕呼道：「你就是狄青？」他目光從狄青額頭掃到腳下，五指卻在不停地屈伸。

狄青不知道這人練的哪門子功夫，暗自戒備。那人五指陡頓，長長歎口氣道：「狄青，你當為天下英雄。」

趙禎和眾侍衛聽了，都很不贊同。若說狄青是人中丈夫，他們還算同意，但「天下英雄」四個字，怎是狄青能夠擔得起的？

狄青啞然道：「先生說笑了。」

那人眼中已有了憐憫之意，又道：「可惜你命中多磨。」

狄青心頭一震，失聲道：「先生此話怎講？」

那人又看了眼狄青，搖搖頭，又點點頭道：「但蒼天終究不會那麼無情。你好自為之。」他說完後，緩步離去。

他走得雖不快，但片刻的功夫，已消失不見。

眾人都覺得那人危言聳聽，王珪見那人離去，鬆了口氣。狄青也一頭霧水，莫名地心驚肉跳，突然想起一事，向那賣酒老漢問道：「老丈，你可知道方才那人叫什麼名字？」

賣酒老漢道：「哎呀，你們連他是誰都不知道嗎？那他怎麼會給你們看命？」

張玉冷哼道：「他是誰？總不成是皇帝吧？」

賣酒老漢賠笑道：「他倒不是皇帝，但他是個神仙。他叫邵雍，算命很準的⋯⋯」老漢不等說完，狄青和趙禎就異口同聲道：「什麼？他就是邵雍？」

趙禎滿是錯愕，心道聽說邵雍極具仙氣，解夢精準，斷命如神，不然趙允升也不會說要請邵雍解夢。自己一直想要見邵雍一面，哪知失之交臂。邵雍果然名不虛傳，一眼就能看出他有極重的心事⋯⋯

狄青心中激盪，身軀劇烈地顫抖起來。那人竟是邵雍？

他當然聽過邵雍的名字，是從郭遵口中得知。邵雍是陳摶的隔代弟子，也是預言五龍之人。只有邵雍才知道五龍的奧妙。

彌勒下生，新佛渡劫⋯⋯五龍重出，淚滴不絕！這本是邵雍的讖語。這到底是什麼意思，也只有邵

雍才知道！

邵雍今日又對他狄青另眼相看，難道邵雍已猜到他和五龍有些祕密？邵雍為何說他命中多磨，難道冥冥中真有天機，可推知他的後事？五龍到底有什麼神奇？為何他狄青神力突有，轉瞬又消失？

狄青思緒如潮，一時間心亂如麻……

趙禎已道：「王珪，速派人請邵先生回轉。」

狄青才待要請纓，王珪已道：「李簡、武英，你們二人前去尋找。」

李簡本是郭遵的手下，做事老練，武英年少老成，可堪大任。王珪掌控這些禁軍，早就將這二人的秉性熟悉。他本待讓狄青前去，但見他失魂落魄，只怕誤事，因此沒有吩咐。

李簡、武英二人應令，騎馬向邵雍離去的方向奔去。

王珪沒有狄青想得那麼多，只是想著邵雍方才所言，「狄青，你當為天下英雄！」忍不住又望了狄青一眼，見狄青神色恍惚，皺了下眉頭。

陡然間，遠遠馬蹄聲響，有六、七匹馬兒當先奔來，後面又跟著十數人，看其裝束，應是鞏縣的衙役。

王珪見這些人氣勢洶洶，來意不善，又見為首那人正是那惡公子，心想要來的還是會來，低聲喝道：「保護聖公子！」眾侍衛稍向內靠攏，王珪卻挺身站出去，心中琢磨，這要臉不要命的公子不知是什麼來頭，竟差使得動衙役？

那幫衙役見到王珪屹立當場，虎踞龍蟠，大有威勢，不由都緩下了腳步。那公子一指王珪，喝道……

「就是他打傷了我的家丁，還要打我，幸虧我跑得快，你們快把他拿下！」

那些衙役上前一步，為首的衙役頭頂微禿，一揮鐵鍊，喝道：「你們竟敢打錢公子的人！真是不要命了。若是識相，束手就擒，跟我去衙門走一趟。」

王珪冷冷道：「若是不識相呢？」

禿頂那人一怔，喝道：「大膽狂徒！如此囂張，眼裡還有沒有王法？」

王珪本戴斗笠遮住刺青，聞言摘下斗笠，冷笑道：「你可知道王法何在？」

禿頂那人一見到王珪額頭上的刺字，心中一寒，顫聲問道：「你……你是禁軍？」

王珪冷笑著解開衣襟，露出大內服飾，緩緩道：「我不但是禁軍，還是殿前侍衛，你還要我去衙門走一趟嗎？」

禿頂那人慌忙單膝跪地道：「卑職不知大人身分，請大人恕罪。」

王珪質問道：「有身分就不用秉公處理了？」

禿頂那人手足失措，忙不迭道：「當然不是，當然不是。」他左右為難，錢公子來頭是不小，可對方竟然是殿前侍衛，他一個鞏縣的衙役，就算向天借膽，也不敢得罪王珪。

錢公子見狀傻了眼，王珪冷冷地望了他一眼，問道：「鞏縣縣令何在？」

那錢公子忙忙回道：「大人，你大人不計小人過，莫要追究了。」

王珪道：「我倒是不想追究，但若不追究，王法何在？」

錢公子本有退縮之意，見王珪抓個蛤蟆竟要捏出尿來，斗膽喝道：「禁軍又如何？難道禁軍就沒有錯處？我爹在太后面前都能說得上話，區區一個禁軍算得了什麼？」

趙禎向狄青低聲道：「這人是何來頭？」

狄青終於回過神來，也搞不懂錢公子的來頭，暫時放下疑惑，索性喝道：「你爹是誰？這裡有你爹嗎？」

眾侍衛轟然而笑，錢公子大怒道：「小子，有種就站出來！」

狄青譏笑道：「我可沒你這樣的種。」他有皇帝撐腰，暗想這小子的老子就算是天王老子，也不用怕。

錢公子大怒，鏘啷一聲拔出長劍，就向狄青刺來。王珪見狀，伸手就抓住錢公子的手腕，隨即用力一拗，倒剪了他的手臂。錢公子雖會耍個兩下子拳腳，可哪裡是王珪的對手？他頭一歪，見到路的盡頭處又有三騎向此行來，不由大喜高聲呼道：「爹爹救我！」

三騎上之人，一人面白無鬚，一人面白長鬚，另外一人臉色黝黑。面白長鬚那人聽到錢公子叫喊，慌忙催馬過來，急問道：「發生何事？」

錢公子叫道：「爹，這幫不知哪裡來的盜匪，竟然挾持我，你定要為我……」話未說完，啪的一聲大響，錢公子滿眼金星，卻是被父親重重打了個耳光。

錢公子糊塗間，見父親已跪倒在一公子面前，顫聲道：「臣接駕來遲，請聖上恕罪。」

眾衙役正疑惑時，見鞏縣附近踩下腳，地面都要震三顫的錢大人，竟然對那公子稱呼聖上，不由大驚，紛紛跪倒。禿頭衙役更是渾身顫抖，話都說不出來。錢公子的一張嘴都可以塞進個拳頭進去，眼前一陣發黑，作夢也想不到，他得罪的竟然是皇帝！

趙禎笑道：「原來是孝義宮使呀，我聽令郎之言，一直在琢磨，他爹到底是誰，讓他這般囂張呢？」

長鬚那人額頭冒汗，五體伏地，連聲請罪道：「臣該死，臣管教不嚴，理當受罰，請聖上嚴懲！」

原來長鬚那人叫做錢惟濟，本是鞏縣孝義宮的宮使，也就是個祠祿官，沒什麼實權。錢惟濟本人沒什麼可說，但他哥哥錢惟演曾任樞密使，錢惟濟跟著水漲船高，也有了些權勢。錢惟演這人極擅鑽營，當初和劉太后之兄劉美攀親，一路坐到樞密使之位，後來朝臣極力反對，說是外戚不掌兵權，劉太后無奈，這才解了錢惟演的兵權。

趙禎本厭惡劉太后的親戚，可想到還要用此人做事，和聲道：「都起來吧。」

眾人起身，錢惟濟早將兒子拎到趙禎面前，又是一腳重重地踢過去，流淚道：「請聖上重責犬子。老臣雖就這一個兒子，可是……他既然得罪了聖上，老臣也不敢求情。」

趙禎歎了口氣，說道：「錢宮使，以後莫要讓令公子再惹事生非了，這件事……就這麼算了吧。」

他暗想，入永定陵，還需要這個錢惟濟指點，饒了他兒子，也能讓此人盡心做事。

錢惟濟有些難以置信，連忙叩頭道：「謝聖上。」錢公子也是喜出望外，連連叩頭。

趙禎對那面白無鬚之人道：「文應，宮中準備得如何了？」

原來和錢惟濟一道快馬趕來的兩人，正是閻文應和李用和。

趙禎雖是微服出巡，但祭拜先祖仍要按照規矩行事。大宋皇帝每次祭陵，均要在孝義、永安、會聖選一行宮沐浴齋戒，然後才行祭拜之禮。

趙禎微服至鞏縣，早就讓閻文應到孝義宮找宮使先行準備，且反覆叮嚀不讓這些人聲張擾民。錢惟濟聽得聖上蒞臨此地，哪敢怠慢，是以急急到此，不想兒子囂張無狀，竟衝撞了皇上。

閻文應道：「回聖上，一切都準備好了，只等聖上前往。」

趙禎才待前行，武英已趕回來道：「聖上，一時間找不到邵雍邵先生。李簡還在尋找，臣先回轉稟告情況。」

趙禎有些失神，暗想自己真的命運多磨，好不容易見到邵雍，卻不識真身。

錢惟濟聽到「邵雍」兩字，臉色微變。忙問，「聖上有何事？不知道臣可有效勞的地方？」

趙禎將方才的事情簡略說了，錢惟濟立即道：「還請聖上起駕孝義宮。臣會派人尋訪此人，一有消息，立即稟告聖上。」

趙禎無奈，點頭道：「好，那你派人去找，我們走吧。」他當先上馬，錢惟濟忙在前面領路，眾侍衛簇擁，眾人已向孝義宮的方向行去。

要到孝義宮，得先過臥龍崗。臥龍崗氣勢恢宏，東靠青龍山，正照少室主峰，有臥虎藏龍之勢。趙禎過崗之時，遠望群山巍峨，心中默默祈禱道，「求父皇保佑孩兒，早親政事。孩兒定當勵精圖治，不負天子之位，保天下太平。」

趙禎之父——真宗趙恆就葬在鞏縣的臥龍崗中，皇陵形勝地佳，地勢高於太祖太宗之陵，名曰永定。永定陵周邊，松柏蒼天，青綠滴翠，林木森然，如槍戟聳刺。

趙禎要進陵園前，必須沐浴齋戒三日，因此並不入陵園。在錢惟濟領路下，趙禎抄近路斜斜地進崗，到了孝義行宮之前這才下馬。

王珪環視孝義宮，見這裡的守陵侍衛不過數十人，而孝義宮極大，只怕防備不周，對錢惟濟道：

「錢宮使，聖上這次微服出京，侍衛人手並不太多。這護衛聖駕一事……」

錢惟濟忙道：「這點盡可放心，我已通告鞏縣張縣令，讓他調動縣中人手前來護衛，此時已兼程趕來，守住臥龍崗要道，一般人不得出入。聖上叮囑此行要嚴密行事，因此我不敢讓他們到宮前護駕。」

王珪雖見錢惟濟考慮周到，還是不敢大意，將跟隨的侍衛分為三撥，按在京城大內輪換的次序進行守宮。

等安排妥當，王珪這才對狄青道：「狄兄，聽說我之所以能到殿前，還是因為狄兄向聖上舉薦的緣故？」

狄青笑道：「舉手之勞而已。」

王珪沉吟道：「在下和狄兄素無交情，卻不知道狄兄為何要舉薦我呢？」

狄青正色道：「正是因為你我素無交情，我才更要推薦王兄。數載磨勘，王兄不怨不忿，為人耿正，一級級的升到副都頭的位置，我狄青若不舉薦這種人才，那舉薦哪個呢？」

王珪凝望狄青良久，才道：「狄兄，這次我等得聖上提拔，無以為報，當求盡心保聖上平安。聖上若是少走動，我等壓力自然輕些。我知道狄兄和聖上交好，不知能否在這三日，就守在聖上房前，順便規勸聖上莫要隨意走動呢？」

狄青笑道：「這有何難？你放心，包在我身上。」

王珪舒了口氣，深施一禮道：「那有勞了。」

王珪本以為勸皇上靜心並非易事，因此請狄青幫手。不想趙禎三日內，竟不出宮半步，趙禎一直都在寢室中，誰也不知道他想著什麼。

轉瞬已過去兩日，孝義宮平安無事，眾侍衛雖百無聊賴，可心中歡喜。狄青更是禱告一直平安，然後早點回去見楊羽裳。

第三日晚，明月初上，破雲弄影。狄青照常在殿前守衛，他坐在殿前，抬頭望過去，見皎月上隱約有暗影起伏，暗想，「古老傳說，這月宮上有吳剛伐桂，終日艱辛，難見意中人一面。我也像吳剛一樣，許久不見羽裳了，她還好吧？她一定會好的，這有什麼疑問呢？唉。」狄青不由自責，又想，「我這般想著羽裳，她這時候當然也在想著我。只是她多半又會念著什麼相思的詩句。那會是什麼呢？」

他正想拿出《詩經》看看，突然見前方遠處花叢好似晃動了下。狄青微凜，定睛望過去，見到花叢如初。本待過去看看，轉念一想，別中了對手的調虎離山之計。說不定是風吹花動，再說，宮外要道也有侍衛把守，誰又能潛到這裡？

狄青安坐不動，見到那月兒漸漸地過了中天，撒下清冷的光輝，嘴角浮出絲微笑，心道這月兒照著我，也照著羽裳，她可安睡了？

就在這時，有腳步聲響起，狄青恢復警覺，低聲問，「崇德。」

對面答道：「延慶。」

狄青舒了口氣，問道：「誰？」

張玉笑道：「是我。」

崇德、延慶都是京城大內的宮殿，王珪以此為口令，大內宮殿無數，賊人就算混進來，也絕不知曉如何應對。

張玉道：「狄青，聖上睡了吧？」

狄青回頭望去，見到趙禎的房間還亮著燈，說道：「聖上多半還未休息，他這幾日總是很晚才睡。」

張玉歎口氣道：「他這個皇帝當得，也真累呀。」

狄青低聲笑罵，「難道你我在這裡當值就不累了？好啦，別多管閒事了，打起精神來。」張玉前來，卻是和狄青換班，當值守衛。

狄青交代了幾句，還是惦記著方才的事情。他緩步向那花叢處走去，突然聽到撲的一聲響，不由一驚，手按刀柄望過去，只見一道黑影順著牆角跑出去，看外形倒像個兔子。狄青暗自好笑，心道「原來是個兔子，倒把老子嚇了一跳。」才待離去，突然目光一凝，已望在花叢之間。

這時候月光正明，照在花叢之上，暗香浮動中，狄青注意到有兩截被踩斷的花枝。狄青蹲下來，看了花枝良久，心想，「方才一定是有人躲在這裡，若是野兔，絕對踩不斷這花枝。是誰躲在這裡？他又是如何能到得了這裡？目的何在？」狄青驚疑不定，突然伸手在花叢中一抹，從花枝上摘下條布來，那布條似綢非綢，色澤灰暗，好像是來人不經意間，被花枝刮破了衣服。

狄青此時已確定一點，這裡的確有人來過！來人究竟是誰？

第二十章　刺　殺

狄青發現有人藏身花叢，心中驚疑不定，又走回了殿前。

張玉見狀，奇怪道：「你回來做什麼？這麼好心，要替我當值麼？」

狄青壓低聲音，將方才的發現說了一遍，張玉也緊張起來，低聲問，「會是誰呢？難道是刺客？」

狄青輕聲道：「不清楚，但現在不宜驚動皇上，你小心些⋯⋯」

狄青才待去找王珪商議，房門開啟，趙禎道：「狄青，你進來，朕有話和你說。」趙禎站在門前，雙眉緊鎖。

狄青微有詫異，還是入了房門。見房內擺設樸素，以白色為主調，有種慘澹之意。趙禎落座，指指身旁的座位道：「不必多禮，坐吧。」

狄青雖跟了趙禎有段日子，但還沒有養成每次施禮的習慣，這次聽趙禎提及，才有些省悟──他面前的是皇帝。但狄青怎麼來看，都覺得這皇帝很不像樣。

趙禎見狄青坐下後，歎口氣道：「朕真不像個皇帝。朕有時甚至覺得，自己不過是個廢物。」

狄青忙道：「聖上過謙了。你⋯⋯你⋯⋯」本想說兩句歌功頌德的話來，可那功勞都是太后的，狄青不忍欺騙趙禎，竟無言以對。

趙禎沒有留意狄青的尷尬，望著高燃的紅燭，喃喃道：「狄青，朕很寂寞。朕從小就沒有玩伴，娶了不愛的女人，整日聽著『太后不許』四個字，受著那些朽臣的約束。狄青，你是朕的第一個朋友。」

狄青有些受寵若驚，汗顏道：「臣愧不敢當。」他的確有些羞愧，因為一直以來，他都在敲詐著趙禎。

趙禎扭過頭來，盯著狄青道：「狄青，朕若親政，定會重用你。朕絕不食言。」

狄青喏喏道：「聖上抬愛了。」心中想，趙禎這皇帝不知道還能當多久？萬一太后親政的話，只怕我不等被重用，就要人頭落地了。

趙禎吁了口氣，站起來在房間內踱來踱去，伸手一劃道：「朕若親政，要做個千古明君，改大宋弊習，振大宋之國威。平西北之亂，收復幽雲十六州，一統天下，學秦皇漢武，如太祖般，馬踏天下。狄青，若朕掌權，定會重用你，朕若是漢武帝，你就是擊匈奴的霍去病。朕若是唐太宗，你就是滅突厥的李靖！」

狄青見趙禎慷慨激昂，滿面的興奮之色，暗想到，天還早，還沒到作夢的時間呢。可這時候，狄青如何會說出掃興的話來？

趙禎突然止住了腳步，幽幽一歎道：「但朕可能親政嗎？」

狄青半晌才道：「想聖上乃太后親子⋯⋯」

趙禎喃喃道：「朕真的是太后的親生兒子嗎？為何太后對趙允升，都比對朕好一些？很多事情，太后寧可對趙允升講，也不和朕說。」

狄青啞然失笑，「聖上和太后的關係，天下皆知，怎會有錯呢？」

燭光下，趙禎臉色陰晴不定，突然道：「狄青，你可記得，在集英門內，朕曾說過，有事要求你？」

狄青點頭道：「聖上但請吩咐。」

趙禎走過來，握住了狄青的手。狄青有些發窘，但沒有掙脫，只感覺趙禎手心滿是冷汗。再看趙禎的雙眸，似乎也有驚怖之意。

「狄青，這次朕來永定陵，求先帝保佑我能親政是一件事，請先帝保佑太后平安是第二件事。不過，朕還要做第三件事，這件事必須由你來幫朕。」

狄青見趙禎臉色鐵青，只感覺背脊發涼，強笑道：「什麼事呢？」

雖四下無人，趙禎還是扭頭看了下，壓低了聲音道：「朕要去先帝棺槨旁的密室，取一件東西。」

狄青駭然道：「要取什麼？這……不妥吧？」原來拜祭真宗，只需在陵園內的獻殿來舉行儀式就好，可要見真宗的棺槨，就要去地下玄宮。

狄青就算從未來過永定陵，也知道存放皇帝遺體的玄宮內機關重重，那是防備旁人驚擾真宗的遺體。趙禎竟要去玄宮？那可說是聳人聽聞的事情。

趙禎焦灼道：「無論如何，朕一定要去，先帝定會保佑朕。不然的話……」他沒有說下去，但臉色蒼白，握緊狄青的手道：「狄青，你一定要幫朕，我求求你。若這件事成，朕就和你就是生死弟兄，永不相棄。」

狄青心思千轉，見趙禎驚懼中帶著哀求之意，想起以前的交情，義氣陡生，咬牙道：「好！臣赴湯蹈火，在所不辭。」

趙禎聽狄青允諾，雖眼中還有憂愁，但已長舒了口氣，低聲道：「好，有你這句話，朕就有些把握了。狄青，你出去吧，到時候朕自然找你。這件事你萬勿對別人提及。」

狄青退出趙禎的房間後，滿腹疑惑，暗想趙禎到底要取什麼重要的東西？擅入真宗玄宮不是小事，那裡定有機關，趙禎又有什麼能進去呢？

張玉見狄青滿懷心事，低聲道：「狄青，沒事吧？」

狄青欲言又止，想起趙禎的囑託，搖頭道：「沒什麼，聖上就是心煩而已。」又想起方才花叢中有人潛伏的事情，皺眉道：「張玉，我先去找王珪問問，你在這兒小心把守。」

張玉點頭道：「那你一切小心。」

狄青重返花叢旁，四下望去，見有一條路蔓延出去，循徑而走，走了不遠，就聽暗處有人低喝道：

「崇德。」

狄青回道：「天和。」

原來過了交班之際，禁衛們又換了一遍口令。王珪此舉，可謂煞費苦心，只防旁人渾水摸魚。樹後走出一人，黝黑的臉龐，不苟言笑，正是趙禎的貼身侍衛李用和。李用和問道：「狄青，你到這裡做什麼？」

狄青反問道：「你可見到有人從這裡經過？」

李用和的表情有些不自然，移開目光道：「沒有！」

狄青見李用和目光閃爍，言不由衷的樣子，心頭一沉，感覺李用和有古怪，岔開話題道：「在你的外圍，是誰當值呢？」

李用和簡單道：「王珪。」

狄青道：「我正好有事去找王珪，這裡還要仰仗李兄了。」

李用和點點頭，閃身到了樹後，狄青大踏步離去，待走到李用和望不到的地方，閃身隱在一塊大石後，悄然向李用和的方向望過去。過了良久，不見李用和的動靜，狄青疑惑中，正要起身，突然感覺有人掩了過來，狄青心中驚凜，一閃身已轉到大石的另外一側，手按刀柄。

掩來那人止住了腳步，低喝道：「狄青，你到這裡做什麼？」

狄青聽是王珪的聲音，舒了口氣道：「王珪，我正要找你。有古怪！」

王珪緩步走出，直視狄青的雙眸，目光犀利。

狄青問心無愧，坦然望道：「剛才我見到這個方向似乎有動靜，這才趁張玉當值換班的時候，過來查看。你可見到有外人出沒嗎？」

王珪道：「沒有外人，只有個行宮之中的人來過。」

狄青問道：「是誰？」

王珪道：「是先帝的一個順容，姓李，也是聖上殿前散直李用和的姐姐。李用和一直在京中護駕，這次來到鞏縣，李順容想念弟弟，過來看望一眼，我就准了。」

狄青知道順容是皇帝後宮中第三等第四品的女人，一般都算是不受寵的妃嬪。聽說劉太后善妒，真宗過世後，妃嬪中除了楊太后還留在京城，其餘的妃子都被遣散到各處道觀出家，這個順容守著真宗的墳墓，很是淒涼。一想到這裡，狄青倒有些同情起那個女子，但疑心不去，暗想就算李順容看望弟弟，也不必藏身在花叢中吧？

不過一個弱女子，應該對皇上造成不了威脅，狄青想到這，說道：「那沒事了，我四處走走。」

王珪笑道：「狄青，你小心些總是好的。不要走太遠，聖上要在五漏三刻祭拜先帝，我們要到齊護

駕。」

狄青點點頭，向外走去。一條青石大路鋪出去，在月光照耀下，如綢緞般光滑。山氣清新，撲面而來，讓人胸襟為之開闊。

狄青知道順著這條路過去，就是真宗的寢陵，不便再行，撿了條小路閒走。他踏著月色，漸走漸偏，這裡已不在王珪的戒備範圍內，也無人手看管。狄青隨手摘了朵野花，心道，這裡景色其實極好，若是能和羽裳一起漫步此間，那真的是神仙也比不上。給她摘些花兒帶回去，她必定喜歡，可是這花兒摘了，只怕很快就要枯萎了。

他撿了處乾淨的地方坐下來，望著天上的月亮，心中滿滿的都是那靈秀的女子。正神馳間，突然聽到左手處坡旁有人聲傳來，狄青心中一凜，放輕腳步走過去。路過片林子，只見到幽徑旁立著一女子，緇衣青帽，尼姑打扮，正向著明月下拜，口中喃喃自語。狄青隱約聽到那尼姑道：「求你……墜入地獄……情願……」

微風吹拂，狄青聽得斷斷續續，又悄然上前兩步。見那尼姑站起身來，祈禱兩句，又跪了下去，說道：「菩薩在上，民女謝你這些年照顧他，知他無恙，民女足感恩德。可是，民女這些年日日夜夜都在想著他的樣子，只求菩薩垂憐，讓我見他一面，雖死無憾！」

這時狄青已繞到那尼姑身側，只見到兩行清淚順著那女子的臉頰流淌下來，滴滴地落入塵埃。那女子人在中年，容顏清減，眉目間依稀可看出昔日的美貌。

正在此時，遠處腳步聲響起，狄青藏了身形，見到李用和急急地奔過來。

狄青心中一動，暗想難道真的那麼巧，這女人就是真宗的妃子？也就是李用和的姐姐？

李用和到了尼姑身前，說道：「你今日怎麼這麼莽撞？差點讓人發現，壞了大事。」

那女子不解道：「誰發現了我？」

李用和道：「是個殿前侍衛，叫做狄青。那人極其警覺，我看他好像發現有人靠近孝義宮，我已經和你說過多少次了，聖上要在五漏三刻……到時候才是我們的機會……」他壓低了聲音，聲音時斷時續。

狄青心中一凜，心道，他們要在五漏三刻做什麼？難道要對皇上不利？這個李用和可深得皇上的信任，若是對趙禎不利，那真是防不勝防。

那女子道：「我不能……」她說到這裡，臉上滿是幽怨，扯住李用和的手臂道：「你一定要小心，不然太后她不會放過我們。」

狄青一顆心沉了下去，暗想原來李用和已被太后收買或威脅，因此對趙禎不利。

李用和低聲道：「我自然會小心，你放心吧，這次錢惟濟已經和我說好，有他在，我們應該沒有問題。」

狄青只覺得背脊發涼，他實在不想相信，這幽怨的女子與李用和會聯合錢惟濟對皇上不利，但事實就在眼前，由不得狄青不信。狄青心中焦急，只怕打草驚蛇，悄然向一旁退去，想找到王珪等人，再商量應對之策。等到了山崗轉角，突然聽到孝義宮的方向傳來聲淒厲的哨聲。那哨音打破了夜的沉凝，在這寢陵周圍顯得異常的驚心動魄！

狄青大吃一驚，見孝義宮的方向竟然有火光閃動，心中一緊，飛奔而回。狄青到了孝義宮前，四面八方的殿前侍衛已紛紛向孝義宮靠攏，急問道：「怎麼回事？聖上呢？」

狄青突然想到了什麼，喝道：「李簡，李禹亨，你們帶著十人暫時扼住要道，提防有人進來，其餘的人，隨我護駕！」

眾侍衛紛紛點頭，狄青帶著眾侍衛到了殿前，發現王珪、張玉等守在殿前的人都已不見，微有心慌，高叫道：「王珪，張玉！」衝到了皇上的房前，顧不得稟告，一腳踢開了房門。

房間內寒光一道，直指狄青的咽喉。狄青後退一步，見是王珪拔劍而向，急問，「聖上……」瞥見趙禎還在房間安坐，見狄青帶來了十數侍衛，舒口氣道：「殿外的侍衛呢？」

王珪緩緩收劍，說道：「孝義宮後殿突然起火，我已令兩人前去打探情形，為防敵人聲東擊西，我讓殿前左近的人手悉數先留在聖上身邊。方才你破門而入，我還以為是敵人……」

狄青擺手道：「不用解釋了，我明白。王珪，我帶了十四人過來，還有十人由李簡率領，暫時扼住殿前的要道。」見到趙禎的房中除了王珪、張玉外，還有五人，狄青道：「眼下首先要保護聖上的安全，然後吩咐人去救火……」

王珪皺眉道：「我已讓杜放和溫涼玉二人去查看火勢，怎麼還未回轉？」

狄青突然道：「我去看看？」

趙禎突然道：「狄青，你留在朕的身邊。」

王珪立即道：「車夜永、申報喜，你們去後殿看看，同時負責安排宮人救火，若是見到杜放和溫涼玉二人，讓他們回來護駕。」

兩侍衛領命出了房間，這時候後殿處早就鑼聲陣陣，閻文應衝了進來，見到趙禎還在，忙道：「聖

上，還不快走，這火燒到正殿來了。」

趙禎一拍桌案道：「錢惟濟呢，怎麼還不過來？李用和呢，現在在哪裡？」話音未落，門外有人叫道：「聖上！」那人快步衝進來，正是李用和。

狄青心中一凜，已擋在了趙禎的身側。這火來得突然，說不定是敵人魚目混珠，他不得不防。

趙禎見李用和前來，問道：「李散直，錢惟濟呢？」

李用和道：「聖上，臣才要休息，知道火起，匆匆趕來，也沒有見到錢惟濟在哪裡。」

趙禎冷哼道：「眼下宮中失火，錢惟濟身為宮使，不可推責。」

李用和忙道：「聖上，眼下不是追責的時候，宮中火起，我看難以控制，聖上當要先出了這裡再做打算，不然火燒過來了，只怕會有危險。」他上前兩步說道：「臣護送聖上先走。」

王珪下意識地攔在李用和身邊，說道：「李散直，這護送聖上的職責，交給我們就好。」狄青微愕，見王珪對李用和好像也有懷疑之意。

李用和一怔，說道：「那還不走？」

王珪問道：「往哪裡走？」

李用和道：「先到帝陵再說，那裡有數十禁軍護衛。加上我們這裡的人手，可保聖上周全。」

王珪轉身對趙禎施禮道：「聖上，請先移駕。」

趙禎點點頭，在王珪、狄青的護送下出了房間。這時候眾侍衛已聚集二十來人，趙禎見狀，心下稍安，說道：「我們去先帝的陵寢吧。」趙禎一直嚮往著太祖的兵戈險行，但這次以身犯險，已有後悔之意。

王珪道：「先帝的陵寢不能去！」

李用和一怔，急問，「為什麼？」

王珪冷冷道：「因為我懷疑，有人要對聖上不利！」

李用和皺了下眉頭，「你說哪個？」

王珪沉聲道：「今日午後，我曾看到有一人和錢惟濟竊竊私語，似乎商量著什麼。如今孝義宮起火，錢惟濟之子得罪聖上，雖聖上既往不咎，但不見得錢惟濟不會暗懷鬼胎，勾結外人。這火勢如此凶猛，杜放等人還沒有回轉，想必已遭遇不測！我想定是有人放火混淆視線，伺機要對聖上不利。而這孝義宮中，一定已混入了刺客！」

狄青這才知道王珪亦是謹慎，稍舒了口氣。李用和見眾人圍過來，卻不慌張，冷問道：「那個和錢惟濟竊竊私語的人當然就是我了？」

王珪道：「不錯！不知你可敢將與錢惟濟談話的內容，當著大夥的面說說？」

這時候大火更熊，孝義宮的所有宮人、宮女都跑了出來救火，有一人急匆匆趕到，見到眾侍衛和趙禎，喜道：「聖上……」

王珪喝道：「站在外圍，不得近前，否則格殺勿論！」

那人一怔，忙道：「卑職乃孝義宮副使莊別，宮中起火，卑職四處找不到錢大人，特地趕來護駕。」

王珪吩咐道：「莊副使，你帶宮中眾人盡量控制火勢，若有陌生人出沒，要及時稟告。至於衛護聖

上的職責，自然有我等擔當。」

莊別見王珪殺氣騰騰，不敢有違，忙去率人救火。趙禎一旁見到，心中惴惴，閻文應已喝道：「王珪，你好大的膽子，聖上在此，你竟敢擅做主張？」

王珪一怔，轉身單膝跪倒道：「聖上，臣得聖上賞識，到殿前之位，只想護衛聖上的安全，鞠躬盡瘁，死而後已，請聖上信我。」他目光灼灼，滿是懇切，趙禎見了，望向狄青道：「狄青，你覺得呢？」

狄青出列道：「臣和王珪一樣的念頭。眼下宮中失火是小，衛護聖上的安全是大。王珪所言極有道理，臣也覺得李用和大有可疑。」見趙禎滿是詫異，狄青又說了有人私過李用和關卡、接近孝義宮一事，本待將山崗見到李順容的事情也抖落出來，可轉念一想，還是壓制住這個念頭。

狄青說完後，又道：「聖上若是不信，大可詢問張玉。」

張玉出列道：「啟稟聖上，狄青所言屬實。」

烈火映天，眾人的目光都落在李用和身上，滿是懷疑戒備。趙禎面沉似水道：「李用和，你能否給朕一個解釋？」

李用和屈膝跪倒，焦急道：「聖上，臣對你一片忠心，你難道竟不信我？」

王珪冷冷道：「知人知面難知心，你莫要混淆視聽。錢惟濟現在何處，你今日又與錢惟濟說了什麼？」

李用和扭頭望向王珪，喝道：「王珪！聖上待你不薄，如今危機關頭，你不思保全聖上的安危，卻只想內訌，實在讓我失望！」

王珪道：「欲攘外者，必先安內。要衛護聖上，當求上下一心，若中間有了叛徒，何來保全之說？」

聖上，此人若是不說出真相，臣請聖上下旨，將他拿下！」

趙禎皺眉道：「用和，事到如今，你還有什麼不能說的？你若真的問心無愧，何不對朕說明一切？」

趙禎猶豫起來，他眼下最信任的幾人就是閻文應、李用和、狄青等人。王珪雖得他提拔重用，但這種關頭，要信王珪擒住李用和，在他心中和自毀長城無異。沉吟良久才道：「用和，我信你！」

李用和望著趙禎，慘然道：「聖上，臣不能說，更不想騙你，但臣絕不會對你不利。聖上，臣這些年待你如何？」

王珪一驚，急道：「聖上⋯⋯」

趙禎搖搖頭道：「王珪，你與李用和、閻文應、狄青還在場的所有禁軍，都是朕最信任之人。這種時候，朕只希望你們能同舟共濟，應付局面。」走過去拉起李用和，趙禎又拉住王珪的手，讓彼此互握，緩緩道：「以往的一切，讓它過去吧。王珪，你說如何？」

王珪不能有違，只好道：「臣遵旨。」

陡然間一聲慘叫傳來，眾人驚悚，扭頭望過去，只見到遠處奔來一人，鮮血從額頭流淌而出，看服飾竟是方才王珪派去的侍衛。那人跟跟蹌蹌到了眾人前面，堅持不住，摔倒在地上，伸手扭頭向後指去，嘎聲道：「他們三個都死了⋯⋯我⋯⋯有敵人。」

王珪躍過去，急問，「敵人是誰？」話音未落，狄青突然叫道：「小心！」王珪心中一凜，倏然而退。只見一道刀光有如匹練，堪堪從王珪身前劃過，割破他胸前的衣襟。若非他及時退卻，只怕就要被

這刀開膛剖心！

出刀之人卻是那滿面鮮血的侍衛！眾人錯愕，一時間不知道發生了什麼事情。王珪卻已明白，這人不是侍衛，而是刺客。刺客渾水摸魚，穿了侍衛的衣飾，用鮮血模糊了臉，故做聲音嘶啞，就是要混淆視線，趁機偷襲。

這麼說……方才派出的侍衛已死？王珪想到這裡，雖驚不懼，後撤之時已拔出長劍，一劍反斬了過去。

噹的一聲大響，火花四濺，偷襲那人及時回刀，擋了王珪一劍。

二人刀劍相交，都是暗自凜然。王珪驚駭這人刀蘊巨力，收發自如。偷襲那人卻是暗自叫苦，心道趙禎的貼身侍衛，果然武功高強。閃念中，偷襲之人借勢一滾，已繞過王珪，直撲趙禎。狄青、李用和二人毫不猶豫，已一左一右的攔在了趙禎身前。

王珪大喝聲中，長劍脫手，已向那人背心擲去。長劍如虹，眼看就要化做一道電閃擊入那人的背心，不想那人一撲卻是虛招，腳尖一點，斜穿了出去。王珪的長劍算錯了去勢，擦著那人的衣襟釘在地上，嗡的一聲，劍身顫顫巍巍，動人心魄。那刺客衝出了眾侍衛的包圍，沒入黑暗之中，傳來了一陣長笑，「狗皇帝，這次殺不了你，只怕你過不了今晚！」

趙禎面色如土，張玉才待追趕，王珪道：「窮寇莫追！」他臉色陰晴不定，望著刺客逃走的方向，心中暗想，刺客多半知道聖上身邊護衛重重，這次只想先殺了自己，剪除聖上的膀臂，然後再對聖上下手，可他沒想到精心的算計竟被狄青看穿，自己又能夠抵擋住他的殺招。刺客一擊不中，當下離去，也是個了不起的人物。眼下當以保護皇帝為主，不能讓他們調虎離山。

張玉止步，恨恨道：「難道就讓他這麼輕易逃脫了？」

狄青道：「何必追呢？他肯定還會再來。」

眾人一凜，心道狄青說的不錯，刺客精心布局，火燒孝義宮，喬裝行刺，絕不會甘心就此罷手。

王珪緩緩道：「那人穿著侍衛的衣服，只怕杜放四人，已著了他們的毒手。」話音未落，就聽到後殿的方向一聲巨響，孝義宮後殿不堪大火，已整個坍塌下來。火舌伸展，已到了主殿，就算是在殿外所站之人，都能感覺到火勢的炎熱。

可眾人心中均有冷意。

王珪突然望向狄青道：「狄青，方才多謝你提醒。只是⋯⋯刺客偽裝得極好，你如何知曉那人是敵人呢？」

狄青道：「我看那人舉止跟蹌，但一雙眸子很有神，不像激戰脫力之人。再說他雖是滿面血跡，但佩刀完好，衣不帶塵，不管怎麼看，也不像是經過浴血廝殺的樣子。」

王珪仔細一想，不由暗讚狄青的觀察力極為敏銳。瞥見狄青還在沉思，忍不住道：「狄青，你有什麼問題嗎？」

狄青皺眉道：「我總覺得⋯⋯那刺客很有些眼熟。」說著向張玉望過去，張玉不解道：「你看我幹什麼？總不成是我們的朋友。」

狄青提醒道：「不見得是我們的朋友，說不定還和我們生死搏殺過，我覺得你不應該忘記。」

張玉鎖住眉頭，回憶當初的情形，突然叫道：「是持國天王，那人就是持國天王！」

眾人皆驚，王珪問道：「那人就是當初在曹府逃走的持國天王？」

張玉道：「是呀，狄青一說，我就想起來了。這人的確是曹府出現的那個持國天王，可是⋯⋯他怎

麼會到了這裡？」

王珪臉色陰晴不定，趙禎怒道：「這個彌勒教陰魂不散，竟然如此大逆不道，朕回轉京城後，定要召集禁軍，將彌勒教徒一網打盡。」

狄青心中凜然，暗想刺客如果真的是曹府出現的持國天王，那可就大大不妙。那人和夏隨可能有干係，夏隨又是太后的人，難道說……這次刺殺，太后是主謀？李用和到底有何陰謀詭計，為何聖上這般信他？

火燃得益發猛烈，趙禎見孝義宮大火一發不可收拾，不由長歎一聲，問道：「眼下應如何做呢？」

王珪安慰道：「聖上不用擔心，孝義宮失火，錢惟濟雖不見下落，但眼下還有鞏縣的數十衙役在山外，若知道這裡失火，定然通知鞏縣張縣令。所以按我推測，最遲凌晨，張縣令就會帶人趕來護駕，我們不如坐等待援。」

趙禎略心安。狄青卻是憂心忡忡，暗想一直是錢惟濟在聯繫鞏縣人手，可錢惟濟不見，這鞏縣的衙役能否前來，也是未知之數。

李用和一旁道：「我不贊成王珪的建議，這裡離先帝陵寢不遠，若去那裡，總比在這裡強上很多。」

王珪反駁道：「依我所見，這孝義宮旁已是危機重重，誰又能說陵寢不會混入敵人？再說敵暗我明，誰能保證前往陵寢的路途中不發生意外？」

趙禎聽得頭痛，向狄青問道：「你說該如何？」

狄青猶豫道：「我倒同意王珪的建議。」

趙禎無奈道：「好了，朕就留在這裡。」

王珪見趙禎同意自己的建議，心中稍安，請趙禎依靠院牆而坐，數十侍衛成環形圍在趙禎之外。這樣就算有數百兵馬前來，急切之間，只怕也衝不破眾人的護衛。

王珪見眾人神色或惶惶、或茫然，知道大夥突然遇到這種情形，一時間無從應變。他從孝義宮失火、錢惟濟不見、四侍衛被殺、持國天王雖走，今晚卻難免一場惡鬥，更何況己方陣營中還有個鬼鬼祟祟的李用和！如此局面，只怕很多人會見不到明日的太陽。王珪想到這裡，向狄青望去。

狄青也是滿懷心事，正向王珪望來。二人四目交投，緩緩點頭。雖未說一句話，但已明瞭彼此的決絕心意。眼下只有齊心協力，才可能保護趙禎的安危。

這時月過中天，樹影扶疏，清冷的月光投在火海中，絢爛中帶著落寞。過了個把時辰，只聽到遠處轟隆一聲大響，原來孝義宮不堪大火，主殿也塌了下來。一股濃煙沖天而起，經久不熄，火勢燒紅了半邊天，如落日前慘烈的雲霞。

又過了盞茶的功夫，只聽到遠處有馬蹄聲急驟，沉雷一般。緊接著馬兒長嘶，腳步聲響起，黑暗中有人迅疾地靠近眾侍衛，守在外圍的李簡喝道：「什麼人？」眾人聽那腳步聲繁遝，來人竟然極多，不由一驚。

有人回道：「這位大哥可是殿前侍衛？卑職鞏縣縣尉呂當陽，奉張縣令之手諭，前來護駕。張縣令知道孝義宮有變，讓我等快馬先來，他隨後就帶更多的人手趕到，孝義宮失火，我等救援不利，還請聖上恕罪！」

李簡接過手諭，見來人足有數十人之多，心中暗喜，說道：「你等先在此等候。」轉身來到王珪面前，遞過手諭，將事情說了一遍。王珪其實早就聽到，仔細地檢查手諭，確定無誤，又對趙禎道：「聖上，這犖縣的救援，比起我的預測，早來了數個時辰。」

趙禎見來了援助，大喜道：「快讓他們過來，朕要獎賞他們。」

李簡領去見呂當陽，王珪對狄青道：「狄青，你去看看那些縣中的人手，看能否從中找幾個護駕之人。」在王珪心目中，一個小小的犖縣，沒什麼人才，不過眼下只能矮子裡面拔大個了。狄青點點頭，舉步向外走去，李簡卻已將呂當陽帶來。

呂當陽看起來精明能幹，臉上一顆大大的黑痣，他旁邊兩個副手，均是官差的打扮。

狄青和呂當陽擦肩而過的時候，突然心中一動，但瞥了呂當陽和他的兩個手下一眼，感覺那三人神色鎮定，並沒什麼問題。

狄青心中總有些異樣，可腳步不停，已到了那些官差的身前，陡然心頭狂跳……

呂當陽到了侍衛圈中，上前一步，和兩個副手齊齊雙膝跪倒道：「臣叩見聖上。」

王珪見呂當陽上前一步，下意識地擋在趙禎身前。趙禎暗自皺眉，心道這個王珪護駕之心是好的，可很多時候，好像小心得過了頭，溫言道：「免禮平身。」

呂當陽見王珪攔在身前，抬頭笑道：「大人這般謹慎，難道是怕我襲駕嗎？」

王珪見他笑得真誠，額頭又滿是汗水，多半是星夜趕來護駕，不由為自己的多疑暗叫慚愧，退開兩步，岔開話題道：「張縣令何時會到？」

呂當陽道：「這孝義宮著火，張縣令知曉後極為焦急，因此讓卑職先來護駕。張縣令最近偶感風寒，勉強起身，還要招調人手，不過我想天亮之前，他就能來了。」

王珪總覺得哪裡不對，但一時間又想不清楚，隨口道：「那你帶了大約多少人手⋯⋯」話音未落，只聽到遠處狄青急叫道：「小心有詐！」王珪心中一凜，見到呂當陽眼中閃過一絲陰狠，想也不想，拔劍直刺呂當陽的咽喉。

王珪一劍刺出，已明白哪裡不對，這個呂當陽實在太鎮靜！按理說區區一個縣尉，平生未見皇帝，在天子積威之下，絕不會如此冷靜。更何況呂當陽的兩個手下，也鎮靜得過了頭！

王珪出劍意存試探，只要對方有鬼，不會不防！果然，呂當陽拔劍，一劍已經擋開了王珪的長劍！鏘的一響，火花四濺，亮如銀星，呂當陽眼中閃過一絲訝然，顯然也詫異王珪的反應之速。

王珪立即道：「護駕！」他虎軀一挺，已擋在趙禎之前。可呂當陽長劍如蛇，已蜿蜒刺來。逼得王珪不能不退。

但王珪不退！他身後就是趙禎，趙禎手無縛雞之力，他若一退，無疑就把趙禎置於險地。王珪不再猶豫，竟長身迎著劍尖衝了過去。

呂當陽又驚又喜，長劍疾刺，已沒入了王珪的身體之中，長劍入肉那一刻，王珪出肘，一肘重擊在了呂當陽的臉上！王珪在關鍵時刻，閃開要害，以輕傷搏得機會，一招得手。

呂當陽只感覺到一股大力貫來，整個人倒飛出去，滿天星斗。王珪並不追趕，振臂一揮，長劍雷轟而出，空中洞穿了呂當陽的胸口！

鮮血暴射，在夜空中極為妖豔。王珪擊斃呂當陽，心中卻是更急，因為在呂當陽纏住他那一刻，他

帶來的兩個副手已經左右竄出，掠過王珪，向趙禎撲去。王珪殺得了呂當陽，卻來不及攔住另外兩個刺客。

幸好還有旁人！張玉也可算是身經百戰，在這生死關頭，最先反應過來，一個魚躍，竟然抓住了一名刺客的腳踝，那人才在空中，只覺得腳下傳來大力，猝不及防，悶哼一聲，已重重地摔在地上。

可就算有張玉也只能撲殺一人，但刺客還有一人！

另外一名刺客一振臂，已打出了三點寒光，徑直射向已驚得目瞪口呆的趙禎。

王珪大急，想叫聖上快躲，但嗓子已啞，雙目盡赤，半分聲音也是不能發出。眼看那寒光就要射入趙禎的體內，一人斜撲了過來，擋在了趙禎的身前，那三點寒光盡數沒入那人的體內。

撲上來那人竟是李用和！李用和已不用解釋什麼，只憑這一撲，王珪就知道錯怪了李用和。

李用和擋住刺客的暗器，人在空中，手臂一曲，兩點寒光已反打了回去，他是散直，隨身帶了弩直的機弩！

那刺客本以為得手，不等驚喜，就見寒光打到眼前，用盡全身的氣力向旁閃去，兩點寒光堪堪擦身而過，刺客已經決定要逃！

呂當陽已死，另外的同伴被纏，他一擊不中，已沒有再次出手的機會。刺客腳尖落地，再一縱身，就向外殺去。可不等竄出，一弩打來，正中他的胸口。那人搖晃兩下，低頭望過去，只見到胸口插了一弩，晃了晃，仰天倒了下去。

侍衛武英及時出手，射殺了刺客。武英平時沉默寡言，但在關鍵時刻，並不手軟。

王珪心中一鬆，見張玉正和最後一名刺客纏鬥，身形一縱，已到了那刺客身邊。那刺客被張玉纏住

身子，感覺腦後疾風如箭，才待閃躲，就聽砰的一聲大響，雙目凸出，已然斃命。

王珪一腳踢去，竟將刺客的頸骨活生生地踩斷！

這時遠方慘叫聲連連，竟然都是侍衛的聲音，王珪憂心狄青的情況，喝道：「你們保護聖上！若再有人靠近，格殺勿論！」他腰間還有血跡，卻看也不看，身形一縱，向狄青、李簡的方向衝去。

等到了近前，饒是王珪膽壯，見到眼前的慘狀，也是不由得打個寒戰。那一刻，他只感覺不在人間，而像是墜入了十八層地獄。呂當陽帶來的那些衙役，已變得和瘋狗一樣，見人就撲，有幾個侍衛不及防備，竟被墜入那些人一把抱住，咬住了咽喉。

王珪只感覺手心發冷，見狄青霍然衝入人群中，長刀揮起，斬殺了一衙役，搶出一侍衛，不由暗自叫好，心道狄青這人平日油滑，可真正的關頭，能堪大用！

狄青也是不得已而為之，對於這種場景，他似曾相識。這場景和當年的飛龍坳何其的相似！

狄青聽從王珪的吩咐，過來查看衙役的人手，可才到了諸人面前，就感覺到有些不對，因為黑暗中，那些人直如木偶一樣的站著，眼神茫然。狄青立刻覺得這種情形依稀見過，他轉瞬就已想到，飛龍坳那些被迷失心神的百姓，就是這般模樣。

狄青當即示警，可他喊聲才出，就聽到人群中有人說道：「彌勒下生，新佛渡劫。殺人善業，立地成佛！」

狄青心頭一顫，扭頭望去。當年飛龍坳就是因為這十六個字，才引發了一場無邊的浩劫，狄青萬萬沒有想到，今日此刻，竟然重聞此言！

漆黑的夜，有雙明亮的眼，明亮的眼中，帶著無盡的邪惡。狄青心底一聲哀鳴，已認出那人是誰。

那人赫然就是讓他痛苦多年的多聞天王！

第二十一章 追 命

多聞天王怎麼會來此？彌勒教到底要做什麼？這些人為什麼處心積慮地行刺趙禎？若說他們是太后所遣，那早些年這些人為亂大宋江山又是所為何來？

狄青想不明白，可情形也不容他多想。多聞天王說完「殺人善業，立地成佛」後，那幾十個衙役已如當年飛龍坳的百姓一樣，瘋狂地衝過來。

狄青知道不好，立即後退。一些侍衛不知該如何應對，等到有幾人被活生生咬死後，眾人這才反應過來，奮力反抗。狄青只怕多聞天王出手，但多聞天王早就不知去向。

李禹亨素來膽小，見到這種場面，已駭得移不動腳步。那被迷失心智的衙役奔他過去，他竟然都忘記了閃避，只是驚吼道：「莫要過來！莫要過來！」

那衙役如何聽他命令，一把抱住李禹亨，就要咬下去。狄青出手，一刀從那人背心刺了進去。那人倒了下去，李禹亨一把抓住他的手臂，喝道：「要活命就快跑！」

李禹亨回過神來，鼓起勇氣逃命，可這時候眾侍衛和衙役已陷入了絞殺之中。狄青稍有猶豫，見身邊一侍衛被困，再出一刀，救出那侍衛。只是連殺兩人，狄青也有些手軟，若是真的與窮凶惡極之徒搏鬥，他反倒不會如此，但面對著喪失心智之人，狄青也有些下不了手。

這時又有兩人向狄青衝來，狄青尚在猶豫之中，王珪趕來，揮手兩劍，已割斷那兩人的咽喉。狄青扭頭望過去，急道：「王珪，這些人被彌勒教蠱惑，喪失了理智！」

「你不殺他，他就殺你。」王珪喝道，「狄青，我們沒有選擇！」

狄青道：「我們可以選擇走！」

王珪再次出劍，又殺了一人，喝道：「他們的用意就是逼我們走！眼下我等防備森嚴，他們無法靠近聖上，但在逃命途中，誰能保證聖上沒有危險？」長劍垂血，春夜凝寒，王珪眼中雖有無奈，他們無法靠近聖上，但在逃命途中，誰能保證聖上沒有危險？」長劍垂血，春夜凝寒，王珪眼中雖有無奈，可出劍絕不容情，片刻之間，再殺數人。

被困的侍衛已清醒過來，紛紛向王珪的方向靠攏，眾人成環形對外，見那些衙役衝來，再不手軟。

那些人雖是瘋狂，卻不知變通，只知道往前衝，不知道閃避，只是片刻的功夫，就被侍衛們斬殺始盡！

空氣中蔓延著濃烈的血腥之氣，地上血流如河，有一侍衛見滿地屍體，終於忍不住心中的噁心，哇的一聲吐了出來。別的侍衛也是胃部抽搐，有幾人跟著去吐，一時間嘔聲不絕。

王珪收了長劍，這才將腰傷簡單包紮。突然聽到身後腳步聲響起，王珪扭頭望過去，見到趙禎在侍衛的護衛下走過來，慌忙單膝跪倒道：「臣守衛不利，讓聖上受驚了。」

趙禎伸手拉起王珪，歎道：「你們已盡力了，朕都看在眼中。只是……這些人難道真的和朕有不解的仇恨，定要取朕的性命才好？」他滿是疑惑，似乎不解自己微服來此，卻為何有人刻意要來襲駕。

王珪猶豫片刻道：「這呂當陽，不見得是鞏縣縣尉。」

趙禎道：「若非鞏縣縣尉，怎麼會有縣令的手諭？唉，要等鞏縣人馬救駕，只怕是不行了。」

王珪忙道：「聖上，說不定真有縣尉來救聖上，但卻被這些逆賊攔殺，又取了他們的手諭。」

狄青突然道：「說不定這縣尉真的奉了縣令的手諭。」

眾人沉默，心底冒出一股寒意，暗道若果真如此，那就是造反！縣令怎麼會有這麼大的膽子？難道

是有人授意？到底是誰要刺殺天子？很多人都在猜測，但沒有人敢說。

冷月照在冷凝的血上，泛著淒淒的光芒，眾人望見，心中戚戚。就在此時，遠遠突然傳來羌笛悠悠。眾人一怔，不解此時此刻，怎麼會有人吹起羌笛。那羌笛之聲，如惜紅燭歲短，歎寒夜漫長，滿是淒涼悱惻之意。趙禎聽了，悲從中來，恨不得大哭一場。

就在眾侍衛面面相覷之際，羌笛聲陡轉，已變得蒼蒼茫茫，滿是塞下兵戈之氣。片刻之後，笛聲再轉，不成曲調，只餘嗚咽。那笛聲低沉，卻極為有力，再過片刻，四處彷彿均起笛聲，有如鬼哭，將眾人包圍其中。

王珪雖驚異那人笛聲的多變，但更驚駭來人的用意，高喝道：「何人裝神弄鬼？有種出來一戰！」

喝聲未歇，武英目光一凝，叫道：「你們看，蛇！」

眾人舉目望去，全身發冷。暗夜中，只聽到沙沙的響聲，視力所及處，竟有無數毒蛇向趙禎等人湧來。

武英本是沉穩之人，可現在他的叫聲中也有了悽惶之意。

眾侍衛也傻了眼，他們可退刺客，但如何能退得了這看似無窮無盡的毒蛇？

蛇湧若浪，翻騰不休。趙禎只覺得兩腿發軟，嘎聲道：「怎麼……回事？護駕！」眾侍衛也傻了眼，他們可退刺客，但如何能退得了這看似無窮無盡的毒蛇？

這時羌笛聲更急，毒蛇爬行雖不算快，但就是這種蜿蜒起伏，更讓人心驚肉跳。王珪心思飛轉，喝道：「快點燃火把驅蛇！」

眾人省悟過來，暗想蛇很怕火，眼下只能以火驅蛇，早有侍衛竄出去，聚攏乾柴，燃起大火。

狄青見群蛇竟然像聽羌笛指揮，駭然對手的驚人之能。更覺得襲駕刺客顯然早有準備，絕不會只是

驅蛇來攻那麼簡單。狄青憂心道：「只怕他們還有後招。」

話音才落，只聽到咚的一聲鼓響。那鼓聲猶如驚雷，在夜空中顯得頗為沉悶，又帶分鬼氣森森之意。眾人詫異，不知道此時此刻，為何還有人擊鼓。

笛聲稍歇，群蛇將停，鼓聲再起。王珪見狀，冷哼聲中，只見遠處天空射來一團火焰，耀在當空。那是一枝火箭。王珪見狀，冷哼聲中，腳尖輕提，一根枯柴凌空飛起，正中那枝火箭之上。眾人不等叫好，只聽到嘭的一聲響，那火箭竟然炸開，散出濃濃的黑煙。

狄青大叫道：「屏住呼吸，小心煙中有毒！」

王珪大驚，喝道：「狄青、張玉，保護聖上！朱觀、桑懌，抬著李用和！李簡、武英開路，我率人斷後！」

王珪本想以逸待勞，不想對手計謀百出，只能逼王珪、狄青突圍。王珪雖知中計，但眼下別無他法，只能暫時先離開這裡。

黑煙雖濃，但散開的速度並不算快，狄青早就用濕布條綁住趙禎的口鼻，背著他就往外衝去。眾人並肩一衝，很快就脫離了黑煙的範圍，有一侍衛腳步稍慢，竟吸到黑煙，晃了兩晃，頹然倒地。

眾人駭然，不想煙霧之毒竟如此犀利。王珪才待去救那人，忽聽到遠處哞哞傳來幾聲牛叫。眾人扭頭望去，只見遠處火光陡起，點點逼近。幾頭黃牛頭綁尖刀，尾燃火炬，竟然向這個方向衝來。火牛來得極快，王珪更驚，叫道：「狄青，小心！」

狄青一閃身避開火牛，那幾頭火牛疾衝而過，踏在火堆之上，頓時煙火四射。羌笛聲再起，群蛇再湧，沙沙的逼來。倒地那人掙扎要起，卻被群蛇漫過，很快喪身蛇吻。

王珪心中驚怒交集，不想對手不出一人，就逼得他不得不逃。眼下火陣被破，無法驅蛇，只剩下向帝陵逃命一途。但對手這般策劃，焉知不是在帝陵設了圈套？

眾人奔走，雖驚不亂，還是將趙禎護在當中。狄青背負一人，雖體格不差，也不免有些氣喘。閻文應急叫道：「方才若是早走，還能有馬騎，現在可好，先手盡失了。」

趙禎喝道：「如今埋怨何用？王珪，到底去哪裡，你來定奪。」慌亂之中，趙禎並未失去分寸，知道這時候，當以鼓舞士氣為主。

王珪也是徬徨無計，向狄青望去，狄青皺眉道：「依我來看，永定陵多半有人埋伏……」

眾侍衛多有贊同，王珪緩緩道：「也不見得，敵人用的是虛虛實實之計，他們到現在為止，只出了四個刺客，卻死了三個。他們人若真多，為何不趁方才混亂之際來攻？」

狄青糾正道：「他們本來最少有五個刺客，眼下雖死了三人，但多聞、持國二人均是高手，平手相鬥，我等無一人是他們的的對手。」

「四個人？」

王珪沉聲道：「不管他們幾人，但總不會太多就是。他們想方設法，逼我們逃命，就是想要趁亂刺殺聖上。他們若有必勝的把握，早已出手，何必鬼鬼祟祟？因此眼下無論去哪裡，我們絕不能分散。」

眾侍衛雖折了數人，但仍有三十好手。這些人都是經郭遵觀察，在八大禁軍中算是武功卓越之輩，聽王珪如此分析，均是贊同，士氣一振。

狄青皺眉道：「如果不是持國、多聞二人擊鼓吹笛，那可能還有另外兩人，這麼說，他們一共還有四個人？」

「那吹笛擊鼓的呢？是兩個天王，還是另有其人？」張玉在一旁忍不住道。

「那眼下怎麼辦？」閻文應急問，看著趙禎的眼神有些怪異。趙禎也在看著閻文應，眼中似乎也有些焦急。

狄青見二人表情奇怪，不等多想，就聽到黑暗中一聲馬嘶，一匹駿馬從夜幕中閃出，就要從眾人身邊掠過。一人從眾人中竄出，倏然出手，已扣住了馬韁。那馬兒驚嘶聲中，人立而起，再不能前行一步。

眾人望去，見那人卻是殿前侍衛朱觀。狄青想起郭遵的評價，「天武軍的朱觀勇力難敵。」不由佩服這人的大力，也感慨郭遵評價頗準。

那馬兒奮走之力，何止千鈞，可那人斷喝聲中，力挽韁繩。

趙禎見狀，喝道：「真勇士也。」他見朱觀力挽奔馬，又見眾侍衛鬥志不減，一時間心中大定。此時朱觀已把馬兒牽來道：「聖上還請上馬。」

趙禎見那匹馬神俊非凡，不由欣喜，忙道：「好。」他才要上馬，狄青突然道：「等等，這裡怎麼會突然出現一匹馬呢？」

王珪也是疑惑，說道：「聖上，臣先檢查一番。」他快步上前，仔細檢查馬韁、馬鞍和馬鐙等可能有問題的地方，見絕無異常，這才舒了口氣道：「狄青，馬兒沒有問題。聖上，請上馬吧。」

狄青心中尚有困惑，總覺得有些不對，盯著那馬兒看了半晌。閻文應有些不滿，嘀咕道：「就你們看似小心，不知錯過了多少機會。」

趙禎翻身上馬，說道：「眼下應去哪裡？」他有馬代步，心中有了些底氣。向閻文應望去，閻文應低聲道：「聖上，我們還應該去先帝陵寢。想先帝定會保佑我們。」

狄青見狀，心道，趙禎一直要去陵寢取個東西，眼下看來，他並未死心。正琢磨間，遠處暗中有嘯

聲悠揚。

眾人均驚，知道嘯聲傳來，必有不妙。果不其然，嘯聲才起，就聽暗中竟傳來一聲虎嘯，頓時腥風大作。馬兒驚嘶。一頭斑斕猛虎幾乎沒有任何先兆地竄出，一爪就抓在最前一個侍衛的胸口上。

那猛虎爪利如刀，從那人的胸口劃下，破腹劃出。那侍衛一聲慘叫，已然殞命。眾侍衛皆驚，卻見一人飛身撲出，長劍如虹，竟向猛虎刺去。那人正是武英。

眾人大呼聲中，猛虎竟似有靈性，縱身避開武英的長劍。傲嘯聲中，一口向旁邊的侍衛咬去。那一侍衛閃身急退，隨即手腕一抬，弩箭打出，已射入虎腹。射弩那人卻是桑懌。

王珪眼見猛虎受傷，不喜反驚，因為猛虎一出之際，馬兒已驚，竟然霍然竄出，離開了眾侍衛的保護，飛奔起來。

遠處山頭嘯聲陡停，笛聲邊起，有如鬼哭狼嚎，那馬兒稍有停頓，轉瞬就向山頭奔去。

王珪嘶聲道：「護駕！」他喝聲未出，已展開身形，向馬兒奔去。月色中，王珪有如流影分光，被逼出全身的氣力。他這刻才知道，敵人安排的巧妙，實在匪夷所思。

對方的確人手不多，這才千方百計的想將趙禎孤立。他們燒孝義宮，驅動毒蛇，放毒煙，策驚牛，無非是想逼王珪等人倉皇逃離，然後對方以馬兒誘之，讓侍衛捉住孤馬。他們當然知道，眾人中只有一匹馬的時候，乘坐那人必定是趙禎。

只要趙禎一坐到馬背上，那些人就驅虎驚馬，哨聲吸引馬兒奔去，即可輕易的將趙禎和眾侍衛隔開，為所欲為。敵人心思縝密，更驚人的是樂聲詭異，變幻莫測，似有無上之能。敵人到底是誰？

王珪雖竭盡全力，但仍無法拉近和驚馬的距離。眼見氣力不濟，便伸手拔劍，全力向前揮去。他沒

有把握擊中驚馬，更怕長劍刺傷驚馬，反倒激發馬兒的野性。長劍如電，王珪取的卻是馬前。嗤的一聲大響，長劍入地，正在馬兒前方。那馬兒驚嘶聲中，竟然止步。王珪，已堪堪到了驚馬之側，伸手要抓之際，山崗處陡然又是一聲哨響，追魂奪魄！

馬兒驚嘶一聲，前蹄揚起，已向王珪踏去。王珪不能不躲，他血肉之軀，若被這兩蹄子踏中，多半就要變成肉醬！可就是這一躲，馬兒已越過了王珪，王珪怒喝一聲，翻身躍起，騰空向馬兒抓去，指尖堪堪觸及馬尾，力道已洩，憑空跌了下來！轉瞬間，馬兒竄出丈許！王珪已經絕望，嘶聲道：「聖上，跳馬！」

可趙禎人在馬上，不知是嚇呆了還是不敢，只是死死地抱住馬背，哪裡想到要跳馬？就在此時，一人斜穿而出，縱身躍起，向馬兒抓去。

穿出那人竟是狄青。狄青本沒有王珪的速度，不過那馬兒被王珪所阻，驚嚇之間，已變了方向。狄青斜插過來，正巧攔住。

狄青縱身撲出，已算準可抓住馬韁。但那驚馬速度實在太快，他人尚在空中，驚馬就已擦肩而過。

狄青陡然急伸手臂，牢牢抓住了馬尾！可驚馬毫不停留，繼續向山崗奔去。

狄青抓住馬尾，哪裡肯放，另外一隻手也竭力抓住馬尾，雙腳連點，幾乎足不沾地，被馬兒拖著飛行。

哨聲更厲！馬奔尤急！

狄青已是灰頭土臉，還能扯著馬尾拍馬屁叫道：「聖上，你沒事吧？」

趙禎自從驚馬那一刻，魂魄就都飛出，這刻才算是稍微附體，見狄青拽著馬尾，身處險境，竟然還

關心著自己的安危，不由大為感動，泣聲道：「狄青，你……很好。朕回去……升你的官！」

狄青暗自苦笑，見哨聲更急，奔馬沒有絲毫止步的意思，直奔高崗。他知道敵人就在那裡，所以他無論如何，都不能讓馬兒跑到高崗來！

塵土四起，哨聲淒厲。狄青心思轉念間，單臂用力抓住馬尾，騰出一隻手來，解下刀鞘，一下子捅到了馬屁股之上。驚馬劇痛，長嘶而立，狄青遽然覺得一股大力湧來，已順勢上了馬背，將趙禎撲下馬來！

趙禎嚇得慘叫，只覺得昏天暗地。狄青下馬之時，斜睨到山崗高處好像閃過一絲人影，直奔這面衝來，知道那人來意不善，狄青抱著趙禎就向另一面山坡滾去。

馬兒已奔出極遠，這一路地勢頗高，二人滾下去，直跌得七葷八素，半晌都沒有止歇。趙禎早就昏了過去，狄青卻是咬牙撐住，不知過了多久，只覺得滿天星斗，渾身已不知哪兒疼的時候，砰的一聲大響，狄青背心劇痛，已撞在一棵柏樹之上，二人的去勢終於緩了下來！

狄青只覺得筋骨欲裂，一口血幾乎噴了出來，低頭望過去，見趙禎雙眸緊閉，可呼吸尚在，知道他是受驚過度暫時昏迷。飛快地打量下四周的形勢，發現身在一處凹地，四周松柏遍布，雜草叢生。

狄青顧不得周身疼痛，抬頭看天，分辨出方向，記得侍衛們應該在東方，才要背著趙禎拔足狂奔，突然想到，敵人知道他急於和同伴會合，多半會中途攔截。一念及此，狄青霍然轉身，竟然向西而走，和眾侍衛的方向背道而馳。這一招極險，可狄青認定的主意，就不再猶豫。

這時行雲有影，明月含羞，東風拂夜，春夜添愁。誰又知曉，這種悠然下，竟暗藏著致命的殺機。

一路急奔，前方竟沒有遇到攔阻。狄青暗叫僥倖，奔行數里，將趙禎放在草地上。他大口大口地喘著粗氣，疲憊欲死，心中只想著，敵人若是攔截不到自己，肯定會想到自己的方法，反向追擊，那該如何應對？

正沉吟間，趙禎悠悠醒來，見到狄青就在身邊，趙禎掙扎站起，叫道：「狄青，朕還活著？」

狄青低聲道：「我們雖活著，但離王珪他們已經很遠了。現在四周恐怕都是敵人，我們一定要謹慎從事。」

趙禎也壓低了聲音，說道：「那趕快發信焰讓他們趕過來救援呀。」趙禎知道這次出行，所有的侍衛都帶有信焰。信焰用來傳遞消息方位，只要放出，侍衛們就會趕來救援。

狄青猶豫道：「這次刺殺聖上的人……對聖上的行蹤很熟悉。我只怕……信焰發出後，刺客反倒最先趕來。」

趙禎臉色大變，急聲道：「那怎麼辦呢？狄青，你一定要救朕！」

狄青安慰道：「聖上大可放心，我當竭盡全力。」

趙禎稍有安心，見狄青沉吟不語，不敢打斷他的思緒。狄青抬頭望天，放鬆了心境，彷彿又回到童年時光。那時候，他和夥伴們總是喜歡玩一種躲藏的遊戲，竭力不讓對方找到自己，以往是遊戲，勝負無所謂，這次輸了，可真的連命都要搭出去了。

陡然想到了個主意，狄青道：「聖上，要想活命，一切聽我的。」趙禎早亂了分寸，連連點頭。

狄青四下望去，見到周邊古木參天，走進林中，找了根枯藤，扯了下，見牢固可靠，轉身伸手用力扯下趙禎的一塊衣襟。

趙禎嚇了一跳，問道，「你做什麼？」狄青不語，飛快地拿著趙禎的衣襟奔出十數丈，丟在荊棘上，然後向前奔了幾步，在地上打了滾，又用力踩折了幾根枯枝。趙禎遠遠望見，一頭霧水，不知道狄青是瘋了還是傻了。

狄青做完一切後返回，將枯藤繫在趙禎的腰間，然後扯著枯藤上樹，低聲道：「聖上，你小心。」

他用盡全身的氣力，終於將趙禎扯到樹上，這才舒了口氣。

趙禎一雙不沾油腥的嫩手早就滿是傷痕，可這時顧不得叫痛，惴惴道：「狄青，在樹上躲著管用嗎？」

狄青道：「管不管用，總要試試。」說罷下樹又奔出十數丈，從懷中掏出信焰，取下外殼，迎風一晃，那焰信燃著，咻的一聲，飛到了半空，夜色中，奪目非常。

趙禎一見，差點暈了過去。方才狄青還說不能放出信焰，只怕引人追殺，不想才過了片刻，竟主動招人前來。

狄青放出焰信，不慌不忙地退回，見草地並無痕跡，這才爬到樹上，借濃密的枝葉擋住二人的身形，說道：「聖上，一會兒無論發生了什麼事情，切不可出聲。」趙禎點點頭，見自己衣衫襤褸，狼狽不堪，只恨不得大哭一場。

過不多時，只見到東方有侍衛衣著的人飛奔而至，低呼道：「聖上可在？」趙禎差點應聲，可記得狄青所言，咬緊牙關。那人四下張望，等轉過臉來，月光落在那人的臉上，滿是猙獰，趙禎這才發現，他竟然不認識這個人。

狄青見那人雙眸如鷹眼，臉型削瘦，背負一把單刀，渾身上下滿是彪悍之意，心中一凜，已認出此

人就是持國天王。持國天王呼喚半天，這時又有一人奔來，手持長傘，赫然就是多聞天王！

多聞天王竟也是侍衛的服飾，狄青見狀，心中微寒。不問可知，這兩人一路尋找趙禎，狄青想到這裡，不由為幾個侍衛。侍衛們雖人多勢眾，但若論單打獨鬥，沒有任何人是這二人的對手，狄青想到這裡，不由為侍衛兄弟難過。

多聞天王低喝道：「人呢？」

持國天王咬牙道：「多半又是那小子耍了花槍！我趕到的時候，狗皇帝的影子都沒有見到。我們在他們回歸的路上等待，不想他們竟然沒有回返，這個狄青，屢次壞了我們的大事，我下次見到他，定要剮了他！」

多聞天王皺眉道：「我們時候不多了，多言無益，抓緊找到狗皇帝才是正道。」說罷抬頭向上望去。狄青心中一凜，動也不動。趙禎只以為多聞天王發現了二人，一顆心更是要跳出胸口。

多聞天王只是看看天色，低下頭歎道：「我們這等計謀都殺不了狗皇帝，難道大宋真的氣數未盡？」

狄青心中詫異，暗想怎麼聽這二人的口氣，竟不是宋人？他們難道不是太后的人嗎？

持國天王突然目光一凝，望向遠方道：「那兒好像有情況。」這時東方又有兩人奔到，喝道：「可發現了什麼？」那兩人倒真的是侍衛，見到這面是自己人的裝束，出言詢問。

多聞天王搖頭道：「沒有發現聖上！」

有一侍衛突然道：「我怎麼……從來沒有見過你們兩個呢？」

多聞天王伸手向遠處一指，詫異道：「咦，那是誰？可是聖上？」兩侍衛忍不住扭頭望過去，持

國、多聞二人閃身上前，傘刺刀劈，瞬間殺了二個侍衛。

狄青見多聞、持國殺人如麻，更是心冷。

多聞天王收回了寶傘，這才向持國天王所指的方向走去，驀然一矮身，已抓了狄青拋棄的衣襟，看了眼就道：「是狗皇帝的衣服，他們來過這裡。」

持國天王精神一振，低頭查看道：「這枯枝是被人踩過，他們的確經過這裡。多半狄青帶著狗皇帝，肯定也跑不快。」

多聞天王皺眉道：「他們會去哪裡？」

持國天王道：「看他們離永定陵已近，多半就是想去永定陵躲藏了，追吧。」說罷身形一晃，已向西奔去，多聞天王緊緊跟隨，身形如一縷輕煙。趙禎這才明白狄青方才打滾踩樹枝的用意，又喜又佩，才待說話，狄青伸手捂住了他的嘴。趙禎不解，可也閉上了嘴。

過了片刻，突然有個聲音從趙禎藏身的樹旁響起，「他們的確不在這裡，你莫要多疑了。」那聲音正是持國天王所發。

趙禎心頭狂跳，才明白那二人看似遠走，卻悄然回返查看動靜，自己若真的出聲，只怕要被他們捉個正著。

多聞天王點頭道：「走吧。」二人這才急奔離去，狄青還是不敢大意，又聽了良久，這才放下捂住趙禎的手來，舒口氣道：「他們走了。」

趙禎對狄青佩服的五體投地，忙問，「如今怎麼辦？」

狄青沉吟道：「這招可騙他們一時，但說不定會被他們識破。若他們在永定陵未發現聖上，只怕還

會殺回來。既然如此，不如險中求勝，他們搜尋永定陵無果，肯定要去別處。我們尾隨他們身後，前往永定陵！」

趙禎連連點頭道：「果然好計，狄青，朕就指望你了。」

狄青帶趙禎爬下樹來，避開兩大天王所走之地，兜個圈子向永定陵的方向行去。狄青抬頭望天，見離天明尚有個把時辰，暗自歎氣。見趙禎行走得跟跟蹌蹌，伸手扶住他前行。

二人行了一段路，前方出來個岔口，狄青問道：「聖上，你曾來過這裡，可知道哪條是入陵的路？」

趙禎苦笑道：「你可問錯人了。朕每次來，都有人前呼後擁，不用自己尋路的。再說，我走的都是正路。這等荒野之地，我也是第一次前來。」

狄青知道趙禎說的是實情，正猶豫間，突然聽前方有腳步聲漸近。狄青心中一凜，帶著趙禎悄然躲在一大石之後，心中只是在想，來者是誰？是敵是友？

（未完，請繼續閱讀《歃血【卷二】關河令》）

國家圖書館出版品預行編目資料

歃血【卷一】霓裳曲／墨武著；——初版. ——臺中市：
好讀, 2011.07
面：　公分，——（墨武作品集；01）（真小說；10）

ISBN 978-986-178-238-6（平裝）

857.7　　　　　　　　　　　　101007740

好讀出版

真小說 10

歃血【卷一】霓裳曲

作　　者／墨　武
總 編 輯／鄧茵茵
文字編輯／莊銘桓
內頁編排／王廷芬
行銷企畫／陳昶文
發 行 所／好讀出版有限公司
台中市 407 西屯區何厝里 19 鄰大有街 13 號
TEL:04-23157795　FAX:04-23144188
http://howdo.morningstar.com.tw
（如對本書編輯或內容有意見，請來電或上網告訴我們）
法律顧問／甘龍強律師
承製／知己圖書股份有限公司　TEL:04-23581803

總經銷／知己圖書股份有限公司
http://www.morningstar.com.tw
e-mail:service@morningstar.com.tw
郵政劃撥：15060393　知己圖書股份有限公司
台北公司：台北市 106 羅斯福路二段 95 號 4 樓之 3
TEL:02-23672044　FAX:02-23635741
台中公司：台中市 407 工業區 30 路 1 號
TEL:04-23595820　FAX:04-23597123

初版／西元 2011 年 7 月 15 日
定價／250 元
如有破損或裝訂錯誤，請寄回知己圖書台中公司更換

讀者回函

只要寄回本回函，就能不定時收到晨星出版集團最新電子報及相關優惠活動訊息，並有機會參加抽獎，獲得贈書。因此有電子信箱的讀者，千萬別吝於寫上你的信箱地址

書名：歃血【卷一】霓裳曲

姓名：＿＿＿＿＿＿＿　性別：□男□女　生日：＿＿年＿＿月＿＿日

教育程度：＿＿＿＿＿＿＿＿＿＿＿

職業：□學生 □教師 □一般職員 □企業主管

　　　□家庭主婦 □自由業 □醫護 □軍警 □其他＿＿＿＿＿＿＿＿＿

電子郵件信箱（e-mail）：＿＿＿＿＿＿＿＿＿　電話：＿＿＿＿＿＿＿

聯絡地址：□□□＿＿＿＿＿＿＿＿＿＿＿＿＿＿＿

你怎麼發現這本書的？

□書店 □網路書店（哪一個？）＿＿＿＿＿＿＿□朋友推薦 □學校選書
□報章雜誌報導 □其他＿＿＿＿＿＿＿＿＿＿＿＿＿＿

買這本書的原因是：＿＿＿＿＿＿＿＿＿＿＿＿＿＿

□內容題材深得我心 □價格便宜 □封面與內頁設計很優 □其他＿＿＿＿＿

你對這本書還有其他意見麼？請通通告訴我們：

＿＿＿＿＿＿＿＿＿＿＿＿＿＿＿＿＿＿＿＿＿＿＿＿＿＿

你買過幾本好讀的書？（不包括現在這一本）

□沒買過 □ 1 ～ 5 本 □ 6 ～ 10 本 □ 11 ～ 20 本 □太多了

你希望能如何得到更多好讀的出版訊息？

□常寄電子報 □網站常常更新 □常在報章雜誌上看到好讀新書消息
□我有更棒的想法＿＿＿＿＿＿＿＿＿＿＿＿＿＿＿＿＿

最後請推薦五個閱讀同好的姓名與 E-mail，讓他們也能收到好讀的近期書訊：

1.＿＿＿＿＿＿＿＿＿＿＿＿＿＿＿＿＿＿＿＿＿＿＿＿

2.＿＿＿＿＿＿＿＿＿＿＿＿＿＿＿＿＿＿＿＿＿＿＿＿

3.＿＿＿＿＿＿＿＿＿＿＿＿＿＿＿＿＿＿＿＿＿＿＿＿

4.＿＿＿＿＿＿＿＿＿＿＿＿＿＿＿＿＿＿＿＿＿＿＿＿

5.＿＿＿＿＿＿＿＿＿＿＿＿＿＿＿＿＿＿＿＿＿＿＿＿

我們確實接收到你對好讀的心意了，再次感謝你抽空填寫這份回函

請有空時上網或來信與我們交換意見，好讀出版有限公司編輯部同仁感謝你！

好讀的部落格：http://howdo.morningstar.com.tw/

請填妥後對折黏貼，直接投郵即可，無須貼郵票。

廣告回函
台灣中區郵政管理局
登記證第 3877 號
免貼郵票

好讀出版有限公司　編輯部收

407 台中市西屯區何厝里大有街 13 號
電話：04-23157795-6　傳眞：04-23144188

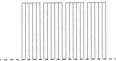

------ 沿虛線對折 ------

購買好讀出版書籍的方法：

一、先請你上晨星網路書店http://www.morningstar.com.tw檢索書目

　　或直接在網上購買

二、以郵政劃撥購書：帳號15060393　戶名：知己圖書股份有限公司

　　並在通信欄中註明你想買的書名與數量

三、大量訂購者可直接以客服專線洽詢，有專人爲您服務：

　　客服專線：04-23595819轉230　傳眞：04-23597123

四、客服信箱：service@morningstar.com.tw